HEYNE <

Das Buch

Der Tod ist überwunden, die Verstorbenen leben weiter: John F. Kennedy ist 2044 wieder Präsident der USA, Michael Jackson beherrscht die Charts und in Deutschland regiert Helmut Schmidt. In einer Welt, in der echte und virtuelle Realität längst miteinander verschmolzen sind, kann jeder ewig leben – als perfekte digitale Simulation. Bis eines Tages plötzlich Marlene Dietrich verschwindet. Der Traum der Menschen von der Unsterblichkeit, für die das letzte Hemd geopfert wurde, ist bedroht, und es kommt weltweit zu Protesten gegen den amerikanischen Hersteller Immortal. Dieser hat ganz andere Sorgen: Auf Marlene Dietrichs Klon hatten Hollywoodstudios eine hohe Summe abgeschlossen. Immortal bezichtigt die Verewigungsgegner von Thanatos, die Diva entführt zu haben. Oder handelt es sich gar um einen Mord? Als der Versicherungsangestellte Benjamin Kari den Fall aufklären soll und dafür nach Deutschland geschickt wird, entdeckt er immer mehr Hinweise auf ein inoffizielles Projekt von Immortal – und gerät ins Visier ihres größenwahnsinnigen Programmierers Reuben Mars, der, wie sich herausstellt, längst eigene Pläne verfolgt.

Der Autor

Jens Lubbadeh ist freier Journalist und hat bereits für *Die Zeit, NZZ, Bild der Wissenschaft, Technology Review, Spiegel Online* und viele weitere Print- und Digitalmedien geschrieben. Für seine Arbeit wurde er mit dem Herbert Quandt Medien Preis ausgezeichnet. Mit seinen Wissenschaftsthrillern *Unsterblich, Neanderthal* und *Transfusion* hat er Kritiker und Leser gleichermaßen begeistert. Jens Lubbadeh lebt in Berlin.

Von Jens Lubbadeh erscheinen im Heyne Verlag:
Unsterblich
Neanderthal
Transfusion
Der Klon

Mehr über den Autor und sein Werk auf:
diezukunft.de

JENS LUBBADEH

UNSTERBLICH

SIE WERDEN DICH BEHERRSCHEN

ROMAN

WILHELM HEYNE VERLAG
MÜNCHEN

MIX
Papier aus verantwortungsvollen Quellen
FSC® C014496

Penguin Random House Verlagsgruppe FSC® N001967

Taschenbuchausgabe 01/2022

Printed in Germany
Umschlaggestaltung: Das Illustrat, München,
unter Verwendung von Motiven von Shutterstock.com (Phichai, Ink Drop)
Satz: KompetenzCenter, Mönchengladbach
Druck und Bindung: GGP Media GmbH, Pößneck
ISBN: 978-3-453-32115-1

diezukunft.de

Für Claudia

There's no chance for us
It's all decided for us
This world has only one sweet moment set aside for us

Queen, »Who wants to live forever«

Prolog

Der Regen sah aus, als würde er niemals aufhören. Noch vierzehn Minuten bis Mitternacht, dann hatte Benjamin Kari Geburtstag. Er würde ihn allein verbringen, wie schon die letzten sechs Geburtstage zuvor. Doch dieses Mal wollte er sich ein besonderes Geschenk machen: Er wollte Hannah wiedersehen. Hannah, die seit sechs Jahren tot war.

Die Regentropfen fielen auf ihn herab. Der Asphalt war vollgesogen mit der Wärme des Tages. Es roch nach feuchter Erde. Kari stand gegenüber von Hannahs Haus unter den großen alten Kastanien. Wie oft war er nachts hierhergekommen. Er war ein Gefangener der Vergangenheit. Genau wie sie.

Das Haus war ein gutbürgerlicher Bau in Echo Park, mehr als einhundert Jahre alt. Die Spitzen des Eisenzaunes, der das Haus einschloss wie ein Fort, wirkten wie die Speere von Urmenschen. Im Fort gab es nur eine Gefangene.

In Hannahs Zimmer brannte Licht. Dann erschien sie auf ihrem Balkon, aus dem Nichts. Sie hatte nicht einmal die Tür geöffnet.

Hannah sah genauso aus, wie sie kurz vor ihrem Tod ausgesehen hatte. Sie trug eine dunkelgraue Wolljacke, die ihr ein bisschen zu groß war. Ihre langen braunen Locken fielen ihr über die Schultern. Sie hatte die Arme vor der Brust verschränkt und schaute in den Himmel. Eine typische Haltung für sie.

»Hannah«, rief er.

Sie senkte den Blick und sah ihn. Ihre Arme lösten sich, aber ihr Gesicht blieb ausdruckslos.

Sie erkannte ihn nicht.

Ein Stich in seiner Brust. Er wusste, warum sie so reagierte.

Dann war sie verschwunden. Kari drehte sich um und ging.

1

Im Sommer 2044 ruhte die Vergangenheit nicht länger. Die Menschen hatten sie wiederbelebt wie einen Zombie. Der Tod war eine überwindbare Grenze geworden. Menschen konnten als virtuelle Klone wiederauferstehen. Diese Ewigen waren unsterblich.

Als Karis Bürotelefon an diesem wolkenfreien, makellosen Tag in Downtown Los Angeles zum ersten Mal klingelte, hörte er es nicht, denn er war noch nicht an seinem Platz.

Er lag immer noch auf der Couch, wo er nach seinem Ausflug letzte Nacht eingeschlafen war. Sein Kater Fellini lag am Fußende zusammengerollt. Er schreckte hoch, als das Mobiltelefon auf dem Wohnzimmertisch zu vibrieren begann. Es war auf lautlos gestellt, berührte jedoch die halbleere Thunfischdose auf dem Tisch und brachte sie zum Klappern.

Kari schlug die Augen auf. Sein Schädel brummte. Das Sonnenlicht fiel auf die leere Whiskeyflasche auf dem Tisch und blendete ihn. Die Flasche stand neben dem kleinen Buchstapel, auf dem zuoberst die Biografie einer längst vergessenen Hollywooddiva lag: »Jean Arthur – The Actress Nobody Knew«. Ein paar Tropfen Whiskey waren auf dem Buch gelandet, ein Schluck der bernsteinfarbenen Flüssigkeit befand sich noch im Glas.

Kari griff nach dem Telefon und blickte auf das Display. Es war Gibson, sein Chef. Er hatte verschlafen. »Scheiße«, murmelte er und nahm ab.

Er hoffte, Wesley würde nicht sofort hören, dass er völlig am Arsch war.

»Ben. Wo bist du?«

»Zu Hause«, sagte Kari. »Ist länger geworden, gestern.«

»Ach ja, stimmt«, sagte Gibson. »Herzlichen Glückwunsch. Hast du gefeiert?«

»Ein bisschen.«

Gibson brannte etwas auf der Seele.

»Du musst sofort reinkommen. Direkt zu mir. Es ist dringend.«

Seine Stimme klang seltsam. Diese Tonart hatte Kari noch nie zuvor bei ihm gehört. Eine Mischung aus Ernst und Besorgnis. Ungewöhnlich. Bei Fidelity war niemand besorgt. Man verkaufte Sicherheit.

»Ich komme«, sagte Kari. Aber am anderen Ende der Leitung war schon niemand mehr, der seine Worte hören konnte. Gibson hatte aufgelegt.

Kari warf das Telefon zurück auf den Tisch. Es knallte gegen die Thunfischdose. Sie fiel runter und verspritzte dabei ihren Inhalt. Das meiste landete auf dem Boden, aber etwas Fleisch und Öl waren auf sein weißes Hemd geflogen, das über der Couchlehne hing. Auf der Brust des Hemdes prangte nun ein olivfarbener Fettfleck. Nicht groß, aber sichtbar.

»Happy Birthday«, sagte er.

Fidelity residierte im dritthöchsten Gebäude von Los Angeles. In der Bevölkerung wurde es immer noch das Aeon Center genannt, obwohl Fidelity Aeon schon vor mehr als dreißig Jahren geschluckt hatte. Nun ruhte der einstige Versicherungskonzern, der in den 1920er-Jahren groß geworden war, in den Eingeweiden dieses viel mächtigeren Gebildes.

Aeon. Ein Name voller Hybris, der nach der Ewigkeit von Äonen gegriffen hatte. Es hatte nicht sein sollen. Aber der Name des Gebäudes passte, fand Kari. Das sah auch das Management so und hatte das rote Logo mit den leicht nach rechts geneigten Buchstaben absichtlich an der Spitze des schwarzen Glasphallus hängen lassen. Fidelity bewahrte jetzt Aeons Erbe – wie das von so vielen anderen auch.

Bevor er zu Gibson in den Olymp ging – so wurde die Chefetage im zweiundsechzigsten Stock genannt –, suchte Kari sein Büro auf. Er hoffte, dort noch ein Wechselhemd zu finden.

Auf dem Tisch lag die geöffnete Akte, an der er gerade arbeitete.

Ein nervtötender Fall: Es ging um die Immortalisierung des ehemaligen Managers eines Automobilkonzerns, dessen Firma Fidelity mit der Zertifizierung beauftragt hatte. Der Mann war verheiratet gewesen, mit zwei erwachsenen Kindern, aber eigentlich hatte die Familie in seinem Leben keine Rolle gespielt, wie so oft bei diesen Managertypen, dachte Kari. Es war ein Leben nur für die Arbeit. Und nach seiner Immortalisierung würde es das auch weiterhin sein. Spannend wurde es nun bei dem einzigen Makel im Leben des Managers: seiner Untreue. Er hatte seine Frau jahrzehntelang mit wechselnden Geliebten betrogen. Seine Familie wusste davon nichts und würde es auch nicht erfahren – die Daten seines Lebenstrackers wurden natürlich streng vertraulich behandelt. Und die Akte, die jetzt auf Karis Tisch lag, würden nur ganz wenige Menschen zu Gesicht bekommen. Doch der Mann hatte in seinem Testament seine Firma als offiziellen Rechteinhaber seines virtuellen Klons bestimmt. Die waren jetzt über seine Seitensprünge im Bild – und not amused.

Die Firma hatte unmissverständlich den Wunsch geäußert, diesen Charakterzug bei der Immortalisierung außen vor zu lassen. Kari sollte, so lautete die Anweisung, bei der Echtheitsprüfung großzügig darüber hinwegsehen. Eigentlich unvereinbar mit den Prinzipien von Immortal und vor allem von Fidelity. Karis Firma war dafür da, die Echtheit und Authentizität eines Ewigen zu prüfen, zu zertifizieren und gegen juristische Klagen abzusichern. Aber der Konzern des Managers war eine Tochterfirma von Immortal. Und gegen Immortal ließ sich schlecht argumentieren.

Kari gingen diese Schönungen gegen den Strich, aber sie kamen vor. Er würde mit Gibson noch einmal darüber sprechen müssen. Der Fall nervte ihn. Viel lieber würde er sich voll und ganz seinem anderen Projekt widmen: der Zertifizierung von Federico Fellini, dem Regisseur, der in der zweiten Hälfte des letzten Jahrhunderts wunderbar skurrile Filme geschaffen hatte. Film war Karis Steckenpferd. Und wenn er an Regisseuren und Schauspielern arbeiten konnte, blühte er auf. Wirtschaftsleute fand er sterbenslangweilig.

Aber jetzt stand offenbar erst einmal Wichtigeres an.

In der Garderobe seines Büros hing kein Wechselhemd mehr. Er würde mit Fettfleck gehen müssen. Kari betrachtete sich im Spiegel. Er zupfte an der Krawatte herum, um das Schlimmste zu verbergen, aber es gelang ihm nur halbwegs. Außerdem hatte er Augenringe. Er hoffte, dass Gibson niemanden sonst zu dem Meeting geladen hatte. »Schöner Geburtstag«, sagte er zu sich selbst. Dann machte er sich auf den Weg in die Chefetage, den Olymp. Auf dem Weg zum Aufzug schnappte er sich die Zeitung.

Die *New York Times* machte mit den Abrüstungsverhandlungen zwischen China und den USA auf. Ein durchgestrichenes Radioaktivzeichen war das Bild, die Headline nur ein Wort:

»Peace?« Und daneben irgendwas Chinesisches, das wahrscheinlich auch Frieden hieß. Kari hatte sein bisschen Schulchinesisch längst vergessen. Die Verhandlungen über die Vernichtung des kompletten Atomwaffenarsenals zogen sich seit Monaten hin. Nun war es offenbar so weit. Die Journalisten spekulierten, ob JFK und Deng Xiaoping dafür wohl den Friedensnobelpreis bekommen würden. Weitere Schlagzeilen und Nachrichten: Kein Durchbruch bei der Klimakonferenz in Reykjavik. Immortal schluckt Microsoft, oder das, was davon noch übrig war. Michael Jacksons Ranch und Hades wurde von Neverland in Foreverland umbenannt. Der virtuelle Ewige des King of Pop wolle damit ein Zeichen für die Unsterblichkeit setzen, hieß es. Dazu passte auch der Titel seines neuen Albums »Immortal«. Ein bisschen plump, die Werbung für Immortal, aber sicher ein lukrativer Deal für Jackson. Und Steve Jobs kündigte das iCar 6 an, das bei normaler Nutzung nur einmal die Woche aufgeladen werden musste. Kari gähnte.

Als sich die Aufzugtüren öffneten, blickte er direkt in das Gesicht von Vermeers »Mädchen mit dem Perlenohrgehänge«. Der zweiundsechzigste Stock war ein Museum im Kleinformat. Eines für die Werke alter Meister. Die kompletten Flurwände waren über und über von Gemälden bedeckt, eine Marotte der ersten Vorstandsvorsitzenden, die den Olymp hatten vollhängen lassen. Vermeer war gleich mehrfach vertreten. Daneben Werke von Dürer, Rubens und einigen anderen Giganten der Kunstgeschichte. Man sprach niemals darüber, ob sie echt waren. Aber Kari ging davon aus. Alles andere hätte nicht zu seiner Firma gepasst.

Die schweren, dunklen Farben, die ernsten Gesichter, all das Obst … Kari war mit anderen Bildern aufgewachsen. Seine Mutter hatte Kunstgeschichte studiert und für ihre Abschlussarbeit über Edward Hopper fast schon im Art Institute in

Chicago gewohnt. Tag für Tag hatte sie dort verbracht, wochenlang. Dort hatte sie tatsächlich vor Hoppers berühmtestem Werk »Nighthawks« seinen Vater kennengelernt. Eine nette Anekdote, die seine Mutter gerne so erzählte, dass sein Vater, notorisch schüchtern, wie er war, stundenlang im Raum mit dem Bild gestanden hatte, ohne sie anzusprechen. Er hatte wohl geglaubt, sie würde ihn nicht bemerken. Nachdem das Spielchen ein paar Tage gegangen war, hatte sie sich ein Herz gefasst und ihn angesprochen. So romantisch das Ganze begonnen haben mochte – letzten Endes waren seine Eltern selbst zu den Nighthawks in dem Bild geworden: Fremde am selben Ort, die nebeneinander her lebten.

Jedenfalls hatte Karis Mutter die Wohnung immer mit Kunst vollgehängt, alter und neuer. Obwohl er nicht unbedingt ein Fan der alten Meister war, konnte er sich dem Reiz mancher Bilder hier nicht entziehen.

Eigentlich musste er sich beeilen, Gibson wartete. Aber die dunklen Augen des Mädchens mit den Perlenohrringen sahen ihn über ihre linke Schulter hinweg an. Er konnte nicht anders, als stehen zu bleiben. Kari trat auf Vermeers Gemälde zu; seine Füße machten keinen Laut auf dem zentimeterdicken Teppich. Dann blieb er dicht vor dem Porträt stehen. Dieses Gesicht schlug ihn immer wieder in seinen Bann. Er sah dem Mädchen direkt in die Augen. Ein Moment im Strom der Zeit, vor vierhundert Jahren vom Auge Jan Vermeers eingefroren – für immer, immortalisiert mit den Mitteln seiner Zeit. Er betrachtete ihren leicht geöffneten Mund. Sie sah neugierig, traurig, belustigt und ängstlich zugleich aus. Jedes Mal, wenn er das Bild sah, überwog eine andere Emotion.

Er hob seine rechte Hand und verbarg die linke Hälfte des Gesichts. Jetzt sah sie traurig und ein wenig ängstlich aus. Dann wechselte er die Seite. Nun blickte sie neugierig. Welche dieser

Empfindungen hatte sie wohl wirklich gefühlt, in diesem Moment vor vierhundert Jahren? Ein Gemälde konnte nicht antworten. Es war kein digitaler Klon. Kein Ewiger.

Er ließ von dem Bild ab und ging den Flur entlang, vorbei an Dürers »Selbstbildnis im Pelzrock«, Rubens' »Kopf eines Kindes«. Links und rechts waren Büros, die Türen standen offen. Im Vorbeigehen warf Kari einen schnellen Blick hinein. In allen saßen Mitarbeiter; ob sie selbst physisch präsent waren oder nur ihre Avatare, konnte er natürlich nicht sehen. Die Simulationen waren längst so gut, dass man den Unterschied nicht erkannte. Zumindest nicht auf den ersten Blick.

Dann stand er vor einer Tür, an der ein bronzenes Schild hing: »Wesley Gibson. Zertifizierung«. Kari klopfte. Niemand rief »Herein«. Er wartete einen Augenblick, räusperte sich kurz, schob seine Krawatte noch einmal vor den Fettfleck und trat ein.

Es würde keine Unterredung zu zweit werden – der große ovale Glastisch in der Mitte von Gibsons Büro war voll besetzt. Und wie Kari sofort sah, war der gesamte Fidelity-Vorstand anwesend. Ein unwohles Gefühl machte sich in ihm breit. Darauf war er nicht vorbereitet gewesen. Und das ausgerechnet heute, wo er aussah wie durch den Fleischwolf gedreht.

Gibson saß rechts neben dem unteren Kopfplatz. Derjenige, der dort saß, drehte sich nicht um, als Kari eintrat. Auch Gibson rührte sich nicht. Er hatte die Hände gefaltet wie ein Betender, der Mund war hinter seinen Händen verborgen. Die anderen blickten nur kurz zu Kari auf.

Gibsons Büro war groß und langgezogen. Das Panoramafenster am Ende des Raumes zeigte die Skyline von Los Angeles. Ein Meer von Skyscrapern, rechteckig, dreieckig, schräg, gewunden – wie Spielfiguren auf einem gewaltigen Schachbrett.

Gibson hatte die Jalousien herabgelassen und aufgestellt, was das Büro in ein Zwielicht tauchte. Vor dem Fenster stand sein schwerer Schreibtisch aus massivem Eichenholz, als wäre die Eiche nie gefällt worden und hätte lediglich eine andere Form angenommen. Sonst: Standard-Chef-Einrichtung. Keine alten Meister. Gibson hatte es nicht so mit Kunst, aber weil er irgendwas an die Wände hatte hängen müssen – so waren die Firmenvorschriften; »Scheiß-Corporate-Identity, Ben« –, hing dort jetzt das große gerahmte Cover der Rolling-Stones-LP »Let It Bleed«, die 1960er-Anti-Torte aus Pizza und Gummireifen, auf einem Plattenteller serviert, gekrönt von der Band als Zuckerfigürchen. Gibson hatte ein Faible für Old-School-Rock und sich dementsprechend darüber gefreut, dass die immortalisierten Stones anlässlich des 75-jährigen Erscheinens der Platte gerade auf der Let-It-Bleed-Tour unterwegs waren.

»Setz dich, Ben«, sagte Gibson. Kari nahm den einzigen freien Platz, ihm schräg gegenüber. Gibson legte normalerweise großen Wert auf eine lässige Erscheinung. Kari erinnerte er immer ein wenig an den jungen Brad Pitt, aber im Moment sah Gibson angespannt und müde aus.

Kari kannte fast alle der Anwesenden mit Namen. Auf dem Platz gegenüber saß Jeff Dalton, der mit seiner Hakennase aussah wie ein Mäusebussard und nach allem, was Kari gehört hatte, seine Mitarbeiter auch wie Mäuse behandelte. Dalton musterte ihn skeptisch, als er sich setzte. Zwischen Dalton und Gibson saß Timothy Warren, dessen Rechtsscheitel auch heute so perfekt zementiert lag wie an jedem anderen Tag. Man hätte meinen können, dass er ein Avatar war, wenn nicht Warrens Stirnfalten gewesen wären, die ein Eigenleben zu besitzen schienen und unregelmäßig zuckten. Die Avatar-Software hätte das herausgefiltert. Ein nervöser Tick, der ziemlich irritierte, wenn man versuchte, mit ihm zu sprechen. Jetzt jedoch starrte er stumpf vor sich hin. Neben Warren saß die einzige Frau, Jessica Huber, Mitte fünfzig, Typ Oberlehrerin, sehr aufrecht sitzend; wahrscheinlich achtete sie permanent auf eine akkurate Haltung. Neben Kari saß ein kleiner dicklicher Mann, der einzige, den er nicht kannte. Niemand nahm Notiz von ihm.

Und der Mann am Kopfende des Tisches, der ihm beim Eintreten den Rücken zugewandt hatte, war Robert Dabney, seit drei Jahren Vorstandsvorsitzender von Fidelity. Gerade mal Mitte vierzig und eine Maschine von Mensch. Er hatte Augen wie Bergkristalle, die einen Laserzielfernrohren gleich ins Visier nahmen. Vor Dabney auf dem Tisch lag eine Akte. Seine Hände hatte er darauf abgelegt, die Finger ineinander verschränkt. Nun ruhten die Laseraugen auf Kari. Er fragte sich, ob Dabney persönlich hier war oder nur sein Avatar. Virtuell am Arbeitsplatz zu erscheinen war ein Privileg der Leitungsebene. Einfache Angestellte, die ihren Avatar ins Büro schickten, brauchten einen triftigen Grund, zum Beispiel eine Krankschreibung.

Aber offenbar gab es einen besonderen Anlass; gut möglich also, dass Dabney leibhaftig am Tisch saß. Niemand sagte etwas. Kari blickte von Gibson zu Dalton, zu Warren, zu Dabney und zurück zu Gibson.

»Es ist eine außergewöhnliche Situation eingetreten«, ergriff Gibson schließlich das Wort und blickte zu Dabney. Der ignorierte den Blick und stierte wieder auf die Akte vor sich. Dann sah Gibson zu Kari und sagte: »Marlene Dietrich ist verschwunden.«

Kari hielt die Luft an. »Wie bitte?«, fragte er.

»Wir haben es erst vor wenigen Stunden erfahren«, sagte Gibson.

Vor Karis innerem Auge erschien die schöne deutsche Schauspielerin so, wie sie sich ins kollektive Gedächtnis gebrannt hatte. Seltsamerweise waren es Schwarz-Weiß-Aufnahmen, die er vor sich sah, obwohl er Marlene Dietrichs virtuellem Ewigen persönlich gegenüber gesessen und mit ihr gesprochen hatte. Er hatte sie zertifiziert. Ihre hohe Stirn, die halb geschlossenen Augenlider, die hohen Wangenknochen hatten sich ihm eingeprägt. Das Bild in seinem Kopf zeigte sie mit Zylinder, in einen Smoking gekleidet, und sie zog an einer Zigarette. Auf dem Bild war sie etwa dreißig Jahre alt, auf dem Höhepunkt ihrer Karriere. Ihrer ersten Karriere.

Natürlich war Marlene Dietrich seit Jahren überall in Farbe zu sehen. Sie drehte schließlich dauernd neue Filme.

Kari schüttelte den Kopf. »Das ist unmöglich. Ewige können nicht verschwinden.« Seine Stimme war eine Nuance höher als sonst, was ihn ärgerte. Ein Zeichen der Verunsicherung. Die Anwesenheit all dieser wichtigen Leute schüchterte ihn ein.

Dabney beugte sich vor, die Laser lagen erneut auf Kari. »Sie ist weg.«

Er sagte es in einem Ton, der keinen Widerspruch duldete.

»Alles, was wir wissen, ist, dass sie vorgestern das letzte Mal gesehen wurde, in einem Restaurant in Berlin. Sie war dort mit Lars von Trier.«

»Der Regisseur?«, fragte Kari.

»Ja, natürlich der Regisseur«, sagte er genervt. »Er will offenbar einen Film mit ihr drehen, wie wir von Paramount erfahren haben. Worüber, wissen wir nicht. Immortal hat von Trier selbstverständlich kontaktiert. Er sagt, dass Dietrich sich kurz vor Mitternacht von ihm verabschiedet hat und nach Hause wollte. Aber dort ist sie nie aufgetaucht, wie die Haushälterin bestätigt hat. Sie ist einfach verschwunden. Einfach so – zack!« Dabneys Hand klatschte auf die Akte.

»Kann Immortal sie nicht orten?«, fragte Kari.

»Das haben sie natürlich versucht, Ben«, sagte Gibson. »Aber wie es aussieht, ist ihr Signal komplett ausgefallen.«

Immortal konnte zu jeder Zeit den genauen Aufenthaltsort jedes Ewigen bestimmen. Ein verschwundener Ewiger. Das hatte es noch nie gegeben.

Kari blickte auf seine gefalteten Hände – so hielt er sie immer, wenn er nicht wusste, was er mit ihnen machen sollte. Sein Blick blieb an dem Ehering an seinem linken Ringfinger hängen. Ein ungutes Gefühl breitete sich in seiner Magengegend aus.

Hannah erschien vor seinem inneren Auge. Wie sie auf dem Balkon ihres Elternhauses gestanden hatte. Digital und doch so real. Dann war sie weg. Ein anderes Bild schob sich davor. Hannahs Gesicht, die Augen geschlossen. Blut auf den Wangen. Er riss den Blick von seinem Ehering, seinen Händen.

»Wir müssen wissen, was hier los ist. Wir können uns einfach keine Peinlichkeiten erlauben«, sagte Dabney.

»Wäre ja nicht das erste Mal«, murmelte Jessica Huber.

Dabneys Kopf fuhr herum. »Wie bitte?«

Jessica Huber hielt seinem Blick nicht stand. Sie schwieg.

»Ich glaube kaum, dass man das hier mit Jagger vergleichen kann«, sagte Dabney. Er blickte sie einen Moment länger an als nötig, dann wandte er sich von ihr ab. Offenbar wollte er seiner Maßregelung durch die theatralische Pause mehr Gewicht verleihen.

In Karis Kopf rauschten die Gedanken. Vor vielen Jahren hatte ein Mick-Jagger-Hack für beträchtlichen Wirbel gesorgt. Saudische Scheichs hatten den virtuellen Ewigen des Rolling-Stone-Sängers für mehrere Konzerte engagiert. Viele Millionen Dollar Gage waren geflossen. Dumm nur, dass es sich bei Jaggers Ewigem um eine Fälschung gehandelt hatte. Das Konzert hatte privat stattfinden sollen; insofern war der Termin nicht bekannt geworden, denn andernfalls wäre er dem echten Ewigen oder den wahren Rechteinhabern aufgefallen. Dass das Ganze aufflog, war einem anwesenden Scheich zu verdanken. Ihm waren das Verhalten und die Aussagen des falschen Jagger reichlich seltsam erschienen. Nicht dass der echte Jagger zu seinen Lebzeiten und natürlich auch noch als Ewiger nicht ständig reichlich seltsames Zeug geredet hätte, aber das hatte eine neue Qualität. Ein erstes Gutachten wurde in Auftrag gegeben, und Fidelity bestätigte die vermeintliche Echtheit des falschen Jagger. Es gab Gerüchte, dass Dabney damals indirekt dafür verantwortlich gewesen sein soll. Aber Kari wusste nicht, ob das stimmte. Jedenfalls endete es sehr peinlich für Fidelity, als die Kopie aufflog. Eine fette Strafzahlung ging nach Saudi-Arabien, Immortal eliminierte den falschen Ewigen, und der Hacker wurde hart bestraft. Zum Glück wurde die Sache nie öffentlich bekannt, Fidelity kam mit einem blauen Auge davon, auch wenn die Geschäftsbeziehung zu Immortal anschließend belastet war. Aber das war lange her; Fidelitys Prüfmechanismen waren seitdem besser geworden. Fälschungen kamen nur noch sehr selten vor und waren bisher immer entdeckt worden, bevor sie publik wurden. Auch dank Kari.

Dabney richtete sich auf. Er zog die Augenbrauen zusammen, eine Spur zu früh, als dass die Geste natürlich hätte wirken können. »Ich weiß nicht, ob Ihnen allen die Brisanz dieses Falles klar ist«, sagte er. »Das hier«, er tippte mit dem Zeigefinger zweimal auf die Akte, »könnte die allererste Entführung eines Ewigen sein.«

Jetzt kam Leben in die Runde. Heftiges Gemurmel. Kopfschütteln. Nur Gibson hatte die Hände wieder verschränkt und den Mund dahinter verborgen.

Eine Ewigen-Entführung? Kari fand diesen Gedanken völlig absurd. Bei all den Sicherheitsvorkehrungen? Und wieso ausgerechnet Marlene Dietrich? Warum nicht Steve Jobs? Apple würde Unsummen für ihn bezahlen. Warum nicht den amtierenden US-Präsidenten John F. Kennedy? Er war gegenwärtig der mächtigste Ewige der Welt. Was wollte ein genialer Hacker, der Immortals Technologie austricksen konnte, mit einem Filmstar? Und warum Marlene Dietrich, wenn er Tom Cruise oder Robert de Niro haben könnte?

»Was, wenn sie tot ist?« Jessica Huber schaute mit großen Augen in die Runde. »Was, wenn diese verrückten Verewigungsgegner sie ermordet haben?«

Dabneys Mundwinkel zuckten für den Bruchteil einer Sekunde. Mehrere Stimmen erklangen gleichzeitig, Warren schüttelte den Kopf. Dalton hustete.

»Dass die Thanatiker dahinterstecken könnten, ist Spekulation, Mrs. Huber. Sonst nichts«, sagte Dabney.

»Eine Entführung anzunehmen ist genauso Spekulation«, sagte sie mit gesenkter Stimme.

Neuerliches Gemurmel.

»Was, wenn es ein Virus ist?«, fragte Warren. Seine Stirnfalten zuckten außer Rand und Band. Er war nervös.

Gibson blickte überrascht. An diese Möglichkeit hatte er anscheinend noch nicht gedacht. Es wurde lauter. Huber nickte heftig. Offenbar fand sie diese Möglichkeit plausibel. Kari schwirrte nur noch der Kopf. Er war müde und verkatert und fühlte sich seltsam entrückt, als wäre er gar nicht körperlich anwesend, als schwebte nur sein Geist über dem Tisch, wie eine Kamera, die alles beobachtete. Dieses Gefühl kannte er von seinen Avatar-Sitzungen. Verstohlen blickte er an seinem Hemd hinunter. Die Krawatte hatte sich leicht verschoben, der Fleck war sichtbar. Mist! Kari zupfte sie unauffällig zurecht.

Dabney hob die Hände. Sofort wurde es still. »Schluss jetzt. Wildes Spekulieren hilft uns nicht weiter«, sagte er. »Wir haben zu diesem Zeitpunkt keinerlei Informationen, ob es sich bei dem Verschwinden von Marlene Dietrichs Ewigem um einen

Angriff von außen handelt oder eine Fehlfunktion oder was auch immer. Und genau das ist unser Problem. Wir brauchen Informationen. Und wir brauchen sie schnell – bevor das Filmstudio von der Sache erfährt!«

»Ach herrje, richtig!«, sagte Dalton. »Wenn wir Paramount verlieren, werden Fox und Sony auch abspringen. Dann können wir einpacken.«

Das konnten sie dann in der Tat, dachte Kari. Diese drei Studiogiganten machten einen Großteil der Umsätze von Fidelity aus.

»Ich will, dass Sie den Fall untersuchen, Kari«, sagte Dabney.

Kari sah auf. Was hatte er da gerade gesagt?

Gibson ergriff das Wort: »Ben, du bist unser bester Mann, was Ewigen-Qualität und Ewigen-Manipulationen angeht. Und du hast damals Dietrichs Zertifizierung erstellt.«

Kari verstand gar nichts. Er hatte angenommen, dass sie seine technische Expertise einholen wollten. Sein Job waren Gutachten, Authentizitätsprüfungen, Zertifizierungen. Er war dafür da, zu beurteilen, ob ein Ewiger echt war, also seinem biologischen Vorbild entsprach. Und ob er die Standards erfüllte, die Immortal an die Ewigen stellte. Nicht mehr, nicht weniger. Und nun sollte er Detektiv spielen? Einen verschwundenen Ewigen suchen?

»Ähm, mit Verlaub, Mr. Dabney …«, setzte Kari an. »Immortal hat die Technologie erfunden, sie haben die besten Programmierer und die besten Rechner der Welt. Glauben Sie nicht, dass in diesem Moment bereits eine riesige Taskforce nach der Dietrich sucht?«

Dabney schnaubte. Er griff in seine Westentasche, holte ein frisches Päckchen Zigaretten heraus, öffnete es und fingerte eine Zigarette heraus. Zigarettenduft, echt oder virtuell, erfüllte den Raum. Dabney hielt die Zigarette nicht eingeklemmt zwischen Zeige- und Mittelfinger. Nicht so, wie Marlene Dietrich es tun würde, dachte Kari und wunderte sich über diesen Gedanken. Dabney hielt die Zigarette zwischen Daumen und Zeigefinger, so wie Al Pacino es als Mafiaboss in »Der Pate« getan hatte.

»Immortal schweigt«, sagte Dabney. »Wie immer.« In seiner Stimme schwang Verachtung mit. Immortals Kommunikation war nicht die beste, selbst was enge Geschäftspartner anging.

»Ich glaube ja«, sagte Mäusebussard Dalton mit einem prüfenden Seitenblick zu Dabney, »dass Immortal selbst keinen blassen Schimmer hat, was los ist.«

Dabney blies eine Wolke Zigarettenrauch in die Runde.

»Es ist ziemlich egal, Dalton, was wir glauben. Sagte ich das nicht bereits?«

Dalton zuckte zusammen.

»Es zählt nur das, was wir wissen. Und wir wissen nichts.«

Dabney machte eine Pause. Dann sagte er mit leiser Stimme: »Wenn wir wissen wollen, ob Dietrich gelöscht, entführt oder in ein virtuelles Plüschtier verwandelt wurde, werden wir das bestimmt nicht von Immortal erfahren.«

Plötzlich begann er zu brüllen, so unvermittelt, dass alle zusammenzuckten: »Ich habe keine Lust, das Schicksal unserer Firma von diesen gottverdammten Arschlöchern abhängig zu machen! Schlimm genug, wenn Paramount erfährt, dass einer seiner wichtigsten Ewigen im Arsch ist. Aber haben Sie alle nur den Hauch einer Ahnung, was hier los sein wird, wenn das an die Öffentlichkeit gelangt?«

Dabneys Gesicht war knallrot.

Fidelity wäre blamiert. Aber das wäre gar nicht mal das Schlimmste. Wenn ein Superstar wie Marlene Dietrich verschwinden konnte, war kein Ewiger mehr sicher. Dann wäre der Traum vom ewigen Leben ziemlich schnell beendet. Es könnte eine Massenpanik geben.

Dabneys Zeigefinger streckte sich wie ein Gewehrlauf Kari entgegen. »Kari, setzen Sie Ihren Arsch in Bewegung und finden Sie raus, was los ist. Sofort.«

Dabney schob ihm die Akte rüber und machte Anstalten aufzustehen.

»Mr. Dabney ...« Die Worte entfuhren Kari, bevor er überlegen konnte. Wahrscheinlich hätte er sonst den Mund gehalten. Stille im Raum. Dabney sah ihn ausdruckslos an. Zu spät. Er musste es nun aussprechen: »Wieso ausgerechnet ich? Ich bin dafür überhaupt nicht geeignet.«

Einen Moment lang blieb Dabneys Gesicht unbeweglich, und Kari befürchtete schon, dass er ihn gleich wieder anschreien würde. Doch dann wandelte sich der Ausdruck von Dabneys Miene, als hätte er auf einen Knopf gedrückt. Sie verzog sich zu einer Fratze. Im selben Augenblick wurde Kari klar, dass Dabney physisch anwesend war. Eine solch schräge Mimik hätte die Avatar-Korrektur niemals zugelassen. Sie war darauf programmiert, die optimale soziale Reaktion zu erzeugen, um den Avatar sympathischer wirken zu lassen. Kari brauchte einen Moment, um Dabneys Mimik zu deuten: Es war ein Grinsen. Dann sagte Dabney: »Genau deswegen. Und übrigens, Kari: herzlichen Glückwunsch.«

2

Immortal Inc., Immortalisierungsbericht,
File-Nr. 3721-050304-1222112
Dietrich, Marlene (r) Geburtstag: 27. Dezember 1901, Berlin
Dietrich, Marlene (r) Todestag: 6. Mai 1992, Paris
Dietrich, Marlene (v) Immortalisierung: 24. Juli 2036
Ort der Immortalisierung: Immortal Inc. Incubator II (Lazarus), San Bruno, Kalifornien, USA
Alter des Ewigen: 36 Jahre
Copyright: Paramount Pictures
Hades: Koenigsallee 30, 14193 Berlin, Germany

Marlene Dietrich saß vor ihm. Sie blickte ihn aus ihren blauen Augen an, die Lider leicht gesenkt, wie es typisch für sie war. Die blonden Haare waren aus der hohen Stirn gekämmt und fielen in üppigen Locken über die Schultern. Ihr Mund gab ihrem Gesicht eine Andeutung von … leichter Belustigung? Neugier? Oder war es Langeweile? Man konnte so vieles in dieses außerordentliche Gesicht hineinlesen.

Kari war noch niemals einer so schönen Frau begegnet. Noch niemals einer, die eine solche Präsenz besaß. Er vergaß, dass er »nur« ihrem Ewigen gegenübersaß.

»Mit wem habe ich das Vergnügen?«, fragte sie ihn.

»Mein Name ist Benjamin Kari. Es ist mir eine Ehre, Sie kennenzulernen, Frau Dietrich«, sagte er.

Er konnte kaum den Blick von ihr abwenden, so schön war sie. Und natürlich wusste sie das.

Marlene Dietrich sprach mit ihm. Ihre Stimme. Unzählige Male hatte er sie gehört, in Interviews, in Konzerten, in Filmen natürlich. Aber das waren alles Konserven gewesen. Jetzt hörte er sie wirklich sprechen. Es war eine Betörung. Optik und Audio waren bei ihr erstklassig gelungen.

»Was möchten Sie essen, Sir?«

Die Stimme der Stewardess riss ihn aus seinen Erinnerungen. Kari öffnete die Augen und sah in ein stark geschminktes Gesicht.

»Ich nehme den Fisch«, sagte er.

Kari war auf dem Weg nach Hamburg, um Lars von Trier zu treffen, der sich dort gerade aufhielt. Danach würde Kari weiter nach Berlin fahren, zu Marlene Dietrichs Hades. Zehn Stunden Flug lagen noch vor ihm. Mehr als genügend Zeit, um sich den Fall Dietrich noch einmal in Erinnerung zu rufen.

Als die Stewardess den Becher mit Wasser und Orangensaft abstellte, sah er kurz ihren Lebenstracker an ihrem rechten Handgelenk funkeln. Ein winziger Diamant, klein wie eine Linse. Erst neulich hatte er gelesen, dass bereits über 95 Prozent der US-Bevölkerung Lebenstracker trugen. Bei den Hirnchips war die Penetranz noch besser: 99,9 Prozent. Aber die waren schließlich auch gesetzlich vorgeschrieben.

Marlene Dietrich war einer der ersten wirklich prominenten Fälle in Karis Laufbahn als Zertifizierer gewesen. Acht Jahre war ihre digitale Wiederauferstehung nun her. Er ließ den Fisch abkühlen und versank wieder in Gedanken.

»Wie fühlen Sie sich, Frau Dietrich?«

»Oh, ganz fantastisch. Ich bin heute so beschwingt. So frisch.«

»Wie … neugeboren?«, sagte er und konnte ein Lächeln nicht unterdrücken.

»Ja«, sagte sie. »Das trifft es.«

Natürlich wusste sie nicht, dass sie wirklich neu geboren war.

Kari hatte in seiner Laufbahn viele Hollywooddiven zertifiziert: Marilyn Monroe, Lauren Bacall, Elizabeth Taylor, Audrey Hepburn, Sophia Loren, Meryl Streep. Er war eine unangefochtene Autorität auf dem Gebiet und hatte damit sein Hobby zum Beruf gemacht. Kari war schon immer ein Liebhaber alter Filme gewesen. Und Hollywooddiven faszinierten ihn. Insbesondere Marlene Dietrich.

»Fühlen Sie sich wohl in Berlin, Frau Dietrich?«

»Ick bin nen Berliner Mädel, det wissen Se doch«, sagte die Dietrich und lachte.

Marlene, die Humorvolle. Und das trotz ihres ambivalenten Verhältnisses zu ihrer Heimat.

Ja, Marlene Dietrich war ein Berliner Mädel. 1901 war sie in eine privilegierte Familie in Berlin-Schöneberg hineingeboren worden. Dennoch konnte Kari nicht verstehen, warum Paramount Berlin als Hades gewählt hatte. Marlene Dietrich hatte Deutschland Anfang der 1930er-Jahre verlassen. Die deutsche Filmgesellschaft Ufa hatte sie nicht gewollt, trotz ihres überwältigenden Erfolgs mit dem *Blauen Engel*. Ihr Entdecker, der Regisseur Josef von Sternberg, hatte sie mit in die USA genommen. Dann ergriff Hitler die Macht, der Zweite Weltkrieg begann, und Dietrich reiste sogar freiwillig mit den amerikanischen Soldaten an die Front, um sie zu stärken – im Kampf gegen die Soldaten ihrer Heimat.

Marlene Dietrich war nie wieder zurückgekehrt. Warum sollte ihre Ewige nun also in Berlin wohnen? Für Kari fühlte sich das falsch an. Deutsche Diven hätten so etwas Mondänes, begründete Paramount seine Wahl. Hildegard Knef. Romy Schneider. Diane Kruger. Martina Gedeck. Das liebten die Zuschauer.

Besser hatte Paramount bezüglich des Wiederauferstehungsalters entschieden. Marlene Dietrich war als Sechsunddreißigjährige immortalisiert worden.

Die Altersfrage war eine der schwierigsten Entscheidungen bei der Immortalisierung von Personen. Schließlich würde sich der Ewige nicht mehr verändern.

Bei Prominenten war ausschlaggebend, in welchem Lebensabschnitt der Star am stärksten im kollektiven Gedächtnis verankert war. Bei manchen war das leicht zu beantworten, bei anderen nicht. Marlon Brando etwa gehörte zu den schwierigen Fällen. War der junge wilde Brando in *Die Faust im Nacken* ikonischer als der allmächtige Mafiapate Vito Corleone? Letztlich war es bei Stars eine ökonomische Entscheidung.

Sechsunddreißig war eine gute Wahl für eine Schauspielerin. Für die echte Marlene Dietrich war das ein schwieriges Lebensalter gewesen. Ihre Karriere hatte damals auf der Kippe gestanden. Sie hatte sich zwar mit mehreren Filmen in Hollywood etabliert, doch 1937, am Vorabend des Zweiten Weltkriegs, galt die »Deutsche« plötzlich als »Kassengift«. Und was tat die Dietrich, die Hitler und die Nazis immer gehasst hatte? Sie wurde Amerikanerin.

»Wie gefällt es Ihnen in den USA?«

Eine harmlose Frage am Anfang der Zertifizierung.

»Ganz ausgezeichnet«, antwortete sie. »Die Amerikaner haben einen herrlich trockenen Humor.«

Er sah auf das Display. Es bestätigte, was er auch so schon bemerkt hatte – keine Mikromimik-Ausschläge. Kari hatte bei dieser Frage auch keine erwartet. Marlene Dietrich hatte nie besonders an den USA gehangen. Aber so etwas würde sie nie öffentlich zugeben, dafür war sie viel zu höflich.

»Ich habe hier mit großartigen Regisseuren arbeiten dürfen. Mr. von Sternberg. Mr. Billy Wilder. Und natürlich Mr. Orson Welles. Er ist ein Genie.«

Marlene, die Bescheidene.

»Mit welchem Regisseur würden Sie noch gerne zusammenarbeiten?«

Sie überlegte einen Moment.

»Mit Ingmar Bergman. Ich liebe seine Filme.«

Eine absehbare Antwort.

»Wie wäre es mit Quentin Tarantino?«, fragte Kari, wohl wissend, was sie von dieser Idee halten würde.

Mikromimik Verachtung. Fünfundvierzig Millisekunden lang.

»Ich glaube, ich würde nicht in sein Konzept passen.«

Marlene, die Diplomatische.

Marlene Dietrichs Ewiger hatte natürlich ein Update bekommen, um sich in der Gegenwart zurechtzufinden. Daher wusste sie, wer Tarantino war. Seit ihrem Tod waren immerhin mehr als fünfzig Jahre vergangen.

Bei allen Ewigen von Prominenten aus der Prä-Immortalisierungszeit bestand das Problem, dass sie keinen Lebenstracker getragen hatten. Der Tracker erfasste alles, was der Mensch zeit seines Lebens getan, gesagt und gefühlt hatte, indem er sämtliche messbaren Signale analysierte und aufzeichnete: Stimme und Sprechweise, Bewegungs- und Verhaltensmuster, Herzschlag, Hautleitfähigkeit, Botenstoff- und Hormonausschüttungen. Daraus ergab sich ein ziemlich umfassendes Profil eines Menschen. Gab es Trackerdaten, war es einfach, eine automatisierte lebensechte Simulation eines Menschen zu erstellen. Sie konnte alles tun, was der Mensch auch hätte tun können. Sie war genauso intelligent, witzig, einfallsreich – oder auch nicht, je nach Persönlichkeit. Aber die Ewigen konnten nicht über das hinaus, was der Mensch gewesen war. Sie waren Computercodes. Sie reagierten immer so, wie die Algorithmen es aus dem Verhalten des jeweiligen Menschen zu Lebzeiten berechneten. Sie waren gefrorene Zeit – wie das Vermeergemälde.

Als Immortal die Technologie der Immortalisierung entwickelt hatte, waren viele Menschen skeptisch gewesen. Der Gedanke, dass sie völlig berechenbar waren, behagte vielen nicht. Was war mit dem freien Willen? Gab es den nicht mehr? Dazu noch all die datenschutzrechtlichen Fragen. Konnte Immortal wirklich versichern und sicherstellen, dass die Trackerdaten absolut vertraulich blieben?

Als die ersten Ewigen dann auftraten, waren viele schnell überzeugt. Der Drang des Menschen, etwas Bleibendes in dieser Welt zu hinterlassen, seien es Kinder, Bücher, eine Formel oder auch nur eine eingeritzte Botschaft in einem Baum oder einer Parkbank, war übermächtig. Die Aussicht, ewig zu leben, wenn auch nur digital, war für viele Menschen einfach zu verlockend gewesen. Es war ein technischer Ausweg aus dem unerträglichen Gedanken an die eigene Endlichkeit.

Zweifler blieben. Die Thanatiker hatten mit den Ewigen und Immortal nie ihren Frieden machen können.

Doch bei den Prominenten des zwanzigsten Jahrhunderts, die in der Prä-Immortalisierungszeit gelebt hatten, war die Verewigung aufwendiger. Sie mussten auf Basis des Mediamaterials rekonstruiert werden. Persönliche Komplexität ging dabei zwangsläufig verloren. Aber bei Stars und Politikern zählte ja überwiegend die öffentliche Person und weniger der Privatmensch. Meistens gab es allerdings genügend private Daten.

Zuerst mussten die Datenspezialisten von Immortal die Lage sichten: Gab es genügend Audio- und Videomaterial? Von welcher Qualität war es? Existierten biografische Dokumente, Briefe, Tagebücher, direkte Angehörige oder Personen, die den Prominenten gekannt hatten? Je mehr Daten, desto besser, weil komplexer der Code, mit dem Immortal diesen Menschen als unsterblichen virtuellen Klon simulieren würde.

Ewige, die auf Rekonstruktionen von Mediamaterial basierten, wie es bei den meisten Schauspielerinnen und Schauspielern aus der Prä-Immortalisierungszeit der Fall war, fielen natürlich schlechter als Rekonstruktionen aus Trackerdaten, aber immer noch besser als jede Hackerkopie aus, die Kari bislang gesehen hatte. Kein Hacker hatte es geschafft, Subtilität in einem Ewigen abzubilden. Deswegen war der Mikromimik-Test auch ein zuverlässiges Mittel, um Fälschungen zu entlarven.

»Hatten Sie in den USA denn nie Heimweh?«, fragte er.

Ihre Miene wurde ernst. Aber nur für einen Moment. Sie war in Gedanken versunken. Dann lächelte sie wieder.

Mikromimik Traurigkeit. Vierzig Millisekunden.

»Ach nein. Es gibt hier so wundervolle Menschen.«

»Aber Sie müssen Deutschland doch vermisst haben? Ihre Familie?«

»Im Herzen bin ich immer noch Deutsche. Ich trage meine Heimat mit mir, egal wo ich bin.«

Mikromimik Traurigkeit. Vierzig Millisekunden.

Marlene Dietrich, die Kühle.

»Fühlen Sie sich als Vaterlandsverräterin?«

Mikromimik Wut. Fünfunddreißig Millisekunden.

»Vaterlandsverräterin? Wer hat mich denn so genannt?«

»Die Deutschen.«

Mikromimik Wut. Fünfunddreißig Millisekunden. War sie sauer auf ihn? Oder war es ihre Erinnerung?

»Nein, das stimmt nicht. Das deutsche Publikum war immer großartig. Es war nur die Presse, die mir nicht wohlgesinnt war.«

Marlene, die Großmütige.

Voight-Kampff. Der Name für diesen Qualitätstest der Ewigen war anfangs ein Insiderwitz der Fidelity-Psychologen gewesen. Aber mittlerweile nannten alle ihn so. Es handelte sich um eine Anspielung auf den Film *Blade Runner*, ein sechzig Jahre alter Klassiker der Science-Fiction, in dem künstliche Menschen mithilfe dieses Tests entlarvt werden. Im Film werden ihnen sehr emotionale Fragen gestellt und gleichzeitig ihre Körperreaktionen gemessen. Weil den Replikanten jegliche Empathie abgeht, verraten sie sich durch die fehlenden unwillkürlichen Reaktionen.

Der Fidelity-Test funktionierte ähnlich. Mit seiner Mimik verrät ein Mensch seine Gefühle. Die Mimik kann man kontrollieren. Nicht aber Mikromimiken, unbewusste Gesichtsausdrücke, die nur Bruchteile einer Sekunde dauern und als unmittelbare Folge einer Emotion entstehen. Ruft man bei Menschen starke Emotionen hervor, zum Beispiel mit einer Erinnerung an ein bewegendes Erlebnis, zeigen sie solche Mikromimiken, bevor die bewusste Kontrolle des Gesichtsausdrucks einsetzt. Es war schwer, sie mit bloßem Auge wahrzunehmen. In der Regel nutzte man Highspeed-Spezialkameras, um sie zu analysieren. Aber Karis Auge war nach unzähligen Zertifizierungen derart geübt darin, dass er Mikromimiken erkennen konnte.

Die Mikromimik-Stärke war – neben den üblichen Merkmalen wie Intelligenz, Erinnerungen, Verhaltensmuster, Sprechweise, Stimme – ein Qualitätsmerkmal für die Ewigen. Gemessen wurde sie mit Spezialkameras; normale Kameras konnten die Ewigen nicht filmen, weil die digitalen Wesen nicht physisch präsent waren.

Und hier zeigten Ewige auch einen entscheidenden Unterschied. Bei einem Menschen veränderte sich die Stärke der Mikromimik bei jedem erneuten Aufruf der Erinnerung. Der Grund: Bei jedem Erinnerungsprozess wird die Emotion mit dem Inhalt der Erinnerung neu verknüpft. Wenn eine aufwühlende Erinnerung in einem ruhigen Umfeld abgerufen wird, schwächt sie sich ab. Oder umgekehrt. Bei Ewigen, die sich nicht mehr weiterentwickeln können, veränderte sich die Stärke der Mikromimiken beim Erinnern nicht mehr.

Kari hatte den Fisch mittlerweile aufgegessen. Jetzt nervte ihn das Brummen der Flugzeugmotoren. Fliegen war eine unnötige Schinderei geworden in einer Welt, in der Leute mit Avataren überallhin gleiten konnten, egal ob auf den Mount Everest, in den Vatikan, nach Versailles oder auf den Mond. Die Welt stand jedem offen, jederzeit.

Kari flog nicht gerne. Nicht zuletzt wegen der Leute. Diejenigen, die noch flogen, waren entweder sehr reich und taten es – gelangweilt von virtuellen Ausflügen – des Nervenkitzels wegen. Oder es waren Businesshengste, die einem Kunden oder einem Auftraggeber durch physische Präsenz Respekt erweisen wollten oder mussten. Im Avatar zur Arbeit zu erscheinen galt als unhöflich. Eigentlich idiotisch, weil es kaum einen Unterschied machte, ob man im Büro vor dem Rechner saß oder von zu Hause seinen Avatar ins Büro schickte. Avatare und Ewige sahen auch für ihre Kollegen so echt aus wie wirkliche Menschen.

Möglich machte das NeurImplant, ein Minichip, den mittlerweile so gut wie jeder in seinem Kopf trug. Er war so selbstverständlich geworden wie Kontaktlinsen. Kinder bekamen ihn in der Regel schon mit drei Jahren implantiert.

NeurImplant vermengte direkt im Gehirn die echte Realität mit der virtuellen – samt aller dazugehöriger Sinneseindrücke. Die Realität wurde mit einer digitalen Ebene vermischt. Im Gehirn entstand so ein Amalgam aus Wirklichkeit und Virtualität. Heraus kam die Blended Reality. Immortals epochales Werk.

Für die Erzeugung der Blended Reality betrieb die Firma einen enormen Aufwand: Sie musste die gesamte physische Welt in Echtzeit digitalisieren. In dieses Meer von Daten speiste Immortal dann die Avatare und Ewigen ein, ebenfalls in Echtzeit.

Um die Welt zu scannen, hatte Immortal ein weltweites Netz aus Billionen von Nanodrohnen aufgebaut, mikroskopisch kleine Scanner, die ständig überall unterwegs waren und die Erdoberfläche einlasen.

Diese Technologie hatte Immortal 2017 entwickelt, als der Megakonzern noch ein kleines Start-up gewesen war. Es war die Zeit, in der virtuelle Realität nach zahlreichen Flops in den 1990er-Jahren den lange ersehnten Durchbruch gefeiert hatte. Die ersten guten Brillen kamen damals auf den Markt: Oculus Rift, Sony Morpheus. Ihr Problem: Sie schlossen einen in der virtuellen Welt ein und sperrten einen aus der echten aus.

Erst Immortals NeurImplant hatte die Technologie alltagsfähig gemacht und es erlaubt, Avatare ins echte Leben einzubeziehen und sich mit ihnen in der Realität bewegen zu können. Immortal hatte damit eine Menge Geld verdient, denn jede Avatar-Minute kostete.

Aber die wirkliche Killerapplikation, die Immortal wenige

Jahre später groß werden ließ, war die Immortalisierung von verstorbenen Menschen zu unsterblichen digitalen Klonen. Die Ewigen waren ebenfalls Teil dieser neuen Realität geworden und lebten nun zusammen mit echten Menschen und Avataren in der Blended Reality.

»Wer heute noch trauert, ist selber schuld.« Anfangs hatte dieses Werbeversprechen von Immortal für viele herzlos geklungen. Doch über die Jahre gab der Erfolg dem Konzern recht. Die Menschen wollten sich nicht mehr mit ihrem eigenen Ende abfinden. Die Technologie versprach Unsterblichkeit und sorgte dafür, dass Stars wie Marlene Dietrich bis in alle Ewigkeit Filme drehen konnten.

»Hatten Sie eine glückliche Kindheit?«

»Ich hatte eine strenge Kindheit. Ich wurde preußisch erzogen. Aber das sehe ich auch als Vorteil.«

Marlene Dietrich hatte ihren Vater bereits als Kind verloren. Ihr Stiefvater war im Ersten Weltkrieg gefallen. Da war sie ein Teenager.

»Welches Verhältnis haben Sie zu Ihrer Schwester?«

Zwei Mikromimiken: Überraschung und Angst. Dreißig Millisekunden jede.

»Sie irren sich, Mr. Kari. Ich habe keine Schwester.«

»Sie haben keine Schwester?«

Mikromimik Angst. Fünfzig Millisekunden.

»Nein, wie kommen Sie darauf?«

Marlene Dietrich hatte sehr wohl eine Schwester. Aber sie hatte Elisabeth nach dem Krieg systematisch verleugnet. Warum, war nicht ganz klar. Wahrscheinlich aus Angst um ihre Karriere. Die Schwester hatte neben dem Konzentrationslager Bergen-Belsen eine Kantine und ein Kino für SS-Männer betrieben. Eine

Schwester, die KZ-Schergen bediente, passte nicht in das öffentliche Bild einer treuen Amerikanerin. Dennoch hatte Dietrich Elisabeth nach dem Krieg geholfen, wieder auf die Füße zu kommen.

Kari rief ein Foto auf seinem Rechner auf. Es war eine Aufnahme aus dem Jahr 1906. Darauf waren Marlene Dietrich und ihre Schwester im Kindesalter gemeinsam mit ihren Eltern zu sehen. Er zeigte ihr das Foto.

Dietrich warf einen kurzen Blick darauf.

Mikromimik Wut. Fünfzig Millisekunden.

»Sind Sie das hier rechts?«, fragte er.

»Nein.«

»Und das hier links, ist das Ihre Schwester Elisabeth?«, fragte Kari.

Mikromimik Wut. Fünfzig Millisekunden.

»Nein.«

Er hatte ihr diese Frage über mehrere Tage hinweg immer wieder gestellt. Die Mikromimik-Reaktion war in ihrer Heftigkeit gleichgeblieben. So wie er es für einen Ewigen nicht anders erwartet hatte.

Bei seinen Ewigen strebte Kari Perfektion an. Dafür wurde er, falls nötig, zum Detektiv. Er besah die Verstorbenen, sprach mit ihren Angehörigen, Freunden, Kollegen, recherchierte den Fall im Zweifel noch einmal neu.

Auftraggeber waren bei Privatpersonen üblicherweise die Hinterbliebenen. Bei öffentlichen Personen hatten Firmen oder Studios jedoch ein Mitspracherecht, so auch etwa bei seinem untreuen Firmenmanager, da dessen Firma um ihr Ansehen besorgt war. Die Rechtefrage eindeutig zu klären und gegenüber Klagen von Dritten abzusichern war ebenfalls Fidelitys Aufgabe. Gab es keine Hinterbliebenen mehr, fielen die Rechte an einem Ewigen an ehemalige Arbeitgeber; bei Künstlern konnten das auch Studios, Musiklabels oder Museen sein. Bei Politikern waren es meistens Parteien oder sogar Länder.

Im Fall von Marlene Dietrich war die Rechtslage eindeutig: Maria Riva, Dietrichs einzige Tochter, war schon lange verstorben. Rivas sieben Söhne hatten die Rechte an der Immortalisierung ihrer Großmutter versteigert. Mehrere Filmstudios hatten sich beworben. Den Zuschlag erhielt schließlich Paramount, Dietrichs altes Studio – für eine Summe von fünfzehn Milliarden Dollar. Paramount hatte sich damit alle Rechte an den Werken der virtuellen Marlene Dietrich gesichert. Es war eine ungewöhnlich hohe Summe für einen Star ihrer Epoche. Marilyn Monroes Ewiger hielt mit rund zweiundzwanzig Milliarden Dollar den Rekord bei den immortalisierten weiblichen Stars, nur übertroffen von Elvis Presley, für den Facebook achtunddreißig Milliarden bezahlt hatte. Aber selbst fünfzehn Milliarden Dollar lagen weit über dem Marktwert vieler noch lebender Hollywoodstars. Ewige hatten einen Vorteil: Sie alterten nicht.

Die Investition hatte sich für Paramount ausgezahlt. Kari hatte Dietrichs postmortale Karriere interessiert verfolgt. Ihr mit Abstand erfolgreichster kommerzieller Film war *Carte Blanche* gewesen, ein Teil der James-Bond-Reihe, in dem sie an der Seite von Sean Connery spielte – und mit ihm gegen Bösewicht Klaus Kinski kämpfte. Es war der erfolgreichste Bond aller Zeiten. Aber auch als Charakterdarstellerin in Filmen von Tom Tykwer, Woody Allen und Stanley Kubrick hatte Marlene Dietrich an die Klassiker ihrer ersten Karriere anknüpfen können.

»Was haben Sie getan, nachdem Sie Ihren letzten Film gedreht hatten?«

»Oh, Sie meinen dieses furchtbare Werk …«

Mikromimik Verachtung. Fünfunddreißig Millisekunden.

»Schöner Gigolo, armer Gigolo, *ja«, sagte Kari.*

»Ich hätte ihn niemals drehen dürfen! Ein fürchterlicher Film.«

Mikromimik Verachtung. Fünfunddreißig Millisekunden.

»Warum haben Sie ihn gemacht?«, fragte Kari.

»Ich brauchte das Geld. Und die Konditionen waren gut.«

»Und Sie konnten in Paris bleiben.«

»Ja, das war praktisch«, sagte Dietrich.

»Sie haben Ihr Pariser Apartment dann jahrelang nicht mehr verlassen«, sagte Kari.

»Ich war immer ein häuslicher Mensch. Ich brauchte meine Ruhe.«

»Sie haben sich bis zu Ihrem Tod in Ihrem Pariser Apartment eingesperrt, Frau Dietrich. Das ist nicht normal.«

Keine Mikromimik.

»Mein lieber Mr. Kari. Wovon reden Sie? Ich bin quicklebendig.«

Die Sperre funktionierte.

Die Ewigen besaßen kein Bewusstsein. Sie hielten sich für den lebenden Menschen. Dass sie niemanden berühren konnten und niemand sie, hinterfragten sie nicht. Genauso wenig wie ihre gesamte Existenz, das Leben, den Tod. Es war ihnen unmöglich, über ihren eigenen Tod nachzudenken, eine einprogrammierte Sperre verhinderte das. Alles, was mit dem Tod des Originalmenschen zu tun hatte, war bei dem Ewigen ausgeblendet. Bei Marlene Dietrich betraf diese Sperre ihre späten Jahre in Paris. Die Diva war im hohen Alter schwierig geworden und laut psychologischem Gutachten höchstwahrscheinlich schwer depressiv gewesen. Sie hatte sich in den letzten vierzehn Jahren ihres Lebens in ihr Pariser Apartment zurückgezogen und niemanden mehr empfangen. Nur per Telefon hatte sie noch mit der Außenwelt kommuniziert. All das war bei ihrem Ewigen herausgestrichen worden.

Kari dachte an Hannahs Ewigen. Wie sie ihn nicht erkannt hatte, als er gestern Nacht vor ihrem Haus gestanden hatte. Bei Hannah fiel er unter den Bann ihrer Sperre. Er war Teil ihres Todes.

Während er das dachte, rieb er mit der rechten Hand über sein linkes Handgelenk. Der kleine Diamant darin kratzte leicht über die Haut seiner Fingerkuppen.

3

Hamburg lag noch im Sonnenschein, als sein Flieger zur Landung ansetzte. Die Wasseroberfläche der Alster reflektierte die Sonnenstrahlen so hell, dass sie aussah wie eine riesige Hand aus Quecksilber, die nach dem Land griff.

Kari war müde. Verdammter Jetlag. Fliegen war so sinnlos.

Es war früher Abend, als er seinen Koffer vom Gepäckband zog und nach draußen schob. Glücklicherweise bekam er sofort ein Taxi. Der Fahrer sprach kaum Englisch. Er war türkischer Abstammung. »Ercan Yilmaz« stand auf seinem Dienstausweis, der unter dem Rückspiegel hing. Das Foto war verblichen. Im Radio lief die neue Single der Beatles, ein poppiges Stück mit dem Titel »Walrus Blues«.

»Where you want to go?«, fragte der Fahrer. Sein Blick war leer. Es war das Gesicht eines Mannes, der schon seit Jahren nicht mehr genügend Schlaf bekommen hatte.

»Dorinth-Hotel, Otzenstraße«, sagte Kari. Beim »tz« von Otzen stockte er kurz ob der ungewohnten Konsonantenfolge, aber der Fahrer verstand ihn sofort. Er nickte und fuhr los.

Es war ein kleines Hotel in einem ruhigen Teil des berühmten Vergnügungsviertels St. Pauli. Die Fahrt über blickte Kari durch das Fenster. Überall hingen Plakate von Politikern. Er erkannte Helmut Schmidt und seinen Herausforderer Helmut

Kohl. In wenigen Tagen standen Wahlen in Deutschland an. Er hatte im Flugzeug Zeitung gelesen. Demzufolge war mit einer Überraschung nicht zu rechnen. Alles sah danach aus, dass Helmut Schmidt zum sechsten Mal in Folge zum Bundeskanzler gewählt werden würde. Dann wäre er mit achtundzwanzig Jahren Regierungszeit – inklusive seiner biologischen Amtszeit – der am längsten amtierende deutsche Regierungschef aller Zeiten.

Je weiter sie in die Innenstadt von Hamburg kamen, desto mehr Portale sah er, aus denen sich der unvermeidliche Strom von Avataren ergoss.

Er war noch nie in Hamburg gewesen. Deutschland kannte er von ein paar Besuchen, überwiegend Berlin und München, wo er Recherchen über deutsche Regisseure oder Schauspieler angestellt hatte. Es waren einige große dabei gewesen, auf die er stolz war: Fritz Lang, Ernst Lubitsch, Werner Herzog, Klaus Kinski, Martina Gedeck. Er hatte bei diesen Gelegenheiten etwas Deutsch gelernt.

»Business?«, fragte der Fahrer und schaute Kari im Rückspiegel in die Augen. »Oder privat?« Er grinste. Seine Zähne hatten das Innere einer Zahnarztpraxis seit bestimmt fünfzehn Jahren nicht gesehen, schätzte Kari. Mindestens.

»Business«, antwortete er.

»Business, business«, wiederholte Yilmaz. »In Sankt Pauli we all have business.« Er lachte kurz und hart. »Special business.« Ha ha ha.

Kari strengte ein Lächeln an. Er wusste nicht, was er sagen sollte. Eigentlich verspürte er keine große Lust auf eine Unterhaltung, aber er fragte dennoch aus Höflichkeit in holprigem Deutsch: »Wie lange Sie leben schon hier?«

Ercan Yilmaz schaute erneut kurz in den Rückspiegel, prüfend.

»Born here. Hamburg home«, sagte er und klopfte sich mit der rechten Hand zweimal auf die Brust. »Home. Zuhause. Für immer.«

Er grinste und tippte mit dem linken Mittelfinger auf den Lebenstracker an seiner rechten Hand. »Work much«, sagte Yilmaz. Er blies die Backen auf und presste die Luft durch den Mund. »Work, work. Immortalisierung teuer.«

»Life-Contract?«, fragte Kari.

Yilmaz blickte ihn im Rückspiegel an und nickte. »For my kids.«

Das war das Rundum-sorglos-Paket. Jemand wie Yilmaz würde sich die Immortalisierung normalerweise niemals leisten können. Aber Immortal hatte für einkommensschwache Leute das Eternal-Life-Paket im Programm. Man verpflichtete sich, alle überschüssigen Einnahmen an Immortal abzutreten, natürlich abzüglich der Mindesthaltungskosten, Miete, Essen, Unterhalt der Kinder. Alles darüber hinaus wanderte an Immortal. Bis zum Tod. Dafür bekam man den Tracker und die Garantie auf das ewige digitale Leben. Im Gegenzug erhielt der Konzern das Recht, die Trackerdaten für Forschungszwecke zu nutzen und an Marketingfirmen zu verkaufen – und so einiges anderes, was im seitenlangen Kleingedruckten verborgen war und niemand genau wusste.

Das war der Preis für die Unsterblichkeit des kleinen Mannes.

Zuhause. Er dachte an Los Angeles. Die Stadt, in der er geboren war, und ja, für einen Moment fühlte er das Gefühl von Heimat in seiner Brust, ungefähr dort, wohin sich Yilmaz eben unwillkürlich geklopft hatte. Eine Szene aus Kindertagen stieg auf, ein Eichhörnchen, umringt von Nüssen. Er hielt ihm eine Nuss hin, und das Eichhörnchen fixierte ihn. Er fühlte die Spannung, ob das Tier die Nuss nehmen würde. Es nahm sie, und er freute sich. Es war eine seiner frühesten Erinnerungen. Die

Szene musste sich im Griffith Park zugetragen haben, diesem Urwald von Park, den er so liebte, schon als Kind.

Mittlerweile lebte Kari in einem der ältesten und berühmtesten Häuser der Stadt, dem Bradbury Building. Es hatte in zahlreichen Filmen als Kulisse gedient; einer der bekanntesten davon war *Blade Runner*. Was für ein Zufall, hatte er gedacht, als er in diesem Gebäude über gute Beziehungen eine Wohnung ergattert hatte. Er führte regelmäßig einen Test durch, der nach einem Test in diesem Film benannt war. Und dann wohnte er auch noch an einem Ort aus ebendiesem Film. Manchmal fragte er sich, ob es überhaupt noch eine Grenze zwischen Schein und Sein gab.

Kari dachte an seine Wohnung im dritten Stock, in dem Fellini jetzt allein herumstreunerte, aber seine Nachbarin würde auf ihn aufpassen und ihn füttern. Er dachte an den Aufzug, der wie ein wunderschöner Vogelkäfig Menschen emporhob und fallen ließ und mit dem auch die Replikanten im Film hochgefahren waren – um schließlich auf dem Dach des Hauses ihr auf vier Jahre limitiertes Leben zu beenden.

Sein Hotelzimmer war nichts Besonderes, aber gemütlicher als viele andere Hotels, die er bewohnt hatte. Durch das echte Fenster hatte er einen guten Blick auf St. Pauli. Bäume überall. Wie grün Hamburg war, ganz anders als Los Angeles. Keine Skyscraper, die wie außerirdische Wächter über die Stadt und ihre Bewohner schauten. Stattdessen nette Altbauten aus der vorletzten Jahrhundertwende, in denen Generationen von Menschen gelebt hatten und deren Atem über die Wände gestrichen war. Von seinem Fenster konnte er auf eine alte, von Bäumen umringte Kirche aus rotem Backstein blicken. Die Spitze ihres Turms stach aus dem Miniwäldchen heraus wie eine Antenne, bereit, von Gott persönlich Instruktionen zu empfangen. Daran hing ein riesiges weißes Plakat. In großen schwarzen Buchstaben stand darauf: »Wahrlich, wahrlich, ich sage euch: Wer an mich glaubt, der hat das ewige Leben«, Johannes 6,47.

Nein, die Kirche hatte es nicht leicht in Zeiten, in denen das ewige Leben eine Aufgabe von Programmierern geworden war.

Der Friedhof Ohlsdorf lag etwa eine halbe Autostunde von seinem Hotel entfernt. Auf einem Flyer hatte Kari gelesen, dass er einer der größten Friedhöfe der Welt war. Das würde er auch bleiben, denn auf Friedhöfen ließen sich eigentlich nur noch Leute begraben, die sich eine Immortalisierung nicht leisten konnten oder sie aus irgendwelchen Gründen nicht wollten. Die sterblichen Überreste aller anderen wurden kompostiert und recycelt. Die Essenz des Menschen lebte als Programmcode weiter. Vielleicht sogar die Seele ... Wer wusste das schon.

Das Taxi hielt vor dem Friedhofseingang, einem riesigen schmiedeeisernen Tor. Man konnte mit dem Auto durch den Friedhof fahren, so groß war er. Sonnenlicht blendete seine übermüdeten Augen, als Kari ausstieg.

Er liebte Friedhöfe. Umso erfreuter war er gewesen, dass Lars von Trier sich hier mit ihm treffen wollte. Kari war in der Nähe des berühmten Forest Lawn Memorial Park aufgewachsen, im behüteten Stadtteil Glendale. Zahlreiche Prominente lagen dort: Michael Jackson, Humphrey Bogart, Walt Disney, Clark Gable, Sammy Davis Jr. Neben »Normalsterblichen« natürlich, darunter seine Großeltern, weswegen er als Kind dort viel Zeit zugebracht hatte. Er erinnerte sich an die Hand seiner Mutter, die mit ihm über die saftigen Wiesen stapfte. An die vielen Engelsstatuen. Die Fixierung auf Friedhöfe war geblieben. Als Schüler hatte er sich mit seinen Klassenkameraden eine Zeit lang nachts auf dem Cavalry Cemetery in Los Angeles getroffen, weil Forest Lawn zu streng bewacht war. Der Cavalry

Cemetery war ein schöner alter katholischer Friedhof am Whittier Boulevard. Engel unter Palmen und Bäumen. Dort waren sie über den eisernen Zaun geklettert, auf der Suche nach Verbotenem. Nach Abenteuer. Er, Hannah und noch ein paar Schulfreunde.

Und dort hatten sie dann stundenlang gesessen, immer bei Vollmond. Es war ihr Ritual geworden. Im Mondschein zwischen Grabsteinen zu sitzen, die über einhundert Jahre alt waren. Sie hatten die Flasche kreisen lassen. Jack Daniel's, Southern Comfort, Wodka – was auch immer irgendjemand organisieren konnte als Minderjähriger in Amerika. Sie hatten Schluck für Schluck getrunken, still, verbunden. Manche hatten sich gegruselt, vor allem die Mädchen, was den Jungen gefiel, weil sie sich als stark und furchtlos präsentierten konnten.

Kari musste lächeln, als er jetzt am Eingang von Ohlsdorf an diese kühlen Friedhofsnächte zurückdachte. Es war ein schönes Ritual gewesen, er musste etwa vierzehn gewesen sein damals. Sie hatten noch keinen Gedanken an die Unsterblichkeit verschwendet, während sie den scharfen Alkohol auf der Schleimhaut spürten, so scharf, dass ihm oft ein feiner Flüssigkeitsfaden aus dem rechten Mundwinkel entkam und sein Kinn hinabrann. Es war ihm peinlich gewesen, aber es merkte natürlich niemand in der Dunkelheit.

Hannah hatte es vielleicht gesehen. Er hatte manchmal ihre Blicke aufgefangen, wenn er glaubte, dass ihn niemand beobachten würde, während er sich unauffällig den Alkohol aus dem Mundwinkel wischte. Sie hatte so eine Angewohnheit, einen immer etwas zu lange anzuschauen. So lange, dass es unangenehm werden konnte. Sie wusste das auch, aber sie hatte ihm mal erklärt, dass sie nichts dagegen tun könne. »Gesichter sind wie Hypnose für mich«, hatte Hannah gesagt. »Kennst du das nicht? Wenn deine Augen müde sind und man seinen Blick in etwas hineinbohrt. Bis man anfängt zu schielen.« Sie verdrehte die Augen so sehr, dass sie richtig kräftig schielte. Dann hatte sie gelacht, und er hatte auch gelacht. Lange her. Komisch, er hatte sie nie gefragt, ob sie ihn dabei erwischt hatte, wie er beim Trinken gesabbert hatte. Und jetzt konnte er sie nicht mehr fragen.

Sie hatten einfach nur auf den Mond geschaut. Das Mondlicht auf Hannahs Gesicht, das Licht auf dem feuchten Gras, auf dem sie saßen, während unter ihnen begraben die abgenagten, bleichen, alten Knochen ruhten und noch ein wenig älter wurden.

Ohlsdorf wirkte auf Kari eher wie ein Park. Es war nicht viel los. Eine Schulklasse stieg aus einem Bus und strömte langsam auf den Eingang zu. Kari sah außerdem ein paar Mütter mit Kinderwägen, einige alte Leute und vor allem Touristen mit Rucksäcken. Und einige Avatare, die aus einem nahe gelegenen Portal Richtung Eingangstor plätscherten. Es war früh, erst kurz nach neun. Der Friedhof hatte gerade erst seine Pforten geöffnet. Der Besucherandrang würde noch kommen. Friedhöfe waren beliebte Touristenattraktionen geworden in einer Welt, in der es keinen endgültigen Tod mehr gab.

Er ging ein paar Schritte geradeaus, an den obligatorischen Imbissbuden vorbei, die aber noch geschlossen hatten. Irgendwo hier am Eingang musste es sein. Er blickte sich um, lief ein paar Schritte nach rechts und sah dann zu seiner Linken einen schmalen Kiesweg, an den Seiten von penibel gestutzten Heckenbüschen gesäumt. Sie sahen aus wie grüne Schokoküsse. Es musste die Allee sein, die er suchte.

Es fühlte sich dezent festlich an, die Allee hinunterzulaufen. Er ging an mehreren Gedenksteinen mit Inschriften vorbei. Am Ende der Allee führte eine Treppe hinauf zu einem Rondell, in dessen Mitte eine lebensgroße Jesusfigur stand. Sie hielt den rechten Arm himmelwärts gestreckt, die linke Hand lag auf der

Brust. Dieser Jesus hatte nichts gemein mit dem jämmerlich blutenden, ausgehungerten Halbtoten am Kreuz, den er in Kirchen hatte hängen sehen. Dieser Jesus sah aus wie ein Staatsmann der griechischen Antike, der Menschenmassen vor und Legionen hinter sich hatte.

Eine Kerze in einem roten Plastikbecher brannte am Sockel der Jesusfigur. Also gab es sie noch, die Gläubigen. Auch wenn sie immer weniger wurden und die Kunden von Immortal immer mehr.

»Guten Tag, Mr. Kari«, sagte jemand auf Englisch. Kari fuhr herum. Die Stimme war von rechts gekommen. Auf einem kleinen Grashügel neben dem Rondell stand eine Bank. Darauf saß ein betagter Mann.

Kari erkannte ihn nicht sofort, aber als er ein paar Schritte näher an ihn herangetreten war, identifizierte er die runden Gesichtszüge eines gealterten Lars von Trier.

»Guten Tag«, sagte Kari, als er vor ihm stand. Von Trier streckte ihm die Hand hin, was ihn kurz irritierte. Diese Geste war schon lange nicht mehr gebräuchlich. Es galt schlicht als unhöflich, durch aufgezwungene Berührung möglicherweise einen Avatar oder Ewigen in Verlegenheit zu bringen – schließlich konnten sie die Berührung nicht erwidern. Er ergriff von Triers Hand. Sie war warm und ledrig, der Händedruck fest. Von Trier blickte ihn fest durch seine schwarze Hornbrille an, während er seine Hand weiter schüttelte. Schon glaubte er – wenn auch nur für einen flüchtigen Moment –, von Trier würde gleich beginnen, an ihm zu zerren.

»Setzen Sie sich doch«, sagte von Trier und tappte mit der linken Handfläche auf den Platz neben sich.

Kari setzte sich. Hier hatte man einen schönen Blick über die Schokokussallee samt Jesusfigur. Neben der Bank standen mehrere große Linden. Ihre Blätter rauschten leise im Wind.

»Herrlich, nicht wahr?«, sagte von Trier und sog tief Luft durch seine Nase ein. Dabei pfiff sein Atem ganz leicht. Von Trier roch leicht nach frischer Seife, ein Geruch, der Kari an seine Kindheit erinnerte.

Von Triers »von« war eigentlich kein echtes, wie Kari im Wikipedia-Eintrag des Dänen gelesen hatte. Er war von seinen Mitschülern auf der Filmhochschule spöttisch so genannt worden, weil er etwas hochnäsig aufgetreten war. Später hatte er das »von« schließlich übernommen, als Reminiszenz an Marlene Dietrichs Entdecker Josef von Sternberg.

Von Trier trug eine dunkle Cordhose und einen langen schwarzen Mantel aus grobem Stoff. Er hatte ihn bis obenhin zugeknöpft. Trotzdem konnte Kari sehen, dass der Regisseur viel schlanker war, als er ihn von Bildern in Erinnerung hatte. Zwischen seinen Beinen hielt er einen schwarzen Stock mit silbernem Knauf geklemmt. Seine Hände lagen ruhig auf seinen Oberschenkeln, harmonisch wie eine Statue. Er würde gut hierher passen, dachte Kari.

»Ich dachte, es sei vielleicht ganz passend, wenn wir uns auf einem Friedhof treffen«, sagte von Trier. Für sein Alter hatte er eine erstaunlich junge Stimme. Er sprach ruhig, und sein Akzent klang für Karis Ohren ungewohnt. So hörte sich also das Englisch eines Dänen an, dachte er.

Der Regisseur wandte den Blick wieder nach vorn, über die Weiten des Ohlsdorfer Friedhofs. »Finden Sie nicht, Mr. Kari?«

Lars von Trier, so hatte Kari in Interviews gelesen, sei privat gar nicht so wie seine Filme. Er sei nett, umgänglich, ein interessanter Gesprächspartner, hatten Bekannte und Journalisten gesagt. Er sei sogar ziemlich schüchtern. Man würde es nicht vermuten, denn der dänische Regisseur war zeitlebens ein Provokateur gewesen. Allerdings einer, der damit Erfolg gehabt hatte. Das gab es nicht oft, schon gar nicht in diesen Zeiten.

Von Trier würde es ihm bestimmt nicht leicht machen.

»Ich bin nicht ganz sicher, wie Sie das meinen«, antwortete Kari ausweichend. Er ahnte, dass von Trier mehr wusste, als er zugab. Es war ein Abtasten.

»Es hat auch praktische Gründe, dass wir uns an diesem Ort treffen. Ich wollte hier in Ohlsdorf ein paar Szenen meines neuen Films drehen.«

Er lächelte Kari an. »Gehen wir ein Stück?« Kari nickte, und von Trier machte Anstalten aufzustehen. Dabei hatte er deutliche Schwierigkeiten. Mit der linken Hand auf dem Stock und der rechten auf der Banklehne drückte er sich hoch, wobei er die gesamte Last auf das linke Bein legte. Er ächzte leise, ignorierte die Hand Karis und schaffte es schließlich hoch. Dann stand er aufrecht.

Der alte Mann strahlte Würde aus. Es war keine angestrengte, übertriebene Haltung; von Triers gerade Statur war natürlich. Sie gingen langsam zur Jesusfigur hinüber. Kari fiel auf, dass er rechts leicht humpelte.

»Mein Knie macht mir leider etwas zu schaffen«, sagte von Tier, fast entschuldigend. »Ich möchte Ihnen etwas zeigen.«

Er ging vorsichtig die Stufen hinunter, und Kari folgte ihm, innerlich bereit, sofort zuzugreifen, sollte der alte Mann straucheln. Aber von Trier brachte die Treppe sicher hinter sich, dann ging er noch ein paar Schritte die Allee entlang und blieb vor einem Stein stehen. Kari hatte ihn auf dem Hinweg nicht beachtet. Dabei war er recht auffällig, in barockem Stil gestaltet. Auf ihm war eine metallene Plakette befestigt, die einen Männerkopf im Profil zeigte. Der Mann hatte eine imposante Nase, wenige nach vorne über die Glatze gestrichene Haare und lange Koteletten. Der Anflug eines Lächelns lag auf seinem Mund. Unter dem Kopf stand in einem Halbkreis: »Johann Martin Lappenberg. Geb. 30. Juli 1794«. Als er das las, musste Kari unwillkürlich an die Akte von Marlene Dietrich denken. Geb. stand für geboren, so viel Deutsch konnte er. Rechts daneben las er: »Gest. 28 Nov 1865«. Gest. für gestorben. Geboren und gestorben. Wie ähnlich sich die deutschen Wörter für Anfang und Ende des Lebens doch waren.

Von Trier zeigte auf den oberen Halbkreis der Plakette. »Können Sie das lesen?«, fragte er Kari. »Ihr«, las dieser, dann eine Pause. Es war altdeutsche Schrift. Die nächsten zwei Wörter konnte er nicht entziffern. Aber das darauffolgende: »Wahrheit«, sprach er, »Wahrheit erkennen.« Wieder zwei kürzere Wörter, die Kari nicht lesen konnte, dann noch mal das Wort »Wahrheit«. Und die letzten beiden Wörter lauteten »frei machen«. Es war wieder ein Bibelspruch, wieder Johannes.

»Ihr werdet die Wahrheit erkennen, und die Wahrheit wird Euch frei machen«, sagte von Trier in flüssigem Deutsch.

»Ein guter Spruch«, sagte Kari. »Ich wünschte, meine Mutter hätte ihn gekannt«, murmelte er.

Von Trier sah ihn kurz an, fragte aber nicht nach.

Sie standen einen Moment schweigend vor dem Stein. Dann sagte von Trier mit fester Stimme: »Sie ist tot, nicht wahr? Deswegen sind Sie alle so nervös, nicht wahr? Erst diese ganzen scheinheiligen Fragen von den Immortal-Leuten und jetzt Ihr Besuch hier in Hamburg. Das ist die Wahrheit, oder, Mr. Kari? Marlene Dietrich ist tot.«

Kari überlegte einen Moment. Natürlich hatte niemand von Trier etwas gesagt; die Sache war viel zu brisant, um ihn einzuweihen. Aber er war zu intelligent. Er musste nun abwägen, wie er vorgehen sollte. Von Trier würde garantiert dichtmachen, wenn er versuchte, ihn für dumm zu verkaufen. Kari entschied sich für die Wahrheit. »Wir wissen es nicht, Herr von Trier.«

Von Trier schnaubte leicht und blickte auf den Stein. »Was wissen wir denn überhaupt über diese … Ewigen«, sagte er. Er sprach das Wort aus, als wäre es ein Fremdkörper in seinem Mund.

Kari holte kurz Luft: »Ist Ihnen irgendetwas aufgefallen, als Sie mit ihr gesprochen haben?«

»Hm.« Von Trier blickte wieder auf die Plakette mit Lappenbergs Profil. Auf seinen Stock gestützt dachte er nach. Dann drehte er sich langsam von der Plakette weg und ging auf die Treppe zu. Der Stock knirschte im Kies. Kari folgte ihm.

»Nein, sie war wie immer«, sagte von Trier.

»War sie irgendwie seltsam? Kam sie Ihnen irgendwie flach vor? Oder wirr?«

Kari wollte abklopfen, ob von Trier möglicherweise doch eine Kopie getroffen hatte.

»Nein. Sie war absolut authentisch«, sagte von Trier.

»Wieso sind Sie sich da so sicher?«

»Weil ich die echte Marlene Dietrich kannte.«

Kari sah ihn verblüfft an.

»Sie haben sie gekannt?«

Von Trier winkte ab. »Nicht persönlich. Aber ich habe sie einmal auf der Bühne gesehen, Anfang der 70er-Jahre. Ich muss gerade zwanzig gewesen sein. Ich glaube, es war in Kopenhagen. Ich habe damals für eine Zeitung gejobbt und durfte sie interviewen.«

Von Trier lächelte. Sein Gesicht nahm für einen kurzen Augenblick einen versonnenen Ausdruck an. Seine Augen blickten entrückt. Blickten zurück in der Zeit, sieben lange Jahrzehnte weit. In seinem Kopf feierte die alte, die echte Marlene Dietrich in diesem Moment ihre Wiederauferstehung. Kari fühlte einen Anflug von Neid in sich. Zugleich Ehrfurcht. Diese faltigen Augen hatten die echte Marlene Dietrich gesehen. Die

Marlene Dietrich aus Fleisch und Blut, während er »nur« ihrem Ewigen gegenübergesessen hatte. Von Trier hatte eigentlich einen viel zuverlässigeren Authentizitätstest mit ihrem Ewigen gemacht als er.

»Worüber haben Sie mit ihr gesprochen?«, fragte Kari.

»Sie meinen damals? Oder am Mittwoch?«

Kari lächelte. »Am Mittwoch.«

»Wir haben über den Film geredet.«

Sie gingen an Jesus vorbei die Treppe hinauf. Dann blieb von Trier stehen und zeigte mit dem Stock nach rechts auf den Weg, der tiefer hinein in den Friedhof führte. »Gehen wir dort entlang.«

Am Ende des Wegs lief eine Gruppe. Kari sah eine Mutter mit Kinderwagen, daneben der Vater, eine ältere Dame und ein kleines Mädchen, vielleicht drei Jahre alt. Sie standen vor einem Grab mit einem kleinen weiblichen Engel auf dem Stein. Die Engelfrau blickte nach unten, die linke Hand lag leicht auf ihrer Brust, die rechte ruhte in einer schützenden Geste über dem Grab.

Die Mutter hatte sich über den Kinderwagen gebeugt und sprach mit ihrer Tochter, die auf den Engel zeigte. Von Trier und Kari gingen langsam auf die Familie zu. Das kleine Mädchen zeigte auf den Engel und blickte die Mutter an. Der Lebenstracker an seinem Handgelenk funkelte rosafarben im Sonnenlicht.

»Wie Omi, Mama?«, sagte das Mädchen.

Auf dem Grabstein stand »Annerose Jonsson, geb. 1877, gest. 1936«.

Lars von Trier blieb in einigen Metern Entfernung stehen und beobachtete die Szene. Kari war es ein wenig unangenehm, die Leute zu begaffen. Aber sie schienen sie nicht zu bemerken.

»Wie Omi?«, fragte das Mädchen erneut und zeigte nun auf die ältere Frau. Sie war etwa Mitte fünfzig. Ihr Gesicht lächelte, sie wirkte sehr entspannt. Das Mädchen war aufgeregt, das konnte Kari an seiner Stimme hören.

Die Mutter beugte sich zu ihm herunter. »Ja, Anna, wie Omi. Diese Frau da«, sie zeigte auf den Grabstein, »ist gestorben. Aber schon vor langer, langer Zeit.«

Das Mädchen runzelte leicht die Stirn. Kari war erstaunt, wie gut man in Kindergesichtern lesen konnte. Bei Kindern waren Mikromimik und normale Mimik noch identisch. Sie lernten erst später, wie sie ihre Gedanken verstecken konnten.

»Wo, Mama?«, fragte Anna, und ihre helle Stimme wurde traurig.

»Sie ist im Himmel«, sagte die ältere Frau und lächelte.

Anna legte den Kopf tief in den Nacken und blickte hoch. »Ohhh«, sagte sie.

»Omi war auch im Himmel«, sagte die Mutter. »Aber sie wollte gerne zurück zu uns und bei uns bleiben.«

»Oh«, sagte Anna und blickte ihre Großmutter an. »Omi bleiben«, sagte sie und griff nach ihrer Oma. Ihr Arm ging durch sie hindurch wie durch Luft. »Omi bleiben«, sagte sie noch mal und stolperte ein paar Schritte nach vorne, durch den Körper der Frau hindurch. Dann begann sie zu weinen. Sie konnte ihre Oma nicht anfassen. Vielleicht weinte sie aber auch wegen der Vibration, die sie im Moment des Criss-Cross mit dem Ewigen spürte, vermutete Kari. Bei physikalisch nicht erlaubten Manövern zwischen echten und virtuellen Personen sandte der Hirnchip ein Warnsignal aus, das sich anfühlte wie eine Vibration. Es war unangenehm.

Die Mutter ging in die Hocke und nahm Anna bei den Händen. »Anna, es ist alles gut. Omi ist bei uns, und sie bleibt hier.« Sie umarmte ihre Tochter. Der Vater stand etwas unbeteiligt daneben und streichelte Anna jetzt den Kopf. »Nicht weinen, Anna«, sagte er.

Annas Großmutter-Ewiger lächelte immer noch. »Anna«, sagte sie mit ruhiger Stimme. »Ich bin bei dir. Ich bleibe hier – für immer.«

Lars von Trier blickte Kari an. Dann schlug er einen Pfad zu seiner Rechten ein. »Kommen Sie, Mr. Kari.«

Vor ihnen erstreckten sich zwischen Bäumen und Sträuchern plötzlich wuchtige Steinmonumente. Ein wenig erinnerten sie Kari an kleine Bunker. Oder Tempel.

»Mausoleen«, sagte von Trier. »Als der Friedhof Ende des 19. Jahrhunderts eröffnet wurde, brach ein regelrechter Grabkult unter den reichen Hamburger Familien aus.«

So viel Aufwand für ein paar Gebeine. Kari konnte es nicht glauben.

»Alles immer für die Ewigkeit«, sagte von Trier und schüttelte den Kopf. »Diese grenzenlose Hybris. Wir können nicht akzeptieren, dass wir vergänglich sind. Wissen Sie, was diese Kränze dort bedeuten?«

Er zeigte auf die Kranzabbildungen auf der Frontseite eines Grabmals.

Kari schüttelte den Kopf.

»Das sind die Urnenkammern. Zu Beginn des zwanzigsten Jahrhunderts ließen sich immer mehr Christen einäschern. Aber es hat lange gedauert, bis es so weit war.«

»Wieso?«, fragte Kari.

»Die Kirche hat Feuerbestattungen jahrhundertelang verboten. Schließlich predigt das Christentum die Wiederauferstehung nach dem Tod, nicht wahr? Und wer will schon als Häufchen Asche vor Gott treten?« Von Trier lachte.

Kari musste grinsen. Der alte Mann war ihm sympathisch.

»Worum geht es in Ihrem Film?«, fragte er.

»Um den Tod«, sagte von Trier knapp.

Kari stutzte. »Sie wollen einen Film über den Tod drehen? Mit einer Ewigen als Schauspielerin?«

»Marlene war sehr interessiert«, sagte von Trier.

Das war wegen der Todessperre höchst ungewöhnlich.

»Warum ausgerechnet dieses Thema?«, fragte Kari.

Von Trier hob die Spitze seines Stockes ein wenig an und berührte damit eine der Grabplatten vor dem Mausoleum. »Weil wir den Tod vergessen haben. Weil wir ihn tabuisiert haben. Wir leben in einer Illusion.«

»Sie lehnen die Immortalisierung ab?« Kari gefiel nicht, wohin das Gespräch steuerte. Er respektierte die Ansichten eines prominenten Regisseurs und alten Mannes, aber er war hier als Vertreter einer Firma, die von der Immortalisierung lebte.

Von Trier schob den linken Ärmel seines Mantels ein Stückchen hoch und hielt sein Handgelenk vor Karis Gesicht. Es war nackt. Dann hob er die rechte Hand. Auch deren Gelenk war nackt. Von Trier trug keinen Lebenstracker.

»Und diesen verdammten Hirnchip habe ich auch nur, weil er vorgeschrieben ist und man kaum noch was machen kann ohne«, sagte von Trier. »Ich bin jetzt achtundachtzig Jahre alt, ich habe nicht mehr lange zu leben, Mr. Kari. Ich denke jeden Tag an den Tod. Aber es ist in Ordnung, ich bin bereit. Ich hatte ein schönes Leben, ich habe schon als junger Mann oft an ihn gedacht. Er hat mir geholfen, mein Leben bewusster zu leben. Der Tod ist etwas Gutes.«

Der alte Mann blickte ihn fest an. »Der Tod ist notwendig. Daran sollten wir uns wieder erinnern.«

Von Triers Mimik faszinierte Kari. Sie war so ausgeprägt, dass man ihm ansehen konnte, was er gerade dachte. Er musste ein schlechter Lügner sein. Wahrscheinlich hatte er mit dieser Eigenschaft viele Menschen in seinen Bann gezogen – und genauso viele abgestoßen. »Die Wahrheit wird euch frei machen.« Vielen machte sie eher Angst.

»Ich war mal in Pompeji«, sagte von Trier und blickte an Kari vorbei in die Weite. Er sah die Vergangenheit in seinem Kopf. »Die Stadt, die vor zweitausend Jahren urplötzlich unter Lava begraben wurde. Wussten Sie, dass man sogar die Hohlräume der eingeschlossenen Menschen gefunden hat? Sie haben den Augenblick festgehalten, in dem sie gestorben sind.«

Kari war nie in Pompeji gewesen, aber er erinnerte sich dunkel an eine Dokumentation über die verschüttete römische Stadt am Vesuv.

»Man hat die Hohlräume mit Gips ausgegossen. Hat sie aus dem Nichts zurückgeholt, dem Nichts wieder Form gegeben – und uns eine Ahnung, wie der Tod aussehen kann.«

Lars von Triers Blick sank zum Boden. »An den Sterbenden von Pompeji habe ich das erste Mal den Tod gesehen.« Er blickte auf. »Haben Sie schon mal einen Toten gesehen, Mr. Kari?«

Hannahs Gesicht erschien vor Karis innerem Auge. Ihr blutverschmiertes Gesicht mit den für immer geschlossenen Augen. Kari nickte.

Von Trier kniff die Augen zusammen und stieß den Stock in die Erde. »Ich brauche keine seelenlose, animierte Statue von mir, die mich bis zum Sankt Nimmerleinstag simuliert, Mr. Kari! Es wird Zeit, den Tod wieder zu respektieren!«

Er hustete. Es klang nicht besonders gut. »Das Leben gehört dem Lebendigen an, und wer lebt, muss auf Wechsel gefasst sein«, sagte er mit zorniger Stimme. »Goethe. Recht hat er! So gesehen ist unsere Welt bereits tot. Eine Geisterbahn. Tote Politiker regieren die Welt. Tote Wissenschaftler forschen, tote Künstler malen. Die ganze Welt ist ein Mausoleum. Nichts verändert sich mehr. Alles starr!«

Es war nicht Karis Absicht gewesen, mit von Trier eine

Grundsatzdebatte über die Immortalisierung zu beginnen. Er war hier, um Informationen über den Dietrich-Ewigen zu sammeln. Trotzdem konnte er sich eine Bemerkung nicht verkneifen: »Sir, mit Verlaub: Sind Ihre Filme nicht Ihre Art, nach der Unsterblichkeit zu greifen?«

Von Trier lächelte. »Punkt für Sie, Mr. Kari. Es ist schon richtig. Ob Statuen, Mumien oder in flüssigen Stickstoff eingelegte Leichen – wir Menschen haben seit jeher versucht, den Tod zu überlisten. Und obwohl uns das nie gelang, sollten uns wenigstens unsere Werke überleben. Manche haben das tatsächlich geschafft – oder zumindest die Idee davon. Haben Sie jemals Homers Odyssee gelesen?«

Kari schwieg. Er kannte die Geschichten der Odyssee, aber natürlich hatte er nie das Original gelesen.

»Dachte ich mir. Ich auch nicht. Aber immerhin wissen wir noch, was die Odyssee ist, nicht wahr? Die Geschichte hat überlebt. Vielleicht in veränderter Form, aber der Kern ist noch da. Und genau das ist der Punkt: Meine Filme sind keine starren Simulationen, die nichts Neues mehr lernen und sich nicht verändern können. Sie werden in den Köpfen und Herzen der Menschen lebendig, und ja, sie werden mich überleben.« Er betonte die erste Silbe des Wortes »überleben«, im Englischen »outlive«. »Sie werden ihr Eigenleben führen.«

Von Trier zeigte mit dem Stock auf den Weg und fasste mit der Hand Karis rechten Arm. »Kommen Sie. Gehen wir noch ein Stück.«

Sie liefen den Weg an den Mausoleen entlang. Von Triers Stock knirschte leise im Kies.

»Wenn Sie die Immortalisierung ablehnen, verstehe ich nicht, warum Sie dann mit einem Ewigen drehen wollten«, sagte Kari.

Von Trier nickte. »Ich hielt es für eine starke Metapher. Das, was eigentlich gar nicht lebendig ist, wird am Ende dahin gehen, wo es gleich hätte hingehen sollen. In den Tod. So wie Frankensteins Monster.«

Hannahs blutendes Gesicht erschien vor seinem inneren Auge. Dann war es wieder makellos. Wie sie auf dem Balkon stand, die Locken im Wind. Hannah Frankenstein.

»Moment, Herr von Trier. Habe ich Sie richtig verstanden, dass die Hauptperson in Ihrem Film ein Ewiger ist, der von Marlene Dietrich gespielt werden sollte? Und die Hauptperson stirbt im Film?«

»Bin ich jetzt Ihr Hauptverdächtiger im Mordfall Dietrich?«, fragte von Trier und lachte. Er genoss Karis Überraschung. »Keine Angst, Mr. Kari, es handelt sich um einen Selbstmord. Den ersten Selbstmord eines Ewigen.«

Jetzt verstand Kari gar nichts mehr.

»Ich fürchte, ich kann Ihnen nicht folgen, Sir.«

»Sie haben richtig gehört. Marlene Dietrichs Ewiger hätte sich in meinem Film umgebracht.«

Kari war fassungslos.

»Sie haben mit Marlene Dietrichs Ewigem darüber geredet?«

»Ja. Sie war meine Wunschkandidatin für die Rolle. Ich habe den Inhalt des Films bislang geheim gehalten, weil er so brisant ist. Aber ihr habe ich natürlich alles erzählt. Und wir haben lange über das Ende diskutiert. Es war ihr völlig klar, dass sie sterben würde. Und dass es ein Selbstmord sein würde.«

Kari schüttelte den Kopf.

»Die Ewigen haben, wie Sie wissen, kein Bewusstsein ihrer selbst.«

Von Trier nickte. »Deswegen können sie sich nicht mehr weiterentwickeln und sind wie gefroren. Es ist angeblich technisch nicht möglich, sie mit Selbstbewusstsein auszustatten, habe ich gelesen.«

»So ist es«, sagte Kari. »Und sie haben außerdem beim Thema

Tod eine Sperre einprogrammiert, damit sie nicht in …« Kari zögerte einen Moment, weil er die passende Formulierung suchte. »… eine Art Schleife geraten und sich ständig mit ihrem eigenen Tod beschäftigen.«

Von Trier zog die Augenbrauen leicht zusammen. Die Denkerfalte über der Nase war ziemlich tief.

»Was ist das für eine Sperre?«

»Eine Art Sicherheitsmechanismus, der den Ewigen implementiert wird. Über alles, was direkt mit ihrem Tod zu tun hat, können sie nicht sprechen oder nachdenken. Sie weichen bei dem Thema aus. Die Sperre ist kein Geheimnis, aber sie wird von Immortal auch nicht an die große Glocke gehängt. Jeder, der einen immortalisierten Angehörigen hat, wird es wahrscheinlich bemerkt haben. Aber es dürfte die meisten nicht stören. Mit dem Liebsten, den man einmal verloren und dann wiederbekommen hat, hat man sicher schönere Dinge zu bereden.«

»Hmm …« Von Trier blickte nachdenklich. »Das ist seltsam. Der Selbstmord war Marlenes Idee.«

Kari konnte es kaum glauben. Etwas stimmte offenbar mit ihrem Ewigen nicht.

»Sind Sie sicher?«

»Todsicher«, sagte von Trier und lachte.

Das bedeutete, dass der Code ihres Ewigen korrupt war. Kari wusste nicht, wie genau und warum, aber dem musste er nachgehen.

»Haben Sie Immortal von all dem erzählt?«, fragte Kari.

»Quatsch!«

»Und warum erzählen Sie es jetzt mir? Sie wissen, dass ich für Fidelity arbeite.«

»Aber Sie sind nicht Immortal«, sagte von Trier. »Sie sind jemand, der die Wahrheit erkennen wird. Und sie wird Sie frei machen.«

Er lächelte.

»Warum wollten Sie überhaupt so einen Film inszenieren?«, fragte Kari. »Ist Ihnen klar, wie viel Ärger Sie mit Immortal bekommen werden?«

Von Trier seufzte. »Mr. Kari«, sagte er, »es ist seit über achtzig Jahren mein Job, Lars von Trier zu sein.« Er blieb stehen. »Kein leichter Job, glauben Sie mir. Aber meinen Sie wirklich, dass mich noch kümmert, was diese Affen von Immortal, Fidelity oder Was-weiß-ich-wer davon halten werden?«

»Und was ist mit Ihren Zuschauern?«, fragte Kari. »Glauben Sie nicht, dass sie deren Gefühle verletzen könnten?«

Von Trier lachte. »Und wer kümmert sich um meine Gefühle? Diese Unsterblichkeitsposse verletzt *meine* Gefühle.«

Jetzt waren sie wieder bei der gleichen Debatte gelandet, obwohl Kari nicht mit ihm diskutieren wollte. Seine und von Triers Meinung zur Immortalisierung spielten keine Rolle.

Von Trier fixierte ihn eine Weile. Er versuchte Karis Gedanken zu erraten.

»Sie halten das für unmöglich? Dass ein Ewiger sterben kann?«, fragte von Trier.

»Sie meinen, in Wirklichkeit?«

»Wenn Sie diese Geistwesen als Wirklichkeit bezeichnen wollen, ja.«

Kari schüttelte den Kopf. »Ich sollte das zwar jetzt besser nicht sagen, weil es nicht für die Öffentlichkeit bestimmt ist. Aber Ihnen kann man nichts vormachen. Unmöglich wäre es vielleicht nicht, einen Ewigen zu löschen. Aber es hat noch niemand geschafft. Und bei den Sicherheitsvorkehrungen, die Immortal getroffen hat … Das ist so gut wie ausgeschlossen.« Kari schüttelte den Kopf. »Aber einen Selbstmord halte ich für unmöglich, ja.« Er dachte an die Todessperre der Ewigen.

»Letztlich geht es nur darum, wer Zugriff auf die Daten des

Ewigen erlangt und was er damit anstellt. Warum nicht ein Ewiger selbst?«, fragte von Trier. »Marlene war da ziemlich einfallsreich. Vielleicht ist das ja auch ›in Wirklichkeit‹ mit ihr passiert?«

Ein ungutes Gefühl machte sich in Karis Magengegend breit. Es war eine Vorahnung, dass soeben etwas aus den Fugen geriet. Etwas sehr Großes.

4

Kari war noch am selben Tag mit dem Zug weitergereist. Hamburg – Berlin fühlte sich für ihn an, wie von einem Stadtteil von L.A. in den nächsten zu fahren. Deutschland war klein. Und doch so vielfältig.

Das Thermopolium in Charlottenburg war eines der ältesten und größten Restaurants Berlins – und immer voll, wie ihm Lars von Trier erzählt hatte. Die unscheinbare Tür ging so schwer auf, dass man sich vorkam, als trete man in einen verbotenen Tempel ein. Dann musste man noch einen Vorhang aus schwerem Stoff durchschreiten und stand endlich auf der Bühne, wo einen viele Augenpaare fixierten wie einen Eindringling. Sie gehörten den Unglücklichen, die nicht reserviert hatten, an der Theke auf Hockern ausharrten und hofften, endlich einen der begehrten Plätze zugewiesen zu bekommen. Aber das konnte dauern. Im Thermopolium ließ man sich Zeit. Viel Zeit.

Im Hintergrund lief Musik, aber die Stimmen und das Geschirrklappern übertönten sie. Kari meinte Edith Piafs Stimme zu erkennen. Nur das Lied sagte ihm nichts. Es musste neu sein. Sein gejetlagtes Gehirn fühlte sich wie in groben Stoff gehüllt. Mit der Musik, den dunklen Holztischen, den gefliesten Wänden und den vielen Spiegeln glaubte er für einen Moment, er sei in Paris.

Er stieß langsam die langen Zinken seiner Gabel in den kleinen glänzenden Hügel aus dunklem Fleisch. Thunfisch. Diesmal frischer.

Nach dem Treffen mit von Trier war er noch lange an der Alster spazieren gegangen, bevor er im Thermopolium reserviert hatte und in den Zug nach Berlin gestiegen war. In L.A. war es früher Morgen, da hätte er Gibson nicht erreicht. Also, piano. Er musste jetzt erst mal nachdenken, falls man das, was sein müder Geist gegenwärtig fabrizierte, so nennen konnte. Gedanken, die durch seine Synapsen krochen wie Schnecken.

Er winkte dem Kellner, der in einigen Metern Entfernung gerade mit einem großen Silbertablett auf der Schulter an ihm vorbeisauste. Darauf die Ozeanplatte: Austern, Schnecken, Champagner. Sündhaft teuer, aber wer hier aß, machte sich nichts aus Geld. Bereits als er die Hand hob, hatte ihn der Mann aus dem Augenwinkel gesehen und kaum merklich genickt.

Er ließ den Blick über die Gäste schweifen: Berlins Bohemiens. Wie uniformiert alle aussahen, dachte Kari. Rollkragenpullover und Perlen, geweißte Zähne und Ledertaschen, goldene Uhren und Seidenhemden. Überall funkelten die Lebenstracker. Es waren besonders luxuriöse Ausführungen, wie Kari mit Kennerblick feststellte. Die Unsterblichkeit war für diese Leute nur ein weiteres Goodie. Und wenn es nach ihnen ginge, würde sie auch nur ihnen vorbehalten sein – wie zu Beginn, als die Technologie noch neu war, bevor Immortal auch einkommensschwächere Kunden zu ködern begann.

»Monsieur?«

Der Kellner stand vor ihm. Die Nase hoch.

»Könnte ich bitte den Inhaber sprechen?«, fragte Kari.

Der Kellner versuchte seine Überraschung zu überspielen.

»Darf ich fragen, worum es geht?«

»Keine Sorge.« Kari lächelte entwaffnend. »Das Tatar war

ausgezeichnet. Es handelt sich um eine geschäftliche Angelegenheit.«

Der Kellner verzog keine Miene. »Ich werde schauen, was ich machen kann«, sagte er und verschwand hinter der Bar durch den schweren violetten Vorhang, der zur Küche führte.

Kari blickte sich um. Er hatte die bemalten Kacheln an den Wänden und der Decke noch gar nicht richtig wahrgenommen. Feine blaue Ranken mit Blüten zogen sich im oberen Drittel darüber. In der Mitte der dem Eingang gegenüberliegenden Wand stand »Gegründet 1882« in Jugendstillettern. An der Decke entdeckte Kari eine pantheonartige Vertiefung mit einem Bild. Er legte den Kopf in den Nacken, um es genauer zu betrachten. Es zeigte eine junge, verträumte Frau im Garten unter einem Baum. Sie hielt beide Handflächen an ihre Wangen gepresst und hatte die Augen geschlossen. Ein wenig erinnerte sie Kari an den ruhenden Engel des Mausoleums, an dem er heute Morgen mit von Trier entlangspaziert war. In der Mitte des Bildes entdeckte Kari eine kleine Halbkugel aus getöntem Glas. Eine Überwachungskamera.

»Sie wollten mich sprechen, Monsieur?«

Vor seinem Tisch stand ein glatzköpfiger dünner Mann. Feine blonde Stoppeln zogen im Kranz um seinen kahlen Kopf und glänzten im Licht. Einer der Männer, denen eine Glatze nicht stand. Er sah aus wie ein nacktes Huhn. Zudem wies sein Kopf unschöne Dellen an den Schläfen auf. Um davon abzulenken, trug er einen feinen Schnurrbart. Was ihn keineswegs französischer aussehen ließ.

»Guten Tag. Benjamin Kari.«

Der Glatzkopf musterte ihn kurz. »Marx.«

»Sind Sie der Inhaber?«

»Ja«, sagte Marx.

»Ich bin hier, um einen Fall zu untersuchen«, sagte Kari.

Er blieb beim Englisch, weil sein Deutsch nicht ausreichte. »Vorgestern haben sich hier eine Person und ein Ewiger getroffen. Ich würde Ihnen dazu gerne ein paar Fragen stellen.«

»Über Gäste geben wir keine Auskunft«, sagte Marx, er sprach ungerührt von Karis Englisch weiterhin Deutsch. »Wir sind ein diskretes Haus, mein Herr. Im Übrigen«, Marx' Stimme verfiel in einen abschätzigen Ton, »haben virtuelle Personen im Thermopolium keinen Zutritt. Hier gibt es keine Avatare«, er fuchtelte mit den Händen, als würde er Nebelschwaden vertreiben, »keine Fantasypflanzen, Bilder oder anderen virtuellen Firlefanz.«

»In Ihrem Restaurant war ein Ewiger. Es war Marlene Dietrich. Sie war hier. Das ist Fakt.«

Marx hob leicht das Kinn. »Was soll das hier? Wer sind Sie überhaupt?«

Seine überhebliche Art begann langsam, Aggressionen in Kari zu wecken.

»Ich glaube, das hier wird Ihnen weiterhelfen, Herr Marx.« Er holte sein Portemonnaie aus der Brusttasche und zog seinen Firmenausweis heraus. »Ich arbeite für Fidelity.«

Marx blickte kurz auf den Ausweis. Seine Mundwinkel zuckten kaum merklich.

»Meine Firma wäre Ihnen äußerst verbunden, wenn Sie mich in meiner Arbeit unterstützen würden«, sagte Kari. Er schenkte Marx ein Lächeln der besonders dezenten Sorte.

Marx blickte ihn ausdruckslos an und sagte dann mit monotoner Stimme: »Was kann ich für Sie tun?«

Kari steckte den Ausweis wieder ein. Als Kind hatte er es immer faszinierend gefunden, wenn in Filmen Polizisten ihren Ausweis irgendwem unter die Nase hielten – und dann bekamen, was sie wollten. Als Mitarbeiter eines der mächtigsten Konzerne der Welt genoss er dieses Privileg ebenfalls.

»Also, noch mal von vorne. Vorgestern haben sich hier Lars von Trier und Marlene Dietrichs Ewiger getroffen.«

Marx' Kopf zuckte ein Stückchen zurück – wie eine Echse, dachte Kari –, bevor er nickte.

»Frau Dietrich ist eine der wenigen Ausnahmen, die wir gestatten. Sie kam schon zu Lebzeiten ins Thermopolium. Es gibt noch ein paar andere Stammgäste, die uns auch als Ewige weiterhin beehren. Avatare sind jedoch bei uns unerwünscht ... wir sind ...«

»Ist Ihnen an den beiden irgendwas aufgefallen?«, unterbrach Kari ihn.

Marx überlegte einen Moment.

»Nein.«

»Wie lange saßen sie zusammen?«

»Das weiß ich nicht mehr. Es war viel los an dem Abend.«

»Wo saßen sie?«, fragte Kari.

»Ich weiß es nicht mehr«, sagte Marx.

»Was haben die beiden bestellt?« Kari wurde ungeduldig. Er wollte prüfen, ob Marx sich überhaupt an irgendetwas erinnerte oder schlicht log.

»Herr von Trier hatte, meine ich, die Merguez Frites.«

»Und Frau Dietrich?«

»Einen Wein.«

Ewige konnten keine Nahrung zu sich nehmen. Es war allerdings üblich, dass sie sich an soziale Situationen anpassten und etwas bestellten, auch wenn sie es nicht anrührten.

»Wie oft kommt Frau Dietrich?«

»Einmal die Woche, meistens montags.«

»Und Herr von Trier?«

»Den habe ich hier zum ersten Mal gesehen.«

»Mit wem kommt Frau Dietrich normalerweise ins Thermopolium?«

»Sie kommt eigentlich immer alleine.«

»Was macht Frau Dietrich dann?«

Marx schnaufte genervt. »Was sind das für Fragen? Frau Dietrich ist ein Star. Es ist eine Ehre für uns, sie regelmäßig begrüßen zu dürfen. Sie schätzt unser Haus ganz offensichtlich.«

Kari zeigte nach oben zum Bild an der Decke. »Zeichnet die Kamera durchgängig auf?«

Marx schaute düster. Es ärgerte ihn, dass Kari die Kamera entdeckt hatte. Er schnaufte noch einmal, dann nickte er.

»Ich würde gerne die Videoaufzeichnungen von diesem Abend sehen«, sagte Kari.

Marx runzelte die Stirn. »Was wollen Sie damit? Frau Dietrich ist da doch nicht drauf.«

Er hatte recht. Normale Kameras konnten Ewige nicht filmen.

Kari lächelte erneut künstlich. »Lassen Sie das meine Sorge sein, Herr Marx.«

Marx wies ihn an, ihm zu folgen. Sie gingen durch den Vorhang hinter der Theke, im Gang hörte Kari Geschirr klappern, aus der Küche drang feuchte Wärme. Die Köche unterhielten sich laut auf Französisch. Einer lachte. Marx führte ihn bis ans Ende des Gangs. Er öffnete die Tür, und sie standen in einem kleinen Büro. Es war unordentlich, schwarze Regale waren mit Aktenordnern vollgestopft, in der Ecke stand ein Staubsauger herum. Marx setzte sich an einen schlichten schwarzen Schreibtisch und schaltete den Rechner ein. Er wühlte sich per Gestensteuerung durch mehrere Ordner und öffnete einen, in dem mehrere Multimediafiles lagen, die nach Datum benannt waren. Als der Zeiger langsam über die untersten fuhr, machte er mit Daumen und Zeigefinger eine feine Bewegung in der Luft über der Tischplatte und hob einen File aus dem Ordner heraus auf den Desktop. »Das ist der Kamerastream von vorgestern«, sagte er.

»Danke. Kann ich ihn hier in Ruhe ansehen?«

Marx nickte und erhob sich. Kari setzte sich. Marx stand neben ihm und starrte auf den Bildschirm. Kari schaute ihn an und sagte: »Danke, Herr Marx. Ich komme alleine klar.«

Marx zögerte einen Moment, dann ging er. An der Tür drehte er sich noch einmal um: »Ich bin in der Küche.«

Kari nickte. Marx schloss die Tür.

Kari griff mit den Fingern nach dem File und öffnete ihn. Ein Videobild erschien und zeigte den Restaurantsaal in Fischaugenoptik aus der Vogelperspektive. Der Stream begann um 19:03 Uhr, als das Thermopolium öffnete, und dauerte laut Playeranzeige vier Stunden und sieben Minuten. Das Datum und die Realzeit waren unten rechts eingeblendet, sogar mit Sekunden. 25.07.2044 – 19:03:00. Es gab keine Tonspur, aber man hätte ohnehin nur einen Geräuschteppich aus Stimmengewirr, Geschirrklappern und Musik gehört. Kari drückte auf Play und sah, wie die Kellner die Kerzen anzündeten. Die ersten Gäste kamen um 19:07 Uhr ins Restaurant, ein junges Pärchen. Kari wühlte sich mit dem Zeigefinger durch das Menü des Players und fand die Einstellung für die Wiedergabegeschwindigkeit. Er wählte achtfach, und der Stream beschleunigte. Der Saal füllte sich. Leute strömten ein, Tische wurden belegt, an einigen wenigen saß nur eine Person, die mit einem unsichtbaren Gegenüber sprach. Avatare konnten es nicht sein, die waren schließlich unerwünscht. Es mussten also die wenigen – privilegierten – Ewigen sein, die die Kamera natürlich nicht aufgenommen hatte. Die Blended Reality, die Mischrealität, entstand in den Köpfen der Menschen; für das objektive Auge der Kamera waren diese virtuellen Wesen nicht wahrnehmbar. Wenn Lars von Trier mit Marlene Dietrich einen Film drehen wollte, brauchte er dafür eine Spezialkamera, die an einem Rechner hing, der die Echtweltaufnahme mit der Blended Reality abglich und die Szene so darstellte, wie Menschen mit Hirnchip sie sahen. Für Kino und Fernsehen wurden solche Spezialkameras eingesetzt, nicht aber für Überwachung. Wozu auch? Digitale Personen konnten schlecht etwas stehlen oder jemanden umbringen.

Kellner flitzten hin und her, nahmen Bestellungen auf, schrieben auf Blöcke und eilten wieder davon. Der Stream rauschte vor sich hin wie ein alter Slapstick-Stummfilm. Kari beobachtete das Treiben fasziniert. Seltsam sah es aus, wenn sie zu leeren Plätzen sprachen. Der Zeitanzeiger war bei 20:12 Uhr angekommen, als von Trier durch den Vorhang eintrat. Kari erkannte ihn sofort am Stock. Von Trier humpelte im Zeitraffer in den Saal, blickte sich kurz um und steuerte dann zielstrebig einen kleinen Tisch in der oberen Ecke des Saals an. Kari stellte die Abspielgeschwindigkeit des Players auf normal zurück.

Erst jetzt bemerkte er, dass ein bauchiges Glas Rotwein einsam auf dem Tisch stand. Von Trier stand vor dem Tisch und sagte etwas. Offenbar war Marlene Dietrichs Ewiger schon da. Dann ging Lars von Trier zur Garderobe und legte seinen Mantel ab. Er humpelte zurück und setzte sich. Die Aufnahmequalität war schlecht. Von Trier sagte erneut etwas. Dann nickte er und lachte kurz auf. Kari setzte die Geschwindigkeit auf zweifach. Von Trier studierte die Karte. Ein Kellner kam und sprach abwechselnd zu von Trier und dem leeren Platz ihm gegenüber. Sicherlich leierte er die Spezialitäten des Tages herunter. Von Trier stellte ein paar Nachfragen. Dann blickte er noch mal in die Karte und sagte etwas, klappte die Karte zu, und der Kellner verließ den Tisch. Von Trier hatte den Stock zwischen seine Beine geklemmt. Seine Körpersprache war entspannt. Er sprach in den ersten Minuten der Unterhaltung nicht viel, sondern hörte aufmerksam zu, was Marlene Dietrich erzählte. Zu ärgerlich, dass es keine Tonaufzeichnung gab, dachte Kari. Nach allem, was von Trier über die Unterhaltung berichtet hatte, wäre eine psychologische Analyse von Marlene Dietrichs Sprache sehr aufschlussreich gewesen.

Kari konnte Marlene Dietrich nicht sehen, aber er sah Lars von Triers Reaktionen. Er schaltete auf vierfache Geschwindigkeit. Eine Stunde Aufnahme war abgelaufen. Es sah so aus, als führte der Regisseur eine angeregte Unterhaltung mit ihr. Gut, kein harter Beleg, dass mit ihrem Ewigen alles in Ordnung, aber ein starkes Indiz dafür, dass sie keine Fälschung war. Jemand wie Lars von Trier hätte gemerkt, wenn Dietrichs Ewiger Unsinn erzählt hätte.

Von Trier bekam seine Würstchen serviert. Er aß sie sehr langsam. Das volle Weinglas ihm gegenüber blieb natürlich unverändert – nichts als soziale Deko. Von Triers Körpersprache zeigte ganz klar, dass der Regisseur von der Unterhaltung mit dem Star völlig eingenommen war. Marlene Dietrich war eine faszinierende Gesprächspartnerin gewesen, wie zahlreiche ihrer Zeitgenossen, die sie persönlich kannten, immer wieder betont hatten. Und Kari erinnerte sich noch gut an die Gespräche mit ihr für den Voight-Kampff-Test.

Kari spulte vor. Bei Zeitanzeige 23:34 Uhr machte von Trier Anstalten zu gehen. Oder war es Marlene Dietrich, die aufbrechen wollte? Von Trier orderte die Rechnung. Dann stand er langsam auf und stützte sich dabei auf seinen Stock. Er ging zur Garderobe, zog seinen Mantel an, verabschiedete sich und ging hinaus. Der Stream zeigte die Uhrzeit: 23:48.

Kari ließ den Stream noch ein paar Minuten weiterlaufen, aber sah nur noch, wie der Kellner das volle Weinglas abräumte. Er stoppte die Wiedergabe und lehnte sich zurück.

Verdammt. Keine Anzeichen für irgendwelche Unregelmäßigkeiten bei dem Ewigen, nichts. Er dachte nach. Was war um Mitternacht mit Marlene Dietrich passiert? Dabney hatte von Entführung gesprochen. Kari hielt das für völlig absurd. Wie sollte man einen Ewigen entführen? Um so etwas zu tun, musste man an seinen Algorithmus gelangen. Der lag auf den Rechnern von Immortal, und die befanden sich an einem streng geheimen Ort. Es wäre wahrscheinlich leichter gewesen, ins Weiße Haus einzubrechen als in Immortals Server.

In Marlene Dietrichs Akte war der Ort ihrer Immortalisierung angegeben: Incubator II in San Bruno. Inkubatoren waren Hochleistungsrechenzentren, die Gehirne von Immortal. Sie beherbergten die modernsten und leistungsfähigsten Quantenrechner der Welt. Niemand außerhalb von Immortal hatte zu ihnen Zugang, es gab nur Gerüchte über diese Orte. Wahrscheinlich existierte ein Dutzend von ihnen, aber er konnte das nur anhand der Akten vermuten. Niemand wusste, was genau in den Inkubatoren passierte. Entstanden dort die Ewigen? Oder auch die Blended Reality? Es war eher auszuschließen, dass dies alles am Hauptstandort der Firma in Mountain View passierte. Immortal verfügte mit Sicherheit über ganz andere, unbekannte Strukturen. Möglicherweise gab es unzählige über den Globus verteilte Knotenpunkte. Er hatte auch schon Gerüchte gehört, dass Immortal eigene Raumstationen besaß und die Rechenarbeit für die Blended Reality dort abwickelte. Sicherheit ging dem Konzern über alles. Zu Recht, fand Kari; nicht auszudenken, was passieren würde, wenn es einem Hacker gelang, in die Blended Reality einzudringen und sie zu manipulieren. Er könnte enormen Schaden anrichten.

Wie auch immer – ein potenzieller Entführer eines Ewigen musste entweder unglaubliche Fähigkeiten besitzen oder war jemand Internes, der Zugriff auf diese hochsensiblen Daten besaß.

Kari scrollte mit Zeigefingergesten ziellos durch die Dateien auf Marx' Rechner. Kari sah, dass die Kameraaufzeichnungen fein säuberlich nach Tagen abgelegt waren. Sechs Tage in einem Ordner, der eine Kalenderwoche umfasste. Der siebte Tag war offenbar Ruhetag im Thermopolium. Die Kalenderwochen wiederum lagen in einem Monatsordner, die Monate in einem Jahresordner. Was seine Dateien anging, war Marx offenbar besser organisiert als beim Rest seines Büros.

Kari wühlte sich durch die Ordner dieser Woche und sah die Symbole mit den Namen 220744, 230744, 240744, 250744, 260744, 270744. Er wählte den heutigen Tag, den 27. Juli. Kari stieß auf zwei Dateien, die Streamdatei selbst und eine temporäre Datei. Bei beiden zeigte der Rechner keine Dateigrößen an. Der Stream entstand gerade in diesem Moment aus der Kameraaufzeichnung.

Was hatte Marx gesagt? Marlene Dietrich kam regelmäßig ins Thermopolium. Immer montags.

Kari wählte Ordner 230744 und fand die Streamdatei von Montag dieser Woche. Kari rief sie auf, und das Videoplayerfenster erschien.

Die Aufnahme begann bei 19:00:23. Fast pünktlich, dachte Kari. Marx hasste es bestimmt, wenn das Restaurant zu spät öffnete. Diesmal war wenig los. Montag eben. Erst nach einer Viertelstunde kamen die ersten Gäste herein. Kari spulte den Film mit 16-facher Geschwindigkeit ab. Im Zeitraffer wurden Tische besetzt, Kellner kamen, nahmen Bestellungen auf, flitzten davon, brachten Getränke, stellten volle Teller auf Tische, Leute aßen, unterhielten sich. Gegen 21 Uhr war das Thermopolium zu drei Vierteln voll. Kari achtete besonders auf den Tisch, an dem zwei Tage später Dietrichs Ewiger mit Lars von Trier gesessen hatte. Er blieb leer. Der Film lief weiter im Schnelldurchlauf. 21:30 Uhr. Noch immer war der Tisch leer, es kam auch kein Kellner, um eine Bestellung aufzunehmen, was auf einen Ewigen hingedeutet hätte. Gegen 22 Uhr nahmen zwei ältere Damen dort Platz.

Kari stellte auf 32-fache Geschwindigkeit. Auf dem Bildschirm wuselte es. Die Frauen blieben etwa anderthalb Stunden, danach passierte an diesem Tisch nichts mehr. Bei 23:57 Uhr stoppte der Stream.

Kari schloss das Playerfenster und ging mit ein paar Zeigefingerbewegungen wieder in die Ordnerübersicht. Er wählte den Ordner vom 16.07.44.

Diesmal begann die Aufzeichnung etwa drei Minuten nach 19 Uhr. Kari durchsuchte den Stream mit 16-facher Geschwindigkeit. Der Tisch von Marlene Dietrich blieb nicht lange leer. Bei Zeitanzeige 19:43 Uhr setzte sich dort ein Mann hin. Kari verlangsamte die Abspielgeschwindigkeit auf Normalgeschwindigkeit, um ihn genauer betrachten zu können. Er schätzte ihn auf Anfang vierzig. Mit seinem schwarzen Vollbart und den leicht gewellten schwarzen Haaren, die ihm bis auf die Schulter fielen, sah er spanisch aus. Er holte eine Zeitung hervor und breitete sie auf dem Tisch aus. Der Kellner kam und nahm seine Bestellung auf. Kurze Zeit später bekam der Spanier ein Glas Rotwein gebracht. Nach einer Weile kam auch sein Steak. Kari beobachtete ihn ein paar Minuten, dann schaltete er wieder auf etwas schnelleren Vorlauf. Bei Zeitpunkt 21:31 Uhr sah der Mann auf und blickte zum Eingang. Kari sah, dass im selben Moment auch andere Gäste ihre Köpfe dorthin drehten, und stellte auf Normalgeschwindigkeit. Niemand trat ein. Das Kamerabild zeigte keine Veränderung im Eingangsbereich. Hatte ein Ewiger das Restaurant betreten? Ein großer dünner Kellner ging zum Eingang und blieb alleine dort stehen. Seine dunkelbraunen langen Haare trug er zum Zopf geflochten. Er schien etwas zu sagen. Dann zeigte er auf den freien Tisch neben dem

Spanier. Ja, ein Ewiger hatte das Restaurant betreten. Marlene Dietrich?

Der Spanier hielt weiter die Zeitung in der Hand, las aber nicht mehr. Sein Blick folgte einem Punkt im Raum und blieb schließlich am Nachbartisch hängen. Dann schaute er erneut in seine Zeitung, aber immer wieder schweifte sein Blick zum leeren Nachbartisch. Kari beobachtete die anderen Gäste. Köpfe drehten sich, unauffällig, aber sichtbar. Sie schauten zu dem Tisch neben dem des Spaniers. Kari sah Erstaunen in den Gesichtern, Überraschung, manche reckten die Hälse vor und tuschelten mit ihrem Gegenüber.

Schließlich kam der dünne Kellner von zuvor an den leeren Tisch und faltete die Hände. Es wirkte leicht theatralisch. Er lächelte und sagte etwas. Nach einem Moment verschwand er und brachte nach einer Weile ein bauchiges Glas Rotwein. Minuten verstrichen, das Glas stand unbewegt auf dem Tisch.

Kari war sich nun sicher, dass dort Marlene Dietrich saß. Er suchte den Saal nach weiteren leeren Tischen mit einsamen Gläsern ab. An einem Vierertisch saßen zwei Männer mit Biergläsern, vor ihnen stand ein Bier auf einem leeren Platz. An einem Zweiertisch in der gegenüberliegenden Ecke aß eine Frau Suppe und unterhielt sich mit einem leeren Platz, an dem ebenfalls ein Teller Suppe stand. Offenbar waren noch zwei weitere Ewige im Restaurant, aber Kari hielt es für unwahrscheinlich, dass an einem dieser Tische die Dietrich saß. Sie würde kein Bier trinken. Aber Suppe? Menschen waren Gewohnheitstiere, was erst recht für Ewige galt. Sie hatte zwar nicht den gleichen Tisch wie an dem Abend mit von Trier bekommen können, sich jedoch daneben gesetzt, um möglichst nahe an ihrem gewohnten Platz zu sein. Der Rotwein passte. Und sie war auffällig, hatte die Aufmerksamkeit etlicher Gäste auf sich gezogen. Kari hatte zwar vorgespult, aber das Recken zahlreicher Hälse war ihm auch im Schnelldurchlauf aufgefallen.

Volle Aufmerksamkeit wurde ihr außerdem von ihrem Tischnachbarn zuteil. Der Spanier warf ihr immer wieder verstohlene Blicke über seine Zeitung zu. Wollte er sich an sie ranmachen? Kari grinste vor seinem Bildschirm. Ja, Marlene Dietrich war nun mal nicht irgendwer. Er dachte an ihre atemberaubende Erscheinung, als er ihr gegenüber gesessen hatte. Die hohe Stirn, die geschwungenen Augenbrauen, die verführerischen gesenkten Lider. Dieses schöne Bild hatte der Spanier jetzt dank seines Hirnchips vor Augen.

Die Zeit verstrich, der Stream war mittlerweile bei 22:33 Uhr angekommen, und Kari überlegte, ob das hier noch viel brachte. Dietrich kam offenbar gerne her, um in alten Zeiten zu schwelgen und ihre Prominenz zu genießen. Nichts deutete auf eine Anomalie hin.

Er sah, wie der dünne Kellner in den Eingangsbereich ging und dort stehen blieb. Der Kellner schüttelte mehrmals den Kopf, fuchtelte mit den Armen, zeigte immer wieder hinaus. Er diskutierte mit jemandem, der das Restaurant soeben betreten hatte. Ein Ewiger? Unwahrscheinlich. Ein Ewiger, der das Thermopolium zu Lebzeiten nie betreten hatte, würde nicht auf eigene Faust plötzlich etwas Neues ausprobieren. So waren Ewige nicht gestrickt. Es musste ein unerwünschter Avatar sein, den der Kellner hinauszukomplimentieren versuchte. Etwa zwanzig Sekunden verstrichen, immer noch Diskussion, ein paar Gäste verfolgten das Spektakel mild interessiert und lächelnd. Ja, dachte Kari, sie konnten nur mit Unverständnis darauf reagieren, weil doch allgemein bekannt war, dass Avatare im Thermopolium keinen Zutritt hatten. Dann drehte sich der dünne Kellner zu Dietrichs Tisch um, blickte zurück auf die unsichtbare Person im Eingang, zögerte einen Moment, ging zu Dietrichs

Tisch und sprach kurz mit ihr. Dann nickte er, ging zurück zum Eingang, machte eine einladende Bewegung und verschwand Richtung Küche. Sekunden verstrichen, in denen nur unsichtbare Dinge passierten. Aber Kari konnte anhand der verdrehten Köpfe einiger Gäste sehen, dass der Avatar offenbar zu Dietrichs Tisch gegangen war. Der Spanier blickte kurz hinter der Zeitung hervor. Offenbar musterte er den neuen Gast. Dann vergrub er sich wieder hinter seiner Lektüre, beobachtete aber die Szene weiterhin.

Kari ärgerte sich, dass er nicht sehen konnte, wer dort gegenüber von Marlene Dietrich Platz genommen hatte. Aber es musste jemand sein, den sie erwartet hatte und dem auf ihr Wort hin der Zutritt gewährt worden war.

Kari war nervös. Was geschah dort? Wer war der geheimnisvolle Avatar? Der Stream rann dahin, und er konnte nur das verdammte einsame Weinglas sehen. Er seufzte, stellte auf doppelte Geschwindigkeit und lehnte sich zurück. Die Minuten liefen ab. 22:40 Uhr. 22:41 Uhr. 22:45 Uhr. Er gähnte und rieb sich die Augen. Sein Jetlag schlug wieder zu. Er musste dringend ins Bett.

Ein Blitz.

Kari lehnte sich ruckartig vor.

Für einen kurzen Moment war er sich nicht sicher, ob er wach oder bereits im Halbschlaf gewesen war. Sofort stoppte er mit der Spitze seines Zeigefingers den Stream und schaltete auf Rückwärtslauf. Im Bild sah man keinen Unterschied. Das einsame Weinglas stand unverändert an seinem Platz wie ein Stillleben. Der Spanier bewegte sich nicht, während er seine Zeitung las. Nur anhand der Zeitanzeige konnte er sehen, dass die Sekunden zurückliefen. 22:45:44, 22:45:43, 22:45:42, 22:45:41, immer weiter. Er hielt sein Gesicht nun ganz nahe ans Display.

Da war es wieder. Genau an der Stelle, wo Marlene Dietrichs Ewiger sitzen müsste. Ein Flackern? Er war nicht sicher. Es war extrem kurz. So kurz, dass es sich auch um Einbildung handeln konnte. Er stoppte den Stream bei 22:45:37 und startete ihn erneut im Vorwärtslauf. Es war da. Es sah aus wie ein Blitzen, war aber viel zu kurz, um Genaueres identifizieren zu können. Hektisch drückte er auf Pause. 22:45:41. Er spulte ein paar Sekunden zurück. Dann suchte er in den Playereinstellungen nach der Zeitlupenfunktion. Er fand sie und ließ den Film mit halber Geschwindigkeit laufen. Dabei achtete er genau auf den Timer. Da war es, bei 22:45 Uhr und 39 Sekunden. Ein Blitzen. Aber er konnte es immer noch nicht genau erkennen. Wieder stoppte er, bei 22:45:41. Das Phänomen dauerte nur einen Sekundenbruchteil. Kari klickte sich durch die Playereinstellungen. Er fand, was er suchte: Einzelframe-Betrachtung. Er aktivierte die Funktion, und unter der Steuerungsleiste mit den Play-, Pause-, Vor- und Rückspulknöpfen erschien eine weitere Leiste, die ihm die aktuelle Framenummer anzeigte. Neue Buttons links und rechts davon erlaubten es ihm nun, den Stream Bild für Bild vor- oder zurückzublättern. Es gab auch Knöpfe für 5er- und 10er-Sprünge. Der Stream stand bei 22:45 und 41 Sekunden. Kari drückte per Gestensteuerung mit dem Zeigefinger auf den -10-Knopf. Die Frameanzeige hüpfte von 337.947 auf 337.937. Der Timer stand immer noch bei 41 Sekunden. Kari drückte zweimal. Die Frameanzeige stand bei 337.917, der Stream war bei Sekunde 40. Im Bild hatte sich kaum etwas verändert. Das Weinglas stand voll und einsam da. Die Zeitung des Spaniers im Hintergrund, minimal verschoben. Der Kopf des Spaniers. Er blickte in die Zeitung. Kari klickte weiter. 337.907. Nichts. Auf seiner Handfläche begann sich ein feiner Schweißfilm zu bilden. Klick. 337.897. Nichts. Die Sekundenanzeige stand jetzt bei 39. Innerhalb dieser Sekunde war es passiert. Er musste sich nun in kleinen Schritten vortasten. Kari klickte auf den -1-Knopf. 337.896. Nichts.

Klick.

Klick.

Klick.

Da!

Ein Leuchten. Ein Mensch.

Kari hielt den Atem an. Der Frame hatte die Nummer 337.893, immer noch Sekunde 39. Er sah einen leuchtenden Umriss, genau dort, wo Marlene Dietrichs Ewiger sitzen musste. Es sah aus wie eine Heiligenaura.

Auf dem Tisch stand das Weinglas. Die Zeitung dahinter und das Gesicht des Spaniers. Alles unverändert. Nur diese Aura war neu. Er näherte sich dem Monitor so weit wie möglich. Das Bild war undeutlich. Kari suchte in den Playereinstellungen die Zoomfunktion. Doppelte Darstellung, vierfach, achtfach. Er zoomte auf den Heiligenschein, bis dieser den ganzen Bildschirm ausfüllte. Die Pixel waren grob, aber Kari konnte die Umrisse nun besser erkennen. Eine Frau. Er kannte die hohe Stirn, die geschwungenen Augenbrauen. Es war das Gesicht von Marlene Dietrich.

5

»Diese verdammten Lügner!«

Der Schrei drang von weit her.

Er war nach L.A. geglitten. Zu Hannah. In seine Vergangenheit. So weit weg von ihr zu sein verstärkte das Einsamkeitsgefühl. Mit seinem Avatar zu ihrem Haus zu gehen hatte ihn ein wenig beruhigt.

Die Impulse seines echten Körpers wurden allmählich wieder Teil seiner Aufmerksamkeit. Das Licht des Berliner Morgens drang durch seine noch geschlossenen Augenlider. Er sah das Avatar-Menü und die Favoriten, die er abgespeichert hatte. Sie erschienen wie wehende Thumbnails in seinem Geist: das Aeon Center natürlich, seine Arbeitsstelle, die Krone der Freiheitsstatue in New York City, der große See im Central Park, der Markusplatz in Venedig, die Spitze des Turms auf der Piazza del Campo in Siena, das Mare Tranquillitatis auf dem Mond, der Ayers Rock in Australien. Er schloss das Avatar-Menü.

Sein Gehirn öffnete sich nach und nach den Impulsen der wahren Wirklichkeit, dem Hier und Jetzt, dem Hotelzimmer in Berlin-Mitte. Schreie.

Langsam stand er auf und ging zum Fenster.

Die Straßen waren voller Menschen. Dutzende, Hunderte. Kari konnte natürlich nicht sehen, ob es echte Menschen oder

Avatare waren. Aber die meisten sahen nicht besonders gestylt oder adrett aus, was eher auf Physische hindeutete. Ein Mädchen in einem rot gepunkteten Kleid fiel ihm auf. Es hielt einen Teddybär im Arm, rannte und rief nach seiner Mutter. Viele Leute hielten Bilder und Plakate in die Höhe. Die Bilder zeigten verschiedene Porträts von Marlene Dietrich. Auf den Plakaten las er immer wieder »Immortal«. Manche hatten den Namen der Firma sogar mit der liegenden Acht statt des Os gemalt, wie im Logo. Es war das mathematische Zeichen für Unendlichkeit. Auf einigen stand »Immortal = Immoral?«.

Ihn überkam eine dunkle Ahnung, was los war.

Er öffnete das Fenster und hörte nun das laute Stimmengewirr und die Schreie, konnte aber nicht verstehen, was die Menschen riefen.

Auf der anderen Straßenseite hatten sich ein paar Hundert Leute im Halbkreis versammelt. Kari sah einen Mann zu der Menge sprechen. Er stand auf einem improvisierten Podium aus Holzpaletten. Der Mann war unscheinbar gekleidet, aber ihm war sofort klar – obwohl er nicht genau hätte sagen können, warum –, dass es ein Pfarrer war. Vielleicht lag es an der Melodie seiner Stimme. Sie war weich und einlullend, aber es war vor allem diese hymnische Note, die deutlich machte, wie überzeugt er von seinen eigenen Worten war. Er sprach in ein Megafon und gestikulierte dabei heftig.

»Sie sagten, dass sie uns das ewige Leben geben wollten«, rief der Pfarrer. Kari verstand sein Deutsch ganz gut, er redete langsam.

»Sie sagten, dass sie das geschafft hätten, was uns Medizin und Gentechnik jahrzehntelang versprochen und nie eingelöst hätten. Sie sagten …«

Das Megafon fiel kurz aus. Der Pfarrer schob es von seinem Mund weg und klopfte mit der rechten Hand auf das Mundstück.

Dann setzte er wieder an. »Sie sagten, dass wir nie wieder den Tod fürchten müssten, dass wir den Tod überwunden hätten.«

»Diese verdammten Lügner!«, rief eine Frau.

»Sie haben uns das echte Leben genommen«, rief der Pfarrer. »Schaut euch um – wie viele von euch haben sich verpflichtet, bis an ihr Lebensende für Immortal zu schuften?«

Viele Hände gingen in die Höhe. Sie gehörten jungen und alten Menschen. Kari sah die Lebenstracker an ihren Handgelenken im Sonnenlicht funkeln.

»Sogar unsere Kinder haben sie schon unter Vertrag. Seht ihr nicht, was hier passiert? Wir sind ihnen völlig egal. Alles, was sie wollen, ist unser Geld, unsere Arbeitskraft und unsere Daten. Und das alles bekommen sie. Sie haben euch so geformt, wie sie es brauchten. Als biologische Wesen und als digitale. Ihr habt euch von Technologie versklaven lassen. Und wofür? Für ein absurdes Versprechen auf ewiges Leben in einem Computer. Und sogar dieses Versprechen haben sie nun gebrochen.«

Kari schloss das Fenster.

Auf der Treppe zur Lobby hasteten ihm Leute entgegen, ein Mann rempelte ihn hart an. Kari hörte Gebrüll, das ins Treppenhaus drang.

Die Lobby war voll. Hotelgäste mit Koffern drängten sich an der Rezeption und bildeten eine lange Schlange. Offenbar wollten alle auschecken. Die Empfangsdame telefonierte hektisch. Auf der TV-Wand liefen Nachrichten. Zahlreiche Gäste drängelten sich davor. Kari sah eine Nachrichtensprecherin, die aufgelöst wirkte. Links von ihr war das Logo von Immortal eingeblendet, der bekannte kursive Schriftzug in selbstbewusst starren Lettern mit der liegenden Acht statt des Os. Darunter stand: »Breaking News: Marlene Dietrich angeblich tot.«

Scheiße, dachte Kari. Der Worst Case war eingetreten. Das, was er befürchtet hatte. Jetzt drohte eine Massenpanik. Wie war die Dietrich-Sache an die Öffentlichkeit gelangt? Immortal war doch immer so gut darin, Geheimnisse zu wahren?

Kari blickte sich um. Alle Hotelbediensteten waren von Gästen belagert. Neben ihm stand eine Frau in dunklem Businesskostüm.

»Entschuldigen Sie, können Sie mir sagen, was hier los ist?«, fragte er auf Deutsch.

Sie wandte sich ihm zu. »Haben Sie das nicht mitbekommen?«, antwortete sie auf Englisch. Sie hatte einen skandinavischen Akzent. War sie Norwegerin? Schwedin? Eher Norwegerin.

»Ich habe lange geschlafen. Jetlag.«

»Der Ewige …«, sagte sie mit steinerner Miene. In diesem Moment vibrierte Karis Telefon in seiner Brusttasche.

»Verzeihung«, sagte er und fummelte hastig das Telefon aus der Tasche. Ohne draufzusehen nahm er den Anruf entgegen.

»Hallo?«

»Ben, verdammt.« Gibsons Stimme klang scharf und besorgt. »Wo warst du? Ich habe versucht, dich zu erreichen. Hast du die Nachrichten gesehen?«

»Nein«, sagte er. »Ich habe geschlafen.«

»Es ist schlimm, Ben.« Gibsons Stimme wurde lauter. »Schlimmer, als wir dachten. Die Sozialen Netzwerke drehen heiß. Auf den Straßen kommt man kaum durch. Die Leute drehen durch. Überall auf der Welt. Und für diese verdammten Kirchen ist das natürlich die Gelegenheit. Hast du unseren Kurs gecheckt? Scheiße. So eine verdammte Scheiße!«

»Wesley, wie konnte das mit Dietrich an die Presse durchsickern?«

Gibson schnaufte. »So ein Scheiß-Whistleblower. Oder jedenfalls behauptet er das von sich.«

»Was für ein Whistleblower?«

»Reuben Mars. Wir wissen bisher nur, dass er tatsächlich ein ehemaliger Mitarbeiter von Immortal ist. Er hat Insiderinformationen, ja. Wie viele, wissen wir nicht. Keine Ahnung, woher er das von Dietrich wusste. Er sagt noch mehr. Halt dich fest: Er behauptet, Dietrich sei tot. Und Immortal hätte sie umgebracht.«

Wesley lachte hysterisch. Kari zog das Telefon ein Stück von seinem Ohr weg. Erinnerungen an sein Gespräch mit Lars von Trier schossen ihm durch den Kopf. Der geplante Tod des Ewigen, mit dem sein Film enden sollte. Und die undeutliche Leuchterscheinung auf dem Kamerabild.

»Mars sagt außerdem, dass Immortal die Ewigen manipuliert, vor allem die von Politikern. Und damit meint er nicht die üblichen Schönheitskorrekturen. Starker Tobak, was? Hey, Ben! Bist du noch da?«

»Ja.« Kari kam das alles gerade irreal vor. Wie ein Avatar-Ausflug. Vielleicht war er noch gar nicht in der Realität angekommen, sondern befand sich in einer VR-Fantasy-Simulation? Irgendein Quest, wie es sie zuhauf gab?

»Wie ernst kann man diesen Mars nehmen?«

»Keine Ahnung, kann man jetzt noch nicht sagen. Unsere Leute überprüfen ihn.«

»Und jetzt?« Es war eine dumme Frage, aber das war alles, was Kari in diesem Moment einfiel.

»Wir müssen mit Immortal reden. Auch wenn die jetzt so stumm sind wie ein Fisch im Wasser. Aber sie müssen reagieren.« Gibson hielt kurz inne. Kari hörte ein Feuerzeug, dann, wie Wesley Luft ausblies. »Scheiße, ich hatte eigentlich aufgehört«, sagte Gibson. »Wie ist die Lage in Deutschland? Wo bist du gerade?«

»In Berlin. Hier ist auch die Hölle los«, sagte Kari. »Überall Menschenaufläufe. Was ist mit Dabney?«

Gibson lachte kurz. »Von dem habe ich seit Stunden nichts

mehr gehört. Ich schätze, der bespricht sich gerade mit dem Vorstand.«

»Soll ich zurückkommen?«

»Nein. Hier kannst du nichts tun. Wir müssen uns sortieren, eine Strategie für das weitere Vorgehen finden. Bleib in Berlin. Find raus, was mit der Dietrich passiert ist. Schau dir ihren Hades an. Paramount hat zwar eine Untersuchung angeordnet, aber du kannst auf jeden Fall rein, ich mach das klar. Was hat von Trier gesagt?«

Kari blickte sich um; die Frau stand immer noch neben ihm und verfolgte die Nachrichtensendung. Auf dem Bildschirm wurden Bilder aus Indien gezeigt. Menschenaufläufe, in die Luft gehaltene Plakate, Megafone.

Er ging ein paar Schritte zur Seite, um ungestört zu sein.

»Wesley«, sagte er mit gesenkter Stimme, »mit Dietrichs Ewigem war etwas nicht in Ordnung …«

Gibson schwieg einen Moment. »Was meinst du damit?«

»Ich kann mir noch keinen Reim darauf machen. Aber seine Sperre schien defekt zu sein.«

»Was?«

»Von Trier sagte, dass Dietrich mit ihm einen Film drehen wollte.«

»Und? Das wissen wir doch.«

»Ja, aber er sollte vom Tod handeln. Am Ende stirbt ein Ewiger. Ihr Ewiger!«

Gibson erwiderte nichts.

»Es sollte ein Selbstmord sein. Von Trier sagte, dass Dietrich überhaupt keine Scheu hatte, mit ihm über den Tod zu reden. Und den Twist mit dem Selbstmord soll sie sogar selbst vorgeschlagen haben.«

»Das gibt's nicht!«, sagte Gibson.

»Da ist noch was, Wesley …«

»Was?«

»Ich habe mir die Kameraaufzeichnungen des Restaurants angesehen, in dem sie sich mit von Trier getroffen hat. Am Abend des Treffens war nichts Besonderes zu sehen. Aber Dietrich ging regelmäßig dorthin. Und …«

Kari zögerte. Er war sich einen Moment lang unsicher, ob er es Gibson wirklich erzählen sollte. Er würde ihn für komplett verrückt halten.

»Ben … bitte. Etwas weniger Drama, wenn's geht.«

»Okay, jedenfalls hat sie sich mit einem Avatar getroffen. Ich konnte ihn natürlich auf der Kameraaufzeichnung nicht sehen, aber es war jemand an ihrem Tisch. Es war ein Avatar, kein Ewiger.«

»Und?«

»Dann ist etwas mit ihrem Ewigen passiert. Wesley, ich weiß nicht, ob ich spinne oder nicht, aber auf dem Kamerastream konnte ich sie sehen! Für den Bruchteil einer Sekunde war ihr Ewiger zu sehen! Er hat geleuchtet! Auf der Aufzeichnung einer stinknormalen Kamera.«

Schweigen. Kari hörte ein leichtes Rauschen in der Leitung.

»Das kann nicht sein, Ben«, sagte Gibson. »Ewige sind für gewöhnliche Kameras …«

»… nicht sichtbar, ich weiß. Verdammt, Wesley, das weiß ich. Ich weiß, dass die Ewigen nur Computercodes sind, Strompulse, Quantenzustände in Chips und Leitungen! Sie sind keine Materie, sie können kein Licht reflektieren wie ein Tisch oder ein Mensch. Und verdammt noch mal, ich habe sie gesehen, Wesley!«

»Okay, Ben, pass auf. Es ist jetzt alles sehr hektisch. Du hast Jetlag. Du bist müde …«

»Wesley, ich weiß, was ich gesehen habe. Ich halluziniere nicht. Pass auf, ich habe den Stream kopiert. Ich kann ihn dir schicken. Wir müssen ihn analysieren, die Jungs im Labor sollen …«

»Okay, okay, Ben. Bleib ruhig. Ganz ruhig.«

»Ihr müsst den Stream analysieren! Sofort! Wer weiß, wie das mit ihrem Verschwinden zusammenhängt. Vielleicht ist das der Grund?«

»Ben …«

»Vielleicht hat sich die Struktur ihrer Daten verändert. Vielleicht hat der geheimnisvolle Avatar etwas mit ihr gemacht. Wir müssen das sofort verfolgen …«

»Ben!« Gibson rief ins Telefon, um ihn zu bremsen. »Halt mal. Beruhig dich. Okay, kein Problem. Du schickst uns den Stream, und wir sehen uns das an, okay?«

Gibson glaubte ihm nicht. Kari nahm einen tiefen Atemzug. Er war aufgeregt.

»Ich brauche einen Quantenboten«, sagte er.

Gibson seufzte. »Kriegst du.« Er hielt das Ganze offenbar für übertrieben.

»Und schaut euch auch die anderen Streams an. Ich habe die Aufzeichnungen des ganzen Jahres kopiert.«

»Machen wir.«

»Okay.« Er hielt einen Moment inne. Gibson hielt ihn bestimmt für verrückt. Aber er wusste, was er gesehen hatte.

»Ben, hast du irgendjemandem von der Sache erzählt?«, fragte Gibson.

»Nein.«

»Gut. Das bleibt fürs Erste absolut vertraulich, bis wir mehr wissen. Die Situation ist angespannt genug.«

»Okay.«

»Halt die Ohren steif, Ben.«

Gibson legte auf.

Kari merkte, dass er außer Atem war. Er blickte wieder zur

Fernsehwand. Sie blendeten Fotos von Marlene Dietrich ein, alte und neue. Die unvermeidlichen Fotos von Dietrich als Lola, als mondäne, androgyne Schönheit mit Smoking und Zylinder. Die Dietrich nach ihrer Immortalisierung als Bond-Girl in tief geschlitztem Kleid, die Waffe neben ihrem schlanken Oberschenkel haltend. Und Dietrich bei einem Gastauftritt in Seinfeld Forever, wie sie gerade mit Jerry Seinfelds Ewigem flirtete.

Dann wurde neben der Nachrichtensprecherin ein anderes Foto eingeblendet. Es war nicht besonders gut, eine alte Aufnahme, unscharf, wahrscheinlich aus einem Uni-Jahrbuch oder Ähnlichem ausgeschnitten und vergrößert. Es zeigte einen jungen Mann mit ungepflegten langen braunen Haaren. Hinter der Brille lugten dunkle Augen hervor. Sein Mund war ein Strich. Er sah unsympathisch, aber auch traurig aus. »Reuben Mars« stand unter dem Foto, sowie: »Whistleblower« und »Ex-Immortal-Programmierer«. Im Hintergrund des Porträts von Mars war wieder das Logo von Immortal zu sehen.

Kari seufzte. Whistleblower. Wie schnell die Medien mit Wörtern waren, die die Stimmung in eine bestimmte Richtung lenkten. Mit dem Etikett Whistleblower heftete man ihm etwas Heroisches an. Dabei war noch völlig unklar, welche Absichten er verfolgte.

Die Norwegerin stand immer noch vor dem Bildschirm. Kari stellte sich wieder neben sie. Er betrachtete kurz ihr Profil. Ihr Erscheinungsbild wirkte so perfekt wie ein Avatar, aber er bezweifelte, dass ein Avatar sich in einem Hotel herumtreiben würde. Sie musste physisch anwesend sein. Er atmete unauffällig durch die Nase ein, um einen Duft aufzunehmen. Avatare rochen zwar manchmal, aber Immortal hatte die Olfaktorik in der Blended Reality noch nicht wirklich raus. Avatar-Düfte rochen in der Regel künstlich und unangenehm. Jedenfalls für ihn.

Aber Kari konnte keinerlei Geruch wahrnehmen, kein Parfum, keine Creme, nichts.

»Tut mir leid, dass ich Sie vorhin abgewürgt habe. Mein Kollege …« Er lächelte. »Bei denen geht auch gerade alles drunter und drüber.«

»Ich schätze, er hat Ihnen alles erzählt?«, fragte sie.

»Das Wesentliche. Könnten Sie mir vielleicht trotzdem erzählen, was in den Nachrichten gesagt wurde?«

Sie nickte. »Im Moment berichten sie über die weltweiten Demonstrationen. Sie haben Bilder aus Neu-Delhi, Peking, Sydney und Rom gezeigt. Die Leute sind verunsichert bezüglich ihres ewigen Lebens.« Sie sah kurz auf den Bildschirm. Hinter der Sprecherin war jetzt das Immortal Headquarter in Mountain View eingeblendet. Kari erkannte es sofort, er war schon einige Male dort gewesen. Bei aufwendigeren Zertifizierungen hatte er mit den Programmierern und Analysten vor Ort zusammengearbeitet. Ein Reporter stand vor dem prachtvollen Gebäudekomplex. Im Hintergrund sah Kari die riesige Kuppel des Grand Dome, der gewaltigen Halle, die Immortal hatte errichten lassen. Sie war die größte Halle auf Erden. Unten eingeblendet war der Name des Reporters: Matthias Krombach, »live aus Mountain View«.

»Immortal hat sich bislang weder zu Marlene Dietrich noch zu den Manipulationsvorwürfen geäußert«, übersetzte die Norwegerin. Sie schüttelte den Kopf. »Hat irgendwer was anderes von denen erwartet?« Jetzt gab es eine Schalte zurück ins Studio. Die Nachrichtensprecherin stellte Krombach noch ein paar Fragen.

Die Norwegerin blickte Kari an. »Jetzt spekulieren sie rum.«

»Was haben sie über Reuben Mars gesagt?«, fragte Kari.

»Dass er bei Immortal gearbeitet hat und kaum etwas über ihn bekannt ist.«

»Wie hat er sich an die Medien gewandt?«

»Per Videobotschaft.«

Unglaublich. Da kam einer und behauptete einfach irgendwas per Video. Und alle sprangen drauf an.

»Wurden seine Angaben überprüft?«

Die Norwegerin schaute ihn fragend an. Ihre Mimik wirkte echt, nicht wie per Algorithmus sozial optimiert. Kari war sich nun ziemlich sicher, dass sie wirklich hier war.

»Sie wollen es aber ganz genau wissen, was? Es hieß, er habe den Medien Arbeitsunterlagen mitgeschickt, die ihn als ehemaligen Immortal-Angestellten identifizierten.«

»Ja, aber das sagt doch …«, sagte Kari.

»Psst!« Sie blickte wieder auf den Schirm. Dort war nun eine andere Reporterin zu sehen, sie stand vor einer prächtigen weißen Villa. Menschentrauben hatten sich vor dem Gebäude versammelt. Sprechchöre waren zu hören. Sie riefen »Marlene, Marlene«. Unten eingeblendet war »Eva Lombard live aus Berlin«.

»Wir stehen hier vor dem Hades von Marlene Dietrich«, sagte die Reporterin. Sie sprach sehr schnell. Sie wirkte angestrengt. Es musste eine lange Nacht für sie gewesen sein. Er betrachtete das weiße Gebäude. Ein beeindruckender Bau, offenbar noch aus der Gründerzeit. Er passte zu Dietrich. Auch wenn sie für einen Ewigen eigentlich pure Verschwendung bedeutete, dachte Kari. Aber Marlene Dietrich war nun mal Marlene Dietrich.

»Es heißt, dass Marlene Dietrich seit zwei Tagen nicht mehr in ihrem Hades gewesen ist«, sagte Eva Lombard. »Zahlreiche Menschen haben sich hier vor ihrem Haus versammelt. Sie wollen wissen, was mit der berühmten Schauspielerin passiert ist. Wie wohl der Rest der Welt auch.«

Nun war wieder die Sprecherin im Studio zu sehen. An ihrer

Seite stand ein Mann mit kurz geschorenen weißen Haaren und schmalem Gesicht. Er hatte Aknenarben auf den Wangen und um den Mund. »Matthias Theuvsen, Terrorismusexperte« stand da.

»Herr Theuvsen«, fragte die Sprecherin, »könnte es sich hier um einen Terrorakt handeln? Ist Reuben Mars ein Thanatiker?«

Für die Presse war der Fall offenbar schon klar, dachte er. Die Thanatiker waren's. Ganz einfach.

»Was machen Sie eigentlich in Deutschland?« Die Norwegerin hörte den Nachrichten nicht mehr zu.

»Oh, ich wollte mir eigentlich die Stadt anschauen«, sagte er. »Ich wusste nicht, in was ich hier geraten würde.«

»Sie sind privat hier?« Sie schaute verwundert. »Warum sind Sie nicht geglitten?«

Erwischt, die Ausrede war unüberlegt. Er war noch zu müde.

»Ich hatte in letzter Zeit einige Schwindelattacken in meinem Avatar. Mein Arzt hat mir eine Gleitpause verordnet. Muss das Alter sein …« Er grinste und zuckte mit den Schultern.

Kari fiel auf, dass auch diese Ausrede keine besonders tolle war. Wesleys Anruf sprach deutlich gegen eine private Reise.

»Mal wieder wirklich zu reisen ist ja auch ganz schön«, sagte sie.

»Sie sind beruflich hier?«

Sie nickte. »Ich wollte mich gleich mit meinem Vorgesetzten treffen.« Sie blickte durch das Fenster nach draußen auf die Menschenmassen. »Wenn er durchkommt bei diesem Chaos.«

»Was machen Sie?«

»PR. Meine Agentur begleitet die Tour von Pablo Picasso.« Sie klang wenig enthusiastisch.

»Ah«, sagte Kari. »Davon habe ich gehört. Picasso kann man schwer entgehen.«

Sie beugte sich zu ihm. Jetzt konnte er einen Hauch ihres

Geruchs wahrnehmen. Er erinnerte ihn an etwas Leichtes, Feines. Grashalme im Sonnenlicht.

Sie senkte die Stimme. »Das ist genau das Problem. Wir haben die undankbare Aufgabe, Picassos Übermacht in der Kunstszene abzumildern. Das macht nicht wirklich Spaß. Die ganzen genervten lebenden Künstler sind anstrengend genug, aber dann noch die Thanatiker …« Sie seufzte.

»Sind die für Picasso ein Problem?«, fragte Kari.

»Die machen total Stimmung gegen ihn. Ich weiß nicht, wie es in den Staaten ist, aber in Europa sind sie damit sehr erfolgreich. Vor allem hier in Deutschland.«

Kari blickte durch die Scheibe nach draußen auf die Menschenmassen. »Wird jetzt sicher nicht einfacher für Sie, oder?«

Sie nickte. »Ich überlege, die Tour abzusagen. Die Stimmung ist viel zu aufgeheizt. Eben haben sie von einem Selbstmord berichtet. Eine Frau soll sich wegen Dietrich öffentlich umgebracht haben.«

Der Kopf der Norwegerin fuhr herum. Auf dem Bildschirm war die Sprecherin zu sehen. Sie fasste sich an das rechte Ohr, ihr Blick wirkte entrückt, offenbar erhielt sie gerade Anweisungen. »Wie wir hören, gibt es eine neue Entwicklung«, sagte sie aufgeregt. »Der Whistleblower Reuben Mars hat für morgen Nachmittag eine Demonstration angekündigt. Noch wissen wir nicht, um was für eine Demonstration es sich dabei handelt. Sie soll beweisen, dass er Zugriff auf die Daten der Ewigen hat und es möglich ist, sie zu manipulieren.«

Kari ging in sein Zimmer und schaltete den Rechner an. Gibson hatte ihm den Boten bereits geschickt. Als er ihn aktivierte, erschien neben dem Rechner ein kleiner Leuchtkreis auf dem Tisch. Kari legte den Speicherchip mit den Videostreams hinein, der Kreis blinkte einmal kurz, dann zeigte sich an seinem oberen

Ende eine kleine Lücke. Der Leuchtkreis begann im Uhrzeigersinn abzulaufen, während der Bote die Daten der Kamerastreams quantenkryptografisch gesichert übertrug. Sie waren damit untrackbar, aber es brauchte seine Zeit.

Kari studierte die Newsfeeds und sah sich auf CNN eine Videozusammenfassung der Ereignisse an. Die Spekulationen schossen ins Kraut. Reuben Mars war eine völlige Unbekannte in der zu lösenden Gleichung. Immer wieder tauchten schlechte Fotos auf, offenbar Ausschnitte aus seinem Video, mit dem er sich an die Medien gewandt hatte. Dazu kamen ein paar noch schlechtere Bilder, die sichtlich alt waren. Passbilder, Fotos aus einer Schülerzeitung, offenbar die einzigen, die von ihm existierten. Und noch immer gab es keinerlei Statement von Immortal zu dem angeblichen Tod von Marlene Dietrich und den Manipulationsvorwürfen. Es wurde heftig diskutiert, ob die Thanatiker in die Sache verwickelt sein könnten. Auf dem Video erschien eine Frau mit schmalem Gesicht und langen braunen Locken. Sie stand an einem Rednerpult. Kari brauchte ein paar Augenblicke, bis er Vanessa Guerrini erkannte, die Chefin der Thanatikerbewegung. Kari hatte deren Entwicklung in der letzten Zeit kaum noch verfolgt. Die Thanatiker waren eine politische Bewegung, die die Immortalisierung ablehnte. Immer wieder wurde ihnen nachgesagt, Hackerangriffe auf Immortal und die Ewigen zu unterstützen. Tatsächlich hatte das allerdings bislang niemand belegen können.

Guerrini hatte die Faust geballt, hob sie jetzt hoch und schüttelte sie, um die Worte ihrer Rede zu bekräftigen. Sie sprach Englisch mit breitem italienischen Akzent. »Immortalität ist unnatürlich. Es gibt kein ewiges Leben. Es gibt nur dieses eine. Wir sollten es besser nutzen.« Starker Applaus. Diese Worte hatte sie sicherlich schon oft gesagt. Die Kamera zoomte heraus, und man konnte sehen, wie zahlreiche Reporter sich auf Guerrini stürzten und sie mit Fragen bombardierten: Hatten die Thanatiker etwas mit Dietrichs Verschwinden zu tun? Begrüßten die Thanatiker ihr Verschwinden? Wie bewerte sie Immortals Schweigen? Sei das ewige Leben noch sicher?

Guerrini hob beschwichtigend beide Hände und sagte: »Ich freue mich über die Aufmerksamkeit, die der Thanatiker-Bewegung plötzlich zuteilwird.« Sie lächelte in die Reporterrunde. »Schließlich haben weder Sie noch die Politik uns jahrelang beachtet. Ich finde es zunächst mal bemerkenswert, dass Sie uns solch eine Tat zutrauen«, sagte Guerrini. »Aber ich muss Sie leider enttäuschen. Nein, die Thanatiker haben mit dem Verschwinden von Marlene Dietrichs Hologramm nichts zu tun.«

Sie sagte Hologramm. Eine gezielte Herabwürdigung. Natürlich hatten die Ewigen nichts mehr gemein mit den holprigen Anfängen der dreidimensionalen Visualisierung. Doch die Thanatiker akzeptierten das Konzept der Immortalisierung nicht und lehnten damit auch den Terminus Ewiger ab. Eine Reporterin reckte sich vor und rief: »Wie gut haben Sie die Radikalen unter Kontrolle, Frau Guerrini? Sind Sie nicht nur das Feigenblatt einer Terrororganisation?«

Ihr Lächeln gefror.

»Die Thanatiker haben Gewalt und illegale Aktionen stets abgelehnt«, sagte sie. »Daran hat sich nichts geändert. Uns als Terrororganisation zu diffamieren ist eine dreiste Unterstellung. Es würde mich nicht wundern, wenn dahinter eine gezielte Kampagne steckt. Und wer dafür verantwortlich ist, liegt, denke ich, klar auf der Hand.«

»Sie glauben, dass Immortal Sie beschuldigt?«, rief ein Reporter.

»Welche Schlussfolgerungen Sie ziehen wollen, überlasse ich Ihnen«, sagte Guerrini. »Wenn Sie mich nun bitte entschuldigen.«

Guerrini trat die Flucht nach vorne durch die Reportertraube an. Mehrere Journalisten riefen durcheinander. Ein Reporter rief wieder und wieder: »Ist Marlene Dietrich wirklich tot, Frau Guerrini?«

Guerrini hielt inne. Wahrscheinlich suchte sie die richtigen Worte. Es war für sie ein PR-Spagat. Sie konnte nicht von den Idealen ihrer Bewegung abweichen. Aber sie musste andererseits auch die Gefühle der Menschen beachten.

»Bitte verzeihen Sie mir die Spitzfindigkeit«, sagte sie. Sie hatte etwas Härte aus ihrer Stimme genommen. »Aber meines Wissens ist Marlene Dietrich schon seit Langem nicht mehr am Leben. Ich kann Ihnen nur nochmals versichern, dass wir nichts mit dieser Sache zu tun haben. Die Thanatiker bedauern, wenn durch das Verschwinden eines sogenannten Ewigen Gefühle von echten Menschen verletzt wurden. Aber wir haben immer wieder gesagt, dass wir die Immortalisierung für einen fatalen Irrweg halten.«

Guerrini blickte kurz in die Runde, bevor sie weitersprach. »Das sogenannte ewige Leben als Hologramm ist ein falsches Versprechen. Es lenkt ab vom Wesentlichen. Und das ist, unser echtes Leben zu leben. Im Hier und Jetzt. Außerdem hat Immortal damit unsere Welt in eine Sackgasse geführt.« Guerrini reckte angriffslustig das Kinn. »Die Ewigen entwickeln sich nicht mehr. Es ist unverantwortlich, diesen animierten Statuen wichtige Ämter anzuvertrauen. Glauben Sie wirklich, dass Hologramme von Leuten von gestern – John F. Kennedy, Helmut Schmidt, Deng Xiaoping – Antworten auf die Probleme von heute haben? Auf drängende Fragen wie den Klimawandel, die Ausbreitung von Denguefieber und Malaria? Glauben Sie wirklich, dass Hologramme von Steve Jobs oder Henry Ford noch irgendwelche Lösungen für den zunehmenden Abbau von Arbeitsplätzen bieten, den wir Robotern und Algorithmen zu verdanken haben?« Sie schüttelte den Kopf. »Verzeihung. Das sind Leute von vorvorgestern.« Sie lächelte. »Jetzt spreche ich schon selbst von Leuten. Aber das sind sie nicht. Sie sind Computercodes. Mehr nicht. Wir haben das Schicksal unserer Welt Computern anvertraut. Computern, die Immortal gehören. Und das werden wir Thanatiker niemals akzeptieren!«

Mit diesen Worten schob Vanessa Guerrini das Mikrofon zur Seite und verschwand.

Kari klickte weiter. Es gab Spekulationen darüber, dass Guerrini nur das salonfähige Aushängeschild einer kriminellen Organisation war. Angeblich gab es schon längst unabhängige Terrorzellen, die nicht mehr mit der ursprünglichen Thanatiker-Bewegung assoziiert seien. Konnten sie über die notwendigen Ressourcen und das Know-how verfügen, Server von Immortal zu hacken und den Programmcode der Ewigen zu modifizieren? Oder sogar zu löschen? Einige führten an, dass schon früher Kopien von Ewigen aufgetaucht seien. Natürlich gab es keine Beweise dafür. Fidelity hatte es bislang geschafft, alle Betrugsversuche unter dem Deckel zu halten. Ja, ein Hack war theoretisch natürlich immer denkbar. Wenngleich Kari sich nicht vorstellen konnte, wie in aller Welt es irgendjemandem gelingen sollte, Immortals gewaltige Firewalls zu durchbrechen.

Ein Hack in Immortals Infrastruktur war ein anderes Kaliber als die Anfertigung einer Ewigen-Kopie. Dabei handelte es sich im Prinzip nur um Reverse Engineering: Die Hacker ließen über den Ewigen, den sie kopieren wollten, ein aufwendiges Analyseprogramm laufen, das ihn zu rekonstruieren versuchte. Es entsprach dem Abfotografieren einer alten analogen Fotografie, von der man das Originalnegativ nicht mehr besaß. Die Fotografie einer Fotografie war zwangsläufig von schlechterer Qualität. Und der Programmcode eines abgekupferten Ewigen war natürlich auch nicht identisch mit dem des echten Ewigen und weitaus weniger komplex. Der Hacker, der die Kopie erstellte, hatte keine Ahnung, wie der Originalcode des Ewigen aussah. Das konnte ihm auch egal sein, solange die Illusion wirkte und er damit schnelles Geld machen konnte. Um eine schlechte Kopie eines Ewigen zu produzieren, brauchte es längst nicht das Know-how und das Können, das ein Hacker mitbringen musste, um in die Immortalserver einzudringen und den Originalcode zu modifizieren.

Der Leuchtkreis des Quantenboten war abgelaufen. Die Kamerastreams waren nun auf dem Weg nach Kalifornien. Wie Quantenkryptografie genau funktionierte, hatte Kari nie begriffen. Er wusste nur, dass es als sicherste Möglichkeit galt, Daten zu übertragen. Klar war jedenfalls, dass es die teuerste Methode war. Der Bote für diese Datenmasse würde Fidelity mehrere Hunderttausend Dollar kosten.

Er klappte den Rechner zu und ging zum Fenster. Immer noch rannten aufgebrachte Menschen durch die Straßen. Ihm kamen die Worte Vanessa Guerrinis in den Sinn. »Das sind keine Leute. Sie sind Computercodes. Mehr nicht.« Er dachte an Hannah. Ein Computercode war alles, was von ihr geblieben war. Aber waren Menschen nicht auch nur Codes? Selbst wenn man die Bedeutung des DNA-Stranges noch immer nicht voll verstanden hatte – seine Molekülsequenz kannte man.

Die Essenz eines Menschen war in den Ewigen bewahrt, verdichtet auf eine komplexe Folge mathematischer Befehle, die unzählige Strompulse steuerten und ihn virtuell wiederauferstehen ließen.

Seine Erinnerungen an Hannah waren auch nur unzählige Strompulse, die in seinen Nervenzellen kreisten. Wo war der Unterschied?

Er sah Hannah in dem Autowrack vor sich. Regungslos lag sie eingeklemmt neben ihm. Ihre Augen geschlossen. Blut in ihrem Gesicht. Nach dem Aufprall hatte er unter Schock gestanden. Aber er hatte funktioniert. Wie eine Maschine. Klettere aus dem Wrack. Zieh ihren Körper raus. Nimm das Telefon. Ruf Hilfe.

Dass sie bereits tot war, dachte er in jenem Moment nicht. Das begriff er erst im Krankenhaus.

Kari presste die Augen zu und rieb sich das Gesicht. Er spürte seine Wangen, die Stoppeln seines Bartes. Seine kühle Nase fühlte sich an wie ein Fremdkörper im Gesicht. Wie Gummi. Er wischte über seine Augen. Sie brannten. Er wischte und wischte, bis das Bild in seinem Kopf langsam verblasste. Er öffnete die Augen und sah den Strom von Menschen auf der Straße. Konnte es wahr sein?, dachten sie. Konnte es wahr sein, dass ein Ewiger wirklich tot war? Er hatte auch nicht begreifen können, dass Hannah tot war. Im Krankenhaus war er zusammengebrochen, als die Ärzte es ihm gesagt hatten. Was war, wenn ihm Hannah nun ein zweites Mal genommen würde? Er sah die Angst in den Gesichtern der Menschen dort unten. Er hatte selbst Angst. Angst um Hannah. Angst, dass auch noch ihre allerletzte Essenz verschwinden könnte, die allerletzten Strompulse ihres Lebens für immer verpuffen würden – als hätte sie nie existiert.

6

Der Hades von Marlene Dietrich war noch viel beeindruckender als auf dem Bildschirm. Über die weiße Villa in der Grunewalder Koenigsallee fielen die letzten Sonnenstrahlen dieses Samstags. Die, die es gerade noch so durch die metallischen Wolken schafften. Vor dem Anwesen standen nach wie vor viele Menschen und hielten Fotos und Plakate in die Höhe. Kari schätzte, dass es etwa hundert Leute waren. Mehrere TV-Busse waren vor der Villa geparkt. Laut Aufschriften waren Fernsehteams aus aller Welt gekommen. Kabeltrommeln standen herum, überall verliefen Leitungen über den Boden. Eine Gruppe von Männern stand zusammen und rauchte, neben ihnen standen wuchtige Kameras auf dem Boden.

Kari erkannte Eva Lombard sofort. Sie war kleiner, als er gedacht hatte. Wie sehr einen das Fernsehen doch täuschen konnte. Ihre Kurzhaarfrisur hatte sich bereits leicht aufgelöst. Vermutlich hatte sie seit der Nacht ununterbrochen Dienst getan. Sie trank aus einem großen Pappbecher Kaffee, während sie einem Techniker zuhörte. Dabei nickte sie immer wieder. Vor dem Eingang der Villa standen etwa zwanzig mit Maschinengewehren bewaffnete Polizisten in voller Einsatzkleidung. Sie hatten vor dem Haus mittels Absperrungen einen Korridor geschaffen, um die Leute auf Distanz zu halten.

Die Stimmung war aufgeheizt. »Marlene, komm zurück!«, »Wir lieben dich!« las Kari auf den Plakaten. Und er sah Immortal-Gegner. »Immortal = Immoral« war einer der häufigsten Sprüche. Es waren aber auch Immortal-Befürworter anwesend. Sie trugen T-Shirts mit der liegenden Acht.

Beide Fraktionen trafen aufeinander und diskutierten laut. Die Polizisten beobachteten die Szene nervös.

Kari ging langsam zum Eingang der Villa. Er war angespannt. Gibson hatte versprochen, ihm den Zutritt zu organisieren. Aber als Kari sich den bewaffneten Polizisten näherte, wurde ihm mulmig. Würden sie ihn wirklich in Marlene Dietrichs Hades lassen?

Als Kari noch etwa zwei Meter von der Absperrung entfernt war, setzte sich einer der Polizisten in Bewegung. Er kam ihm entgegen und hielt die Hand hoch. »Halt. Bleiben Sie stehen.« Seine andere Hand ruhte auf dem Maschinengewehr.

»Ich arbeite für Fidelity«, sagte Kari in holprigem Deutsch. Der Polizist sah ihn unbeeindruckt an. Auf Englisch sprach Kari weiter: »Ich würde mir gerne das Haus von Frau Dietrich ansehen.«

Während er sprach, griff er in Richtung Brusttasche. Der Polizist ging sofort in Alarmstellung. Kari zog die Hand zurück und hob sie zusammen mit seiner anderen langsam in die Höhe.

»Hey, ganz ruhig«, sagte er.

Der Polizist entspannte sich wieder. Auf Englisch sagte er: »Können Sie sich ausweisen?«

»Das wollte ich gerade tun.«

Kari trat näher an das Absperrband heran und holte langsam sein Portemonnaie heraus. Er zog den Firmenausweis aus der Innentasche der Brieftasche und hielt ihn dem Polizisten hin. Er nahm ihn und musterte ihn eine Weile. Kari hielt den Atem an.

»Einen Moment«, sagte der Polizist und trat einen Schritt vom Band weg. Er nahm sein Funkgerät vom Gürtel und sprach leise hinein. Es dauerte eine ganze Weile, bis er sich wieder Kari zuwandte.

»Sie haben eine halbe Stunde. Fassen Sie nichts an. Die Spurensicherung war noch nicht da.«

Kari nickte.

Der Polizist begann das Band zu öffnen, und Kari trat durch die Öffnung.

»Hey!«

Kari und der Polizist drehten sich um. Eva Lombard kam angelaufen, den Kaffeebecher noch immer in der Hand. Sie stellte sich neben Kari.

Der Polizist wurde wütend. »Gehen Sie sofort wieder hinter die Absperrung!«

Eva Lombard schaute ihn fest an und rührte sich nicht. Der Polizist war einen Kopf größer als sie. »Wieso darf er rein und wir nicht?«, fragte sie ruhig.

»Ich habe Anweisung, niemanden hineinzulassen, solange das Haus noch untersucht wird. Und jetzt gehen Sie wieder hinter die Absperrung«, sagte der Polizist.

»Ist er vielleicht niemand?« Sie zeigte auf Kari und musterte ihn. Ihre Augen waren auffällig grün, was ihn einen kurzen Augenblick lang verwirrte.

»Wir haben hier den ganzen Tag gewartet! Sie haben uns versprochen, dass wir drinnen drehen dürfen.«

Der Polizist schüttelte den Kopf. »Das habe ich Ihnen nicht versprochen. Ich habe Ihnen lediglich zugesagt, dass ich mich darum kümmern werde.« Der Ton seiner Stimme wurde schärfer.

Eva Lombard rückte noch dichter an Kari heran, sodass sie ihn leicht berührte. Sie blickte herausfordernd. Sie war wütend.

Zwischen ihren Augenbrauen bildete sich eine Donnerfalte. Fast genauso tief wie meine, dachte Kari.

»Sie haben gesagt, dass niemand ins Haus darf.« Sie zeigte auf Kari. »Das war offenbar nur ein Vorwand. Ich verlange von Ihnen, dass Sie mich und mein Team endlich drehen lassen.«

Der Polizist schüttelte den Kopf. »Morgen.«

Eva schnaubte laut und schüttelte den Kopf. »Morgen!«, wiederholte sie. »Schauen Sie sich doch mal um!« Sie zeigte auf die Menschenmenge. »Die Leute wollen endlich wissen, was los ist! Jetzt!«

Der Polizist wandte sich an Kari. »Sie können rein«, sagte er mit gesenkter Stimme. »Und Sie«, er zeigte mit seinem behandschuhten Finger auf Eva Lombard, »fordere ich jetzt zum letzten Mal auf, meinen Anweisungen zu folgen. Andernfalls lasse ich Sie festnehmen.«

Kari ging an dem Polizisten vorbei auf die Stufen zu, die zur Eingangstür der Villa führten.

»Hey, Sie.«

Kari drehte sich um.

»Wer sind Sie?«, fragte Eva Lombard. Ihr Englisch war akzentfrei und klang amerikanisch.

»Das kann ich Ihnen leider nicht sagen, Frau Lombard.« Kari lächelte.

Sie musterte ihn einen Moment lang, unbeeindruckt, dass er sie beim Namen genannt hatte.

»Sind Sie von Immortal?«

»Sehe ich so aus?«, sagte Kari.

»Nein. Eigentlich nicht. Sie sehen eher nach Fidelity aus.«

Treffer. Bevor er darauf reagieren konnte, feuerte sie die nächste Frage ab: »Ist das hier ein neuer peinlicher Fall für Sie? Wie bei Mick Jagger?«

Ein Voight-Kampff hätte bei Kari in diesem Moment einen

starken Mikromimik-Ausschlag von Überraschung gezeigt. Woher um alles in der Welt wusste sie von der Mick-Jagger-Sache? Er ging zurück und bedeutete dem Polizisten, ihn wieder hinauszulassen. Der wirkte genervt, öffnete ihm aber die Absperrung.

»Könnten wir beide uns kurz unterhalten?«, sagte Kari mit gesenkter Stimme zu Eva Lombard und ergriff ihren Arm.

»Sollen Sie hier den Ausputzer spielen, damit die Fälschung nicht öffentlich wird?«, fragte sie, während sie zusammen ein paar Meter zur Seite gingen.

Dann blieb Kari stehen und fragte: »Was wollen Sie mir sagen?«

Eva Lombard lächelte.

»Dass Sie ein Problem haben.«

Kari musterte sie. Eva Lombards grüne Augen blickten fest in seine. Erneut machten sie ihn nervös.

»Und warum habe ich ein Problem?«

»Weil Reuben Mars recht hat. Immortal hat in der Vergangenheit Ewige manipuliert.«

Hatte sie etwa von den Schönungen gehört? Das konnte er sich nicht vorstellen. Die waren absolut geheim. Oder meinte sie mit manipuliert etwas anderes? Bluffte sie? Oder wusste sie tatsächlich etwas? Er versuchte, ein Pokerface zu bewahren.

»Soll mich das jetzt beeindrucken, dass Sie den Quatsch eines Irren nachplappern?«

»Das ist kein Quatsch«, sagte sie mit ruhiger Stimme.

»Woher wollen Sie das wissen?«

»Ich kann Ihnen meine Quellen nicht nennen. Aber es ist so.«

Kari blickte sich um. Die Polizisten beobachteten sie. Auch einige Journalisten schauten neugierig zu ihnen herüber. Nicht gut, dachte Kari. Er durfte keine Aufmerksamkeit erregen. Seine Mission war vertraulich.

»Ich kann Ihnen gerne mehr erzählen. Wenn Sie mich mit ins Haus nehmen.« Sie lächelte.

Er wog schnell ab, was er tun sollte. Wenn sie von den Schönungen wusste, war das ernst genug. Sollte sie noch andere Infos haben, musste er wissen, welche das waren. Und selbst wenn sie nur bluffte, konnte er es sich nicht leisten, dass sie falsche Dinge über Immortal in die Welt brachte. So oder so, er musste sie im Auge behalten. Was hatte er zu verlieren, wenn er sie mit ins Haus nahm?

»Okay«, sagte er. »Keine Kameras. Sie fassen nichts an und warten mit der Berichterstattung so lange, bis die Polizei die Untersuchung des Hauses abgeschlossen hat. Außerdem: Mich und meine Firma lassen Sie raus!«

Sie nickte, dabei unterdrückte sie nur mühsam ein Lächeln des Triumphs.

»Gut. Dann gehen wir.«

Sie gingen zurück zur Absperrung. Kari bemerkte, dass einige der Journalisten mit offenen Mündern zusahen.

»Frau Lombard geht mit mir hinein«, sagte er.

Der Polizist schüttelte den Kopf.

»Das kann ich nicht zulassen. Ich habe die Anweisung, dass keine Presse hineindarf.«

»Frau Lombard wird sich an eine Nachrichtensperre halten, bis die polizeiliche Untersuchung abgeschlossen ist«, sagte Kari. »Ich garantiere dafür.«

Der Polizist schaute einen Moment ausdruckslos. Er war unschlüssig. Dann öffnete er wortlos das Absperrband.

Die Eingangshalle von Marlene Dietrichs Hades war düster. Kari suchte den Schalter und knipste das Licht an. An den Wänden hingen mehrere Gemälde. Kari erkannte unter anderem den berühmten »Goldenen Fisch« von Paul Klee. Der Boden der Eingangshalle war schachbrettartig mit schwarzen und weißen

Steinen arrangiert. Schwere, verzierte Holztüren gingen ab. Ein schwarzer Sekretär stand an einer Wand, gegenüber ein Kabinett mit Porzellan. Man fühlte sich um hunderfünfzig Jahre zurückversetzt.

Mit Teppich überzogene Treppenstufen führten hinauf, das Geländer war aus Metall und voller Jugendstilverzierungen. Insgesamt drei Zimmer gingen von der Eingangshalle ab. Eins davon war die Küche, dann ein großer Esssaal, und ein schneller Blick zeigte, dass es sich beim dritten Raum um eine Art Bibliothek handelte.

Ein Hades war normalerweise nur eine repräsentative Lokalität. Ewige wuschen sich nicht, aßen nicht, schliefen nicht. Sie machten keinen Dreck. Sie spukten einfach wie Geister in ihrem Hades herum.

Sie ging in den Esssaal und stieß einen Pfiff aus. »Nicht schlecht!«

Er folgte ihr langsam. Die lange Tafel war aus Mahagoni und perfekt blank poliert. Im Schrank standen silberne Kannen und Besteck.

»Wahnsinn«, sagte sie. »All das nur für einen Ewigen.«

»Übertrieben, meinen Sie?«, sagte Kari.

»Na ja, schon, oder?«

»Ach, ich weiß nicht. Schließlich muss man es eine kleine Ewigkeit aushalten.«

Sie lachte und betrachtete die riesige Tafel. »Wann hier wohl das letzte Mal wirklich jemand gesessen und gegessen hat?«

»Ach, vielleicht ist das noch gar nicht so lange her«, sagte Kari.

»Sie meinen, Marlene Dietrichs Ewiger hat sich hier Essen auftischen lassen – nur zum Spaß?« Sie runzelte die Stirn.

»Es wäre jedenfalls ihr Stil«, sagte Kari. Er dachte an das volle Weinglas auf dem Tisch im Thermopolium.

Nebenan war die Küche. Sie wirkte kaum benutzt.

»Muss bedrückend gewesen sein für die Haushälterin«, sagte Eva Lombard, während sie durch die Räume gingen.

Kari blickte sie von der Seite an, um ihren Gesichtsausdruck zu studieren.

Sie wirkte nachdenklich.

»Wieso denken Sie das?«, fragte er.

Sie waren nun in einem kleinen Zimmer, das von dem Eingangsbereich links abging. In der Mitte stand ein einladend wirkender Ohrensessel, daneben ein Tischchen mit einer Lampe. Auf dem Tisch lagen mehrere Bücher. Eva Lombard nahm das oberste in die Hand und blätterte durch die Seiten. Sie hielt ihm den Umschlag hin. Es war eine alte Ausgabe von Simone de Beauvoirs »Tous les hommes sont mortels«.

»Kennen Sie es?«, fragte sie ihn.

»Ich spreche kein Französisch«, sagte Kari.

»›Alle Menschen sind sterblich‹.«

»Ich kenne es. Aber ich habe es nie gelesen.«

Was machte so ein Buch hier? Bei einem Ewigen mit Todessperre. Wieder ein Hinweis darauf, dass Marlene Dietrichs Ewiger offenbar nicht normal war.

Eva Lombard hielt das Buch mit beiden Händen fest und blickte es einen Moment lang an.

»Aber Sie haben es gelesen?«, fragte er.

Sie nickte. Dann löste sie den Blick vom Buch und sah ihn an.

»Wie heißen Sie?«, fragte sie.

Er war überrascht, dass sie ihn so direkt fragte.

»Benjamin Kari.«

»Haben Sie schon mal mit einem Ewigen zusammengelebt, Mr. Kari?« Wieder dieser feste Blick. Wieder dieses Grün.

Er dachte an Hannahs Ewigen auf dem Balkon.

»Nein.«

»Aber ich«, sagte sie. »Meine Großmutter wurde immortalisiert und lebte bei uns im Haus.«

»Wie alt waren Sie?«, fragte er.

»Zehn.«

»War das nicht toll für Sie?«

»Oh, am Anfang fand ich das toll, ja«, sagte Eva Lombard. »Ich hing sehr an meiner Großmutter. Als sie starb, war ich traurig, und froh, als sie wieder da war. Ich musste mich nicht mit dem Tod auseinandersetzen. Konnte einfach so weitermachen wie bisher. Aber ich merkte ziemlich bald, dass ich eben nicht einfach so weitermachen konnte.« Sie stockte. »Das hier«, sie tippte auf das Buch in ihrer Hand, »war Atis Lieblingsbuch. Sie hatte es mir geschenkt. Es war unser gemeinsamer Schatz. Aber dann konnte ich mit ihr nicht mehr darüber reden. Es war, als würde dieses Buch für sie nicht mehr existieren. Als hätte es nie existiert. Jedes Mal, wenn ich sie danach fragte, schwieg sie und wechselte das Thema. Erst viel später erfuhr ich von der Todessperre. Wie hätte ich das als Kind verstehen sollen? Das und die Tatsache, dass die Ewigen sich nicht verändern.«

Plötzlich wurde sie stutzig. »Moment. Wieso liegt dieses Buch dann hier? In einem Hades?«

Eva Lombard besaß einen sehr flinken Geist.

»Vielleicht hat es die Haushälterin gelesen«, sagte er, um sie auf eine andere Fährte zu bringen. Er wollte nicht, dass sie weitere unangenehme Fragen stellte. »Kommen Sie, wir schauen uns mal oben um.«

Sie folgte ihm die Treppe hinauf.

»Arbeiten Sie jetzt eigentlich für Fidelity oder nicht?«

»Sind Sie immer so direkt?«

»Ist mein Job, Mr. Kari.«

»Ich habe schon zurückhaltendere Journalisten kennengelernt.«

»Wirklich? Ich glaube, Sie haben noch gar nicht so viele Journalisten kennengelernt. Stimmt's?«

Sie blickte ihn von der Seite herausfordernd an und überholte ihn. »Aber das wird sich ändern.«

Einen Moment lang fragte er sich, ob es wirklich eine gute Idee gewesen war, sie mit ins Haus zu nehmen.

Kari seufzte. »Ja, ich arbeite für Fidelity. Zufrieden?«

»Dachte ich's mir doch.«

»Wirklich? Ich glaube, Sie kennen nicht viele von uns«, sagte er.

Sie lachte.

»Das stimmt sogar, Mr. Kari. Ich habe mehr mit Immortal-Typen zu tun. Aber man hat wohl gewisse Bilder im Kopf, nach allem, was man so über Ihre Firma hört.«

Oben waren alle Türen verschlossen. Kari öffnete die erste behutsam und schaltete das Licht ein. Es war ein Arbeitszimmer. Ein großer hölzerner Schreibtisch stand an einem Fenster. Es ging nach hinten raus und bot eine tolle Sicht auf den See hinter dem Haus. Es war schon dunkel, aber Kari sah einige Laternen am Ufer, deren Licht sich auf der Wasseroberfläche spiegelte. Bei Tag musste der Blick prächtig sein. Sonst war in dem Zimmer nicht viel. Eva Lombard blickte kurz hinein und ging weiter ins nächste.

Als sie die Tür öffnete, stieß sie einen Schrei aus.

Kari hechtete ihr hinterher. Sie stand starr im Eingang eines riesigen Raumes, in völlig anderem Stil eingerichtet als der Rest des Hauses. Viel Chrom, viel Glas. Alles war schmuddelig und heruntergekommen. Aber das, was ihn seinerseits erstarren ließ, war der Mann, der in dem Raum stand.

»Es ist Reuben Mars«, flüsterte Eva Lombard.

Jetzt erst erkannte Kari ihn. Die langen schwarzen Haare. Die Hornbrille. Das ernste Gesicht.

Reuben Mars war schmächtig und nicht besonders groß. Schwarz schien seine Lieblingsfarbe zu sein. Er trug nichts als dunkle Sachen. Das schwarze T-Shirt war mit einem Foto der Rockgruppe »Queen« bedruckt. Freddy Mercury war erst vor zwei Jahren immortalisiert worden. Darunter stand: »Who wants to live forever?«

Reuben Mars entsprach ganz dem stereotypen Nerdklischee. Und dennoch hatte er eine Ausstrahlung, die den Blick unweigerlich auf sich zog. Nach einigen Momenten war Kari klar, warum. Es lag an seinen Bewegungen. Sie waren ungewöhnlich bedacht und langsam. Als würde jeder Bewegung ein bewusster Befehl vorausgehen. Drehe den Kopf nach rechts, hebe ihn um zehn Grad, scanne die Buchreihe. Kari beobachtete es fasziniert und fragte sich, ob das seine natürlichen Bewegungen waren oder es irgendwie mit seiner rätselhaften Präsenz an diesem Ort zusammenhing. Kari war sich ziemlich sicher, dass Mars virtuell anwesend war. Das hier war sein Avatar.

Mars blickte sich im Zimmer um, dabei streiften seine Augen Eva und Kari. Er zeigte keine Reaktion.

»Wieso kann er uns nicht wahrnehmen?«

»Keine Ahnung.«

Fasziniert beobachtete Kari den Avatar. Das also war er, der ominöse Whistleblower. Reuben Mars. Er schien etwas zu suchen.

Eva ging auf ihn zu.

»Eva, warten Sie.«

»Mars!«, rief sie und trat näher.

In diesem Moment drehte Mars sich schlagartig um, ging ein paar Meter durch den Raum … und durch Eva hindurch.

Sie stand wie versteinert. Der Avatar des Mannes, der die Welt geschockt hatte, hatte soeben einen Criss-Cross bei ihr gemacht. Auch das war unmöglich.

Avatare konnten theoretisch zwar durch alle physischen Dinge hindurchgehen – nur war es verboten, und die Software verhinderte es automatisch. Immortal legte Wert darauf, dass die Physik respektiert wurde. In der Anfangszeit der Blended Reality hatte es schwere Unfälle wegen Physikverletzung gegeben, als Avatare aus dem Nichts auf stark befahrenen Straßen, Eisenbahngleisen oder Landebahnen erschienen waren. Ein Criss-Cross zwischen zwei Körpern war besonders verstörend anzusehen. Wie ein Hybrid aus verschmolzenen Körperteilen, wie der Anblick eines siamesischen Zwillings. Schließlich erschienen Avatare nicht im Geringsten weniger real als echte Menschen.

Wie war Mars überhaupt reingekommen? Immortal sperrte die Innenräume von Häusern und Gebäuden für Avatare und Ewige; man musste offiziell Zugang beantragen. Auch hier hatte man aus den Fehlern der frühen Tage gelernt. Privatsphäre musste geschützt werden.

»Alles in Ordnung?«, fragte er.

Sie nickte. Sie sah verstört aus. »Nichts! Ich habe nichts gespürt«, sagte sie. »Kein Vibrieren.«

Das war seltsam. Normalerweise sendete das NeurImplant immer eine Mahnung aus, wenn ein unerlaubter Criss-Cross passierte. Irgendetwas stimmte nicht mit diesem Avatar.

Reuben Mars ging im Zimmer umher und suchte es weiter aufmerksam ab. Erst jetzt sah auch Kari sich um und bemerkte, wie unwirklich das ganze Zimmer war. Es war im Stil der 70er-Jahre des letzten Jahrhunderts eingerichtet. Er kannte diesen Stil von vielen alten Filmen, die er gesehen hatte. Und er kannte dieses Zimmer. Er hatte es auf Fotografien gesehen, die in Marlene Dietrichs Akte gelegen hatten.

Ein dicker weißer Flauschteppich bedeckte den Boden. Er war schmutzig. Das Zimmer wurde beherrscht von dem großen weißen Himmelbett. Die Laken waren fleckig. Das Bett war nicht gemacht, als hätte bis vor Kurzem jemand darin geschlafen. Neben dem Bett stand eine große Karaffe aus weißem Porzellan.

Überhaupt wirkte alles heruntergekommen und ungepflegt und passte so gar nicht zum Rest des Hauses. Und es stank. Es war nicht nur abgestandene Luft, die darauf hindeutete, dass hier schon lange nicht mehr gelüftet worden war. Es war noch etwas anderes. Kari nahm einen prüfenden Atemzug. Urin.

Kari ging auf das Bett zu. Dabei ging er demonstrativ nicht an dem Avatar vorbei. In dem Moment, als seine rechte Körperhälfte durch ihn hindurchglitt, bückte sich der Avatar. Er durchstieß Reuben Mars' Hinterteil. Nichts. Kein Vibrationssignal. Mars musste inoffiziell hier sein. Er war nicht in der Blended Reality angemeldet. Hatte er sich eingehackt? Konnte er sie deswegen nicht sehen? Weil er keine Updates des Raumes bekam?

»Kari!«, zischte Eva. Kari drehte sich zu ihr herum und grinste. Er trat mit dem Fuß noch mal nach dem Hinterteil des Avatars, durch ihn hindurch. Keine Vibration. Eva verzog den Mund und schüttelte den Kopf. Offenbar fand sie die Situation nicht ganz so belustigend.

»Wie kommt er hier rein?«, fragte sie Kari.

Er schüttelte den Kopf. »Ich habe keine Ahnung. Er muss illegal in der Blended sein. Keine Ahnung, wie er das gemacht hat.«

Neben dem Bett auf dem Boden verstreut lagen zahlreiche Magazine: *Esquire, People, Time, The New Yorker*. Sie waren alt, aus den 70er- und 80er-Jahren des zwanzigsten Jahrhunderts. Auf einigen Covern war Marlene Dietrich abgebildet.

Eva sah sich um. Dabei versuchte sie, Mars' Avatar zu ignorieren. »Wo genau sind wir eigentlich?«, fragte sie.

»Es ist das Zimmer, in dem Marlene Dietrich ihre letzten vierzehn Lebensjahre verbracht hat«, sagte Kari. »Oder besser gesagt: Es ist eine Nachbildung. Das Original steht in Paris.«

»Sie hat hier vierzehn Jahre lang gehaust?«

Er nickte. »Es war ihr selbstgewähltes Gefängnis.«

»Sieht übel aus. Und riecht auch so.«

Kari schnüffelte wieder, um die Quelle des Gestankes aufzuspüren. Er kam aus der Porzellankanne. Er hob sie auf. Sie war leer, aber ihr Inneres war gelblich verfärbt. Er zeigte sie Eva. Die verzog das Gesicht.

»Das Zimmer hat sie offenbar noch nicht mal für dringende Bedürfnisse verlassen«, sagte Kari.

»War sie depressiv?«

Er nickte. »Auch wenn das damals nicht offiziell festgestellt wurde. Für ihre Zertifizierung habe ich psychologische Gutachten auf Basis aller verfügbaren Daten über sie erstellen lassen. Sie war mit hoher Wahrscheinlichkeit depressiv.«

»Dann habe ich also richtig gelegen«, sagte Eva. »Sie haben Dietrichs Ewigen zertifiziert.«

Kari seufzte.

»Ist ihr Ewiger dann auch depressiv?«

Sie stellte die richtigen Fragen – die von der Sorte, die ihn in Bedrängnis bringen konnten.

»Nein. Dieser Charakterzug war ursächlich für ihre Selbstdestruktion und fiel damit unter ihre Todessperre.«

»Jetzt hören Sie sich auch an wie ein Fidelity-Versicherungsagent, Mr. Kari.«

Sie hatte recht. Und es nervte ihn, dass sie recht hatte. Denn eigentlich hasste er dieses bürokratische Gehabe und diese bürokratische Sprache. Hier hatte man es mit Menschen zu tun. Mit Toten. Und das war es, was ihn an diesem Beruf – so trocken er nach außen hin erscheinen mochte – seit jeher fasziniert hatte.

Kari hatte immer davon geträumt, Schriftsteller oder Regisseur zu werden. Seine Eltern hatten ihm diesen Traum zerstört. Aber sein Job kam dem nahe, was ihn als Kind so fasziniert hatte: in fremde Welten eintauchen zu können. Wenn er Ewige zertifizierte, musste er sich voll und ganz in die Leben dieser Verstorbenen versenken, in ihre Umgebung, in ihre Wünsche, Hoffnungen und Probleme. Er hatte Anteil daran, diese Menschen neu zu erschaffen, wie ein digitaler Bildhauer.

Und offenbar war es ihm und den Programmierern nicht gelungen, alles Destruktive aus Marlene Dietrichs Persönlichkeit zu eliminieren, sonst sähe es hier nicht so aus. Andererseits … da sie ja noch ausging und Leute traf, war es offenbar nicht so schlimm wie damals in Paris. Oder doch? Er dachte an das, was Lars von Trier ihm in Ohlsdorf erzählt hatte.

»Was machen wir jetzt?«, fragte Eva. »Und was machen wir mit ihm?« Sie zeigte kurz auf den Avatar von Mars, der inzwischen die Zeitschriften studierte. »Können wir irgendwie Kontakt mit ihm aufnehmen? Ein Interview mit ihm wäre der Mega-Scoop!«

»Ich wüsste nicht, wie?«

»Ich habe eine Idee!«

Eva ging zu dem großen Standspiegel in der hinteren Ecke des Zimmers. Diesmal machte sie sich nicht die Mühe, Mars' Avatar auszuweichen. Doch kurz bevor sie durch seinen Körperraum schritt, verschwand er. Es war ein unschicklicher Exit. In der Blended Reality war es nicht gestattet, seine virtuelle Hülle einfach so an- und abzuschalten; Avatare waren angehalten, virtuelle Portale als Ein- und Ausgang zu benutzen. Die gab es zuhauf. Um überall hin zu gelangen, konnte man auch eines errichten lassen, bevor man mit seinem Avatar eintrat. Aber man musste es vorher anmelden. Immortal hatte diese Bürokratie eingeführt, um Unfälle zu vermeiden.

Mars' Avatar aber verpuffte einfach so. Wie ein platzender Ballon. Kari hatte schon lange keinen unschicklichen Exit mehr gesehen. Es war immer wieder verstörend, so sehr widersprach es dem durch Jahrmillionen der Evolution unbewusst im Gehirn verankerten Empfinden der Naturgesetze.

Eva erschrak heftig, als er verpuffte.

Sie fing sich schnell wieder, kramte in ihrer Tasche herum, zog einen Lippenstift heraus und ging zu dem großen Spiegel, der in der Ecke des Zimmers stand. Darauf schrieb sie: »This world has only one sweet moment set aside for us.« Darunter schrieb sie: »Janus.«

Dann blickte sie Kari erwartungsvoll an.

Er hob fragend Hände und Schultern. »Was soll das?«

»Sie sind kein Queen-Fan, oder? Aber Mars ist einer. Das ist eine Zeile aus dem Song ›Who wants to live forever‹.«

Clever, dachte Kari. Mars würde bestimmt wiederkommen. Und beim nächsten Entry in das Haus hätte er das Update der Blended Reality und würde die Botschaft sehen. Er wusste dann, dass er gesehen worden war. »Glauben Sie, er wird darauf reagieren? Er wird es für eine Falle halten«, sagte Kari.

»Wenn er ein so guter Hacker ist, dass er Immortal austricksen kann, wird ihn das nicht schrecken«, sagte sie, während sie ihren Lippenstift wieder einpackte. »Es ist einen Versuch wert, oder?«

Quantenboten waren vollkommen sichere Postfächer. Untrackbar. Absolut anonym. Auf Servern jenseits von Immortals Zugriff, betrieben von der Assange-Foundation. Aber natürlich konnte auch jeder andere, der die Nachricht sah, mit Eva Lombard Kontakt aufnehmen.

»Ich weiß, was Sie denken«, sagte Eva.

»Was denke ich denn?«, fragte Kari.

»Dass das idiotisch ist. Dass ich wahrscheinlich nur die Polizei oder Immortal oder sonst wen auf mich aufmerksam mache.«

»Sie könnten sich damit ziemlichen Ärger mit Immortal einhandeln. Warum Janus? Hat Ihr Quantenbote zwei Gesichter?«

»Nein.« Sie grinste. »Aber vielleicht ich?«

Kari wusste nicht, was er darauf antworten sollte.

»Finden Sie's raus, Mr. Kari.«

Statt einer Antwort sagte er: »Gehen wir?« Er hatte es einen Tick zu schnell gesagt, was ihm klar wurde, als er ihr Lächeln sah.

Draußen war es mittlerweile leerer. Viele Fernsehteams waren abgefahren. Heute würde hier nichts mehr passieren, und sie mussten sich auf die angekündigte große Enthüllung von Reuben Mars am kommenden Tag vorbereiten. Es war dunkel geworden. Die Polizisten standen immer noch Wache; sie hatten Scheinwerfer organisiert, die das Haus anstrahlten. Der Beamte, der Kari eingelassen hatte, rauchte eine Zigarette. Als Kari und Eva herauskamen, trat er sie schnell aus.

»Danke noch mal für Ihre Unterstützung«, sagte Kari. »Ich melde mich dann morgen im Präsidium, wegen der Haushälterin.«

Der Polizist nickte.

Als Kari und Eva die Absperrung passierten, kam ein Mann auf sie zugelaufen. Er war übergewichtig, hatte einen Vollbart und trug ein rotes Holzfällerhemd. Er winkte mit einer Hand, in der anderen hielt er eine Zigarette.

»Mensch, Eva! Wo warst du?«

Er blieb vor ihr stehen. Sein Atem ging schnell.

»Rat mal.«

Sie fingerte ihm die Zigarette aus der Hand und nahm einen Zug.

»Wie hast du das denn geschafft?«, fragte er.

Eva klopfte Kari burschikos auf den Rücken.

»Mike, darf ich vorstellen: Benjamin Kari. Fidelity.«

Mikes Mikro- und normale Mimik zeigte überdeutliches Erstaunen.

»Äh, hallo, Mike Friedrich.« Er reichte Kari die Hand.

Mike wandte sich an Eva. »Der Chef hat dich gesucht. Er war ziemlich sauer, dass du nicht erreichbar warst.«

Eva rollte mit den Augen und warf Kari einen Blick zu.

»Brinkmann soll sich entspannen. Ich möchte mich erst einmal mit Mr. Kari unterhalten.«

»Eva, tu mir einen Gefallen. Ruf ihn an – jetzt. Sonst kriegen wir alle Ärger.«

Sie seufzte.

»Okay.« Sie blickte Kari an. »Bitte entschuldigen Sie mich einen Moment, Benjamin. Nicht weglaufen, bin gleich wieder da.«

Sie verschwand in einem TV-Bus mit der Aufschrift »NDR«. Sie hatte ihn mit Vornamen angesprochen. Als Amerikaner war er das gewohnt, aber er wusste, dass es in Europa unüblich war. Umso mehr brachte ihn dieser Gestus ins Grübeln. Passte Eva sich seinen amerikanischen Sitten an? Oder hatte sie Hintergedanken? Wenn ja – welche? Er dachte an Janus, den Gott mit den zwei Gesichtern. Er hatte mal eine römische Silbermünze im Museum of Natural History, gleich am Central Park, gesehen. Die beiden Gesichter waren nicht etwa jedes auf einer Seite der Medaille, sondern Hinterkopf an Hinterkopf dargestellt. Das eine sah nach vorne, das andere nach hinten. Janus sah die Vergangenheit und die Zukunft.

Mike blieb bei Kari stehen und rauchte. Er bot ihm eine Zigarette an, die Kari dankend ablehnte. Er zeigte auf die riesige Villa.

»Der Hammer, dieses Haus. Haben Sie da drin was Spannendes gefunden?«

»Es war ziemlich unspektakulär.« Kari hatte keine Lust, ihm von Mars zu erzählen. Er wies auf die abfahrenden TV-Busse.

»Halten Sie heute Nacht die Stellung?«

Mike zuckte mit den Schultern. »Keine Ahnung. Ich glaub's nicht. Hier gibt's nichts, was man zeigen kann. Im Moment sind alle ziemlich auf Draht wegen der Reuben-Mars-Show.« Er grinste.

»Hat er inzwischen Genaueres angekündigt?«, fragte Kari.

»Nur, dass es morgen zwischen 12 und 13 Uhr losgeht, Washington-Zeit. Hier also erst um 18 Uhr. Scheiße. Und ich hatte gehofft, dass ich wenigstens ein bisschen was vom Wochenende haben würde. Wird wieder 'ne Nachtschicht.« Mike seufzte.

»Was für eine Show soll das werden?«, fragte Kari.

Mike zuckte die Schultern.

»Keine Ahnung. Vielleicht zieht er ein Kaninchen aus einem Hut? Oder zersägt 'ne dralle Blondine?« Er lachte, hörte aber schnell wieder auf, als er sah, dass Kari nicht mitlachte.

»Niemand weiß irgendwas«, sagte Mike. »Wenn Sie mich fragen – der Typ ist ein totaler Spinner.«

»Wo soll das Ganze stattfinden?«

»Er hat was von ›prominenten Plätzen in den Metropolen dieser Welt‹ gesagt. Da soll offenbar irgendwas zeitgleich überall passieren. Huuu, Magic!« Mike lachte wieder und blies dabei Zigarettenrauch aus. Das Lachen wurde zu einem kurzen Hustenanfall.

»Er macht also irgendwas Virtuelles. Heißt, wir brauchen BR-Kameras, um das Ganze zu filmen. Na ja, und jetzt sind alle total nervös, weil keiner am falschen Ort sein will. Vor allem Brinkmann dreht total am Rad. Wir haben uns alle schon auch gegenseitig beäugt, aber keiner will was verraten.«

Er hielt die Hand an den Mund, als würde er Kari etwas

Geheimes mitteilen. »Ich glaube, ich verrate Ihnen nicht allzu viel, wenn ich Ihnen sage, dass die meisten hier ihre Wetten aufs Brandenburger Tor abschließen.«

Kari nickte. Das war auf jeden Fall ein prominenter Platz in der Weltmetropole Berlin. Aber es könnte natürlich auch der Reichstag sein. Oder der Alexanderplatz. Oder die Siegessäule … Berlin war groß. Und in Washington D.C.? Wo würde Reuben Mars dort seine Show abziehen? Vor dem Weißen Haus? Dem Washington Memorial? Oder dem Kapitol?

Eva kam wieder aus dem Bus heraus.

»Okay, Mike. Brandenburger Tor. Volles Programm.«

Mike nickte. »Dachte ich mir. Was ist mit Karla?«

Eva grinste. »Die muss am Reichstag Schmiere stehen.«

Mike kicherte. »Herrlich. Es gibt also doch einen Gott.«

»Wer ist Karla?«, fragte Kari.

Eva winkte ab. »Eine Kollegin.«

Mike zwinkerte ihm überdeutlich mit einem Auge zu.

Eva ergriff Karis Arm. »Ich würde gerne etwas mit Ihnen besprechen, Benjamin. Mike, wir sehen uns gleich.«

»Bis später, Schätzchen«, flötete Mike beim Davongehen.

Eva rollte mit den Augen.

»Kommen Sie, da hinten hin«, sagte sie.

Sie gingen außer Hörweite der anderen Fernsehteams.

»Benjamin – ist das eigentlich in Ordnung, wenn ich Sie so nenne? Ich bin Eva.« Sie streckte ihm die Hand hin. Er ergriff sie. Ihre Hand war warm und schlank, ihr Händedruck fest.

»Ben«, sagte er.

»Ich weiß, dass Sie von Journalisten nicht besonders viel halten, Ben …«

Kari setzte an, um zu antworten, aber sie senkte die Lider, hob die Hand und hielt einen Moment inne. Ein Signal, dass sie nicht unterbrochen werden wollte. Es hätte unsympathisch wirken können, aber sie lächelte dabei. »Ich würde gerne mit Ihnen zusammenarbeiten, Ben. Exklusiv. Ist das möglich?«

Ihre Direktheit überraschte ihn aufs Neue.

»Ich arbeite seit Monaten an einer Geschichte über Immortal«, fuhr sie fort. »Ich habe einiges ausgehoben, etliche Leute haben endlich geredet. Wissen Sie, wie viel Zeit und Geduld mich das gekostet hat? Wie viel Schleimereien, wie viel Händchenhalten, bis diese Silicon-Valley-Hipster sich dazu bequemen, der Welt mitzuteilen, was in diesem Tempel in Mountain View wirklich vor sich geht und wie beschissen die ihre Leute behandeln – und uns alle obendrein, by the way.« Sie schüttelte den Kopf, ihre Zornesfalte war wieder da.

»Haben Sie daher Ihre Informationen über den Mick-Jagger-Hack?«, fragte Kari.

»Dann stimmt diese Geschichte also? Ha! Ich wusste es!« Sie blickte triumphierend, unterdrückte aber umgehend ihre Mimik, als sie sah, dass seine sich verfinsterte.

Kari ärgerte sich. Sie hatte geblufft, und er hatte ihr nun die Bestätigung geliefert.

»Sie haben mich verarscht«, sagte er. »Und jetzt wollen Sie mit mir zusammenarbeiten? Für wie blöd halten Sie mich?«

Sie setzte eine entwaffnende Miene auf.

»Okay, Ben. Ich habe geblufft. Ich musste schließlich Ihre Aufmerksamkeit gewinnen. Tut mir leid.«

»War das mit den Ewigen-Manipulationen auch nur ein Bluff?«, fragte er.

»Nein, war es nicht«, sagte sie bestimmt. »Ich habe mit ehemaligen Immortal-Mitarbeitern gesprochen. Sie haben mir gesagt, dass Immortal die Daten von wichtigen Politikern manipuliert. Kein Präsident soll so jemals gegen die Interessen der Firma handeln.«

Kari musterte sie. Ihre Mimik war offen. Er glaubte ihr.

»Können Sie das belegen?«

Sie hielt seinem Blick stand und presste den Mund zusammen. »Nein. An solch sensible Daten kommen nur extrem wenige Leute bei Immortal. Aber ich kann Ihnen sagen, dass meine Quelle absolut vertrauenswürdig ist. Was Reuben Mars sagt, stimmt. Ich muss mit ihm reden. Und dann finden wir vielleicht auch raus, was das Verschwinden von Marlene Dietrich damit zu tun hat. Mars hat gesagt, Immortal hätte Dietrich umgebracht. Wer weiß, was hier gelaufen ist? Vielleicht hat Immortal Dietrichs Ewigen auch manipuliert? Vielleicht ist dabei was schiefgegangen? Und jetzt wollen sie es vertuschen?«

Kari war verwirrt. Die kleinen Schönungen von Charakterschwächen hin oder her – er konnte einfach nicht glauben, dass Immortal im großen Stil hochkarätige Persönlichkeiten veränderte.

»Glauben Sie im Ernst, dass ich Ihnen dabei helfen werde, die Geschäftsgrundlage von Fidelity zu demontieren?«, fragte er.

Sie schüttelte den Kopf, und wieder hielt sie dabei die Augen geschlossen.

»Klar, das kann ich verstehen. Aber es kann Ihnen auch nicht egal sein, wenn die Vorwürfe stimmen und Immortal Ewige manipuliert ...«

Er wollte sie unterbrechen, aber sie fuhr unbeirrt fort. »... denn dann ...«, ihr Zeigefinger zeigte auf seine Brust, nein, stach in den Raum vor seiner Brust, »hängt Fidelity mit drin. Und dann können Sie Ihre Geschäftsgrundlage erst recht vergessen. Dann wäre es sicher besser, wenn Sie vorher wissen, was Sie erwartet. Oder?«

Kari dachte an die Akte, die er bearbeitet hatte, bevor die ganze Misere begonnen hatte. Er dachte an die persönlichen Verfehlungen des Managers, die in seinem Ewigen aussortiert werden sollten. War das eine Manipulation? Menschen machten sich doch auch für Fotos hübsch. Niemand stellte seine Makel in den Vordergrund. Er dachte an die Befehle seiner Mutter, wenn sie im Urlaub Fotos machen wollten. Wie sie ihn und seine Schwester vor dem Objektiv arrangiert hatte, seinen Scheitel noch mal mit den Händen nachgezogen hatte, ihn angewiesen hatte, sein Hemd ordentlicher in die Hose zu stecken, netter zu lächeln, als er eigentlich lächelte. Seine Mutter hatte immer höchsten Wert auf perfekte Erscheinung gelegt. Immer. Aber vor allem bei Fotografien. Er hatte das immer gehasst. Und es war genau das, was er in seiner Arbeit als Zertifizierer eigentlich verhindern sollte: Verfälschungen der Realität. Andererseits ging es auch darum, die Gefühle der Hinterbliebenen zu schonen. De mortuis nil nisi bene – von den Toten nichts als Gutes, so hielten es schon die Römer. Warum jetzt noch die Witwe des Managers, seine Kinder damit belasten, dass der Manager sie dutzendfach betrogen hatte? Wer hätte etwas davon?

Aber was, wenn Immortal auch vor öffentlichen Personen nicht haltmachte? Zertifizierungen von Politikern liefen unter höchster Sicherheitsstufe. Er hatte nur mit Schauspielern und Regisseuren zu tun. Wie viele Leute hatten die Daten von John F. Kennedy zu Gesicht bekommen? Oder von Deng Xiaoping? Wer kontrollierte wen?

»Okay«, sagte er zu Eva und reichte ihr seine Hand. Sie blickte ihn verwirrt an.

»Okay was?«

»Wir bleiben in Kontakt«, sagte er.

»In Kontakt? Das heißt konkret?«

»Es heißt, dass wir einen Deal haben.«

7

Es war ein merkwürdiges Gefühl, durch die Straßen zu laufen. Reuben Mars fühlte sich gut in seiner neuen Haut. Er war wie eine Echse, die abwirft, was ihr zu eng geworden war. Er sah nicht mehr aus wie der Reuben Mars, dessen schlechte Fotoporträts nun überall auf der Welt in den Zeitungen und auf den Bildschirmen kursierten. Er war enttäuscht, dass sie bislang noch keine besseren Bilder von ihm aufgetrieben hatten. Reporter. Amateure.

Seine langen schwarzen Haare steckten unter einer Wollmütze. Er trug einen abgetragenen dunkelgrünen Hoodie mit Handaufdrucken. Eine Baggiehose schlotterte um seine dünnen Beine. Auf seiner Nase saß eine runde Sonnenbrille, die unauffällig wirkte, denn die Sonne schien tatsächlich stark in San Francisco. Ein kleiner Nasenring im rechten Loch, ein Lächeln auf den Lippen, eine Selbstgedrehte zwischen ihnen – nein, Reuben Mars sah gar nicht mehr aus wie der Nerd, der er war. Er sah jetzt aus wie ein Reggaeman, und er fühlte sich wohl in seiner Haut. Überhaupt nicht wie ein Verfolgter. Im Gegenteil, er genoss die Blicke der anderen. Wie sie ihn abtasteten und dann abhakten. Schublade auf, Schublade zu. Wie einfach, wie langweilig war es, die Menschen zu täuschen. Sie glaubten immer nur das, was sie sahen. Morgen würde er ihnen Erstaunliches zu sehen geben.

Es war ziemlich leer im Golden Gate Park. Mittags war hier kaum jemand. Reuben spazierte gerne umher, roch die Zypressen, das Harz, die Würze. Er holte tief Luft. Es gab kein Zurück mehr in sein altes Leben. Er hatte keine Ahnung, was vor ihm lag. Aber es machte ihm keine Angst.

Unter seinen Fußsohlen knackten die kleinen Äste. Er war ein wenig aufgeregt, Sharon wiederzutreffen. Er hatte sie nun eine ganze Weile nicht mehr gesehen. Seine Eltern schienen es zu dulden, sie erzählte ihnen sicher von ihren Treffen. Das vermutete er zumindest, er fragte Sharon nicht danach. Aber seine Eltern hatten in all den Jahren nie einen Versuch unternommen, mit ihm Kontakt aufzunehmen. Das schmerzte ihn nicht. Er hatte sich damit abgefunden. Er war es auch gewesen, der den Kontakt abgebrochen hatte, vor fast zehn Jahren. Was sie wohl dachten? Jetzt, wo er weltweit für Schlagzeilen sorgte. Was sie wohl morgen denken würden, wenn die Bombe platzte? Er stellte sie sich vor; dabei rief er sich ihre Haare, ihre Körper ins Gedächtnis, nicht ihre Gesichter. Reuben Mars war gesichtsblind. Gesichter waren wie weiße Flecken für ihn. Wie gepixelte Fotos von Verbrechern. Prosopagnosie hieß seine Krankheit. Andere Menschen waren für ihn Eierköpfe. Eier mit Haaren und Ohren. Ärsche mit Ohren, dachte er und grinste.

Er dachte an seine Eltern, wie sie auf der alten Cordcouch vor dem Fernseher in ihrem Wohnzimmer saßen. Wo es immer nach Zwiebeln gerochen hatte. Seine Mutter Mara hatte furchtbar gerne mit Zwiebeln gekocht und sie säckeweise in der Speisekammer nebenan aufbewahrt.

Seine Mutter, die Physikprofessorin. Die Schöne. Die Mutter aller Nerds, dachte er belustigt. Von ihr hatte er seine Vorliebe für Schwarz.

Sein Vater war ebenfalls ein Nerd. Mathematiker. Die Wände in der Küche hatte er mit den Nachkommastellen von Pi vollgeschrieben. 100.000 Stellen hatte er schaffen wollen. Bis 12.443 war er gekommen. Dann hatte er keine Lust mehr gehabt. Und Reuben auch nicht, der das als Kind natürlich klasse fand. Reuben, der ein schwieriges Kind gewesen war. Aber schwierig war auch so eine simple Schublade. Was konnte er denn dafür, dass er keine Gesichter sah? Wussten diese ganzen Idioten, die sich darüber lustig gemacht hatten, eigentlich, wie hochkomplex das war? Wie viel Rechenpower das Gehirn dafür aufwenden musste? Wie viele neo- und subneokortikale Strukturen an diesem Informationsverarbeitungsprozess beteiligt waren? Sie hatten es ja nie lernen müssen. Es war bei ihnen hardwired, angeboren. Glück für euch, ihr Kretins. Gelernt hättet ihr Schwachköpfe das nämlich nie, dachte er.

Die Isolation wegen seiner Gesichtsblindheit reichte weit zurück. »Mr. Mars, ich halte Reuben für lernbehindert«, hatte seine Klassenlehrerin Mrs. Bradshaw zu seinem Vater gesagt. Weil er sie anfangs nicht wiedererkannt hatte. Weil er lange auch seine Klassenkameraden nicht erkannt hatte. Bis er sich schon als Kind einen mühsamen Workaround für seine Behinderung erarbeitet hatte. Kleidung als Wiedererkennungsmarker war unzuverlässig, die wechselte man zu häufig. Frisuren waren auch nicht so gut. Haare wuchsen und wurden geschnitten, gefärbt, frisiert. Stimme, Körperbewegungen, Hände, Geruch – darauf kam es an. In der Summe so zuverlässig wie ein Gesicht. Einziger Nachteil: Gesichter konnte man von Weitem erkennen. Gerüche und Stimmen nicht. Und Körperbewegungen funktionierten nur, wenn der Mensch sich auch bewegte. Menschen bewegten sich aber nicht immer, sie saßen viel. Sehr viel sogar.

Die Blended Reality mit all ihren Social-Plug-ins, die Mimik und Körpersprache in Echtzeit analysierten, war für ihn eine unheimliche Erleichterung gewesen. Im Avatar war es sogar noch bequemer, weil das Ganze automatisiert auch in die andere

Richtung laufen konnte. Die Mimik und die Körperbewegungen des Avatars ließen sich per Software automatisch optimal an die Szenerie anpassen. Man konnte also quasi auf sozialen Autopilot stellen.

Umso befriedigender war es nun für ihn, den Spieß umzudrehen und das eigene Gesicht zu maskieren. Jetzt waren sie blind für sein Gesicht.

Er erreichte das östliche Ende des Parks. Es war nicht mehr weit bis zum Spielplatz an der Fell Street. Seine Eltern wohnten hier. Und Sharon, seine Schwester.

Er zog an seiner Zigarette, in die er – sein neues Outfit perfekt erfüllend – ein wenig Gras gemischt hatte. Es war nur Theater, Marihuana wirkte bei ihm irgendwie nicht. Das bedauerte er nicht mal. Drogen hatten ihn nie interessiert.

An Sharon zu denken war für ihn wie eine Wundertüte. Man griff hinein und wusste nicht, welches Gefühl man herausziehen würde. Er nahm einen tiefen Zug von seinem Joint. Nein, das THC würde ihm keine Beruhigung schenken. Er musste das hier aushalten. Aber er wollte es auch nicht anders. Sie ist doch nur ein Ewiger, sagte er sich. »Nur« ein Ewiger. Aber sie war der Ewige, der ihm jahrelang wie ein Stachel im Fleisch gesteckt hatte.

Gleich würde er den Spielplatz sehen, den Spielplatz ihrer gemeinsamen Kindheit. Mit der echten Sharon war er immer hergekommen, sie noch ganz klein, er der fünf Jahre ältere Bruder. Sie hatte diese große, leicht trichterförmige Scheibe geliebt, die schräg über dem Boden hing und auf der man balancieren musste, wenn jemand sie angestoßen hatte. Sharon hatte sich bevorzugt flach darauf gelegt und gekiekst, wenn er die Scheibe in Bewegung versetzt hatte. Ihr Trick war es, sich über den Trichter zu rollen. Das hatte sie schon als Fünfjährige rausgehabt.

Jetzt hatte er den Hauptteil des Parks hinter sich gelassen

und ging an der Fell Street dessen Ausläufer entlang. Zwischen ihm und der Oak Street lag eine langgezogene Grüninsel, die Fortsetzung des Parks, der er den Spitznamen Panhandle, Pfannenstiel, verpasst hatte.

Es war eine begehrte Wohngegend, aber nicht überkandidelt, sondern nett, gutbürgerlich, aufrichtig. An der Oak und der Fell standen die für San Francisco typischen europäisierten Häuser. Viele Giebelchen, französisch angehauchte Türmchenanbauten. Platanen, Akazien, Erlen, Walnuss- und Kauribäume beherrschten den Panhandle und ließen das Sonnenlicht in hübschem Fleckenmuster auf die Häuser fallen.

Die Holzstadt kam in Sicht. So hatten sie die große Spielburg in der Mitte des Spielplatzes genannt. Es gab ein Türmchen mit gewundener Rutsche. Ein Holzsteg führte auf die Stadt zu.

Er sah sie. Sharon war allein. Sie stand auf dem Türmchen und blickte in die Baumkronen. Sie war die Vierzehnjährige geblieben, während er ein junger Mann wurde, Freundinnen gehabt hatte, aufs College ging und schließlich weggezogen war, um bei Immortal anzufangen. Er war in all diesen Jahren zum Chamäleon geworden, aber Sharon hatte sich nie verändert. Ihre zerrupften braunen Haare, von denen immer ein paar in die Stirn hingen und die Augen verdeckten. Der dunkelrote Hoodie, in dem sie immer ihre Hände vergrub. Die dunkelblauen Jeans. Die schwarzen, löchrigen Chucks, auf die sie mit Filzstift die Namen ihrer Lieblingsbands geschrieben hatte: »The Vaselines«, »Modshocks«, »Roadkill«, »Abacat« …

Er betrat den Steg, eine Hängebrücke aus aneinandergefügten Holzplanken. Zugegeben, sie hing nur etwa dreißig Zentimeter über dem Sandboden und nicht über dem Grand Canyon, war aber trotzdem ein Highlight seiner Kindheit gewesen. Sie hatten sie ein-, zweimal leicht bis mittelschwer beschädigt, indem sie darauf herumgehüpft waren wie die Blöden.

Sharon sah ihn. Er trug den Hoodie mit ihren Handabdrücken. Sie hatten als Kinder eines Nachmittags beschlossen, ihre Kleidung zu »verschönern«. Ihre Eltern waren natürlich wenig begeistert, Sharon hingegen sehr stolz gewesen. Anfangs hatte er ihn ihr zuliebe getragen, bis sich der Hoodie tatsächlich in eines seiner Lieblingskleidungsstücke verwandelt hatte. Und jetzt war er ein Relikt. Ein Andenken an eine Tote.

Reuben schnippte den Joint weg.

Gefühle stiegen auf. Alte Gefühle mit langen Wurzeln, voller Seitenarme, voller Erde, feucht und modrig. Sommertage voller Kinderglück und Unbeschwertheit. Von der Sonne weich gekochter Teer, der an Hosen klebte, als sie auf der Straße gesessen und Eis geschleckt hatten, die Fahrräder auf dem Boden. Geschwisterliche Verbundenheit. Sie waren eine Einheit gewesen, ihre Eltern die andere Einheit. Nicht dagegen, dafür waren Greg und Mara zu liebevoll gewesen. Und dann kam die alte Schuld hoch. Er hasste dieses Gefühl, aber er hatte schon lange aufgegeben, dagegen anzukämpfen.

»Sharon!«

»Reuben!«, rief sie und rannte auf ihn zu.

Er konnte in ihr Gesicht sehen, es war ein Ei wie die anderen Köpfe auch. Doch bei ihr gab er sich besondere Mühe. Wenn er sich konzentrierte, konnte er die einzelnen Komponenten ihres Gesichts fokussieren – die Lippen, einen Mundwinkel, die Nasenspitze, das rechte Auge, das linke … Die Lippen waren offen, Zähne sichtbar. Das rechte Auge verengt, das linke ebenso – kein Zweifel, das war ein Lachen. Es war für ihn, als würde er durch ein Teleskop blicken und durch den runden Ausschnitt nach und nach ihr Gesicht abtasten.

Sie fiel ihm um den Hals. Das heißt, sie versuchte es. Sie durchfuhr ihn, und er spürte das Warnvibrieren. Ein Criss-Cross, ungewöhnlich, dass er einem Ewigen passierte. Per Code waren sie an die Physikgesetze gehalten. Aber bei Kinder-Ewigen funktionierte das nicht so richtig. Er wusste, dass Immortal immer wieder versucht hatte, daran zu feilen; er hatte sich im Lab auch ein paar Wochen damit beschäftigt, war dann aber zu dem Schluss gekommen, dass die Kinder-Ewigen sich, wenn man diese impulsiven Handlungen aus dem Code herausfilterte, nicht mehr wie Kinder verhielten.

Sie führte die Umarmung wie eine physische aus. Er ließ es geschehen, auch wenn es befremdlich war.

»Yo sista, ow you?«, sagte er. So hatte er seine Schwester früher oft begrüßt. Im Reggaeslang. Die korrekte Antwort kam umgehend.

»Dread, mon.« Cool man, hieß das. Sie lachte. Leise und fein. Er hätte sie gerne wirklich umarmt. Den richtigen Körper seiner richtigen Schwester.

Reuben hatte mit achtzehn ein paar Bob-Marley-Alben für sich entdeckt und auf Dauerschleife gehört. Sharon konnte dem nicht entfliehen. Er hatte sich eine Zeit lang mit den Rastafaris beschäftigt, den Slang geübt und an ihr ausprobiert. Irgendwann hatten sie beide den Slang so gut drauf, dass sie ihre Eltern damit in den Wahnsinn getrieben hatten. Es war ihr ewiger Insiderwitz gewesen. Es sprach für die Qualität von Sharons Immortalisierung, dass all das in ihrem Ewigen erhalten geblieben war.

Sie betrachtete ihn.

»Was hast du gemacht?«

Reuben richtete das Teleskop auf ihren Mund. Er war sichelförmig. Lächeln. Entwarnung. Er wischte mit der Hand durch die Luft. Eine seiner typischen Handbewegungen. Ach komm, halb so wild, wird schon.

»Mama und Papa machen sich Sorgen um dich.«

»Brauchen sie nicht. Mir geht's gut.«

»Warum machst du das, Reuben?«

Er sagte nichts. Er wollte diese Diskussion mit ihr nicht führen. Schon gar nicht mit ihrem Ewigen.

»Sie wollten mich fertigmachen, Sharon.«

Teleskop auf ihren Augen. Er sah Anzeichen von Sorge in ihnen.

»Wer?«, fragte sie.

»Immortal.«

Sharon wusste, dass die Firma ihn rausgeschmissen hatte. Mom und Dad hatten es ihr bestimmt erzählt. Er hatte Sharon danach nur noch sehr selten gesehen und das Thema Immortal größtenteils gemieden. Sie kannte die Gründe für seine Entlassung bestimmt nicht.

»Sie sind gefährlich«, sagte er. »Viel gefährlicher, als wir alle glauben.«

Sie blickte ihn an und sagte nichts. Sie hielt den Kopf leicht schräg, ganz leicht, nur ein paar Grad. Aber es war eine so typische Haltung für sie, dass es ihm einen Stich versetzte. Das hier war seine Schwester, und sie war es zugleich nicht.

»Komm«, sagte er. »Wer zuerst auf der Burg ist.« Dann rannte er los wie ein Irrer. Sharon kiekste und rannte ihm hinterher. Natürlich war sie schneller, weil sie nicht physisch war und die Nachteile der instabilen Brücke nicht ausgleichen musste.

»Erste!«, schrie sie. Sie saß auf dem Dach der kleinen Burg. Schließlich ließ er sich neben ihr nieder, ziemlich außer Atem.

»Bravo sista.«

Sharon war beim Schulsport unter den Besten gewesen. Ihre Lehrer hatten Greg und Mara angefleht, Sharon zur Leichtathletikförderung zu geben. Aber ihre Eltern hatten das nie gewollt. Und Sharon hatte wenig Lust darauf verspürt, von ihrer Familie getrennt zu sein.

»Hast du eine Freundin?«, fragte sie.

Er lachte. Auch so eine typische Sharon-Frage.

»Nein.«

»Warum nicht?«

»Mädchen sind alle doof«, sagte er.

Sie lachte. »Jungs auch.«

»Und du?«

Sie rutschte auf dem Dach herum. Verlegenheit? Er war erneut erstaunt, wie gut ihr Ewiger war.

»Geht dich nichts an.«

Er begann, sich eine Zigarette zu drehen. Ihm war klar, dass der Vorbildimpuls völlig albern war. Sharon war schon tot. Zumal virtuelle Zigaretten sowieso vertretbar waren.

»Sharon, wie fühlt sich das an – tot zu sein?«

Zeit, ihren Ewigen ein wenig zu kitzeln. Er konnte nicht anders.

Sie schwieg.

Dann sagte sie: »Ich habe Dad gefragt, ob er irgendwann die Pi-Ziffern weiterschreiben will. Das sieht doof aus so.«

Ihre Sperre hatte eingesetzt und sie seine Frage einfach ignoriert. Diese Immortal-Amateure. Warum konnten sie sich nicht endlich einen intelligenten Mechanismus einfallen lassen, um solche Situationen elegant zu retten? So war das total plump; ein Wunder, dass sich nicht reihenweise Leute über ihre immortalisierten Angehörigen beschwerten, wenn sie mit ihnen über den Tod reden wollten. Aber wer wollte schon ständig über den Tod reden?

Jedenfalls hatten diese Dilettanten einfach einen billigen Skip-Mechanismus im Code implementiert. Der Ewige übersprang das verbotene Thema. Wie gerne er diese verdammte Sperre herausreißen würde! Wie gerne er Sharon erwecken würde – so wie Marlene Dietrich! Aber jetzt, wo er nicht mehr im Lab war, hatte er keinen Zugang mehr zu den Ewigen-Daten.

»Und? Was hat Dad gesagt?«, fragte er.

»Er hat gesagt, dass er schon Bock hätte. Aber Mom wäre dann sauer.«

Sie rollte mit den Augen.

»Dann soll er sich wenigstens mal ein Pi auf den Hintern tätowieren lassen«, sagte Reuben.

Sharon kicherte.

»Das wäre cool.«

Sie schwieg einen Moment.

»Reuben, wann kommst du wieder nach Hause?«

Auf die Frage war er nicht vorbereitet.

Er schaute auf die Oak Street, die knapp fünfzig Meter entfernt lag. Zwischen den Zweigen und Blättern sah er die vielen Häuschen, die Seite an Seite die Straße säumten. Das hier war die Welt seiner Kindheit. Unschuldig. Unbeschwert. Seine Schwester neben ihm. Besser gesagt: die Simulation seiner Schwester. Ewige waren kunstvolle Abbildungen eines Menschen, so musste man das wohl sehen. Ganz gut, aber längst nicht perfekt. Leider. Gut, Menschen waren auch nicht perfekt. Aber Ewige waren Codes. Und an denen konnte man arbeiten, sie feilen, perfektionieren. Das war es, was er im Lab hatte tun wollen. Wenn Immortal ihn nur nicht daran gehindert hätte.

»Ich weiß es nicht, sis.«

»Du fehlst mir!«

Ein Satz wie ein Schlag. Gleich würde seine eigene Sperre einsetzen. Die Ich-darf-mich-von-dieser-Emotion-nicht-überwältigen-lassen-Sperre.

»Du fehlst mir auch«, sagte er. Du weißt gar nicht, wie sehr.

Er atmete durch. Dann fragte er: »Skatest du noch?«

Es schien wie eine harmlose Frage, aber er war neugierig, ob ihr Algorithmus sie durchlassen würde.

»Klar!«

Erstaunlich. Mal sehen, wie weit er gehen konnte, bevor der Filter einsetzte.

»Welches Board?«

»Immer noch das, das du mir geschenkt hast! Schweinegeil, das Teil.«

Er musste lachen. Wenn sie redete wie ein Junge, war das immer extrem komisch.

»Schweinegeil, hm?«

»Absolut.«

»Wo bist du zuletzt gefahren?«

»In der Halfpipe am Richmond Back Center.«

»Waren die anderen auch da? Rickie, Bob, Rhonda?«

Die Antwort auf diese Frage konnte nur nein lauten. Rickie war inzwischen Ende dreißig, wog fast hundertfünfzig Kilo und fuhr mit Sicherheit kein Skateboard mehr. Das Letzte, was Reuben von ihm gehört hatte, war, dass er einen Supermarkt leitete, irgendwo in Santa Cruz. Rhonda war dreifache Mutter und zweimal geschieden. Und Bob saß im Knast. Er hatte versucht, eine Bank zu überfallen. Sich davor total zuzukiffen war keine so gute Idee gewesen. Aber über all diese Leute hatte sich die immortalisierte Sharon bestimmt keine Gedanken mehr gemacht. Sie suchte das Neue nicht mehr. Für sie war das Hier und Jetzt ein ganz normaler Tag, wie sie ihn als Teenager erleben würde. Wie sie ihn auch damals nicht hinterfragt hätte.

»Nein. Ich war alleine da.«

»Und was ist mit deinen Snowboard-Ambitionen?«

Wieder eine Fangfrage. Ewige konnten sich nicht weiterentwickeln. Alles, was Sharon maximal konnte, war, sich ein paar neue Skatetricks anzueignen, sofern sie nicht ihr schon bestehendes Repertoire fundamental überstiegen.

»Ach, Snowboard ist öde.«

Negation des Neuen und rationale Begründung der Abwertung. So reagierten die Ewigen üblicherweise in solchen Situationen. Besonders einfallsreich war auch das nicht. Aber es war die Verhaltensweise, die auch die meisten lebenden Menschen zeigten. So arbeitete Immortal immer. Erst sammelten sie fleißig Daten – die Daten aus den Lebenstrackern waren eine wahre Goldmine und die bislang umfangreichste Dokumentation menschlichen Verhaltens, die je erstellt wurde. Dann mittelten sie alles, suchten typische Reaktionsmuster, die so gut wie immer passten, und packten diese in die Ewigen. Dadurch kam allerdings auch ausschließlich Mittelmäßiges, eben Berechenbares heraus. So ging Immortal permanent vor: Wahrscheinlichkeiten ermitteln, dann die größte wählen. Null Risiko. Es war der Schlüssel ihres Erfolgs. Aber es war auch gleichbedeutend mit Innovationsstopp. Immortal war im Prinzip wie seine Ewigen: starr. Es war fast, als wären die ach so genialen Immortal-Gründer Deepak Prakash und Mike Zhang selbst bereits immortalisierte Abbilder ihrer selbst.

Aber die Leute wollten es ja nicht anders. Sie wollten das, was sie kannten. Deswegen hatten sie JFK und Helmut Schmidt gewählt, hörten immer noch Michael Jackson, Madonna, U2 und die Stones, hängten sich diese hässlichen Picasso-Bilder ins Haus und kauften immer noch alles, was Steve Jobs fabrizierte, obwohl der qua Algorithmus schlicht unfähig war, wirkliche Innovation zu produzieren. Alles, was die Ewigen beherrschten, waren Variationen des Gewesenen. Die Leute wussten das, aber es kümmerte sie nicht.

Reuben Mars hatte für diese Haltung nichts als Verachtung übrig. Manchmal verzweifelte er an den Menschen. Sie waren fehlerhaft. Man würde sie nie ändern können, es sei denn genetisch. Aber dafür fehlten noch Know-how und gesellschaftliche Entschlossenheit.

Die Ewigen waren anders. Sie boten Potenzial. Man musste

sie nur besser programmieren. Genau das hatte er in Immortals supergeheimem Forschungslabor versucht, dem »Lab«. Er hatte einen Algorithmus entwickelt, der echtes Bewusstsein bei den Ewigen erzeugte. Und er hatte ihn erfolgreich an Marlene Dietrich getestet. Doch dann hatte Immortal ihn gestoppt. Sie hatten Angst gehabt, die Kontrolle über die Ewigen zu verlieren, wenn die begannen, sich selbst und alles andere zu hinterfragen. Reuben war überzeugt, dass sie auch die erweckte Marlene Dietrich aus dem Weg geräumt hatten.

»Warst du mal wieder an der Schule skaten?«

Sharon schüttelte den Kopf. Jetzt wurde es langsam spannend.

»Du weißt doch, diese eine Treppe«, sagte Reuben. »Die hat so ein cooles Geländer. Da wolltest du doch immer mal den Slide probieren.«

Sie schwieg.

»Das hattest du dir fest vorgenommen.«

Sie schwieg immer noch.

»Papa hat neulich Lasagne gekocht. Die hat fürchterlich geschmeckt.«

Sie hatten die Verbindung von Schule und Skaten gesperrt, weil Sharon dort gestorben war. An der Schule. Beim Skaten. Die Treppe war ziemlich steil. Das Besondere an ihr war, dass ihr Geländerlauf in der Waagerechten noch ein paar Meter weiterführte. Man musste also oben mit Anlauf das Board aufsetzen, so schnell wie möglich das oberste Stück runtersliden und konnte dann am Ende schön ausgleiten. Er hatte das Kunststück beherrscht. Sharon wollte es natürlich auch schaffen. Er hatte mit ihr geübt. Aber oft genug war sie auch ganz alleine zum Schulhof gegangen. Sie wollte unbedingt den Slide schaffen.

Eines Tages kam sie nicht nach Hause. Niemand wusste, wo sie war – nur er. Er fand sie bewusstlos neben ihrem Board am Fuß der Treppe. Ihr Kopf in einer Blutlache. Zu diesem Zeitpunkt befand sie sich schon im Koma. Drei Wochen später war sie tot.

Für ihren Tod hatte er sich die Schuld gegeben. Er hatte mit dem Skaten begonnen und zugeschaut, als sie schon mit fünf Jahren aufs Board stieg. Ihre Eltern hatten davon nichts gewusst. Sie hatten ihm zwar nie einen Vorwurf gemacht, aber trotzdem lag in jedem geteilten Moment eine stille Anklage. Zumal Sharon immer das Lieblingskind seiner Eltern gewesen war. Durchaus zu Recht – er war schwierig gewesen, der Weirdo, der Nerd, der Gesichtsblinde, der ständig Ärger machte, dessen negative Ausstrahlung nicht zu leugnen war. Hatten die Lehrer seine Eltern nicht ermahnt, ihn zum Jugendpsychologen zu schicken?

Die Immortalisierung von Sharon stand für seine Eltern außer Frage. Für ihn bedeutete sie die Verschlimmerung seiner Strafe.

Letztendlich war Sharon seine Motivation gewesen, Programmieren zu lernen. Um die Ewigen eines Tages zu verbessern.

»Lasagne? Papa konnte doch noch nie kochen, außer Kaffee und Eier«, sagte er.

Sie lachte. Er konnte sich nicht satthören an diesem Lachen.

»Oder Porridge. Im Porridge war er ganz groß.«

»Stimmt.«

»Wo wohnst du jetzt?«

Er konnte es ihr natürlich nicht sagen. Immortal würde ihren Aktivitätsstream bald auswerten. Sie würden alles, was Sharon sah, hörte und wahrnahm, auf ihren Bildschirmen haben und analysieren.

»Da, wo es schön ist. Am Meer. Vielleicht lerne ich ja doch noch mal Surfen.«

»Du wirst bestimmt genauso gut wie auf dem Skateboard.«

»Vielleicht, sis.«

Er hätte ihr gerne den Arm um die Schultern gelegt. Sie an sich gezogen, ihre warmen Haare an seinen Lippen gespürt, ihren Geruch eingesogen, der ihn immer ein wenig an Sand erinnert hatte.

»Ich muss jetzt gehen.«

Sie sah ihn an.

»Kommst du bald wieder?«

Er nickte, obwohl er nicht wusste, ob er sie bald wiedersehen würde. Sie jemals wiedersehen würde.

»Me a go«, sagte er und sprang vom Dach.

Die Sonne stand schon tief, und die Spielburg warf einen langen Schatten auf den Boden. Die Dachspitze war scharf zu sehen, ohne die Umrisse von Sharon.

Er stapfte davon, ohne sich noch einmal umzudrehen.

8

Es war ein strahlend-heißer Berliner Sonntag gewesen, der sich nun langsam abkühlte. Die Sonne stand zwischen den Säulen des Brandenburger Tors, vor dem sich zahlreiche TV-Busse drängten. Eine riesige Leinwand stand daneben, damit die Massen sehen konnten, was sich hier in Bälde ereignen würde. Im Moment liefen abwechselnd ein Livebild von Eva und wiederholte Schalten in andere Städte.

Kari drängte sich mit rund siebzigtausend anderen Menschen auf dem Pariser Platz. Dutzende mit Schilden und Schlagstöcken bewaffnete Polizisten waren aufmarschiert und hatten Berlins Wahrzeichen in einem Radius von etwa hundert Metern abgesperrt. Helikopter kreisten über der Menge, und über den hektischen Rhythmus der Rotoren legten sich die Megafonansagen der Polizei. Sie riefen die Menschen immer wieder zur Ordnung auf, denn es kamen ständig mehr. Sie drängelten sich mittlerweile auf der ganzen Länge von Unter den Linden bis hinunter zum Alexanderplatz.

Eva hatte Kari einen Platz ganz vorne organisiert. Er wollte nicht bei den Presseleuten stehen. Jetzt beobachtete er das hektische Treiben der Medien vor dem Brandenburger Tor.

Die im Asphalt gespeicherte Hitze des Tages stieg auf und ließ die Luft flirren und die Säulen des Tors leicht zittern. Kari schwitzte und fühlte sich beengt unter all den Leibern, die sich aneinanderdrängten. Auch auf der anderen Seite des Brandenburger Tors herrschte Ausnahmezustand. Der Tiergarten war überfüllt, die Leute dort hofften, wenigstens akustisch etwas von dem Spektakel mitzubekommen.

Über der Menge ein Meer von Protestbannern: »Sag die Wahrheit, Immortal!«, »Immortalisierung ja, Immoralisierung nein«, »Come back Marlene!«

Drei Männer hatten sich – mit offenbar selbst genähten Kostümen – als Affen verkleidet. Die liegende Acht, das Unendlichkeitssymbol, prangte auf ihrem Fell. Die Kostümierten waren irgendwie auf eines der überirdischen Gasrohre geklettert, wo sie jetzt saßen und die drei Affen gaben, die nichts hören, nichts sehen und nichts sagen. Viele Menschen trugen Unendlichkeitsbrillen: Die liegende Acht hatte jemand mit dem richtigen Geschäftssinn als riesige stilisierte Brille hergestellt und auf Ebay angeboten. Verkaufsslogan: Immortal endlich durchschauen. Die Brille war der Renner.

Die deutsche Regierung hatte die Berliner zur Ordnung gemahnt und in ihrer Hilflosigkeit den Leuten davon abgeraten, persönlich zum Brandenburger Tor zu kommen und sie angewiesen, die »Reuben-Mars-Show« stattdessen zu Hause am Fernsehgerät zu verfolgen. Die Hauptautobahnen nach Berlin waren gesperrt. Berlin war in Alarmbereitschaft. Niemand wusste, was hier bald passieren würde.

Für zusätzliche Verunsicherung sorgte natürlich, dass auch niemand wusste, wo der Whistleblower seine Demonstration abhalten würde. Menschenaufläufe gab es daher auch vor dem Reichstag, am Alexanderplatz, Checkpoint Charlie, Potsdamer Platz, an der Siegessäule und natürlich vor Marlene Dietrichs Hades. Ähnliches vollzog sich in allen Metropolen. Paris, Moskau, Sydney oder Beijing – überall herrschte Ausnahmezustand.

In Beijing hatte die Volksarmee den Platz des Himmlischen Friedens vollständig abgesperrt und besetzt. Auch der Rote Platz vor dem Kreml war in der Hand des Militärs.

Die Polizei ließ den Fernsehteams freie Hand. Es war der Stadt nur recht, wenn sie ungestört übertrugen und die Leute dafür zu Hause blieben. Kari sah Eva mit Mikrofon vor dem Mund in eine Kamera sprechen. In einigem Abstand standen weitere Fernsehreporter und berichteten.

Wenige Meter vor ihm stand eine Kette von behelmten Polizisten, die Gesichter hinter Sonnenbrillen verschanzt.

»... keiner, was geschehen wird«, sagte Eva gerade ins Mikro. Jetzt war er nahe genug, um ihre unverstärkte Stimme zu hören. »Wir werden Sie unverzüglich informieren, sobald sich vor dem Brandenburger Tor etwas tut.« Sie musste ihn jetzt auch sehen, aber entweder war sie voll auf die Kamera konzentriert, oder sie ließ sich nichts anmerken.

Das Medien- und Menschenaufgebot war in der Hauptstadt der USA besonders groß, wie Kari gelesen hatte. Fünftausend Reporter aus aller Welt waren angereist, eine halbe Million Menschen drängelten sich vor dem Weißen Haus, dem Kapitol, dem Washington Monument und dem Lincoln Memorial.

»Überall auf der Welt haben sich Menschen versammelt«, sagte Eva. »Wir stehen hier in Berlin vor dem Brandenburger Tor. Über siebzigtausend Menschen sind hier zusammengekommen. Sie alle fragen sich, was Reuben Mars, der mysteriöse Whistleblower, hier gleich veranstalten wird. Nur eines ist sicher: Einen Menschenauflauf dieser Größe hat es in der deutschen Hauptstadt zuletzt bei den Welttourneen der Beatles und von Nirvana gegeben. Noch immer hat sich Immortal nicht zu den schweren Vorwürfen geäußert. Immortal habe, so behauptet der Whistleblower Mars, Politiker-Ewige manipuliert und den Tod von Marlene Dietrich zu verantworten.«

Kari hatte vorhin noch mit Gibson gesprochen. Immortal würde das »Event« erst abwarten und dann reagieren.

Kari hatte heute endlich einmal ausgeschlafen; langsam pendelte sich sein Rhythmus ein. Mittags hatte er mit Dietrichs Haushälterin gesprochen. Neue Erkenntnisse hatte er kaum gewinnen können. Dietrich war nach der Verabredung mit Lars von Trier einfach nicht wiederaufgetaucht. Eine Veränderung in ihrem Verhalten oder gar eine depressive Verstimmung der Dietrich hatte die Haushälterin nicht bestätigen können. Oder irgendetwas, das auf eine defekte Sperre hätte schließen lassen. Woher das Buch von Simone de Beauvoir stammte, konnte sie auch nicht sagen. Die Haushälterin war Dietrich ohnehin selten im Hades begegnet, sie war nur zwei Stunden täglich dort gewesen. Von dem Refugiumszimmer hatte die Haushälterin keine Ahnung gehabt, sie hatte von Dietrich nur die Anweisung, das Zimmer nicht zu betreten.

Die Befragung hatte Kari nicht weitergebracht. Aber es gab noch den Kellner, der bei dem Treffen Dietrichs mit dem geheimnisvollen Avatar bedient hatte. Kari musste ihn so bald wie möglich befragen. Möglicherweise ergab sich dadurch eine neue Spur.

Es war jetzt 17:58 Uhr. Die Menge wurde immer unruhiger. Eva unterbrach ihren Redefluss plötzlich und griff sich ans Ohr. Ein Techniker aus dem Team neben dem Bus nickte ihr zu und zeigte den gehobenen Daumen. Eva änderte ihren Text. Kari verstand: »Wie wir hören, geht es los. Ich wiederhole: Es geht los in Washington D.C. Wir schalten kurz zu unserem Kollegen vor Ort.«

Raunen in der Menschenmenge. Die Köpfe wandten sich der Leinwand zu, auf der sie Livestreams aus mehreren Städten nebeneinander sahen. Nun zeigte die Leinwand im Vollbild die

Übertragung aus Washington D.C. Man sah den Platz vor dem Weißen Haus, den Zaun, der es abriegelte, viele Polizisten und viele Reporter. Das Bild war wackelig. Kein Reporter war zu sehen. Man hörte nur Schreie und aufgeregte Polizisten, die durcheinanderliefen und Leute fernhielten, unter anderem auch die Presseschar, die auf das Weiße Haus zustürmte. In diesem Moment hörte man die Stimme des Reporters: »Oh mein Gott …«

Es war laut und chaotisch. Die Kamera versuchte ein Bild einzufangen, zielte auf den Garten des Weißen Hauses. Vier Personen waren zu erkennen, die aus dem Nichts auf dem Rasen erschienen. Das Kamerabild wurde jetzt sehr unruhig, offenbar rannte der Kameramann auf das Weiße Haus zu. Viele andere Journalisten ebenfalls. Dann erschien ein Polizist im Bild und drückte die Kamera nach unten.

Die Leinwand schaltete zurück zu Eva. Sie sprach wieder live in die Kamera, den linken Zeigefinger auf den Knopf in ihrem Ohr gedrückt, und gab die Informationen, die ihr eingesprochen wurden, direkt weiter.

»Meine Damen und Herren, derzeit überschlagen sich die Ereignisse in Washington D.C. Der Avatar von Reuben Mars ist soeben vor dem Weißen Haus zusammen mit drei Personen erschienen. Er hat kein offizielles Portal benutzt. Ich wiederhole: Reuben Mars ist mit drei noch nicht identifizierten Personen gerade in Washington D.C. zu sehen. Dort passieren in diesem Moment ungeheuerliche Dinge, wie wir hören.«

»Da!«, schrie jemand aus der Menge. Mehrere Arme gingen hoch und zeigten auf das Brandenburger Tor. Polizistenköpfe fuhren herum, und auch Eva drehte sich zum Tor um. Dort standen auf einmal vier Personen, aus dem Nichts erschienen, ein unschicklicher Entry, offenbar genauso wie in Washington D.C. Es waren drei Männer und eine Frau. Ganz links stand

Reuben Mars. Er sah fast genauso aus wie der Avatar, den Kari mit Eva zusammen in Marlene Dietrichs Hades beobachtet hatte. Nur trug er diesmal einen langen Mantel. Mars lächelte schwach. Neben ihm stand US-Präsident John F. Kennedy, so wie er sich kurz vor seiner Ermordung 1963 ins kollektive Gedächtnis eingebrannt hatte und immortalisiert worden war: mit vollen braunen Haaren, blitzenden Zähnen und breitem Lächeln. Neben ihm standen zwei weitere Präsidenten: Barack Obama und Hillary Clinton. Sie und ihr Mann Bill waren vor etwa zehn Jahren in einem Aufwasch immortalisiert worden, sehr zum Unmut vieler Amerikaner, die Bill Clinton seine Sexaffäre längst vergeben, nicht aber Hillary Clintons ungeliebte Gesundheitsreform vergessen hatten.

Barack Obamas Ewiger war deutlich jünger als der von Hillary Clinton. Er stellte in diesem Moment die vielleicht größte Sensation dar, denn Obama war noch gar nicht tot. Der Zweiundachtzigjährige war ein gefragter Talkshow-Gast und leitete mehrere Stiftungen. Aber hier stand unzweifelhaft sein jüngeres Ich mit Anfang fünfzig, so dynamisch, wie man ihn als ersten schwarzen Präsidenten der USA von 2009 bis 2016 kannte. Ein Tabubruch, die Immortalisierung lebender Personen war strengstens verboten.

Die Menge schrie nun wild durcheinander. Eva sprach gegen den Lärm ins Mikro an: »… sind die Ewigen der US-Präsidenten John F. Kennedy, Hillary Clinton und … Barack Obama vor dem Brandenburger Tor erschienen. Neben ihnen steht der Avatar des Whistleblowers Reuben Mars. Es ist unfassbar … Aber wir sehen hier deutlich vier virtuelle Personen: John F. Kennedy, Hillary Clinton, Barack Obama und Reuben Mars. Wir können uns alle nicht erklären, wie das möglich ist. In vielen Städten dieser Welt geschieht das Gleiche, in Washington, Neu-Delhi, Paris, Tokio, Mexico City … überall stehen diese vier Personen, drei Präsidenten-Ewige, darunter der des lebenden Barack Obama, zusammen mit dem Avatar von Reuben Mars, wie hier vor dem Brandenburger Tor, meine Damen und Herren. Wir haben es mit einer eindrucksvollen Demonstration von Ewigen-Manipulation zu tun. War es das, was Reuben Mars weltweit demonstrieren wollte? Seine manipulativen Möglichkeiten?«

Kari blickte sich in der Menge um. Er sah viele fassungslose, viele verängstigte Gesichter.

»... kommen immer mehr Bestätigungen aus zahlreichen Städten, in denen diese vier virtuellen Personen in diesem Moment stehen, aus Washington, Paris, Moskau, Madrid, Prag, London, Stockholm, Sydney, Ankara, Neu-Delhi ...«

Die drei Präsidenten standen regungslos da. Kennedy lächelte sein breites Kennedy-Lächeln, Hillary Clinton wirkte kühl, Obama blickte neugierig in die Menge. Nur Reuben Mars stand völlig regungslos und lächelte nicht. Dann begannen die Ewigen zu sprechen, gleichzeitig, wie aus einem Mund. »Wo ist Marlene Dietrich? Wie kann es sein, dass wir hier stehen? Die Immortalität ist eine Lüge. Get a life, people.«

Fast im selben Moment verstummte die Menge vor dem Brandenburger Tor.

Die Ewigen hatten Englisch gesprochen. Dann wiederholten sie das Gesagte auf Deutsch. Kennedy, Clinton und Obama sprachen unverkennbar mit ihren echten Stimmen, aber völlig akzentfrei. Sie wiederholten ihre Botschaft fünfmal.

Dann war es für einen Augenblick totenstill. Siebzigtausend Menschen konnten nicht glauben, was sie soeben erlebten.

Dann ergriff Reuben Mars das Wort. Auf Englisch sagte er: »So einfach ist es, Ewige zu Marionetten zu machen. Immortal manipuliert unsere Präsidenten. Immortal hat Marlene Dietrich verschwinden lassen. Kein Ewiger ist sicher!«

Die virtuellen Personen verschwanden so plötzlich, wie sie erschienen waren. Für einen Moment stand Berlin still. Dann ertönten in der Menge die ersten Schreie.

9

Kari spürte, wie seine Augenlider brannten, als er sie schloss. Das Gleiten fiel ihm schwer, wenn er müde war. Um es sich etwas leichter zu machen, hatte er sich hingelegt, weil ihm das angenehmer war, als im Sitzen zu gleiten. Es war jetzt Mitternacht in Berlin. Kari bereitete sich innerlich auf die Hitze in Los Angeles vor, die selbst in einem Avatar unangenehm war. Er musste schnellstens mit Wesley reden. Kari war überzeugt davon, dass er an diesem Sonntag im Büro sein würde – wie garantiert der gesamte Vorstand. Kari schloss die Augen und wählte das Hauptportal am Wilshire Boulevard.

Der Verkehrslärm zerstob die Totenstille des nächtlichen Hotelzimmers in seinem Kopf mit geballter Wucht, als er aus dem Portal heraustrat. Es war Sonntag, und es hätte eigentlich weniger Verkehr herrschen müssen. An einigen Stellen an der Straße standen noch metallene Polizeiabsperrungen herum, schwarz-gelbes Absperrband flatterte im Wind. Überall lagen Pappbecher und anderer Müll herum. Spuren der Reuben-Mars-Show, die nur ein paar Blocks vom Aeon Center stattgefunden hatte, vor der L.A. City Hall. Auf dem Wilshire Boulevard rollten die Autos, genervte Autofahrer hupten und schimpften. Kari sah ein paar Anti-Immortal-Demonstranten vorbeiziehen, aber es waren deutlich weniger als in Berlin.

Hoch ragten die riesigen Werbetafeln auf, die Michael Jackson in weißem Anzug und mit Hut zeigten. Seine Immortal-Tour war natürlich längst restlos ausverkauft, für Immortal, der Hauptwerbepartner der Tour, war es ein sowohl bezüglich Geld als auch PR lukrativer Deal gewesen.

Auf der gegenüberliegenden Straßenseite ragte der Aeon Tower schlank und mächtig gen Himmel. Demonstranten – wenigstens hundert Personen, so schätzte Kari – standen vor der Fidelity-Zentrale und hielten Plakate in die Höhe. Auf einigen Postern konnte er den offiziellen Slogan seiner Firma erkennen: »Vertrauen ist gut. Wir sind besser.« Darunter hatten die Demonstranten allerdings einen Zusatz geschrieben. »Vertrauen ist gut. Kontrolle ist besser.«

Oh nein, dachte Kari. Jetzt also auch Fidelity. Er fragte sich, was wohl gerade in Mountain View los war. Das Immortal-Gelände war sicher besser bewacht als das Weiße Haus.

Vor dem Gebäude standen mehrere Polizeieinsatzwagen, Dutzende Cops hatten Absperrungen vor dem Eingang errichtet. Kari sah außerdem mehrere Hunde.

»Entschuldigung«, sagte jemand hinter ihm. »Sie blockieren den Ausgang.« Kari fuhr zusammen. Er drehte sich um. Eine schlanke, schöne Frau stand im Portalausgang, keine dreißig Zentimeter von seinem Avatar entfernt, und wollte vorbei. Sie hatte etwas zu perfekte Gesichtszüge, etwas zu hohe Wangenknochen. Sie sollte aussehen wie ein Model, tatsächlich wirkte sie latent künstlich. Es war das Gleiche wie mit Schönheits-OPs. Billig sah billig aus.

»Verzeihung«, sagte Kari und trat zur Seite. Das Model stolzierte auf ihren High Heels an ihm vorbei. Hinter ihr trat schon der nächste Avatar aus dem Portal, ein japanischer Geschäftsmann. Auf der anderen Portalseite das umgekehrte Spiel: Avatare standen Schlange, um dadurch die Blended

Reality zu verlassen. Es waren, wiederum höchst ungewöhnlich für einen Feiertag, vorwiegend Büroleute, die anscheinend aufgrund der Ausnahmesituation zur Arbeit erscheinen mussten, sich aber entsprechend erlauben konnten, es virtuell zu tun.

Kari überquerte die Straße. Er schlüpfte zwischen den Stoßstangen hindurch. Dabei musste er sich nicht bemühen, keine physischen Objekte zu durchdringen, die Avatar-Software verhinderte das automatisch. Umgekehrt wurden einem Criss-Cross-Events angerechnet, selbst wenn sie ein Physischer verursacht hatte. Jeder Avatar besaß ein Punktekonto, ähnlich wie bei Verkehrsverstößen. Sammelte man zu viele Punkte, zog das Strafen nach sich – bis hin zur Avatar-Sperre.

Kari machte einen großen Bogen um die Demonstranten. Sie stierten mit ernsten Mienen vor sich hin und marschierten mit ihren Plakaten vor dem Aeon Center auf und ab. Er blickte in deprimierte Gesichter. Die Präsidentenshow hatte die Bevölkerung noch viel mehr verunsichert als der Dietrich-Vorfall.

Kari hatte vor dem Gleiten den ganzen Abend lang in seinem Berliner Hotel die Nachrichten verfolgt. Die Lage war ernst. Es hatte die ersten kollektiven Selbstmorde gegeben; einer der spektakulärsten Fälle hatte sich in Chicago ereignet, wenige Stunden nach der Reuben-Mars-Demonstration. Zwei junge Paare hatten erst ihre kleinen Kinder erschossen und dann sich selbst. Fünf Kinder, keines älter als sieben Jahre, und vier Erwachsene waren tot, weil sie die Hoffnung auf das ewige Leben verloren hatten. Weitere Selbstmorde, vorwiegend unter älteren Menschen, wurden aus Japan, Schweden, Deutschland, Kanada, Australien, China und Russland berichtet. Es waren in erster Linie Industrieländer. In Schwellenländern, vorwiegend Afrika, war die Immortalisierung noch nicht besonders populär – nicht zuletzt, weil sie sich dort kaum einer leisten konnte, trotz zahlreicher Subventionsprogramme und Rabattaktionen von Immortal.

Die Medien wussten nicht, was sie von Reuben Mars halten sollten. Und die Bevölkerung wusste nicht, wem sie noch glauben sollte, so Karis vorläufiger Eindruck. Immortals Ansehen jedenfalls war deutlich beschädigt. Insofern hatte Reuben Mars viel erreicht, falls es ihm nur darum gegangen war.

Kari war bei der Polizeiabsperrung angekommen. Ein Polizist beäugte ihn misstrauisch. Kari fingerte an seiner Brieftasche herum, um den Firmenausweis hervorzuziehen. In diesem Moment spürte er eine unangenehme Vibration an den Beinen. Er schaute an sich hinab und sah einen Hund durch seine Beine laufen.

Der Polizist grinste.

Kari zeigte ihm seinen Fidelity-Ausweis. Der Polizist nickte und öffnete die Absperrung.

Natürlich konnte er nicht die Klingel am Eingang drücken, und auch die dort installierten Kameras würden ihn nicht wahrnehmen können. Dafür gab es die Avatar-Schleuse, eine virtuelle Anlage, mit der jeder Gebäudeeingang nachgerüstet werden musste, um Avataren und Ewigen völlige Bewegungsfreiheit zu garantieren. Da mittlerweile so gut wie alles am Netz hing, war die Nachrüstung mit virtuellen Bedienelementen in der Regel eine Kleinigkeit. Es gab einen virtuellen Klingelknopf, der nicht nur die Klingel aktivieren, sondern ihn auch mit voller Identität anmelden würde. Kari drückte ihn.

Die Tür summte, und er trat in die Aeon-Lobby. Leon, der Pförtner, hatte ihn schon gesehen.

»Hey Leon, ganz schön was los, oder?«

»Kann man wohl sagen, Mr. Kari.«

Leon war in seinen Siebzigern, ein freundlicher Mann mit

schlohweißen Haaren und Schnurrbart. Er arbeitete seit fast fünfundzwanzig Jahren für Fidelity, eine kleine Ewigkeit. Nächstes Jahr würde Leon in Rente gehen. Seine Immortalisierung war dank des großzügigen Mitarbeiterprogramms bereits bezahlt.

»Die stehen schon seit heute Mittag da«, sagte Leon. »Vorhin hat einer dort draußen versucht, sich mit Benzin zu übergießen. Zum Glück waren die Jungs vom Wachservice zur Stelle. Die Geschäftsleitung hat schon seit gestern Alarmstufe rot ausgerufen. Vorsorglich. Mann, was für ein Wochenende!« Leon seufzte und sah kurz nach draußen. »Jetzt geht's zum Glück wieder einigermaßen. Aber die Polizei hat einige abtransportiert.«

Ein versuchter öffentlicher Selbstmord vor dem Firmengelände. Er musste wirklich dringend mit Wesley reden.

»Heute mal im Avatar unterwegs, Mr. Kari?«

Kari kam selten digital zur Arbeit. Leon wusste nicht, dass er gerade in Berlin war. Wie sollte er es auch wissen? Kari war schließlich in geheimer Mission unterwegs.

Kari nickte. »Ich muss zu Wesley Gibson. Ich nehme an, dass er da ist?«

»Klar. Seit gestern hat er das Gebäude nicht mehr verlassen. Kleinen Moment.« Leon drückte auf sein kaum sichtbares Headset am rechten Ohr. »Mr. Kari für Mr. Gibson.«

Nach einem Moment sagte er zu Kari: »Er erwartet Sie im Olymp.«

»Danke, Leon.«

»Keine Ursache, Sir.«

Kari ging Richtung Aufzug und drückte den virtuellen Knopf. Neben ihm warteten zwei andere Männer. Als Kari den Aufzug betrat, amüsierte er sich über das Schauspiel, das er schon so oft beobachtet hatte, aber immer wieder faszinierend fand: Er sah das Spiegelbild der beiden Männer, nicht aber seins. Seine beiden Mitfahrer bemerkten es und schauten betreten zu Boden. Es war dieser unangenehme Moment, in dem physische Personen erkannten, dass sie es mit einem Avatar zu tun hatten. Spiegel bereiteten Immortal noch immer Probleme.

Kari versuchte, nicht in den Spiegel zu schauen, obwohl der Drang groß war – es erzeugte immer wieder aufs Neue ein verstörendes Gefühl, mit einem solch krassen Bruch der Realität konfrontiert zu werden. Er fragte sich, was wohl Ewige dabei empfanden. Verstörte es sie genauso? Wahrscheinlich nicht. Sie hatten ja kein Bewusstsein.

Die Männer stiegen vor ihm aus. Er kam alleine in der Spitze des Olymps an. Als sich die Türen öffneten, blickte er in die Gesichter zweier Männer. Eines davon raubte ihm für eine Sekunde den Atem. Ein Déjà-vu überkam ihn. Er kannte dieses Gesicht. Der schwarze Vollbart. Die spanischen Züge. Es war der Mann vom Kamerastream. Der Spanier, der im Restaurant neben Marlene Dietrich gesessen hatte, als sie zu leuchten begonnen hatte.

Was zum Teufel tat der Mann hier?

Der Spanier blickte ihn einen Moment lang regungslos an. Kari versuchte, sich nichts anmerken zu lassen. Zum Glück war er im Avatar; die Software würde keine Mikromimik durchlassen und seine normale Mimik glätten. Es beruhigte ihn ein wenig. Der Spanier würde ihm seine Überraschung sicherlich nicht ansehen.

Kari verließ den Aufzug, woraufhin der Spanier und der andere Mann, der mit seinem Bürstenschnitt wie ein Soldat in Zivil aussah, einstiegen. Kari widerstand dem Impuls, sich nach ihnen umzudrehen, sah aber aus den Augenwinkeln, dass der Spiegel die Männer nicht reflektierte. Avatare. Dann schloss sich die Aufzugtür.

Kari war völlig verwirrt. Wie passte das zusammen? War der

Spanier ein Fidelity-Mitarbeiter? Hatte er Marlene Dietrich beschattet? Kari verstand gar nichts mehr.

Sein Blick fiel wieder auf das Vermeer-Gemälde. Das Mädchen mit den Perlenohrringen. Es waren nur wenige Tage vergangen, seitdem er das letzte Mal daran vorbeigegangen war, aber es kam ihm vor wie ein Jahr. Für das Mädchen auf dem Bild machte es keinen Unterschied. Sie würde dort weiter hängen und mit ihren unergründlichen Augen die Welt betrachten – egal, ob die digitale Unsterblichkeit bedroht war oder nicht, ob sich Menschen deswegen umbrachten oder nicht.

An Gibsons Tür gab es keinen virtuellen Knopf. In der Chefetage nichts Ungewöhnliches. Kari rief: »Ich bin's.«

»Komm rein, Ben.«

Kari glitt durch die Tür.

Wesley saß an seinem massiven Holzschreibtisch wie ein alter König, der müde vom Regieren war. Hinter ihm befand sich das weite Panoramafenster; die Jalousien waren hochgezogen und gaben den Blick auf die Skyline von L.A. frei. Kari hatte sich immer gefragt, wieso Wesley den Schreibtisch so gestellt hatte, dass er sich um diesen Ausblick brachte. Doch in diesem Moment wurde ihm klar: Es war ein Ausdruck von Macht.

»Setz dich.« Gibson wies auf einen der beiden Sessel vor dem Schreibtisch. Kari bewegte seinen Avatar darauf zu und nahm Platz.

»Ich nehme an, du bist noch in Deutschland? Hast du's dir bequem gemacht?«

»So bequem, wie Hotelbetten es nun mal zulassen.«

»Schlaf nicht ein, Ben.« Dann gähnte er. Er sah müde aus.

»Du aber auch nicht.«

Gibson lächelte schwach. »Allerdings.«

»Wie ist die Lage?«, fragte Kari.

»Die Lage?« Gibson schnaubte. »Ach … alles prima. Nur Kleinkram. Peanuts. Wir haben einen Freak, der einen Krieg gegen Immortal angezettelt hat. Wir haben eine Massenpanik. Und wir haben die ersten Selbstmorde. Aber sonst alles bestens.«

Gibson rieb sich das Gesicht mit beiden Händen. »Wir haben wie verrückt beraten. Ein Marathon. Seit letzter Nacht schon. Kannst du dir das vorstellen? Ein Beratungsmarathon mit diesen«, er senkte die Stimme, »diesen Pappnasen? Schlimmer als jeder Alptraum.«

»Hat Immortal sich endlich gerührt?«

»Darüber wollte ich mit dir reden, Ben. Sie werden morgen eine Gegenkampagne starten.«

»Eine Gegenkampagne? Wann genau?«

»In wenigen Stunden. Details wissen wir noch nicht. Nur so viel: Sie wollen Mars fertigmachen. Dürfte nicht schwer werden. Der Typ scheint wirklich ein Psychopath zu sein.«

»Er hat immerhin die Ewigen von drei Präsidenten unter seiner Kontrolle.«

Gibsons Hand schoss vor und zeigte auf Kari.

»Einen Scheiß hat er! Kennedy saß im Weißen Haus. Clinton war bei einer Benefizveranstaltung. Für beides gibt es Zeugen. Beide Ewige wurden überprüft, es gab keine Anzeichen für irgendeine Beeinflussung. Nada. Niente. Zero. Und Obamas Ewigen gibt es noch gar nicht. Das war die offensichtlichste Fälschung. Gar nichts hat der Typ unter Kontrolle. Das waren billige Fälschungen! Immortalität eine Lüge? Am Arsch, Ben.«

»Aber er hat die Leute verunsichert.«

»Ja, leider. Er scheint was draufzuhaben. Das müssen wir ernst nehmen. Wie ist er an die Daten gekommen? Wie hat er die Ewigen gemacht? Das versuchen wir derzeit zu klären. Aber Ben, mal ehrlich … wie lange arbeitest du schon hier?«

»Das weißt du doch. Fünfzehn Jahre. Du hast mich schließlich geholt.«

»Fünfzehn Jahre«, sagte Gibson. »Und mit wie vielen Hackern hatten wir es in dieser Zeit schon zu tun?«

»Es waren einige.«

»Achtundfünfzig. Es waren achtundfünfzig Hacker, die uns verarschen wollten. Und wie vielen ist es gelungen?«

»Keinem«, sagte Kari.

»So ist es. Niemand hat uns bislang verarschen können. Und das wird sich auch nicht ändern. Das waren einfach digitale Puppen, die Mars präsentiert hat. Sie sahen gut aus, zugegeben. Den anspruchslosen Durchschnittsmenschen mag das beeindrucken, geschenkt. Immerhin waren es Präsidenten. Das war ein guter PR-Stunt. Aber was beweist das alles schon?«

Kari schwieg.

Gibson richtete den Zeigefinger erneut auf Kari. »Der Typ ist Hacker. Und ja, er kann was. Aber er ist auch nur ein weiterer Unruhestifter. Nicht mehr. Wir werden die Scheiße aus ihm herausklagen! Wir bringen ihn hinter Gitter!«

Kari war über Wesleys plötzliche Kehrtwende erstaunt. Eben schien er noch ziemlich verzweifelt, jetzt redete er sich immer mehr in Rage.

»Du glaubst also, da steckt nichts dahinter? Du glaubst, die Ewigen sind nicht in Gefahr?«

Gibson sah ihn kurz prüfend an.

»Ben, was ist los?«

Kari war erstaunt über die Frage. »Wie meinst du das?«

»Du hast Angst um Hannah, nicht wahr?«

Kari fühlte sich ertappt. Aber warum? Er hatte sich die Frage in dieser Deutlichkeit noch nicht gestellt. Hatte er Angst um Hannah? Konnte dieser Irre ihrem Ewigen etwas anhaben? Er war verunsichert, und es ärgerte ihn, dass Gibson den Finger in die Wunde gelegt hatte, bevor er selbst die Wunde erkannt hatte.

Das Gute an seinem Avatar war, dass er ihn schützte wie eine Sonnenbrille die Blicke. Er spürte, dass seine echten Mundwinkel zitterten, ganz leicht. Aber die seines Avatars blieben ruhig.

»Ben.« Gibson sprach mit betont ruhiger Stimme, was Kari nervte. »Ich bin sicher, dass die Ewigen nicht in Gefahr sind.«

»Woher willst du das wissen?«, sagte Kari und ärgerte sich im gleichen Moment, das gesagt zu haben. Es klang wie eine Bestätigung von Gibsons Annahmen.

Gibson faltete die Hände, ein wenig zu pastoral. »Ist es immer noch so schlimm? Nach all den Jahren? Gibst du dir immer noch die Schuld?«

Jetzt brauchte Kari Hilfe von der Software. Er regelte den Mimik-Smoother herauf, um die Emotion auf jeden Fall zu verbergen. Und es war ihm egal, ob Wesley das vermutete oder nicht. Es konnte auch ein indirektes Signal an Gibson sein, so wie jemand in der U-Bahn demonstrativ auf sein Smartphone oder in sein Buch schaut, weil er nicht angesprochen werden möchte. Die Software wirkte, er bemerkte es an Gibsons Reaktion. Er lehnte sich zurück und atmete tief aus.

»Was ist mit den Massenselbstmorden?«, fragte Kari, um vom Thema Hannah wegzukommen.

Gibson verzog das Gesicht.

»Die sind ein Problem. Ein PR-Problem.«

»Ein PR-Problem?« Kari war baff. So eine Kaltschnäuzigkeit hätte er von Wesley nicht erwartet.

»Wer weiß denn, ob die ganzen Selbstmorde wirklich auf plötzliche Zweifel an der Immortalität zurückzuführen sind? Vielleicht sind das einfach Nachahmer. Leute, die schon vorher depressiv waren und sich nun bestärkt fühlen in ihrem lange gehegten Wunsch, sich umzubringen. Das ist der Werther-Effekt.«

»Der Werther-Effekt?«, fragte Kari. »Und was ist mit den zwei Elternpaaren, die ihre Kinder erschossen haben? Das kann nicht dein Ernst sein.«

Gibson seufzte. »Ben, ich will nicht bestreiten, dass es da draußen Leute gibt, die durch die Vorfälle total verunsichert sind. Aber warum sollte die ganze Welt plötzlich in eine kollektive Depression verfallen, bloß weil irgendein Spinner behauptet, Immortal habe Marlene Dietrich getötet, und dann ein paar Präsidenten-Puppen idiotische Sätze sagen lässt? Wart ab, morgen nach dem Statement von Immortal hat das alles ganz schnell ein Ende.«

»Weiß man denn inzwischen mehr über Mars?«, fragte Kari.

Gibson schüttelte den Kopf. »Wir wissen nur, dass er Programmierer bei Immortal war, das ist bestätigt. Und er war offenbar im Lab.«

»Was?« Karis Avatar riss die Augen auf. Diese Reaktion ging sogar durch den Smoother.

»Immortal gibt sich sehr schmallippig bei diesem Thema, wie du weißt. Aus einer anderen, inoffiziellen Quelle wissen wir, dass Mars an einem großen Projekt gearbeitet hat. Inhalt natürlich unbekannt und streng geheim.«

Das Lab war Immortals Elite-R&D-Division, so elitär wie Harvard oder das MIT, und zugleich so geheim wie die NSA. Dort arbeiteten die Besten der Besten – deren Namen niemand kannte. Wer dort einmal war, verließ das Lab nur mit den Füßen voran. Das war natürlich nicht ernst gemeint. Seine Mitarbeiter mussten aber Dutzende Verschwiegenheitserklärungen und Ausschlussklauseln unterzeichnen. Es war ihnen außerdem untersagt, danach jemals einen Job anzunehmen, der auch nur im Entferntesten mit IT zu tun hatte. Wer es dennoch wagte, wurde von Immortals Anwälten zerfleischt. Mit anderen Worten: Wer das Lab verließ, lebte vielleicht noch biologisch. Aber beruflich war er erledigt. Deswegen verließ das Lab eigentlich niemand. So jedenfalls ging das Gerücht. Immortal hatte mit seiner Heimlichtuerei den Nimbus um das Lab stetig genährt. Was das anging, hatte der Konzern von Apple gelernt, die diese Strategie schon vor sechzig Jahren zur Perfektion gebracht hatten.

»Kein Grund, sich ins Hemd zu machen. Ich sag ja, er kann was. Wir müssen ihn ernst nehmen. Aber das heißt nicht, dass wir es mit einem allmächtigen Genie zu tun haben. Wird schon seinen Grund gehabt haben, dass er aus dem Lab geflogen ist.«

Gibsons Worte klangen in Karis Ohren immer mehr wie Beschwichtigungen. Nur wen wollte er beschwichtigen? Ihn oder sich selbst?

»Immortal hat natürlich versucht, Mars' Avatar zu tracken«, sagte Gibson. »Aber er hat seine Hausaufgaben gemacht. Wir wissen nicht, wie er in die Blended Reality eindringt, ohne Spuren zu hinterlassen. Aber früher oder später werden sie es rauskriegen.«

Kari dachte an Reuben Mars' Erscheinung in Marlene Dietrichs Hades. Wie ein Geist hatte er in dem Zimmer gestanden, ohne sie zu sehen. Er erzählte Gibson von der Begegnung, ohne allerdings Evas Beteiligung zu erwähnen. Sie spielte hier keine Rolle.

Gibson setzte sich auf.

»Wieso sagst du mir das erst jetzt?«

»Wann hätte ich es dir erzählen sollen?«, sagte Kari. »Anfangs konnte den doch keiner einordnen. Jedenfalls bis zu seiner Präsidenten-Show.«

»Ben! Es hätte ein wichtiger Hinweis für Immortals Spezialisten sein können, um hinter seine Methode zu kommen.«

Er hatte recht. Was sollte er sagen? Kari wechselte das Thema.

»Haben die Streams aus dem Thermopolium irgendwas ergeben?«

Gibson zündete sich eine Zigarette an. Er nahm einen Zug und blies den Rauch aus. Kari konnte den Geruch durch den olfaktorischen Synthesizer wahrnehmen. Es roch nach Zigarette, aber da war noch eine andere, fremdartige Note. Ein Hauch von Gummi. Auch hier war Immortals Software noch nicht perfekt. Gerüche aus der Realität übersetzte sie manchmal verzögert und dann eher grob. Immortal hatte diesen Körpersinn immer etwas vernachlässigt. »Vergiss Marlene Dietrich«, sagte Gibson.

»Wie bitte?«

»Dein Auftrag ist beendet. Anweisung von Dabney. Das war es, was ich dir noch sagen wollte.«

Jetzt verstand er wirklich nichts mehr.

»Habe ich was verpasst? Ist Marlene Dietrich etwa wieder da?«

Gibson schwieg und rauchte.

»Ein Ewiger ist weg. Ein wahnsinniger Hacker behauptet, sie sei umgebracht worden. Wir müssen dem nachgehen. Wie könnt ihr da jetzt einfach die Reißleine ziehen?«

»Das spielt keine Rolle mehr, Ben. Wir haben andere Probleme.«

Kari schüttelte den Kopf. Er war fassungslos.

»Komm nach Hause. Deine Mission ist beendet.«

»Aber sie ist nach wie vor verschwunden, Wesley. Wie will Immortal das den Leuten erklären? Vor allem jetzt, nach dieser Präsidenten-Show? Jetzt, wo die ganze Welt durchdreht?«

»Das wirst du sehen«, sagte Gibson. »In wenigen Stunden.«

Kari spürte plötzlich die Müdigkeit, die sich in seinem Kopf verdichtete und zuzog wie ein schwerer Vorhang. Avatar-Sitzungen waren anstrengend, und in Berlin war tiefste Nacht. Er stand auf.

»Ich muss ins Bett«, sagte Kari.

»Hast du den Chip noch?«, fragte Gibson.

»Welchen Chip?«

»Der, auf den du die Streams aus dem Thermopolium kopiert hast.«

Kari überlegte. Der Chip musste irgendwo in seinem Koffer sein.

»Ich denke schon«, sagte er.

»Zerstör ihn«, sagte Gibson.

»Habt ihr die Streams analysiert?«, fragte Kari.

»Das spielt keine Rolle mehr. Zerstör ihn«, sagte Gibson. Bevor Kari darauf reagieren konnte, erhob er sich. Offenbar war das Gespräch beendet. Gibson knöpfte sein Jackett zu. »Ich muss in die nächste Krisensitzung.«

Kari erhob sich. Gibson führte ihn zur Tür.

»Ach, Ben ...«, sagte Gibson. »Eine Sache noch.«

Kari blickte ihn an.

»Warst du eigentlich schon mal im Thermopolium?«

Die Frage irritierte ihn.

»Ja, klar. Das weißt du doch.«

Gibson nahm einen Zug von seiner Zigarette.

»Ja, ich weiß. Ich meine vorher. Warst du vorher schon mal da? Vielleicht nur virtuell?«

Er sah Kari an und blies langsam aus. Kari sah, wie der Rauch an seinen Augen vorbei durch ihn hindurch glitt.

»Nein. Wieso fragst du mich das?«

»Nur so.«

Gibson öffnete ihm die Tür.

»Schlaf gut, Ben.«

Kari verstand gar nichts mehr. Warum verhielt Gibson sich so seltsam?

Unten in der Lobby verabschiedete er sich von Leon und ging nach draußen.

Der Polizeibeamte mit dem Hund ließ ihn sofort durch die Absperrung und grüßte. Als Kari an der Demonstrantenschar vorbeigehen wollte, erblickte er … Eva Lombard.

Er fühlte Ärger in sich aufsteigen.

Was zum Teufel tat sie hier? Spionierte sie ihm hinterher?

Sie unterhielt sich mit einem Demonstranten, einem älteren Mann mit einer französischen Baskenmütze und Ray-Ban-Sonnenbrille. Er trug ein weißes T-Shirt, auf dem stand: »Getting a life. Wanna join?« Er redete heftig auf Eva ein.

Ihr Avatar sah exakt aus wie sie. Das war nicht verwunderlich, Immortals Vorschriften waren in dieser Hinsicht streng: Avatare hatten ein genaues Duplikat der realen Person zu sein. Die Zeit der Dino-Mensch-Mischwesen, rosa gepunkteten Elfen und Zwerge mit Haaren aus Schlangen hatte es gegeben, aber sie war vorbei. Und das war auch gut so, denn der Cyberspace war in den Anfangstagen ein ziemlich anstrengendes Panoptikum menschlicher Geschmacklosigkeiten gewesen, die virtuelle Fortsetzung der Tätowiermanie sozusagen. Immortal hatte von Anfang an keine Fantasiewelt schaffen wollen, sondern eine erweiterte Realität ohne örtliche Beschränkungen. Eine demokratische Realität, so jedenfalls hatten sie es verkauft; immerhin konnte nun jeder reisen, wohin er wollte, egal, ob arm oder reich.

In Wahrheit war die Blended Reality alles andere als demokratisch. Ein einzelner Konzern gab die Gesetze vor. Niemand war anonym. Aber in der Post-NSA-Realität war Anonymität ohnehin längst Vergangenheit.

Und Immortal ließ bezüglich der Authentizitätsvorschrift für

Avatare einen gewissen Spielraum. Kosmetische Schönungen waren erlaubt, aber nur in einem Ausmaß, wie auch biologische Körper es gestatteten. Den digitalen Busen vergrößern, die Avatar-Falten liften, das Cyberfett entfernen – all das war nur eine Frage des Geldes und für Immortal eine lukrative Nebeneinnahmequelle. Avatare konnte man jedoch nicht nur optisch aufmöbeln. Es gab auch Bewegungs-, Mimik- und Körpersprache-Plug-ins. Immortal allein entschied, was erlaubt war. Jedes Plug-in musste sich ein Programmierer vom Konzern absegnen lassen, bevor er es über den Immortal-Shop verkaufen durfte.

Doch von all dem hatte Eva keinen Gebrauch gemacht. Es wunderte ihn nicht. VR-kritische Menschen pimpten ihre Avatare nicht. Sie wirkte digital so schön und natürlich wie in Wirklichkeit.

»Eva!«

Sie drehte sich um und lächelte, als sie ihn erblickte. Sie sagte etwas zu ihrem Gesprächspartner und kam dann auf Kari zugelaufen.

»Wusste ich's doch, dass ich Sie hier finden würde«, meinte sie.

»Eva, was soll das? Sie bringen mich in Schwierigkeiten.« Er war verärgert.

»Ich konnte einfach nicht schlafen.«

Er seufzte. Irgendwie imponierte ihm ihre Unverfrorenheit. »So schnell werde ich Sie nicht mehr los, oder?«

Sie schüttelte den Kopf und grinste.

Sie vollführte eine Geste Richtung Aeon Tower. »Na, war's interessant?«

»Nicht hier«, sagte Kari. »Gehen wir zurück nach Berlin.«

Während sie nebeneinander zum Portal marschierten, blickte ihnen ein Wachmann hinterher. Er war kein echter Wachmann, sondern ein Avatar. Aber er war auch kein echter Avatar. Er war eine Avatar-Drohne. Sein einziger Zweck war es, als Kamera zu fungieren. Durch seine Iris blickten die Augen von Wesley Gibson, hoch oben in seinem Sessel im Olymp. Als die digitalen Pixel der Avatare von Benjamin Kari und Eva Lombard über seinem Hirnchip zu Stromimpulsen verarbeitet in seiner Sehhirnrinde ankamen, lächelte er.

10

»Wie lange wollen Sie noch in Ihrer Tasse rühren, Eva?«

Sie hatte dunkle Ringe unter den Augen. Es war drei Uhr morgens. Sie waren in der Bar Noir, einer der wenigen Kneipen in Kreuzberg, die noch geöffnet hatten. Nach ihrem Ausflug nach Los Angeles hatte es bei beiden Gesprächsbedarf gegeben. Eva hatte die Bar vorgeschlagen, die sie aus ihrer Berliner Zeit kannte. Sie hatte als Studentin mehrere Jahre hier gelebt.

Die Tische waren überzogen mit klebrigen Kringeln, Spuren der Biere, die heute getrunken worden waren. Der Schein zerflossener Kerzen in alten, vor Langem geleerten Bailey's- und Jack-Daniel's-Flaschen tauchte die Bar in ein schummriges Licht.

Es waren nur noch wenige Nachtschwärmer da. An der Theke hatte einer auf seinen verschränkten Armen bereits sein Nachtlager aufgeschlagen. Die Bedienung, ein Geschöpf in schwarzen Klamotten mit viel Metall im Gesicht, tippte träge auf ihrem Smartphone herum, die Zigarette im Mundwinkel, das Whiskeyglas neben sich.

Auf den Straßen Berlins war es ruhig gewesen, als Kari aus seinem Hotel in Schöneberg in das Taxi nach Kreuzberg gestiegen war. Die Ruhe vor dem Sturm?

Klong. Etwas zu laut stieß Eva mit dem Metalllöffel an den

Tassenrand. Sie zuckte bei dem lauten Geräusch zusammen. Dann nahm sie einen Schluck von dem heißen schwarzen Tee, in den sie, wie Kari fand, etwas zu viel Milch und etwas zu viel Zucker geschüttet hatte.

Als sie die Tasse griff, fiel ihm auf, dass sie am rechten Handgelenk ein breites Armband aus Gold und am linken eine für eine Frau ziemlich wuchtige Uhr trug. Der Schmuck war ihm zuvor nicht aufgefallen. Weil sie vor der Kamera dezent auftreten musste?

Ihr Avatar vorhin in L.A. hatte frisch ausgesehen. Die echte Eva war übernächtigt. Der Kontrast war interessant. Sie hatte bis Mitternacht gearbeitet und nach der Reuben-Mars-Show eine Sondersendung nach der anderen machen müssen. Sie hatte Experten interviewt, mit Ewigen-Psychologen diskutiert, versucht, Informatikern Verständliches zu Ewigen-Programmierung und -Hacking zu entlocken, was ihr leidlich gelungen war, wie sie selbstkritisch erzählte.

Sie hatte den US-Botschafter nach der Strategie der US-Regierung befragt angesichts der ersten Massenselbstmorde und der Präsidenten-Kopien. Es gab keine, was der Botschafter aber natürlich nicht zugab und in blumige Worte kleidete. Sie hatte die Anführerin der Thanatiker, Vanessa Guerrini, befragt und von ihr das zu hören bekommen, was Guerrini schon seit Tagen wiederholte – dass die Thanatiker weder mit Dietrichs Verschwinden noch mit den falschen Präsidenten oder mit Reuben Mars irgendetwas zu tun hatten. Es war Evas Kollegen Matthias Krombach sogar gelungen, den lebenden Barack Obama vor die Kamera zu bekommen. Der alte Mann konnte lediglich sagen, was ohnehin alle wussten: dass es (noch) keinen Ewigen von ihm gab, er gesund und munter und selbst völlig überrascht von seiner virtuellen Erscheinung war, die allerdings wirklich ein cooler Kerl sei. Obamas berüchtigter Humor.

Er war der einzige lebende Mensch, der je seinen eigenen immortalisierten Ewigen gesehen hatte. Die Bestimmungen von Immortal untersagten die Immortalisierung zu Lebzeiten. Damit hatte Mars ein Tabu gebrochen. Keiner redete mehr über Marlene Dietrich. Es gab nur noch eine Frage, die alle umtrieb: Was war die Immortalisierung noch wert? Darauf hatte keiner der Experten eine Antwort liefern können. Klar war nur: Reuben Mars meinte es ernst.

»Ich wünschte, ich könnte schlafen«, sagte sie. »Aber ich bin noch viel zu aufgedreht.«

Sie blickte sich um. Es war nicht mehr viel los, nur noch an drei Tischen saßen Nachtschwärmer, darunter ein junges Pärchen, das schon ziemlich betrunken wirkte. Er schielte ein bisschen, in seinem Pilsglas war nur noch eine Pfütze. Sie hatte den Kopf aufgestützt und schwieg und drehte einen Finger in ihren langen schwarzen Haaren.

»War ja ganz schön was los bei euch in L.A. Meine Güte.«

Kari dachte an die Demonstranten vor dem Fidelity-Haus. An die Plakate. Vertrauen ist gut. Kontrolle ist besser. Vielleicht hatten sie recht. Fidelitys makelloser Ruf begann zu bröckeln. Das Schicksal seines Konzerns war auf Gedeih und Verderb mit dem von Immortal verbunden. Ein ungutes Gefühl breitete sich in seiner Magengegend aus. Er dachte an das Gespräch mit Gibson. Er konnte nicht verstehen, was vor sich ging. Warum zogen sie ihn auf einmal von Marlene Dietrich ab? Was hatte der Spanier bei Fidelity zu suchen?

Er nahm einen Schluck von seinem Bier.

»Irgendwie drehen alle in der Redaktion durch«, sagte Eva.

»Wieso?«

»Brinkmann hat das gesamte Team aufs Umfeld der drei Präsidenten angesetzt«, sagte sie. »Dabei müsste man gerade voll auf Immortal gehen. Und auf Fidelity natürlich.« Sie lächelte entwaffnend. »Aber was macht der Idiot? Lässt Krombach in Mountain View alleine rumrennen. Als ob der irgendwas geregelt kriegen würde. Immortal nimmt den ungefähr so ernst wie den Dalai Lama. Oder besser: den Ewigen des Dalai Lama.«

Kari beobachtete sie. Er mochte ihren Ehrgeiz, ihre Emotionalität. Wäre sie nicht so müde, würde sie sich bestimmt noch mehr in Rage reden.

»Kennedys Ewiger war nur eine Kopie«, sagte er.

»Ist das denn sicher?«

Er nickte. »Es gibt Blended-Mitschnitte aus dem Weißen Haus und zahlreiche Zeugen. Auch Clintons offizieller Ewiger war irgendwo anders, wahrscheinlich auf einer Fundraising-Party.«

»Krombachs Team recherchiert das gerade«, sagte sie. »Mal sehen, ob was dabei rauskommt.«

Er dachte neuerlich an das Gespräch mit Gibson. Wie sicher sich Gibson seiner Sache gewesen war. Mars war eine Unbekannte in der Gleichung. Eine potenzielle Bombe. Wer wusste schon, wozu er imstande war? Doch Fidelity wiegte sich offenbar in Sicherheit.

Kari bemerkte, dass Eva ihn beobachtete. Es machte ihn nervös.

»Was denken Sie?«, fragte sie.

»Wieso glauben eigentlich alle, die wahren und falschen Ewigen einwandfrei identifizieren zu können?«, fragte Kari.

»Was meinen Sie damit?«

»Vielleicht waren die Ewigen, die Mars präsentiert hat, in diesen Minuten die echten – und der Kennedy im Weißen Haus und Hillary Clinton auf der Party die Kopien?«

Sie runzelte die Stirn. »Sie meinen, er hat sie ausgetauscht? Und der Kennedy, der jetzt im Weißen Haus sitzt und Interviews gibt, ist die Fälschung?«

Kari zuckte mit den Schultern. »Keine Ahnung. Im Moment halte ich alles für denkbar.«

»Was ist mit Obamas Ewigem? Der war offensichtlich gefälscht«, sagte sie.

Kari zuckte mit den Schultern. »Wer weiß, auf welcher Datenbasis er ihn erzeugt hat? Vielleicht kann Mars Ewige konstruieren.«

Eva kniff die Augen zusammen, ihre Stirnfalte wurde tiefer. Die Theorie überzeugte sie nicht.

»Glauben Sie, dass Mars wirklich Zugriff auf Immortals Daten hat?«

»Ja.«

»Vielleicht hat er die Ewigen reverse… extra… extrapoliert oder wie das heißt.«

»Reverse Engineered.« Kari überlegte. »Glaube ich nicht.«

»Warum sind Sie sich so sicher?«

Sollte er sie einweihen? Er und sie hatten einen Deal. Aber Gibson würde ihn umbringen. Was soll's. Er hatte sich entschlossen, ihr zu vertrauen.

»Mars war im Lab.«

»Was?« Sie sagte es so laut, dass das Pärchen am Nachbartisch herüberblickte. Ihre Müdigkeit war verflogen.

»Der Mann ist ein Profi.«

»Was hat er im Lab gemacht?«, fragte sie.

»Weiß ich nicht. Aber er hatte dort sein eigenes Projekt.«

»Das haben Ihnen Ihre Leute vorhin erzählt?«

Er nickte. »Und noch etwas, Eva. Immortal wird heute ein Statement abgeben.«

Sie riss die Augen auf. »Wann?«

»In wenigen Stunden.«

»Scheiße.« Sie stand auf. »Ich muss los.«

»Hey …« Er hielt sie am Arm fest. »Das ist eine Information unter drei. Diesen Code verstehen Sie hoffentlich?«

Sie schaute ihn an.

»Das ist nicht Ihr Ernst, Ben!«

»Doch«, sagte er. »Wenn Sie das jetzt weitergeben, wissen meine Kollegen sofort, von wem Sie es haben. Das würde mich in Schwierigkeiten bringen.«

»Sie geben mir eine solche Information? Und erwarten, dass ich sie als vertraulich behandele, ruhig sitzen bleibe und weiter meinen Tee trinke? Hätten Sie vielleicht einfach schweigen können?«

Kari war erstaunt über ihre beleidigte Reaktion. »Ich dachte, wir haben einen Deal und spielen mit offenen Karten? Das habe ich getan. Was offenbar auch nicht recht ist.«

Sie seufzte und setzte sich wieder. »Na schön, es würde eh nichts bringen. Wer schaut um diese Uhrzeit Fernsehen? Krombach ist ohnehin in Mountain View. Der wird da sein, wenn Immortal redet. Wissen Sie, was die sagen werden?«

»Sie wollen Mars fertigmachen. Mehr weiß ich auch nicht.«

Grüne Augen ruhten fest auf seinen Augen. Einundzwanzig. Zweiundzwanzig. Dreiundzwanzig. Nach einem Moment löste sie die Spannung.

»War das gerade Ihr Lügendetektor?«, fragte er.

Sie nickte.

»Eines verstehe ich immer noch nicht«, sagte sie. »Wie hängt das alles mit Marlene Dietrich zusammen? Mars behauptet, dass Immortal Dietrichs Ewigen getötet hat. Welchen Grund hätten sie, so etwas zu tun? Ich kann mir nur vorstellen, dass sie etwas vertuschen wollten. Aber was? Und was hat Mars in ihrem Haus gesucht?«

»Vielleicht Beweise«, sagte Kari. »Um sie gegen Immortal zu verwenden. Aber dann frage ich mich, warum er sich mit solchen Anschuldigungen vorwagt, wenn er gar keine Pfeile im Köcher hat.«

Eva blickte an ihm vorbei. Sie dachte nach; es fiel ihr schwer, noch einen klaren Gedanken zu fassen, so sehr übermannte sie die Müdigkeit. »Mars behauptet ja auch, dass der Konzern Politiker-Ewige manipuliert.«

Kari trank einen Schluck Bier. »Was, wenn nicht Immortal manipuliert, sondern Mars? Mit seiner Show hat er eigentlich nur bewiesen, dass *er* imstande ist, Ewige zu manipulieren. Vielleicht hat er die Dietrich manipuliert? Ihre Todessperre ausgeschaltet?«

»Aber warum?«

Kari zuckte mit den Schultern. »Das weiß ich nicht. Noch nicht. Und es gibt eine weitere Möglichkeit: Vielleicht ist Mars doch ein Thanatiker.«

Sie warf ihm einen Blick zu, der deutlich sagte, dass sie diese Theorie für kompletten Bockmist hielt – und ihre Mimik ließ keinen Zweifel daran, dass sie es auch in genau diesen Worten ausdrücken würde.

»Okay, alles klar. Mars ist also ein Thanatiker«, sagte sie. »Dumm nur, dass Vanessa Guerrini nichts von ihm wissen will.«

Kari gab nicht nach. »Vielleicht hat er sich von den Thanatikern abgespalten? Vielleicht waren die ihm zu lasch? Vielleicht hat *Mars* die Dietrich getötet?«, sagte Kari.

Sie schüttelte den Kopf. »Wenn Immortal irgendeine Verbindung von Mars zu den Thanatikern gefunden hätte, glauben Sie nicht, dass die das schon längst gegen ihn verwendet hätten?«

Da hatte sie recht. Was er für sich behielt.

»Wenn Mars wirklich ein Thanatiker wäre«, fuhr Eva fort, »und tatsächlich Zugriff auf Immortals Ewigen-Daten hat – dann hätte er die Ewigen doch einfach umbringen können? Wieso zieht er stattdessen so eine alberne Show ab? Wenn ihm die Thanatiker nicht radikal genug sind und er den mächtigsten

Ewigen der Welt, JFK, umbringen könnte – und zwei seiner Vorgänger gleich mit.«

»Wir wissen nicht, ob er wirklich an die Originaldaten rankommt«, sagte Kari.

»Sie haben eben selbst gesagt, dass das sehr wahrscheinlich ist.«

Er seufzte. Man musste bei ihr aufpassen, was man sagte.

»Ich glaube, dem geht es um etwas anderes«, sagte Eva.

»Aha«, sagte Kari. »Und worum geht es ihm?«

»Um Immortal.«

Sie griff nach ihrem Tee und stürzte ihn fast in einem Zug hinunter.

»Mein Vater hat immer gesagt, man soll nicht von sich auf andere schließen«, sagte Kari. »Nur weil es *Ihnen* um Immortal geht, Eva, muss das nicht für jeden gelten.«

»Weibliche Intuition«, sagte sie. »Können Sie ruhig mal probehalber drauf vertrauen.«

»So wie auf Ihren Lügendetektor?«

Sie rollte mit den Augen.

»Haben Sie eigentlich schon Ihren Quantenboten gecheckt?«, fragte er.

»Noch nicht. Keine Zeit«, sagte sie. »Wir müssen unbedingt herausfinden, was Mars im Lab genau gemacht hat.«

Er nickte.

»Sind Ihre Kollegen eigentlich weiterhin an Marlene Dietrich dran?«, fragte sie. »Oder warten die lieber darauf, dass Immortal ihnen ein paar Brotkrumen zuwirft?«

Er überlegte kurz und entschloss sich dann, ihr noch nichts von dem vorzeitigen Ende seines Auftrags zu sagen. Sie würde misstrauisch werden und sich zu sehr auf Fidelity konzentrieren. Das war ihm jetzt zu anstrengend.

Aber er entschied sich, ihr von Marlenes Leuchterscheinung

auf dem Überwachungsvideo des Thermopolium zu erzählen. Er erwähnte den Spanier nicht, den er im Fidelity-Gebäude wiedergesehen hatte.

Sie hörte ihm gebannt zu.

»Wie ist so etwas möglich?«, fragte sie. »Die Ewigen sind doch nicht physisch?«

»Das ist die Hundertausend-Dollar-Frage.«

»Ob Reuben Mars dahintersteckt?«

»Das ist die Eine-Million-Dollar-Frage.«

Er trank sein Bier aus.

»Zeit fürs Bett. Wir haben nachher ein Geschäftsessen im Thermopolium.«

Kari fiel auf, dass die Straßen leerer waren. Auffällig leer. Die Protestmärsche waren weniger geworden. Hatte es mit Immortals Gegenkampagne zu tun?

Eva hielt das Lenkrad ruhig mit beiden Händen, als sie durch die Straßen Berlins fuhren, Richtung Mitte. Schwer hing der Goldarmreif an ihrem rechten Handgelenk. Wenn sie den Schaltknüppel griff, um einen neuen Gang einzulegen, rutschte er runter bis an ihren Handballen. Kari versuchte, einen Blick auf ihr nacktes Handgelenk zu erhaschen, während sie ihren Roadster durch den Berliner Verkehr steuerte. Aber es war ihm noch nicht gelungen.

Das Radio lief. Kari hatte mehrere Sender durchgeschaltet, die meisten spielten Michael Jackson oder Nirvana, die ebenfalls ein neues Album draußen hatten. Kari war auf der Suche nach Nachrichten. Endlich fand er einen Sender: »... haben Fachleute mittlerweile bestätigt. Es handelte sich um illegale Kopien der Präsidenten. Im Falle der virtuellen Person Barack Obama ist die Lage noch unklar. Der Konzern Immortal hat gestern nach den schweren Vorwürfen des Whistleblowers Reuben Mars überraschend reagiert. Der Konzern beraumte in seiner Zentrale im kalifornischen Mountain View eine Pressekonferenz ein, auf der die beiden CEOs Deepak Prakash und Mike Zhang persönlich anwesend waren.

Prakash und Zhang haben bestätigt, dass Reuben Mars ein ehemaliger Angestellter von Immortal war. Die beiden Firmenchefs haben zudem Akten vorgelegt, die belegen sollen, dass Mars unter schweren psychischen Störungen litt. Der Konzern hatte sich gezwungen gesehen, ihn trotz seiner bedauerlichen Erkrankung zu entlassen, da er gewalttätig gewesen sei und eine Gefährdung für das Unternehmen dargestellt habe. Die Präsidenten-Aktion, mit der Reuben Mars gestern weltweit für Aufsehen gesorgt hat, werteten Prakash und Zhang als Racheaktion und bedauerten die öffentliche Verunsicherung, die Mars mit seiner spektakulären Show ausgelöst habe. Mittlerweile liegt auch ein internationaler Haftbefehl gegen Reuben Mars vor, wegen Verstoßes gegen das Immortalisierungsgesetz. Dafür droht ihm lebenslange Haft.«

Dann folgten weitere Ausführungen. Immortal beteuerte, dass die Ewigen sicher seien. Die Unsterblichkeit sei garantiert. Und so weiter. Was sollten Prakash und Zhang auch sonst sagen?

Kari hörte kaum noch zu und ließ den Blick über die Straßen von Berlin schweifen.

»Ganz schön heftig«, sagte Eva. »Sie hatten recht. Das klingt ganz nach einer persönlichen Schmutzkampagne. ›Psychische Probleme‹ … ich hätte den beiden was Kreativeres zugetraut.«

Der Nachrichtensprecher fuhr fort. »Auch im Fall der vermeintlich verschwundenen virtuellen Person Marlene Dietrich gibt es eine neue Entwicklung. Immortal präsentierte auf der Pressekonferenz im Hauptquartier in Mountain View die Schauspielerin Marlene Dietrich und widerlegte damit die Behauptung von Reuben Mars, der Ewige der Filmdiva sei tot.

Dietrich zeigte sich bestens gelaunt und redselig und enthüllte den Pressevertretern ihr neuestes Projekt – ein Remake ihres größten Hits, ›Der blaue Engel‹, unter der Regie von Billy Wilder.«

Dann vernahm man Marlene Dietrichs Stimme, offenbar ein kurzer Mitschnitt der Pressekonferenz. Auf Englisch sagte sie: »Meine Damen und Herren, wie Sie sehen, bin ich noch ganz gut beieinander. Es tut mir wahnsinnig leid, diese Konfusion ausgelöst zu haben. Aber wie das so ist mit Künstlern, sie brauchen auch mal eine Auszeit. Ich habe sie benötigt, denn dieser Film, ›Der blaue Engel‹, ist etwas ganz Besonderes für mich. Er war der Beginn meiner Karriere als Schauspielerin. Und Mr. Wilder ist ein enorm wichtiger Regisseur für mich gewesen, dem ich viel verdanke.«

»Oh Mann, das stinkt doch zum Himmel!«, sagte Eva.

Kari dachte nach. Aber er wusste nicht, was er denken sollte. War die Dietrich plötzlich wieder aufgetaucht? Oder war das hier eine neue Kopie? War das Immortals Strategie? Erst den Hauptwidersacher als Verrückten zu diffamieren und dann die weltweite Aufregung schlagartig zu beenden, indem sie einfach eine neue Dietrich präsentierten? Zugegeben, das war gar nicht mal so dumm.

Kari wurde aus seinen Überlegungen gerissen, als Eva ruckartig bremste.

Knapp vor ihr war ein weißer Honda überraschend ausgeschert, mit deutlich geringerer Geschwindigkeit.

»Verdammter Idiot!« Sie schaltete runter. Das goldene Armband rutschte ihren Arm hinab und klapperte gegen den Kopf des Schaltknüppels.

Kari atmete tief durch. Der weiße Honda war dicht vor ihnen und zog an einem Lkw vorbei, Eva mit ihrem Roadster war ihm dicht auf den Fersen. Zu dicht – zwischen ihnen und dem

Honda war gerade noch Platz für ein Blatt Papier. So jedenfalls kam es Kari vor.

»Eva, vielleicht könnten Sie …«

Sie warf ihm einen schnellen Seitenblick zu. Er verstummte.

»Nun mach schon!«, schimpfte sie. Aber der Honda ließ sich Zeit, bevor er endlich einscherte. Sofort drückte sie aufs Gaspedal. Als sie an ihm vorbeizogen, schaute sie entnervt hinüber. Am Steuer saß ein älterer Herr.

»Da könnte man meinen, Ewige dürften jetzt sogar schon Auto fahren«, sagte sie und schüttelte den Kopf.

Die Anspannung wich langsam wieder aus seinem Körper.

»Also, Ben: Mars ist ein Psycho. Die Präsidenten waren schlechte Kopien. Die Dietrich war nie verschwunden. Alles in Butter, oder?«

Es entging seiner Aufmerksamkeit nicht, dass sie ihn mit der Kurzform seines Namens ansprach.

»Sie werden ihn fertigmachen.« Gibsons Worte klangen ihm noch im Ohr.

Er wusste nicht, was er davon halten sollte. War Reuben Mars wirklich verrückt? Vor seinem inneren Auge erschien der Avatar des Hackers in Marlene Dietrichs Haus. Die dunklen Augen, die schwarzen zusammengebundenen Haare. Um sich so etwas wie die Präsidenten-Show einfallen zu lassen, bedurfte es schon einer gehörigen Portion Größenwahn. Dennoch war sich Kari unsicher. Die Dietrich *war* verschwunden gewesen, Immortal hatte sie selbst dem Studio und Fidelity als vermisst gemeldet. Was er nicht verstand, war, warum Gibson ihn von dem Fall einfach so abziehen ließ. Mit dem Ewigen der Dietrich hatte etwas nicht gestimmt. Kari hatte Beweise dafür. Was von Trier ihm gesagt hatte, war eindeutig – kein Ewiger mit Todessperre wäre dazu imstande gewesen. Und dann das Video. Das Leuchten ihres Ewigen. Er wusste, was er gesehen hatte. Und er besaß die Aufnahmen, die das bewiesen. Was auch immer genau dahintersteckte.

»Ich muss Ihnen noch etwas erzählen, Eva.« Kari weihte sie mit knappen Worten in seine Unterhaltung mit Gibson und das offizielle Ende seines Auftrags ein.

»Ben, die Sache stinkt zum Himmel«, sagte Eva. »Da ist was faul. Gewaltig was faul. Wir müssen an der Sache dranbleiben.«

Diese Reaktion hatte er erwartet. Sie war Journalistin. Aber was, wenn sie darüber hinaus schlicht recht hatte?

Sie fuhren an der Siegessäule vorbei, und Kari reckte den Hals, um den goldenen Engel zu sehen, den er bislang nur aus dem Fernsehen kannte. Aber er erhaschte nur einen Blick von der Seite.

»Okay, Eva. Was wollen Sie? Dass ich Immortal genauso misstraue wie Sie? Wollen Sie, dass ich Immortal für einen Schweinekonzern halte? Warum müssen Sie mich in Ihre Privatfehde hineinziehen? Das nervt langsam.«

Sie trat auf die Bremse und verursachte beinahe einen Auffahrunfall. Hupen hinter ihnen. Sie fuhr an den Straßenrand. Sie war sauer. Er war sauer. »Was soll das jetzt?«, fragte er.

»Wenn Ihre Mission beendet ist, kann ich auch alleine ins Thermopolium fahren. Ich will Sie nicht weiter nerven mit meiner Privatfehde.«

Er seufzte. Warum musste sie immer so verdammt emotional reagieren? »Möglicherweise hat Immortal einfach schnell einen neuen Ewigen gebastelt, um nicht dumm dazustehen. Das kann man schon verstehen, oder? Wenn man bedenkt, was gerade auf der Welt los ist.«

Die grünen Augen blickten ihn scharf an. Der Lügendetektor war wieder eingeschaltet. Misstraute sie ihm nun auch? Hielt sie ihn für eine Firmenmarionette?

»Ist Ihnen klar, was Sie sagen, Ben? Ein Ewiger darf nur ein einziges Mal geschaffen werden. Damit hätte Immortal gegen das eigene Gesetz verstoßen.«

Sie blickte triumphierend. Er schwieg. Sie hatte recht. Mal wieder. Und es machte ihn wütend.

»Wissen Sie was, Ben?«, sagte sie. »Ich habe keine Lust mehr auf Spekulationen. Ich will wissen, wer der geheimnisvolle Avatar war, der sich mit ihr getroffen hat. Ich würde mich freuen, wenn Sie mitkämen. Aber ich kann verstehen, wenn Sie jetzt aussteigen wollen.«

Er musste ihr beipflichten. Etwas stimmte nicht. Er wusste nicht, was. Er wusste nur, dass er sich jetzt entscheiden musste. Davor hatte er sich seit seinem Gespräch mit Gibson gedrückt. Sie zwang ihn jetzt zu einer Entscheidung. Aber zwischen welchen Optionen eigentlich? Zwischen Fidelity und … der Wahrheit? Oh Mann, Ben, dachte er. Jetzt bist du schon genauso emotional wie sie.

»Okay«, sagte er. »Was soll's. Reden wir mit dem Kellner. Er wird uns sagen, dass Mars der geheimnisvolle Unbekannte war. Dann können wir die Sache abhaken«, sagte er.

Sie lächelte leicht und setzte den Blinker links.

Ihr Armreif baumelte gegen das Lenkrad, als sie hektisch drehte, um wieder in den Verkehrsfluss einzuscheren. Er zeigte auf ihr rechtes Handgelenk. »Warum tragen Sie das eigentlich? Das muss furchtbar unpraktisch sein.«

Sie ließ das Lenkrad kurz los, und Kari hielt vor Schreck die Luft an. Sie griff mit der Linken den Armreif, schob ihn langsam am Unterarm hoch und drehte das Handgelenk. Er sah eine runde Narbe.

»Zufrieden?«, sagte sie.

Er schwieg.

»Wie steht's mit Ihnen?« Sie machte eine kurze Bewegung mit dem Kinn in Richtung seiner rechten Hand.

Er rieb mit dem linken Zeige- und Mittelfinger vorsichtig über seinen Lebenstracker. Es war ein schlichter Brillant, transparent, ohne Farbe – kein Schnickschnack, wie viele andere Menschen ihn mochten.

»Berufliche Pflicht?«, fragte sie.

Er überlegte. Er hatte den Tracker schon lange. Tatsächlich hatte er ihn damals, als er bei Fidelity angefangen hatte, setzen lassen, ohne groß nachzudenken.

»Schwer zu sagen. Darüber habe ich ehrlich gesagt noch nie nachgedacht. Ich glaube, es würde schon negativ auffallen, wenn man keinen hätte.« Er überlegte, ob irgendjemand bei Fidelity keinen Tracker trug. Es fiel ihm niemand ein.

»Kein Wunder – ist umsonst für euch, oder?«

Das stimmte. Fidelity-Mitarbeiter hatten ab einer Mindestanzahl an Betriebsjahren – zehn, wenn er sich richtig erinnerte – Anspruch auf eine kostenlose Immortalisierung. Immortal war sogar noch generöser. Dort bekamen auch die Angehörigen eine kostenlose Immortalisierung. Wer wollte im ewigen Leben schon alleine sein?

»Und Sie, Eva? Warum wollen Sie nicht ewig leben?«

Er konnte sich die Antwort denken.

Sie begann den Refrain von »Who wants to live forever« zu singen. Er hatte sich den Song angehört, nachdem sie die Liedzeile auf den Spiegel geschrieben hatte. Er war ihm zu schwermütig. Sie sang ihn allerdings ganz ordentlich, fand er. Dann lachte sie und sagte: »Ich gehe einer Menge Menschen auf den Wecker, Ben. Die will ich nicht ewig nerven, mit Privatfehden und so.«

Sie sagte es selbstironisch genug, dass er schmunzeln musste.

»Ach Mist. Ich wollte meinen Quantenboten checken. Das habe ich natürlich völlig vergessen.«

»Ob sich die Polizisten wohl darüber gewundert haben, dass Marlene Dietrich für Queen schwärmt?«, fragte er sie.

»Ach, wer hört denn heute noch Queen?«

Wesley. Wesley hört gerne Queen, dachte Kari.

Vor dem Thermopolium gab es keinen Parkplatz. Eva kurvte mehrmals um den Block herum, doch die Lage war aussichtslos. Überall Autos, die derart dicht an dicht parkten, dass man kaum durchkam. Während Eva die Straße langsam abfuhr, sah Kari zum Eingang hinüber. In diesem Moment ging die Tür auf, und zwei Männer traten heraus. Es durchzuckte Kari wie ein Blitz. Der Spanier. Und auch den anderen Mann erkannte er. Es war der Soldat. Er hatte beide beziehungsweise ihre Avatare gestern im Fidelity-Olymp gesehen. Jetzt waren sie hier in Berlin. Physisch.

Er duckte sich sofort nach unten. Eva blickte verwirrt zu ihm rüber.

»Fahren Sie weiter!«, zischte er.

»Was ist los?«, fragte sie.

»Weiter!«

Sie rollten langsam am Thermopolium vorbei. Kari wagte es nicht, hinauszuschauen. Erst als sie am Ende der Straße angelangt waren, riskierte er einen Blick zurück und sah gerade noch, wie die beiden Männer in ein Auto stiegen. In diesem Moment bog Eva in eine Seitenstraße.

»Was ist denn?«

»Erzähle ich Ihnen gleich.«

Dann stieg sie so heftig auf die Bremse, dass der Wagen ruckartig zum Stehen kam und Kari nach vorne in die Sicherheitsgurte gepresst wurde. Sie hatte eine Lücke entdeckt, und Eva steuerte den Roadster mit wildem Lenkradkurbeln hinein. Dann sah er ein Lächeln der Befriedigung in ihrem Gesicht. Das Lächeln einer Jägerin.

Ihm war unbehaglich zumute. Was taten diese Typen hier? Was war los? Etwas würde passieren, das spürte er. Nur was?

Als sie ausstiegen und zum Restaurant gingen, erzählte Kari Eva von dem Spanier. Dass er ihn das erste Mal auf dem Video gesehen hatte. Dann im Fidelity-Tower. Und jetzt hier. Und dass er sich keinen Reim darauf machen konnte.

»Ich sage ja, die Sache stinkt.«

Er rollte mit den Augen und trat in das Restaurant.

Das Thermopolium war ähnlich voll wie bei Karis letztem Besuch. Selbst mittags brummte der Laden offensichtlich. Der Geräuschteppich legte sich schwer auf ihre Ohren, Gerüche waberten durch den Raum, und augenblicklich dominierte der klare Geruch von gebratenen Scampis.

Eine Kellnerin empfing sie. Kari fragte nach Marx, ihrem Chef.

»Ist etwas nicht in Ordnung?«, fragte sie.

»Nein, nein. Alles in Ordnung. Ich würde Herrn Marx gerne in einer beruflichen Angelegenheit sprechen. Könnten Sie ihm ausrichten, dass Benjamin Kari hier ist? Er kennt mich.«

Sie nickte und verschwand in dem Gang zur Küche.

Nach einer Weile kam Marx. Er trug die Nase immer noch einige Grad zu hoch. Als er Kari sah, zeigte er keine einzige Regung. Eva musterte er nur kurz.

»Sie wünschen?«

»Guten Tag, Herr Marx«, sagte Kari und wartete auf seine Reaktion. Als keine kam, fuhr Kari unbeirrt fort.

»Ich bräuchte noch eine Auskunft. Ich müsste wissen, welcher Kellner am Montag, dem 23. Juli, Dienst hatte. Ich würde mich gerne mit ihm unterhalten.«

»Tut mir leid, das kann ich Ihnen nicht sagen.«

»Pflegen Sie keine Dienstplanung?«

»Nein.«

Kari sah Eva an. Sie blickte skeptisch.

»Es war ein Montag. Der Tag, an dem regelmäßig Marlene Dietrich kommt. Der Kellner, den ich meine, ist sehr groß, sehr dünn und hat dunkle, zu einem Pferdeschwanz gebundene Haare.«

Marx' Miene blieb unbeweglich.

»Tut mir leid. So jemand arbeitet hier nicht.«

»Herr Marx, ich habe ihn auf den Videoaufzeichnungen gesehen. Ich möchte mit ihm sprechen. Es ist sehr wichtig.«

»Bedaure. Ich kann Ihnen nicht weiterhelfen.« Marx machte Anstalten zu gehen.

Kari sagte: »Sie erinnern sich, für wen ich arbeite?«

»Ich erinnere mich daran, dass ich jetzt wieder in die Küche muss, wenn Sie mich nicht mehr benötigen. Au revoir.«

Marx ging.

Kari war verblüfft. Damit hatte er nicht gerechnet.

»Na, das lief ja prima«, sagte Eva. »Kann es sein, dass der Ruf Ihrer Firma nicht mehr allzu viel hermacht?«

Seine Gedanken rasten. Was war hier los? Was hatte der Spanier getrieben? Hatte er Marx gedroht?

Eva setzte sich auf einen Hocker an der Theke. Ein junger Kellner zapfte gerade ein Bier.

»Entschuldigen Sie«, sprach sie ihn an. Ihre Stimme klang weicher als sonst. Der Kellner blickte auf. Er setzte ein breites Lächeln auf.

»Wie kann ich dienen, Madame?«

»Sie müssen mir helfen«, sagte Eva. Sie betonte das »müssen« übertrieben. »Seit Tagen schon habe ich keine Ruhe mehr. Bitte, Sie sind meine letzte Hoffnung!«

Der Kellner stellte das Bierglas ab und legte seine Arme auf die Theke. Sie waren stark behaart. Der Kellner war ungefähr Mitte dreißig. Er sah gut aus.

»Was kann ich für Sie tun, Madame?«

Dieses französische Gehabe. Kari wettete, dass der Typ aus Berlin war.

»Ihr Kollege hatte mir neulich ein Dessert empfohlen … das müsse ich unbedingt, unbedingt mal probieren! Es sei eine Offenbarung – das waren seine Worte«, sagte Eva. »Er sagte tatsächlich ›Offenbarung‹. Und merde! Mir fällt partout nicht mehr der Name des Gerichts ein. Kennen Sie das? Etwas liegt Ihnen auf der Zunge, aber es will einfach nicht kommen?«

Der Kellner lächelte. »Oui, Madame, das kenne ich sehr gut.«

Oh Mann, dachte Kari.

»Sie müssen mir helfen!«, sagte Eva. »Ihr Kollege sagte, Sie hätten es nicht immer auf der Karte, sondern nur manchmal, auf Empfehlung. Es sei eine ganz besondere Spezialität.«

Der Kellner überlegte. »Vielleicht meinte er das Haselnussparfait mit Portweinfeigen?«

»Nein, nein. Das war es nicht«, sagte Eva. »Ich glaube, es war etwas mit Schokolade.«

»Dann war es bestimmt die lauwarme Schokoladentarte mit Birnensorbet. Die ist sehr beliebt.«

»Nein, die auch nicht. Wissen Sie, Ihr Kollege – ach, wie hieß er noch gleich? Er ist immer montagabends hier, wenn ich mit meiner Kollegin nach der Sendung schnell einen Happen essen komme. Er ist groß«, Eva streckte ihren rechten Arm senkrecht nach oben und zeigte mit der Handfläche, wie groß er war; so hoch, wie sie die Hand hielt, waren es bestimmt zwei Meter, »und er trägt Pferdeschwanz, ein ganz Netter …«

»Frédéric«, sagte der Kellner.

»Frédéric. Genau!« Eva strahlte. »Ach, was für ein schöner Name. Wie konnte ich den nur vergessen. Ist er Franzose?«

»Ja. Frédéric Valot. Einer unserer Stammkellner.«

»Frédéric Valot, ein wunderschöner Name«, sagte Eva und lächelte Kari an. Der quälte sich seinerseits ein Lächeln ab.

»Ja, aber was hat er mir denn jetzt empfohlen? Vielleicht war es doch nicht mit Schokolade. Sondern was mit Blätterteig …«

Kari seufzte leise.

»Blätterteig. Blätterteig … hm.«

Der Kellner überlegte.

»Es muss Mille Feuille gewesen sein. Ganz bestimmt.« Doch dann stutzte er und sagte: »Moment.«

Er holte eine Speisekarte vom Stapel und blätterte darin.

»Also, Mille Feuille könnte es sein. Aber mit Blätterteig haben wir noch Tarte feuilletée aux pêches auf der Karte. Jetzt ist Pfirsichsaison.«

Eva schaute ihm tief in die Augen und sagte mit bedeutungsvoller Stimme. »Wissen Sie was? Sie haben mir gerade das Leben gerettet! Es war die Pfirsichtarte! Jetzt kann ich endlich, endlich wieder ruhig schlafen und muss nicht über Dessertnamen grübeln!«

Der Kellner schaute glücklich.

Was für ein Theater, dachte Kari und zückte sein Mobiltelefon. Er googelte Frédéric Valot und fand ihn im Telefonbuch. Sogar seine Adresse war vermerkt.

Eva verabschiedete sich von dem Kellner. Er blickte ihr nach, als sie das Restaurant verließen.

»Wir müssen in die Danckelmannstraße«, sagte Kari, als sie zum Auto gingen.

»Hey, ein kleines Danke wäre vielleicht angebracht, oder?«, sagte Eva.

»Danke.«

Sie seufzte. »Sind Sie eigentlich immer so ein trockener Typ?«

Kari musste schmunzeln. Er und trockener Typ. Hannah hatte das auch manchmal gesagt. War er ein trockener Typ? Konnte sein.

»Ich weiß, wo die Danckelmannstraße ist«, sagte Eva. »Ich habe mal in der Nähe gewohnt. Charlottenburg. Schöne Ecke.«

»Dann los«, sagte Kari. »Und übrigens: Respekt. Dafür lade ich Sie auf eine Portion Mille Feuille ein. Oder … wie hieß das andere Zeug noch mal?«

»Tarte feuilletée aux pêches«, sagte sie mit perfekter französischer Aussprache.

»Richtig. Aber erst mal statten wir dem Mann einen Besuch ab, der Ihnen schlaflose Nächte bereitet hat.«

Er ahnte nicht, dass Frédéric Valot ihnen erst noch schlaflose Nächte bereiten würde.

11

Die Danckelmannstraße war eine ruhige Allee im Herzen des alten West-Berlin. Nummer 23 war ein schöner Altbau. Die Fassade war blau gestrichen und mit viel Stuck verziert. Das Haus besaß einen Giebel, auf dem ein Jungengesicht mit spitzen Lippen und aufgeblasenen Backen prangte. Das Haus sah aus, als sei es erst kürzlich saniert worden. Hübsch, dachte Kari. Sie mussten nicht lange suchen. »Valot« stand auf der obersten Klingel. Eva drückte. Sie wartete etwa fünfzehn Sekunden, dann drückte sie erneut. Es tat sich nichts. Kari blickte am Haus hoch. An den Fenstern im Dachgeschoss war nichts zu erkennen, keine Bewegungen, kein Kellner, der heimlich hinuntersah und mit Absicht nicht öffnete.

Eva klingelte noch einmal. Diesmal hielt sie die Klingel mehrere Sekunden lang gedrückt.

»Vielleicht hatte er gestern eine anstrengende Schicht und schläft?«, sagte sie.

In diesem Moment öffnete sich die Tür. Ein junger Mann trat heraus, ging an ihnen vorbei und entfernte sich. Nach einem kurzen Seitenblick auf Kari stoppte Eva die Tür mit dem Fuß vor dem Zuschlagen. Dann schlüpfte sie hinein. Als Kari zögerte, zog sie ihn an seinem Ärmel nach.

Im Hausflur war es dunkel. Er sah die Signalleuchte des

Lichtschalters und drückte. Mit einem elektrischen Knistern sprang die Lampe an und erhellte das Treppenhaus. Glänzende türkisfarbene Fliesen überzogen die untere Hälfte der Eingangswände. Darauf waren maritime Motive gemalt. Kari erhaschte einen flüchtigen Blick auf Seeungeheuer, Dreizacke, Galeeren und Männer mit Fischschwänzen und langen Bärten. Es wirkte alles etwas kitschig. Das Treppengeländer war aus schwarzem Metall, auf seiner Oberseite zog sich ein edel aussehender Lauf aus dunkelbraunem Holz entlang. Auf der Treppe lag dunkelroter Teppich. Es gab keinen Aufzug. Sie liefen die Treppen hinauf.

Neben dem Eingang von Valots Wohnung war eine weiße Fliese an der Wand angebracht, auf der in schwungvoller blauer Schrift »Valot« gemalt war. Um den Namen wanden sich stilisierte Blumen. Eva wollte wieder klingeln, aber Kari klopfte an die Tür. Beim ersten Klopfer gab die Tür leicht nach.

»Herr Valot?«, rief Kari durch den Türspalt. Er horchte angestrengt, aber es war still. Er klopfte und rief noch mal seinen Namen. Nichts. Kari warf Eva einen Blick zu und trat ein. Sie folgte ihm.

Das Erste, was ihm auffiel, war der Geruch. Es roch nach Frühlingsblumen und nach etwas wie Duschgel. Der Boden war mit alten Holzdielen ausgelegt, die leicht knarzten, als Kari und Eva in den Flur traten. Die Garderobe war vollgehängt mit Jacken und Schirmen. Vier Zimmer gingen von dem schlauchförmigen Flur ab, die Türen waren offen, heller Sonnenschein drang aus den Zimmern in den Flur. Kari warf einen Blick in die Küche. Auf dem Herd stand eine Espressokanne. Sie war noch warm. An den Wänden hingen zahlreiche Kochutensilien, die Küchenschränke waren voller Töpfe und Bratpfannen. Von der Decke hingen an Ketten befestigte Körbe voller Obst und Gemüse.

Gegenüber war Valots Schlafzimmer. Es war leer, das Bett unaufgeräumt, die Decke verwühlt. Verschiedene Magazine waren auf dem Boden und dem Bett verstreut, überwiegend französische Zeitschriften, meistens ging es um Essen und Küche. Valot schien seinen Beruf sehr zu lieben. Vom Schlafzimmer ging ein Balkon ab, auf dem viele Blumentöpfe standen.

Das Wohnzimmer war ebenfalls leer. Ein Sessel, der sehr bequem aussah, stand in der Mitte. Stapelweise Magazine daneben auf dem Boden. Ein Bücherregal, viele Kerzenständer, ein paar Bilder. Die Wohnung war schön, Valot hatte sie stilsicher eingerichtet. Unter anderen Umständen hätte Kari sich hier wohlgefühlt. Aber jetzt fühlte er Beklemmung. Etwas stimmte nicht. Die Wohnung wirkte, als wäre gerade jemand darin gewesen. Ein ungutes Gefühl breitete sich in ihm aus.

»Still!«, sagte Eva.

Er drehte sich um. Eva stand regungslos und horchte. Er horchte seinerseits in die Stille hinein. Ein paar Sekunden. Aber er hörte nichts. Oder doch? Da war etwas. Plitsch. Ganz leise nur. Plitsch.

Etwas tropfte.

Kari blickte auf die Tür am Kopfende. Sie war einen feinen Spaltbreit geöffnet. Er warf Eva einen Blick zu. Sie erwiderte seinen Blick. Dann ging er langsam auf die Tür zu, legte die Hand auf die Türklinke, atmete durch und zog die Tür auf.

Das Badezimmer war viel größer, als er erwartet hatte. Karis Blick fiel auf die große Badewanne am Kopfende des Raums. Sie war das Grab, in dem Frédéric Valot seine letzte Ruhe gefunden hatte.

Er lag in der Badewanne, den Kopf angelehnt. Die Augen waren geöffnet und blickten nach oben zur Decke. Valot war tatsächlich extrem dürr und sehr blass. Sein rechter Arm hing schlaff und spinnenartig über den Badewannenrand. Das von seinem Blut rot gefärbte Badewannenwasser bildete einen scharfen Kontrast zu seinem bleichen Körper. Von Valots rechter Hand löste sich alle paar Sekunden ein dicker roter Tropfen und nährte die Lache, die sich auf dem Boden ausgebreitet hatte und wie eine überdimensionierte Comicsprechblase aussah. Auf dem weiß gefliesten Boden wirkten das Blut und der verrenkte Spinnenkörper darüber fremdartig, fast wie eine Installation moderner Kunst. Über allem waberte der Geruch von Duschgel, was bei Kari Assoziationen von Frische weckte. Erst jetzt bemerkte er, dass auch der Wasserhahn der Badewanne tropfte. Er war es, den sie gehört hatten; das Blut tropfte lautlos aus Frédéric Valots totem Körper heraus. Kari sah auf dem linken Badewannenrand ein Messer liegen, an dem noch ein paar Blutflecken klebten. Daneben stand eine Flasche Aquarius-Duschgel.

Eva stand im Türrahmen, blass und mit vor den Mund gehaltenen Händen. Kari war nicht so schockiert wie sie. Er war den Umgang mit Leichen von den Zertifizierungen gewohnt.

Kari ging langsam auf die Badewanne zu, dabei machte er einen großen Bogen um die Blutlache. Er hockte sich an das Kopfende der Badewanne und betrachtete den toten Körper. Dann beugte er sich vorsichtig hinunter, um Valot genauer zu betrachten.

Es hatte immer etwas Verstörendes, in ein auf dem Kopf stehendes Gesicht zu schauen, umso mehr, wenn es das kalkweiße Gesicht eines Toten war. Eine Sekunde lang blitzte in seiner Erinnerung Hannahs Gesicht auf, Hannahs Gesicht, das voller Blut war. Er presste die Augen zusammen, um dieses Bild zu vertreiben. Dann öffnete er sie wieder und konzentrierte sich auf Valot. Er versuchte, sein Gesicht im Geiste um einhundertachtzig Grad zu drehen. Die braunen Augen waren geöffnet, wirkten aber nicht verschreckt und blickten jetzt lotrecht in Karis Augen.

Valot hatte ein zartes Gesicht, sehr schmal, feine Lippen. Er war frisch rasiert. Die langen dunklen Haare waren nass und klebten an seinen Wangen. Sein nackter schmaler Körper lag bis zur Brust im Wasser wie in einem gläsernen Sarg. Vorsichtig näherte Kari die Spitze seines Zeigefingers der Wasseroberfläche rechts neben Valots Kopf. Es kostete ihn Überwindung, aber schließlich tauchte er ihn ein. Das Wasser war noch warm.

»Hat er sich umgebracht?«, fragte Eva. Ihre Stimme zitterte.

Kari antwortete nicht. In Valots linkem Handgelenk war ein tiefer Schnitt, etwa zehn Zentimeter lang. Alles Blut war herausgewaschen, die Wunde sah aus wie die Kiemenfalte eines Fisches.

»Haben Sie Taschentücher dabei?«

Sie zog ein Päckchen Papiertaschentücher aus ihrer Tasche und reichte es ihm. Er nahm zwei heraus und beugte sich weiter nach vorne, wobei er darauf achtete, Valots Kopf nicht zu berühren. Kari legte die Tücher übereinander auf die Oberseite von Valots rechtem Handgelenk. Mit Daumen und Zeigefinger umklammerte er es und hob es an. Mehrere Tropfen fielen aufgrund der Erschütterung auf einmal herunter. Kari zog das Handgelenk und den Arm langsam zu sich und drehte die Hand um, sodass er das Handgelenk sehen konnte.

Alles war stark von Blut verschmiert, aber soweit er sehen konnte, waren am Gelenk tiefe Einschnitte. Er drehte das Handgelenk langsam wieder um und senkte es leicht ab, bis es die Wasseroberfläche berührte. Kari wackelte vorsichtig damit im Wasser, bis sich eine kleine rote Wolke bildete. Das Wasser löste das Blut ab. Die Taschentücher begannen jedoch auch, an den Rändern Wasser aufzusaugen.

In diesem Moment klingelte und vibrierte das Telefon in seiner Jackentasche. Kari erschrak so heftig, dass er die Hand fallen ließ und der Arm ins Wasser fiel. Eva stieß einen kurzen Schrei aus. Ein paar blutgefärbte Wassertropfen spritzten ihm ins Gesicht. Er spürte einen Anflug von Ekel.

»Scheiße«, sagte Kari. »Können Sie mein Telefon nehmen? Es ist in meiner linken Brusttasche. Schnell.«

Eva kam widerwillig auf ihn zu und hockte sich neben ihn. Während sie Valots Kopf im Blick behielt, schob sie vorsichtig ihre Hand unter Karis Arm hindurch in die Innenseite seines Jacketts. Kari hielt immer noch Valots Hand fest. Sie konnte die Tasche nicht sehen und wühlte blind an seiner linken Brust herum. Er spürte ihren schnellen Atem warm an seinem Hals. Sie war nervös. Wahrscheinlich, weil Valots Leiche so nah war.

Das Telefon klingelte zum vierten Mal.

»Lassen Sie sich ruhig Zeit«, sagte Kari.

Sie schnaufte. »Es ist nicht so leicht …«

Dann hatte sie das Telefon endlich aus der Tasche gefischt.

»Warten Sie«, sagte er. »Ist es eine amerikanische Nummer?«

Er wollte nicht, dass Gibson von seiner Zusammenarbeit mit ihr erfuhr.

»Nein, jemand aus Berlin.«

»Okay. Gehen Sie ran.«

Sie nahm ab und horchte. Dann riss sie die Augen auf. Mit bemüht ruhiger Stimme sagte sie: »Äh, ja, er ist hier. Augenblick.« Sie legte die Hand auf das Mikro des Mobiltelefons und flüsterte aufgeregt: »Es ist die Polizei!«

Kari spürte einen leichten Anflug von Panik aufsteigen. Er atmete tief durch und sagte: »Halten Sie es mir ans Ohr.«

Eva neigte sich hinunter und hielt ihm das Gerät an den Kopf, während er weiter den Arm von Valot festhielt.

»Kari«, sagte er laut in das Mikro.

»Polizei Berlin. Ziegler. Herr Kari, wir sind gerade im Steigenberger. Sie haben hier ein Hotelzimmer angemietet.«

»Ja, das ist korrekt«, sagte er.

»Ich kann Sie nur ganz schlecht verstehen. Wo sind Sie?«, fragte Ziegler.

»Wirklich? Ich kann Sie gut hören.«

Ich halte gerade die Hand eines Toten in einer blutverschmierten Badewanne und plaudere mit einem Polizisten. Aber sonst ist alles gut.

»Ah, also, Herr Kari, ich habe eine schlechte Nachricht für Sie.«

Schlechte Nachrichten? Nur her damit.

»Ihr Zimmer wurde von einer unbekannten Person durchsucht.«

»Was?«

»Möglicherweise sind sogar Sachen gestohlen worden.«

Kari wusste nicht, was er sagen sollte. Also sagte er »Verstehe« und kam sich reichlich dämlich vor.

»Könnten Sie bitte kommen? Wir würden gerne mit Ihnen sprechen.«

»Äh, ja. Okay, es passt zwar gerade nicht so gut. Aber ich beeile mich.«

Könnte ich bitte noch schnell die Leiche untersuchen?

»Sollen wir Ihnen einen Wagen schicken?«

»Nein, nein, das ist nicht nötig.«

Ich inspiziere nur noch eben die tödlichen Wunden, und danach können wir über mein durchsuchtes Zimmer plaudern.

»Ich beeile mich. Wiederhören.«

Er drehte seinen Kopf leicht zu Eva und nickte. Sie nahm das Telefon und legte auf.

»Was ist los?«, fragte sie.

»Mein Hotelzimmer wurde durchsucht.«

Sie riss die Augen auf. »Wie bitte?«

Kari wandte sich wieder Valots Hand zu. Er bewegte sie noch mal leicht im Wasser.

»Kümmern wir uns erst mal um ihn«, sagte er.

»Was machen Sie da eigentlich?«, fragte sie.

Kari antwortete nicht und hob das Handgelenk aus dem Wasser, dann drehte er die Unterseite nach oben. Die Wunde war jetzt besser zu sehen. Sie war größer und tiefer als der Schnitt in der linken Hand. Und: Da war kein Lebenstracker.

»Okay«, sagte er. Dann drehte er die Hand wieder um und legte den Arm sachte über den Badewannenrand. Im Augenwinkel sah er die Blutlache. Für einen ultrakurzen Moment schien es ihm, als würde er ein Muster in der Blutlache erkennen. Als hätte die Oberfläche des Blutes eine Struktur angenommen, wie minimale Erhebungen. Sie formten ein Muster. Waren das Buchstaben? Er schaute zu der Lache rüber, aber das Muster war weg.

»Okay … was? Gar nichts ist okay. Der Mann hat sich umgebracht«, sagte Eva.

»Hat er nicht.«

Sie schaute ihn mit großen Augen an.

»Sie meinen …«

»Sein Lebenstracker wurde herausgeschnitten«, sagte Kari. »Haben Sie noch ein Taschentuch?«

Sie reichte ihm ein weiteres, mit dem er sich die Tropfen aus dem Gesicht wischte und seine Hand trocknete. Er wagte es nicht, den Wasserhahn zu benutzen und womöglich Fingerabdrücke zu hinterlassen.

»Sie meinen, Valot wurde ermordet.«

»Ja. Und der Mörder hat den Tracker mitgenommen. Wie es heute jeder vernünftige Mörder tun würde.«

Es war ein ewiges Zerren zwischen der Justiz und Immortal um die Daten aus Lebenstrackern, die für die Klärung von Straftaten äußerst wertvoll waren. Nur bei begründetem Mordverdacht gab Immortal den Zugriff auf Lebenstrackerdaten frei.

Mörder entfernten daher üblicherweise auch den Tracker – was für die Hinterbliebenen doppelt schlimm war. Der Mörder hatte ihnen damit nicht nur den lebenden Menschen genommen, sondern auch den Ewigen.

»Woher wollen Sie wissen, ob Valot überhaupt einen Tracker hatte?«, fragte Eva.

»Das kann ich gleich in der Datenbank abfragen. Aber diese Wunde deutet stark darauf hin.«

»Wer würde einen Kellner umbringen?«

»Jemand, der seinen Tracker wollte. Valot hat den unbekannten Avatar gesehen, den die Dietrich traf, als sie leuchtete. Kommen Sie, Eva. Wir sollten hier verschwinden.«

Kari wischte mit dem Taschentuch alle Türklinken ab, die sie berührt hatten.

Dabei grübelte er nach. Sie hatten Valot getötet. Sie hatten sein eigenes Zimmer durchsucht. Sie mussten das Gleiche gesucht haben, was sie bei Valot gefunden hatten: Beweise für Marlene Dietrichs Anomalität. Er griff in seine Jackentasche. Ja, da war er noch. Seine Hand ballte sich um den Speicherchip.

Zerstör ihn.

Das hatte Gibson gesagt. Nur, warum hatte er es gesagt? Steckte er dahinter? War der Spanier sein Handlanger? Würde er nun Jagd auf ihn machen? Oder wusste Gibson mehr, als er zugab? Hatte er ihn schützen wollen? Alles war nun anders. Irgendjemand wollte Spuren verwischen. Und nun war auch er zur Zielscheibe geworden.

Als Kari unten am Auto darauf wartete, dass Eva ihm öffnete, schaute er noch einmal zu der Dachgeschosswohnung hinauf, in der der tote Kellner in seiner Badewanne lag. Noch einmal betrachtete er das Jungengesicht aus Stuck an dem Giebel. Die aufgeblasenen Backen, die Luft aus dem Stein herauspressen wollten, aber nicht konnten.

Evas Wohnung lag im Stadtteil Friedrichshain, von ihrem Küchenfenster sah man direkt auf den nordöstlichen Eingang des Volksparks Friedrichshain. Die Laternen leuchteten bereits, als sie in ihrer Wohnung ankamen. Es war ein einfacher Altbau, zwei Zimmer, die Holzdielen sehr alt, in manchen sah man Wurmlöcher. Sie besaß nur wenige Möbel. Die Wohnung wirkte leer. Die typischen hohen Decken mit dem einfachen Stuck, dort, wo Decke und Wand sich trafen, gaben Benjamin Kari ein Gefühl von Weite – räumlich und zeitlich. Ein plötzliches Gefühl, das auf einmal da war, in dem Moment, als er seinen Fuß in die Wohnung setzte. Er konnte nicht sagen, warum, aber diese Empfindung fühlte sich deutsch an. Klare Linien, Leere, die Präsenz der Historie, räumliche Weite, ein Anflug von Schwere. Es war eine seltsame Mischung, die er in den USA so nicht erlebt hatte.

An der Garderobe hing ein Mantel, der nicht in die Jahreszeit passte. Einige Paar Schuhe standen im Flur herum. Eva hatte wenige Bilder aufgehängt; auffällig war eine Wand im Wohnzimmer, an die sie viele Fotos gepinnt hatte. Ein alter Schrank, ein Deckenstrahler, eine Couch und ein Ohrensessel. Mehr nicht. Und noch etwas fiel ihm auf: Eva besaß kein einziges Buch.

Vorher waren sie an seinem Hotel vorbeigefahren. Ihn hatte fast der Schlag getroffen, als er sein Zimmer sah, das buchstäblich durchkämmt worden war. Schränke waren abgerückt, Matratzen, Kissen, Decken zerschnitten worden und deren Füllung in großen Flocken überall verteilt worden. Der Einbrecher hatte den Teppich aufgeschlitzt und in Streifen vom Estrich abgerissen. An manchen Stellen hatte er auch die Tapete entfernt, insbesondere dort, wo Unebenheiten in der Wand waren, oder in Ecken oder bei Rohren. Im Bad hatte er die Abflussrohre abgeschraubt. Es war ein beispielloses Chaos, an manchen Stellen Zeugnis der wutentbrannten Aktion eines Berserkers, an anderen das eines kühl agierenden Detektivs. Der Einbrecher hatte Verstecke untersucht, auf die Kari im Leben nicht gekommen wäre, und er hatte dabei eine Systematik an den Tag gelegt, die geradezu unheimlich war. Er musste etwas sehr Kleines gesucht haben. Kari war klar, was es gewesen war: der Chip mit den Kameraaufzeichnungen aus dem Thermopolium. Er hatte bei der Polizei zu Protokoll gegeben, dass er im Auftrag Fidelitys in Berlin war. Valot erwähnte er gegenüber den Beamten mit keinem Wort.

Jetzt hatte Kari auf Evas Couch Platz genommen. Durch ihr Wohnzimmerfenster konnte er die Sonne sehen, die am Himmel über Berlin ihre letzten Meter zog, bevor sie das Spielfeld der Nacht überlassen würde. Eva war in der Küche und machte eine Flasche Rotwein auf. Sie hatte mehrere Kerzen angezündet. Ihr warmes Licht ließ die Wohnung heimeliger wirken.

»Haben Sie zufällig eine Dose Thunfisch, Eva?«, rief er.

Sie blickte durch den Türrahmen zu ihm herüber. »Thunfisch?«

»Ja, darauf hätte ich jetzt Lust.«

Sie schüttelte verständnislos den Kopf, aber kurz darauf hörte er Klappern in der Küche. »Tatsächlich«, sagte sie.

Sie kam ins Wohnzimmer und stellte ihm einen Teller auf den Tisch. Darauf stand eine geöffnete Dose Thunfisch.

»Voilà«, sagte sie. »Ich nehme an, Sie mögen Ihren Thunfisch pur.«

»Ja.«

»Ach, und übrigens, Ben – es wird langsam Zeit, dass wir uns duzen. Okay?«

Er nickte mit der Gabel im Mund. Dabei tropfte ihm Öl aufs Hemd. Er fluchte und versuchte schnell, mit einem Taschentuch den Fleck zu entfernen. Aber es gelang ihm nicht ganz. Scheiße. Nicht schon wieder, dachte er.

Sie goss die bauchigen Weingläser voll. Dann ließ sie sich mit einem Seufzer in den Sessel fallen. »Was für ein Tag«, sagte sie und stieß mit ihm an. Der Wein schmeckte voll und schwer. Im Kerzenlicht sah er aus wie Blut.

»Was jetzt, Ben?«

Er rieb sich das Gesicht. »Keine Ahnung.«

»Ach, da fällt mir ein – ich wollte dir noch etwas zeigen.« Sie ging in die Küche und kam mit einer Zeitung in der Hand zurück. Sie gab sie ihm.

Der Aufmacher war nicht mehr Reuben Mars, Immortal oder Marlene Dietrich, sondern die Abrüstungsverhandlungen zwischen den USA und China. Die Welt kehrte langsam zur Normalität zurück.

»Ganz unten.«

Es war nur eine kleine Meldung. »Lars von Trier gestorben.«

Trotz seines erschöpften Zustands war er auf einmal hellwach. Der Regisseur war gestern tot in seiner Wohnung in Kopenhagen aufgefunden worden. Offizielle Todesursache: Herzversagen.

Kari ließ die Zeitung sinken.

»Zufall?«, fragte Eva.

Er dachte an den alten Mann, den er auf dem Ohlsdorfer Friedhof vor einigen Tagen getroffen hatte. In seinem Bauch breitete sich Unbehagen aus. Mehr als Unbehagen. Angst. Wie eine Klaue umschloss sie seinen Magen.

»Nein«, sagte er. Er überlegte einen Moment. Dann sagte er: »Die Verbindung ist Marlene Dietrich. Von Trier wusste von dem abnormen Verhalten ihres Ewigen. Er wollte mit Dietrich einen Film über den Tod eines Ewigen drehen, in dem Dietrich Selbstmord begeht. All das sind Belege dafür, dass ihre Todessperre außer Kraft war.«

»Wer wusste davon?«, fragte Eva.

»Nur ich und Gibson.«

»Ich wette, es war der Spanier«, sagte sie. »Er hat Valot und von Trier umgebracht. Marx, diesen Schisser, hat er sicher bedroht, darum hat der die Schotten dicht gemacht. Wenn das wahr ist …« Eva schüttelte den Kopf. »Wenn Fidelity hinter der ganzen Marlene-Dietrich-Sache steckt … das wäre der Hammer! Wenn wir das doch nur beweisen könnten.«

»Vielleicht können wir das«, sagte Kari, griff in seine rechte Jacketttasche und warf den Speicherchip auf den Tisch.

Eva griff danach und musterte ihn. »Was ist da drauf?«

»Die Videostreams der Überwachungskamera aus dem Thermopolium. Marlene Dietrich mit Lars von Trier. Marlene Dietrich mit dem geheimnisvollen Avatar und dem Spanier. Und natürlich die leuchtende Marlene Dietrich. Alles Dinge, für die es offenbar zu töten lohnt.«

Sie wog den kleinen Chip in der Hand und betrachtete ihn. »Das war es, was die in deinem Zimmer gesucht haben«, sagte sie.

Sie gab ihm den Chip zurück. Er nahm ihn aus der Hülle und steckte ihn in seine Hosentasche. Er würde ihn später besser verstecken.

»Eva, ich weiß, dass dir Fidelity und Immortal als Schuldige sehr recht wären. Aber es gibt noch die Möglichkeit, dass Mars hinter all dem steckt. Vielleicht war er der geheimnisvolle Avatar? Vielleicht will er jetzt seine Spuren verwischen?«

»Und was ist mit dem Spanier?«, fragte sie.

»Nun, er könnte ein Agent von Fidelity oder Immortal sein, den sie auf Mars angesetzt hatten.«

»Aber warum war der Spanier dann im Thermopolium, als sich Dietrich mit von Trier traf?«, fragte Eva.

»Tja …« Kari grübelte. »Angenommen, Mars war der geheimnisvolle Avatar, der sich zuvor mit ihr getroffen hatte … und Immortal wusste von ihrer rätselhaften Leuchtveränderung. Dann liegt der Schluss nahe, dass Mars etwas mit ihr gemacht hat. Dann wäre es auch sinnvoll, die Dietrich zu überwachen.«

»*Was* hat Mars mit ihr gemacht?«

Kari rieb sich erneut das Gesicht. Die Müdigkeit war wieder da, legte sich über seine Augen und tränkte sein Gehirn.

»Ich weiß es nicht, Eva. Keine Ahnung. Wir müssen es herausfinden.«

»Du solltest heute Nacht hier bleiben, Ben. Ein Toter am Tag reicht.«

Er musste lachen. »Sehr charmant. Ich weiß deine Sorge zu schätzen.«

Sie lachte auch. Aber es klang ein wenig hilflos.

»Warum wolltest du eigentlich Journalistin werden?«, fragte er.

Der plötzliche Themenwechsel überraschte Eva. Sie zögerte einen Moment, bevor sie antwortete.

»Weil ich etwas verändern wollte.«

»Und? Ist dir das gelungen?« Er bereute noch im selben Moment, die Frage so gestellt zu haben. Es klang spöttisch. Dabei meinte er es nicht so. Aber Eva hörte es nicht. Sie war in Gedanken.

»Nein.«

»Nein?«

»Ich habe aufgedeckt, dass Immortal seine Mitarbeiter wie Dreck behandelt. Natürlich subtil. Im Vertrag stehen vierzig Stunden, aber erwartet werden achtzig. Nach außen hin gibt sich der Konzern frauenfreundlich und rühmt sich seiner innovativen Arbeitskultur. Frauen können ihre Eizellen einfrieren lassen und in Ruhe Karriere machen. Immortal bezahlt. Ist das nicht nett? Rate, wie viel Prozent der Immortal-Mitarbeiterinnen dieses großzügige Angebot angenommen haben.«

Er zuckte mit den Schultern.

»Hundert Prozent. Keine einzige hat es abgelehnt. So etwas kennen wir heute nur noch aus Nordkorea. Ich habe einige ehemalige Mitarbeiterinnen dazu bewegen können auszupacken. Alles passiert mit subtilem Druck. Wer seine Eizellen nicht einfrieren lässt, wird selbst eingefroren. So einfach ist das. Und natürlich werden alle Mitarbeiter überwacht. Inoffiziell. Alles ist ja soooo geheim.«

Sie hatte sich leicht in Rage geredet und nahm einen Schluck aus ihrem Weinglas.

»Es kam selbstverständlich nicht zu Prozessen. Immortal hat die Leute mit Geld überschüttet, damit sie die Klappe halten und nicht klagen. Und hat das irgendwen interessiert, Ben? Nein. Die Leute rennen immer noch zu Immortal und lassen sich verewigen. Gott weiß, was die noch alles mit den Daten aus den Lebenstrackern anstellen.«

Er beobachtete sie interessiert. Ihr Gesicht hatte eine ausgeprägte und interessante Mimik. Im Kerzenlicht mit den Schatten wirkte es noch stärker. Ihm fiel auf, dass ihre Mundwinkel sich leicht asynchron bewegten, als hätten beide ihren eigenen Willen. Vielleicht war ihr Gesicht auch asynchron, wie bei dem Mädchen von Vermeer. Das musste er unbedingt überprüfen, wenn sich die Gelegenheit dazu bot.

»Warum Immortal? Warum nicht Google? Facebook? Amazon?«, fragte er.

»Immortal ist der Kopf«, sagte sie, ohne zu überlegen.

»Darunter machst du es nicht, oder?«

»Ja. Muss ich wohl von meinem Vater haben«, sagte sie.

»Was hat er gemacht?«

»Er war bei der NASA. Chefplaner der Marsmission. Sein ganzes Leben in Warteposition. Jeder neue Präsident hat die Marsmission als Prestigeprojekt für sich neu entdeckt. Und dann doch wieder gestoppt, weil sie zu teuer war. Bis Hillary Clinton sie endgültig begrub. Mein Vater hat sein ganzes Leben in einem On-off-Zustand verbracht. Das hat ihn am Ende zerstört.«

»Dein Vater ist Amerikaner?«, fragte Kari.

»Er war Amerikaner. Er ist schon lange tot. Ja, ich bin in Washington D.C. aufgewachsen. Meine Mutter ist Deutsche. Aber ich lebe seit Jahren hier.«

»Warum?«

»Ich wollte nur noch weg. Habe es einfach nicht mehr ertragen in den USA.«

»Was ist mit deiner Großmutter? Siehst du sie oft?«

Evas Augen zuckten kurz.

»Ati ist tot.«

Er sagte nichts. Er hatte verstanden. Eva hatte ihren Ewigen nie akzeptiert.

»Was ist mit dir, Ben? Bist du glücklich in den USA?«

War er glücklich in den USA? War er überhaupt glücklich? Er dachte an seine Wohnung und an Fellini, seinen Kater. Er hatte nicht viele Freunde, nie gehabt. Und er sah Hannahs Gesicht vor sich. Ihre langen Locken. Das Gesicht ihres Ewigen. Es wurde überlagert von dem blutverschmierten Gesicht. Dem Gesicht des echten Menschen.

»Es ist okay. Ich lebe gerne in den USA. Ich fühle mich dort zu Hause.«

Ihr Lügendetektorblick war wieder in Betrieb.

»Wie lange bist du schon verheiratet?«

Er hielt das Weinglas mit der linken Hand und blickte auf seinen Ehering. »Meine Frau ist seit fünf Jahren tot.«

»Oh.« Es war ihr unangenehm, ihn so direkt gefragt zu haben.

»Ja, ich weiß, der Ring. Ich habe es nie übers Herz gebracht, ihn abzulegen.«

»Wie ist es …«

»Wie sie gestorben ist? Es war ein Autounfall. Wir waren auf einer Party. Gibsons Party. Auf dem Heimweg ist es passiert. Ich weiß nicht, wie. Auf dem Highway habe ich die Kontrolle verloren. Ich war einen Moment lang unsicher, die Lichter verschwammen. Ich bin ein wenig nachtblind, aber das war vorher nie ein ernsthaftes Problem gewesen. Und wir …« Er tat sich schwer. »Wir hatten uns gestritten, Hannah und ich. Auf der Party.«

Er trank einen Schluck, während er sich erinnerte. Worüber hatten sie sich eigentlich gestritten? Er hatte diese Erinnerung ganz weit von sich geschoben. Sie war überlagert von den Bildern des Unfalls.

»Es kam wohl alles zusammen: die Müdigkeit, die Nachtblindheit, der Streit … Ich verlor für einen kleinen Augenblick die Kontrolle und wurde panisch, riss das Lenkrad zu stark nach rechts. Das Auto rutschte von der Straße, überschlug sich ein paarmal und krachte gegen einen Baum. Daran erinnere ich mich aber nicht. Da ist bei mir nur ein schwarzes Loch. Das Nächste, woran ich mich erinnere, ist ihr blutverschmiertes Gesicht neben mir.«

Eva hatte still und mit regloser Miene zugehört.

»Hannah war sofort tot, hieß es.«

»Wurde sie …«

»Ja«, sagte er, »sie wurde immortalisiert.«

»Warum …«, sie zögerte, »… lebst du dann nicht mit ihr zusammen?«

»Ihre Eltern schotten sie vor mir ab. Für sie bin ich der Mörder ihrer Tochter. Ich wurde in ihre Todessperre integriert. All ihre Erinnerungen an mich wurden getilgt. Alles, was sie mit mir erlebt hat, unsere Beziehung, Ehe – alles ausgelöscht. Für ihren Ewigen habe ich nie existiert.«

Eva schüttelte den Kopf.

»Das tut mir sehr leid.«

Kari schwieg. Er dachte an Hannah. Wie sie auf dem Balkon stand.

»Alles, was mir von ihr geblieben ist, sind Erinnerungen. Und ihr Kater.«

Eva zögerte, dann fragte sie:

»Hättest du kein Problem damit, mit ihrem Ewigen zusammenzuleben?«

Kari sah sie an.

»Was für eine Frage. Ich wünsche mir nichts sehnlicher.«

Eva schwieg. Er kannte ihre Meinung zu den Ewigen. Wahrscheinlich schwieg sie jetzt nur aus Mitleid, dachte er. Das ärgerte ihn. Er wollte ihr Mitleid nicht. Und er wollte von ihr auch nicht als naiver Immortalisierungs-Begeisterter gesehen werden.

»Die Ewigen sind die Essenz eines Menschen«, sagte er. »Sind sie deswegen nicht auch menschlich?«

Sie nahm einen Schluck Wein und blickte nachdenklich.

»Ich stecke in diesem Zwischenraum fest, Eva«, sagte er. »Ich kann sie nicht begraben, weil sie noch da ist. Und ich kann mich nicht mit ihrer neuen Daseinsweise auseinandersetzen, weil sie mir verwehrt ist. Beides hindert mich daran, meinen Frieden zu finden. Das ist es, was mich fertigmacht.«

Sie schwiegen. Eva sah ihn lange an. Kari war in Erinnerungen versunken. Er erinnerte sich an Hannah, an Momente der Zweisamkeit. Ihre Liebe. Er war der Einzige, der sich noch daran erinnerte, das wurde ihm in diesem Moment bewusst.

»Ich muss meine Nachrichten checken«, sagte Eva und stand auf.

Er lehnte sich auf der Couch zurück und nahm einen großen Schluck Wein, der sich warm in seinem Mund und seiner Kehle anfühlte und ihm ein wenig Ruhe schenkte. Er spürte, wie angespannt er war. Er schloss die Augen, um die Gedankenjagd in seinem Kopf zu stoppen. Aber es entstanden immer neue Bilder. Gibsons Zeigefinger, der ihn aufspießte. »Wir werden die Scheiße aus dir rausklagen, Reuben Mars.« Dann Dabneys unsympathisches Gesicht. Dabneys Zeigefinger, der sich auf ihn richtete. »Wieso ich?«, hatte Kari ihn gefragt. Und Dabneys Lachen, als er ihm ins Gesicht gesagt hatte, dass er ihn eigentlich nur für ein kleines Würstchen hielt.

Ein Gefühl von Ohnmacht begann sich in Kari breitzumachen. Wo war er hineingeraten? Er war nur ein Angestellter. Sein Job war es, sich in die Leben von Toten zu versenken und zu prüfen, ob ihre Ewigen authentisch waren oder nicht. Aber wenn er so weitermachte, war er selbst bald ein Toter.

Authentisch. Was war authentisch? Er dachte an die Akte, die er zuletzt bearbeitet hatte. Den Manager, dessen Hang zur Untreue aus dem Ewigen gestrichen werden sollte. Er dachte an seine Mutter, wie sie sich morgens im Badezimmer zurechtgemacht hatte. Sie hatte immer eine kleine Ewigkeit gebraucht. Als Junge hatte er das nie verstanden, warum sie sich so aufhübschte, Unmengen Make-up auftrug und ihr Gesicht nach und nach in eine Maske verwandelte. Es war eine Prozedur, die bis ins Kleinste durchgeplant war. Am Ende kam eine Frau heraus, die nicht mehr seine Mutter war. Es war die Frau für die Öffentlichkeit. Und sie erwartete von allen anderen in der Familie das Gleiche. War seine Mutter authentisch gewesen? War er je authentisch gewesen? Oder seine Schwester Andrea? Wer war es überhaupt? Sein Job war eine Farce. Was war so schlimm daran, wenn Immortal tatsächlich Ewige manipulierte? Wenn schon die Lebenden falsch waren, warum sollten es dann nicht auch die Toten sein dürfen?

Er war als Student einmal in Paris gewesen, wie jeder anständige Amerikaner, der die Stadt zum Mekka der Alten Welt Europa verklärte. Die Reise war seine persönliche Romantikinszenierung gewesen, um sich und seiner damaligen Freundin Jessica zu beweisen, wie großartig und tief ihre Beziehung war. Jessica war die Freundin, die er vor Hannah im Studium kennengelernt hatte.

Natürlich hatte er in Paris die Friedhöfe besucht. Der Cimetière de Montmartre hatte ihm besonders gut gefallen. Anders als auf dem Forest Lawn Cemetery oder anderen Friedhöfen in den USA war es in Frankreich üblich, Fotos und persönliche Gegenstände der Toten auf das Grab zu legen: Tagebuchseiten, Haarlocken, Spielzeug, Dinge, die der Tote gebastelt hatte. Manche Gräber wirkten so intim wie die Erweiterung des Zimmers, in dem derjenige gewohnt hatte. Familien kamen mit ihren Kindern auf den Friedhof, um die Gräber der Toten zu besuchen. Kari hatte fasziniert beobachtet, wie Kinder um den Grabstein herum, auf dem das Bild ihres verstorbenen Geschwisters stand, Fangen spielten. Ein Bild, wie es Edgar Degas nicht schöner hätte einfangen können.

In Frankreich und Europa insgesamt waren die Menschen nicht im gleichen Maße von der Immortalisierung begeistert wie in den USA. Hier wurde immer noch den Toten auf dem Friedhof gehuldigt. Wie Jahrhunderte, Jahrtausende zuvor.

Natürlich hatten die Menschen ihre verstorbenen Angehörigen ebenfalls inszeniert. Natürlich zeigten die Fotos sie nicht als Alte, Kranke, sondern in der Blüte ihres Lebens. Das Bild eines Toten, der aussehen sollte wie ein Lebender. Ein Blick, der niemals enden würde. Ein Lächeln, das nie versiegte.

Die Toten auf dem Cimetière de Montmartre waren ihren Familien nicht entrissen worden. Sie waren frei. Anders Hannah. Sie war eine Gefangene mit dem grausamsten Urteil, das eine Gefangene erhalten kann: nicht lebenslänglich, sondern ewig.

War der Tod wie ein Schlaf? Vielleicht gab es ja doch ein Leben nach dem Tod? Ein »echtes« Leben. Kari war nicht gläubig, aber es war auch egal, was Christentum, Islam, Judentum oder Hinduismus diesbezüglich anzubieten hatten. Niemand wusste irgendwas. Vielleicht sahen die toten Augen von Frédéric Valot in diesem Moment auf ihn, lachten über seine ungeschickten detektivischen Untersuchungsmethoden. Vielleicht amüsierte sich der tote Lars von Trier gerade köstlich über all das Gewese um ein paar Codezeilen, die in den Hirnen von Menschen die Illusion einer toten deutschen Schauspielerin erzeugten. Und die Aufregung, die ein nerdiger Hacker mit einer affigen Präsidentenpuppen-Show verursachte. Was ging ihn das eigentlich alles an? Er wollte seine Ruhe, er wollte seinen Job machen. Er wollte mit Hannah zusammen sein.

»Er hat sich gemeldet!«, rief Eva.

Kari brauchte ein paar Augenblicke, um wieder anzukommen.

»Was?«

»Mars! Reuben Mars hat mir eine Nachricht an meinen Quantenboten geschickt.«

Kari richtete sich auf. Er spürte den Alkohol. Es war ein wattiges Gefühl, das ihn erfüllte.

»Woher willst du wissen, dass es Mars ist? Vielleicht kommt die Nachricht direkt aus Mountain View? Oder von der Polizei.«

»Sie beginnt mit: Is this the real life? Is this just fantasy? Hat ein Polizist etwa so viel Fantasie?«

»Ist das wieder eine Zeile aus einem Queen-Song?«, fragte Kari.

»Oh, Ben. Das ist ›Bohemian Rhapsody‹.«

»Muss mir das was sagen?«

»Das ist *der* Queen-Song überhaupt.«

»Schön. Was schreibt der angebliche Mars noch?«

»Er bietet ein Treffen an.«

»Ein Treffen? Wo?«

»Sagt er nicht. Aber auf jeden Fall virtuell.«

»Wieso virtuell? Warum nicht physisch?«, fragte Kari.

Sie sah ihn bestürzt an. »Also komm. Sag bloß nicht, dass du kein Verständnis dafür hast, wenn der meistgesuchte Mann der Welt nur seinen Avatar losschicken will, statt persönlich anzutanzen.«

»Das gefällt mir nicht«, sagte Kari. »Es könnte eine Falle sein.«

»Ach, Ben. Sei nicht so negativ. Was für ein Risiko gehe ich denn ein? Sollen die meinen Avatar festnehmen?«

»Immortal kann dich orten.«

»No risk, no fun. Und außerdem habe ich dich als Aufpasser dabei, falls es doch Immortal sein sollte. Komm schon, wir machen das und schnacken mit dem guten alten Reuben.«

»Schnacken?«, fragte er. Das Wort kannte er nicht.

»Plaudern. Und vergiss nicht: Wir haben einen wertvollen Hebel.«

»Ach ja? Welchen?«

Sie klappte ihren Rechner zu.

»Die Kameraaufnahmen aus dem Thermopolium. Wenn Reuben Mars tatsächlich derjenige ist, der Spuren verwischen will, haben wir ihn damit in der Hand.«

»Na, dann lass dir die Hand nicht abhacken«, sagte Kari.

Sie seufzte. »Ben. Das ist *der* Scoop. Wenn ich ihn dazu bringe, mir ein Exklusivinterview zu geben … Mein Sender würde globale Coverage bekommen!«

»Und Eva wäre der Star.« Kari stand auf und ging im Wohnzimmer herum.

»Das ist nicht der Punkt«, sagte sie. Ihre Stimme klang energisch. »Brinkmann würde mir dann endlich freie Hand lassen, meine Immortal-Recherchen weiterzuverfolgen. Vielleicht hat Mars wertvolle Beweise. Vielleicht kann ich ihn dazu bringen, mit uns zusammenzuarbeiten, statt dass er weiter Alleingänge macht, die ihm nur schaden. Man muss so was geschickt spielen. Und du willst doch auch wissen, wie es wirklich war mit Marlene Dietrich. Oder etwa nicht?«

Kari sagte nichts. Sie hatte natürlich recht, Mars war ihre beste Spur. Aber er war sich nicht sicher, ob es so klug war, ihn auf die Aufnahmen hinzuweisen.

Kari stand auf und knipste eine Stehlampe in der Zimmerecke an. Dann ging er erneut ziellos im Wohnzimmer umher.

»Warum hast du keine Bücher, Eva?«

Sie war von der Frage überrascht.

»Hey, hörst du mir überhaupt zu?«, sagte sie.

»Ja, ja, ich höre zu. Man muss so was geschickt spielen. Und ich will doch auch wissen, wie es wirklich war. Das sagtest du zuletzt.«

»Bravo. Damit hast du bewiesen, dass du zur Transferleistung eines Papageien imstande bist«, sagte sie.

»Unterschätze Papageien nicht«, sagte Kari.

»Als ob du dich mit Papageien auskennst.«

»Drei Semester Biologie. Berkeley.«

Darauf hatte sie keine spontane Antwort.

»Also, warum hast du keine Bücher?«, fragte er.

Sie seufzte. »Das erzähl ich dir ein andermal.«

Er stand nun vor der Wand mit den Fotos und betrachtete sie. Es war eine wilde Collage ihres Lebens. Auf einigen war Eva als Teenagerin und junge Frau zu sehen. Eines zeigte sie mit circa zwanzig, Rucksack auf dem Rücken; erschöpft, aber glücklich lächelte sie vor einer Bergkulisse in die Kamera – offenbar hatte sie gerade einen anstrengenden Aufstieg hinter sich. Neben ihr stand eine Frau gleichen Alters; um den Kopf hatte sie ein Tuch gebunden, aus dem lange braune Locken quollen. Karis Blick blieb auf diesem Bild haften. Irgendwie kam ihm diese Frau bekannt vor. Er hatte sie schon einmal irgendwo gesehen. Sein Gehirn suchte nach einem Namen. Aber es fiel ihm nicht ein, woher er sie kannte.

»Das ist Vanessa Guerrini«, sagte Eva. Sie hatte sich neben ihn gestellt. »Wir haben zusammen studiert. Das ist ein Foto von einer Alpenwanderung. Wir waren sehr enge Freundinnen.«

Kari war beeindruckt. Eva Lombard war eine Kommilitonin der Chefin der Thanatiker gewesen.

»Das ist ja ein Ding«, sagte er. »Habt ihr noch Kontakt?«

Eva wiegte den Kopf hin und her. »Ein wenig. Schau mal hier.« Sie zeigte auf ein Bild rechts unten.

Es zeigte eine ältere Eva mit Kameramann, vielleicht war es Mike, das konnte Kari nicht erkennen. Sie hielt einem indisch aussehenden Mann ein Mikrofon hin. Der Mann lächelte. Er sah sympathisch aus. Kari kannte ihn. Es war Deepak Prakash, einer der beiden Immortal-Chefs.

»Ja«, sagte sie und grinste. »Da war er noch nicht ganz so skrupellos wie heute.«

Kari schaute Prakash genau an. Der Seitenscheitel, die spitzen Wangen, der Schnurrbart – er hatte sich kaum verändert. Auf dem Foto hatte er ein paar Falten weniger. Dann untersuchte er Eva. Er schätzte, dass das Bild etwa zehn Jahre alt war.

»Ich habe Immortal von Anfang meiner Karriere an verfolgt«, sagte Eva. »Da war Prakash noch zugänglich. Aber jetzt redet er nicht mehr mit mir.« Sie lachte. »Ich kann es verstehen. Würde ich an seiner Stelle auch nicht tun.« Sie lachte erneut.

Auf einem Foto war sie als Kind mit einer älteren Dame zu sehen. Die Frau hatte schneeweiße Locken und sah Eva ähnlich.

Sie hatte den Arm um die kleine Eva gelegt, die ein blaues Kleid und eine weiße Bluse trug. Sie musste etwa neun Jahre alt sein, schätzte Kari.

»Ist das deine Großmutter?«

»Ja. Ati.«

Er betrachtete die Frau auf dem Bild lange. Als junge Frau musste sie eine außerordentliche Schönheit gewesen sein, das war immer noch zu erkennen. Sie wirkte warmherzig. Die kleine Eva hatte den Kopf leicht auf den Arm der Großmutter in ihrem Nacken gelegt.

Kari ließ den Blick über die anderen Bilder schweifen. Auf mehreren Fotos war Eva mit einem Mann zu sehen. Auf einem war sie mit ihm in einem Ballonkorb, beide hatten einen Helm auf. Der Ballon hob offenbar gerade ab. Eva zeigte den Daumen hoch und lachte. Auf einem anderen war sie mit ihm in Abendgarderobe zu sehen. Er hatte den Arm um sie gelegt. Der Mann sah gut aus, er erinnerte Kari an eine Mischung aus James Dean und Gary Cooper. Sein Lächeln war einnehmend.

Kari zeigte auf die Bilder, die Eva mit dem unbekannten Mann zeigten.

»Dein Freund?«

»Exfreund.« Sie sagte es in einem Ton, der ihm zu verstehen gab, dass das nicht ihr Lieblingsthema war.

Kari betrachtete die Bilder. Sie wirkten beide sehr verliebt.

»Er sieht sympathisch aus«, sagte Kari, als Eva keinerlei Anstalten machte, von sich aus mehr zu erzählen.

»Oh, sympathisch war er«, sagte sie. »Das war nicht das Problem.«

»Was war dann das Problem?«, fragte er vorsichtig.

»Er arbeitet für Immortal.«

»Oh.«

Sie blickte ihn an. »Nein, nicht ›Oh‹. So einfach ist es nicht.

Ich bin nicht so dogmatisch, dass ich jemanden deswegen nicht akzeptieren könnte. Dieser Konzern hat ihn völlig verändert. Ich habe Mark kennengelernt, kurz bevor er dort anfing. Nach sechs Jahren war er nicht mehr der Mann, den ich kannte und liebte. Das ist Immortal. Es verwandelt Menschen in Zombies. Lebende wie Tote.«

Kari betrachtete die Bilder. Er versuchte sich vorzustellen, wie Eva mit diesem Mann glücklich gewesen war. Wie sie mit ihm Zeit verbracht hatte. Es fühlte sich merkwürdig an.

»Hast du deswegen eine derartige Abneigung gegen Immortal? Wegen ihm?«

Eva schaute auf die Fotos und schwieg. Sie nahm einen Schluck von ihrem Wein. Sie wirkte in diesem Moment sehr traurig. Schon bereute er, dass er ihr diese Frage gestellt hatte.

»Gute Frage. Es wäre eigentlich unprofessionell, wenn es so wäre. Aber ich bin auch nur ein Mensch.«

Sie sah ihn an. Ihre Augen funkelten im Kerzenlicht, und er verspürte einen kurzen Stich in seinem Herzen. Sie war jetzt schwach und verletzlich. Aber sie hatte keine Angst, es zu zeigen. Das zog ihn an.

»Ich hatte Angst, den Kontakt zur Realität zu verlieren«, sagte sie nach einem Moment, während sie den Blickkontakt hielt.

Er verstand nicht.

»Du hattest mich gefragt, warum ich kein Buch besitze.«

Sie trank noch einen Schluck Wein. Dann sprach sie weiter.

»Ich habe als Jugendliche so viele Bücher gelesen, dass ich irgendwann nicht mehr in der Realität gelebt habe. Ich habe mich verkrochen. Bin geflohen.«

Kari dachte an seine eigene Kindheit. Bücher waren auch seine Faszination gewesen. Bücher und Filme. Manche Figuren in den Romanen hatte er so sehr geliebt, dass es sich, wenn das

Buch endete, für ihn anfühlte, als wären diese Personen gestorben. Obwohl sie weiter existierten, die Zeichen auf den Seiten waren schließlich noch da. Sie waren nur wieder zwischen den Buchdeckeln eingefroren worden. Er hatte sich gewünscht, sie für immer in seinem Leben zu haben. Aber ihm blieben jeweils nur die Erinnerungen an sie.

»Wovor bist du geflohen?«

Sie zuckte mit den Schultern. »Ich weiß es nicht. Vor der Langeweile? Vor dem Gewöhnlichen? Bücher haben in mir solch starke Emotionen hervorgerufen, da konnte die Realität nicht mithalten. Hast du mal Hermann Hesse gelesen?«

Er nickte und musste lächeln. Er dachte an »Siddhartha«, das Buch, das er mit dreizehn Jahren regelrecht verschlungen hatte. Kari konnte sich kaum noch an den Inhalt erinnern – aber an die Gefühle, die er dabei empfunden hatte. Es stimmte, Hermann Hesses Bücher waren auch für ihn eine sehr emotionale Sache gewesen.

»Ich war wie eine Drogenabhängige«, sagte Eva. »Süchtig nach Emotionen. Die Realität war fade. Und zu sehen, wie sie aus meiner Großmutter eine gefühllose Hülle gemacht haben, hat das Ganze verstärkt. Aber irgendwann fühlte sich das nicht mehr richtig an. Wieso sollte ich fliehen? Wovor? Weil alle anderen um mich herum Roboter waren? Sollten *sie* sich doch ändern. Mir stand auch ein Platz in der Welt zu, so wie ich war.«

Sie redete sich wieder in Rage.

»Ich nahm mir also vor, damit zu brechen. Ich nahm es mir richtig vor, wie ein Wanderziel: Ich wollte in der Realität leben. Und zwar ausschließlich in der Realität. Keine Bücher mehr.«

»Wirklich?«

»Ja. Ich habe einen ziemlich festen Willen, Ben. Wenn ich etwas will, dann erreiche ich es auch. Und ich gebe nicht so schnell auf.«

»Das glaube ich gern«, murmelte Kari.

»Genug gefragt. Das ist mein Job. Wie ist es mit dir, Ben? Was willst du eigentlich?«

Ihre grünen Augen fixierten ihn. Sie blickte neugierig und zugleich leicht belustigt. Ihm fiel auf, dass sie ziemlich nahe vor ihm stand. Ihm wurde unwohl. Aufregend unwohl.

»Ich will wissen, was los ist«, sagte er. Er verspürte auf einmal einen Fluchtimpuls, ging wieder zur Couch und ließ sich darauf fallen.

»Wann triffst du dich mit Mars?« Er gähnte. Er spürte auf einmal eine sehr starke Müdigkeit.

Sie kam ihm hinterher und setzte sich neben ihn. »Falsch, Ben. Die Frage lautet: Wann treffen *wir* uns mit Mars?«

Aber das hörte er nicht mehr. Benjamin Kari war eingeschlafen. Er träumte von Indien und einem breiten Fluss, den er überqueren musste. Da war eine Fähre. Und der Fährmann sollte ihn ans andere Ufer bringen. Kari betrat die Fähre. Als er zurückblickte, sah er Wesley Gibson am Ufer stehen. Gibson winkte.

12

Der Vorhang öffnete sich vor ihren inneren Augen und gab die Sicht auf eine fremde rote Welt frei. Über ihnen ein rosafarbener Himmel mit dünnen Wolken. Kari und Eva standen auf einer Anhöhe und blickten hinab auf eine Steinwüste. Auf dem roten Boden lagen unzählige Brocken, kleine und große, dazwischen immer wieder Krater. Er spürte in seinem Avatar einen leichten Wind über die Ebene ziehen.

Sie hatten die Einladung von Mars für das Treffen blind angenommen, ohne zu wissen, wo er ihre Avatare hinschicken würde.

Kari legte den Kopf in den Nacken und blickte nach oben. Der Himmel war atemberaubend schön. Die Sonne schien, aber der Sonnenball war kleiner, als er ihn kannte, und verschwamm in der pinken Atmosphäre.

»Wo sind wir?«, fragte er.

Eva stand neben ihm und lächelte. Plötzlich sprang sie mit einem leichten Jauchzer in die Luft. Ihr Avatar stieg zwei Meter in die Höhe auf, ein seltsamer Anblick. Dann fiel er wie in Zeitlupe zurück. Als er wieder aufkam, stob unter ihren Füßen eine kleine rote Staubwolke hoch.

»Ben, wir sind auf dem Mars!«, rief sie. »Klar, dass Reuben Mars so einen kranken Humor hat.«

Eva streckte die Arme nach beiden Seiten aus und drehte sich langsam um sich selbst.

»Ist das herrlich!«

In der Ferne sah er eine Staubhose, die langsam am Horizont vorbeizog. Ein Minisandsturm? Er fragte sich, ob das wirklich die offizielle Marssimulation war, die Immortal anhand von NASA-Daten erstellt hatte. Oder nicht etwa doch ein Taschenuniversum, das Reuben Mars gebastelt hatte und noch allerlei Überraschungen für sie bereithalten konnte. Mars hatte bewiesen, dass er Immortal hinters Licht führen konnte, dessen Mitarbeiter imstande waren, die Avatare zu ihren Menschen zurückzuverfolgen. Wie er die Präsidenten-Show abgezogen hatte, ohne entdeckt zu werden, war Kari ein Rätsel. Offenbar wusste er, wie er die Spuren seines Avatars tilgen konnte.

»Der Wahnsinn, oder?« Eva strahlte ihn an.

Er nickte.

Eva hielt die Hand über die Augen und suchte den Horizont ab. Sie streckte den Arm aus.

»Siehst du die drei Berge dort, Ben?«

Er folgte ihrem Arm und sah drei Erhebungen. Sie waren abgeflacht wie Flundern und ragten dennoch hoch auf. Rostrot leuchteten sie im Sonnenlicht.

»Das sind die Tharsis-Berge«, sagte sie. »Der rechte ist Ascraeus, der linke Arsia Mons und der in der Mitte Pavonis. Und wenn wir Glück haben …«

Sie reckte sich etwas, fand aber offenbar noch nicht das, was sie suchte. Wieder hüpfte sie in die Luft.

»Ja! Da ist er! Man kann ihn sehen.« Im Sprung zeigte sie mit dem Finger auf den Berg in der Mitte.

»Ben, spring hoch.«

Er sprang neben ihr in die Höhe. Es fühlte sich merkwürdig

an, wie ein Computerspiel. Er kam wieder auf, hatte aber nichts Besonderes erkennen können.

»Schau, da, hinter Pavonis. Siehst du?«

Kari sprang noch mal und schaute am Scheitelpunkt seines Sprungs angestrengt zu den Bergen hinüber. Er glaubte tatsächlich, die Umrisse von etwas Gewaltigem zu sehen. Ein riesiger Berg, der hinter Pavonis aufragte. Viel größer, viel breiter.

»Hast du ihn gesehen?«, fragte sie ihn.

»Ja.«

»Das ist Olympus Mons!«

»Er muss riesig sein.«

»Das kannst du laut sagen. Er ist dreimal so groß wie der Everest!«

Kari musste an den Olymp in seiner Firma denken, dieser idiotische Name, den die Fidelity-Mitarbeiter der Chefetage des Aeon Center verpasst hatten. Dass ihm ausgerechnet das jetzt in den Sinn kommen musste. Dabney und seine Leute hatten rein gar nichts mit der majestätischen Naturerscheinung hier auf dem Mars zu tun.

»Wir müssen am westlichen Ende des Valles Marineris sein«, sagte Eva.

»Wieso kennst du dich auf dem Mars so gut aus?«, fragte Kari.

Sie lachte. »Nun, es ist nicht so, dass ich hier regelmäßig meine Mittagspause verbringe. Aber ich war öfter mal mit meinem Vater hier. Er war völlig besessen vom Mars und hat ihn mit Sonden vollständig kartiert. Dad hat mir einiges gezeigt. Komm, wir gehen ein Stück.«

»Was ist mit Mars?«

Sie winkte ab. »Ach, das hat Zeit. Schalt die Siebenmeilenstiefel an, es ist ein Stück weg.«

Die Avatar-Booster, auch Siebenmeilenstiefel genannt, erlaubten es, größere Distanzen in der Mischrealität schneller zurückzulegen. Man konnte sie aber nur in abgelegenen Gegenden aktivieren. Sie sparten enorm viel Zeit.

Aufgrund der geringeren Schwerkraft hopsten sie über die rote Steinwüste wie gedopte Kaninchen. Einmal in der Luft, konnte man nicht mehr abbremsen, was Karis ganze Aufmerksamkeit erforderte. Nach ein paar Minuten näherten sie sich einer Canyonlandschaft.

Etwa hundert Meter davor stoppte Eva und wartete, bis Kari neben ihr angekommen war – was ihm nicht ganz gelang. Er hüpfte etwa zehn Meter zu weit, deaktivierte den Booster und ging in normalen Schritten zu ihr zurück. Es war ihm etwas peinlich, dass er nicht so geschickt war wie sie.

Sie grinste ihn an, als er schließlich neben ihr stand. »Gewöhnungsbedürftig, oder?«

Er nickte.

»Da sind wir. Valles Marineris«, sagte sie. Sie drehte sich um und ging in normalen Schritten auf den Abgrund zu. Kari folgte ihr.

Als er an der Kante ankam, wagte er einen Blick hinunter. Der Hang fiel steil ab, mehrere Kilometer senkrecht in die Tiefe. Die Weite zog an Kari wie eine unsichtbare Hand. Die Tiefe wurde in Karis Kopf zu einem Tunnel, der ihn einzusaugen schien. Sein Atem setzte für einen Moment aus, ihm wurde schwindelig. Er wich erschrocken zurück.

Er beobachtete mit Unbehagen Eva, die sich über den Abgrund nach vorne beugte. Er wusste, dass es nur ihre Avatare waren, die hier standen, während ihre echten Körper sicher auf einer Couch in Berlin-Friedrichshain saßen. Aber dennoch konnte er dieses körperliche Gefühl der Gefahr nicht abwehren.

Jetzt erst sah Kari, dass sich ein gewaltiges Netz aus Schluchten vor ihnen erstreckte, jede von ihnen Hunderte Meter breit.

Bis an den Horizont verliefen die Canyons ineinander, auseinander, kreuz und quer. Ein atemberaubendes Naturkunstwerk, eine Landschaft, wie sie Kari noch niemals zuvor gesehen hatte. Der Grand Canyon war ein Witz dagegen.

Eva machte eine ausladende Bewegung mit dem Arm. »Darf ich vorstellen: Noctis Labyrinthus, das Labyrinth der Nacht.«

Kari tastete sich erneut an den Abgrund heran und reckte zentimeterweise den Kopf nach vorne. Er konnte den Boden sehen. Er schien unendlich weit entfernt.

»Wie tief ist es?«, fragte er.

»Etwa fünf Kilometer.«

Er reckte den Kopf noch etwas weiter vor. Sein echter Körper verkrampfte sich auf der Couch.

»Ging mir auch so beim ersten Mal, Ben«, sagte Eva. »Das hier ist noch nicht mal das Schlimmste. An seiner tiefsten Stelle ist das Valles Marineris bis zu sieben Kilometer tief.«

Evas Avatar warf ihm einen prüfenden Seitenblick zu. »Hast du Höhenangst?«

Kari erwiderte ihren Blick nicht. Er wollte vor ihr nicht als Feigling dastehen. Sie waren schließlich nur virtuell anwesend. Und doch konnte dieses Wissen sein Gehirn nicht überzeugen. Was er sah, wirkte absolut real.

Kari überging ihre Frage. »Wie ist dieser Canyon entstanden?«, wollte er wissen.

»Das weiß man nicht genau. Wahrscheinlich durch gewaltige Beben. Dank denen da drüben.« Sie machte eine Kopfbewegung über ihre linke Schulter in Richtung der Tharsis-Berge.

»Wie können Berge Beben auslösen?«

»Es sind Vulkane. Allerdings längst erloschene.«

Sie blickten eine Weile still in das Labyrinth der Nacht. Die Strukturen waren in ihren Dimensionen schwer zu erfassen. Ihr Anblick versetzte ihn fast in eine Art Trance.

»Ich liebe diese Landschaft«, sagte Eva. »Sie macht einen so ehrfürchtig. So ruhig.«

»Hat dein Vater dir das Valles gezeigt?«, fragte er.

Sie nickte. »Ja. Es war sein Lieblingsort auf dem Mars. Wobei – es kommt drauf an, wo man ist. Es ist riesig, so breit wie ganz Amerika. Aber er kannte natürlich die besten Stellen.«

Sie wandte sich ihm zu. Das Grün der Augen ihres Avatars war noch stärker als das ihrer echten. Oder war es der Kontrast zu der allgegenwärtigen Röte dieses Planeten?

»Es war sein größter Traum, einmal wirklich auf dem Mars zu stehen«, sagte sie.

Eine Stimme hinter ihnen erklang:

»What is this thing that builds our dreams, yet slips away from us?«

Sie fuhren herum. Vor ihnen stand Reuben Mars' Avatar. Er sah genauso aus, wie er im Haus von Marlene Dietrich ausgesehen hatte. Nur trug er dieses Mal ein schwarzes T-Shirt mit einem weißen brennenden Zeppelin darauf. Er lächelte schwach.

»Du hörst also auch gerne Queen, Eva.«

Mars' Augen wandten sich Kari zu. Einen langen Moment ruhten sie auf ihm, zuerst auf seinem Gesicht, bevor sie über seinen Körper wanderten. Kari fand es unangenehm, wie Mars ihn regelrecht abscannte.

»Und Benjamin Kari«, sagte Mars. »Endlich lernen wir uns persönlich kennen.«

Kari war verunsichert. Mars verhielt sich, als ob er ihn kannte. Woher? »Ben und ich arbeiten zusammen«, sagte Eva.

Mars nickte. »Dachte ich mir.«

Dann faltete er die Hände, drehte sich um und ging los, am Abgrund des Canyons entlang. »Also. Was habt ihr für mich?«

Kari und Eva blickten sich verwundert an, dann folgten sie ihm.

»Ich würde Sie gerne interviewen«, sagte Eva. Sie hatte Mühe, mit ihm Schritt zu halten. Kari bemerkte eine leichte Gereiztheit in ihrer Stimme. Es ärgerte sie bestimmt, dass Mars sie von oben herab behandelte. »Die Leute wollen wissen, was Sie eigentlich wollen.«

»Es ist alles gesagt«, sagte Reuben Mars, ohne sich umzudrehen. »Immortal ist korrupt und manipuliert Ewige. Das habe ich der Welt gezeigt. Ich brauche keine Reporter.«

»Sie haben der Welt lediglich gezeigt, dass *Sie* Ewige manipulieren können«, sagte Kari.

Reuben Mars fuhr herum und blickte ihn böse an. Er bohrte seinen Zeigefinger in Karis Gesicht.

»Vorsicht, Fidelity-Sklave.«

Kari ließ seinen Avatar dicht vor Reuben Mars zum Stehen kommen. Ihre Gesichter waren nur noch Zentimeter voneinander entfernt. Albern, dass man selbst im virtuellen Raum an solch archaischen Ritualen festhält, dachte Kari. Aber sie funktionierten.

»Du weißt nicht, mit wem du es zu tun hast«, sagte Mars.

»Ich glaube schon. Mit einem feigen Mörder.«

Mars' Augen zuckten. Sowohl seine Mikro- als auch seine normale Mimik zeigten Überraschung.

»Was?«

»Sie haben den Kellner umgebracht«, sagte Kari. »Und Lars von Trier. Außerdem haben Sie mein Zimmer in ein Schlachtfeld verwandelt.«

Mars kniff die Augen zusammen. Dann blickte er zu Eva.

»Ich glaube, dein Freund hier ist etwas verwirrt. Vielleicht hat er einen Marskoller erlitten.«

Eva musterte ihn ausdruckslos.

»Stecken Sie dahinter, Reuben?«, fragte sie.

Mars blickte sie verständnislos an.

»Wohinter?«

»Haben Sie den Kellner umgebracht?«

Eva hatte ihren Lügendetektorblick aufgesetzt.

Mars war wütend. Aber er klang auch verwirrt, als er sagte: »Welchen Kellner?«

Kari betrachtete ihn genau. Mars' Mimik zeigte Wut. Sie wirkte echt.

»Sie waren im Haus von Marlene Dietrich, nachdem sie verschwand«, sagte Kari. »Dort haben Sie irgendwas gesucht. Dann stirbt der Kellner, der Marlene Dietrich bedient hat, als sie sich vor ein paar Tagen mit einem unbekannten Avatar getroffen hat. Dann hat Lars von Trier einen ›Herzinfarkt‹. Ausgerechnet der Mann, der mit ihr einen Film drehen wollte, in dem sich Marlene Dietrichs Ewiger umbringt. Und der bestätigen kann, dass die Todessperre ihres Ewigen offensichtlich außer Kraft gesetzt war.«

Karis Stimme war immer lauter geworden. Er war wütend darüber, dass sie hier waren und sich von diesem Nerd vorführen ließen. Von einem Typen, der sich einfach nur wichtigmachen wollte.

»Und dann zerlegen Sie noch mein Hotelzimmer. Blöd, dass der Chip nicht zu finden war, was? Und ich auch nicht. Hätten Sie mich auch gleich erledigt? Mir den Tracker rausgerissen? So wie Valot?«

Mars starrte ihn an. Dann schüttelte er den Kopf.

»Kari, ich weiß, dass du viel durchgemacht hast. Vielleicht machst du mal Urlaub?«

Kannte Mars seine Vergangenheit? Wusste er von Hannah?

»Was haben Sie in Marlene Dietrichs Zimmer gemacht, Reuben?«, fragte Eva.

Reuben Mars sah ihr in die Augen.

»Ich habe nach Spuren gesucht, die belegen, dass Immortal Marlene Dietrich getötet hat.«

»Warum sollte Immortal einen Ewigen töten?«

»Weil ich mit ihm experimentiert habe. Dann wurde er ihnen unbequem.«

»Haben Sie Marlene Dietrichs Todessperre außer Kraft gesetzt?«, fragte Kari.

Er grinste. »Unter anderem.«

»Was haben Sie noch mit ihr gemacht?«, fragte Kari.

»Kein Kommentar«, sagte Mars.

»Was ist mit den Politiker-Ewigen?«, fragte Eva. »Was macht Immortal mit denen?«

»Sie manipulieren sie. Sie verändern ihre Codes, machen sie stromlinienförmig, damit sie nicht gegen die Interessen der Firma handeln. Wundert es Sie nicht, dass seit dem ersten virtuellen US-Präsidenten, Ronald Reagan, seit mehr als zwanzig Jahren kein US-Präsident irgendetwas gesagt oder getan hat, das gegen die Interessen von Immortal gerichtet war?«

Eva und Kari sahen sich an.

»Können Sie das belegen?«, fragte Eva.

»Ich habe die Daten der Präsidenten. Sie sind modifiziert, das kann man sehen.«

»Das ist völlig unmöglich«, sagte Kari. »An die kommt niemand ran.«

»Hey«, sagte Mars und hob die Hände. »Ich war im Lab.«

»Und?«

Er seufzte.

»Sie haben echt keine Ahnung, Kari. Im Lab hatten wir Zugriff auf die Ewigen-Daten. Zumindest zeitweise. Ich habe mir Kopien der Präsidenten gezogen.«

»Sie haben was?«, fragte Kari.

Mars sah ihn belustigt an.

»Ich dachte damals, dass ich die irgendwann brauchen könnte. Als eine Art Absicherung. War dann auch so. Ich habe noch andere Politiker kopiert. Schmidt, Kohl, Mitterrand, Thatcher, Berlusconi. Und die Chinesen natürlich.«

Kari schüttelte den Kopf. Er war fassungslos. Dieser Typ war das Allerletzte.

»Sie haben damit die Kopien der Präsidenten angefertigt?«

»Exakt.«

»Und woher kam Obamas Ewiger?«

»Das war simpel. Lebenstracker anzapfen und dann den Immortal-Assembler drüber laufen lassen. Fertig ist der Ewige.«

»Sie haben einfach mal eben so aus den Rohdaten eines Trackers einen neuen Ewigen programmiert?«, fragte Kari.

Mars zuckte mit den Schultern. »Und? Jeder könnte das. Und jeder sollte das. Es ist eine Sauerei, was Immortal sich dafür bezahlen lässt.«

Kari sah Eva wortlos an.

»Was haben Sie im Lab gemacht?«, fragte Eva.

Mars ging an den Abgrund der Schlucht und blickte hinunter.

»Ganz schön tief, was?«

Er sah sie beide an.

»Lust auf ein bisschen Action?«, sagte er. Dann machte Mars einen Schritt nach vorne.

Eva stieß einen Schrei aus, als sein Avatar in die Schlucht fiel. Sie hasteten an den Rand des Abgrunds und sahen, wie Reuben Mars ins rote Nichts stürzte. Wegen der geringeren Mars-Schwerkraft fiel er langsamer als auf der Erde. Bei dem Anblick drehte sich Kari der Magen um.

Der Avatar wurde immer kleiner. Nach ein paar Sekunden war er nur noch ein Punkt, den sie kaum erkennen konnten.

»Scheiße«, sagte Eva.

»Was machen wir jetzt?«, fragte Kari.

»Wir müssen hinterher.«

»Wie bitte?«

Er schaute sie an, als wäre sie nicht ganz bei Trost.

»Du willst, dass ich runterspringe? Das ist nicht dein Ernst.«

»Ben. Das ist kein echter Abgrund. Wir sitzen zu Hause auf meiner Couch. Es wird nichts passieren.«

Er schüttelte den Kopf. »Das kann ich nicht. Auch wenn es nur virtuell ist.«

»Ben.«

Er fühlte ihre Hand auf seiner. Warm. Angenehm. Sie berührte ihn – wirklich.

»Ganz ruhig«, sagte sie.

Er schüttelte den Kopf. »Selbst wenn wir springen, Immortal wird unsere Avatare zurücksetzen«, sagte er.

Wenn ein Avatar in eine tödliche Situation geriet, wurde die Simulation beendet und der Avatar wieder an den Ausgangspunkt transferiert.

»Glaube ich nicht«, sagte Eva. »Er ist auch gesprungen. Ich glaube, er hat die Regeln modifiziert.«

Kari verkrampfte sich. Er spürte ihre Hand auf seiner.

»Ich bin bei dir, Ben. Wir springen zusammen. Komm, auf drei.«

Sie führte ihn an den Abgrund heran.

»Eins.«

Er zitterte und fühlte, wie ihm gleichzeitig heiß und kalt wurde.

»Zwei.«

Er sah geradeaus. Sah in die Weite, über diese großartige Canyonlandschaft hinweg. Auf ihrer Couch in Berlin atmete er tief ein. In seinem Hirn schoss alles durcheinander. Adrenalingepeitschte, halbfertige Gedanken. Hannahs Gesicht. Lars von Triers Gesicht. Ein Bild, das ihm vertraut vorkam, eine Flussfähre, altmodisch, aus Holzstämmen gezimmert. Ein Fährmann mit einem langen Stock stand darauf. Es stammte aus seinem

Traum von letzter Nacht. Er war auf die Fähre gegangen, und sie hatte abgelegt. Sie hatte ihn über den Fluss gebracht.

»Drei.«

Sein Avatar schloss die Augen. Sein echter Körper drückte fest Evas Hand. Kari sprang.

13

Kurz darauf öffnete er die Augen wieder. Virtuelle Realität war in erster Linie eine Überlistung des visuellen Sinns. Aber bei stark körperlich geprägten Erlebnissen wie einem freien Fall gelangte die Illusion an ihre Grenzen, denn die restlichen Eindrücke fehlten. Seine Eingeweide wollten die Schwerkraft spüren, aber sie war nicht da, es zog nicht an seinem Magen und Darm wie bei einem echten Fall. Er spürte keinen Luftzug. Es war eine lautlose, gewissermaßen klinische Fahrt nach unten. Ein bisschen wie in einem Aufzug.

Das, was seine Augen sahen, war jedoch nach wie vor beängstigend. Die Wände der riesigen Schlucht, in die er stürzte, wirkten echt. Und sie rauschten rasend schnell an ihm vorbei. Reflexartig breitete er die Arme aus, in der instinktiven Hoffnung, durch den Luftwiderstand, den es nicht gab, eine Bremswirkung zu erzeugen. Kari sah nach unten und bemerkte, dass er auch mit den Beinen strampelte. Glaubte er, hochschwimmen zu können? Wie absurd.

Sein Gehirn hatte Schwierigkeiten, die schnellen visuellen Eindrücke mit dem fehlenden Sog an seinem Körper zu vereinbaren.

Kari blickte zur Seite. Eva grinste ihn an. Sie genoss den Fall. Auch sie hatte die Arme und Beine von sich gestreckt, ruderte wild mit den Armen und stieß einen Freudenschrei aus. Er hallte in der Schlucht wider.

Er sah den Boden näher kommen. Wie lange fielen sie schon? Zehn Sekunden? Fünfzehn? Er konnte die Zeit kaum schätzen.

Er blickte nach unten. Jetzt sah er etwas Neues. Vor dem roten Boden, der immer näher rückte, bildete sich etwas ab.

Sie sah es auch. Beide starrten nach unten und beobachteten, wie der Fleck größer wurde. Dann erkannte er, was es war. Reuben Mars. Er schoss offenbar wieder nach oben.

In diesem Moment flog Mars an ihnen vorbei wie eine Rakete im Steigflug. Er lachte laut. Die Arme hatte er nach oben hin ausgestreckt wie ein Schwimmer vor dem Eintauchen.

»Jippiiiiiiiieeeeeeh!«

Sein Schrei hallte lange und laut durch die Schlucht. Die simulierten Schallwellen flogen mit einem ziemlich überzeugenden Dopplereffekt an ihnen vorbei.

Er reckte den Kopf nach oben und sah Mars hinterher, der sich schnell von ihnen entfernte. Kari schaute wieder zu Eva hinüber. Sie schien sich ebenfalls zu fragen, wie er das geschafft hatte. Besaß sein Avatar ein verstecktes Raketenpack? Sie hatten nichts dergleichen an ihm gesehen.

Der Boden rückte näher. Angst durchströmte ihn. Nur noch wenige Momente bis zum Aufprall. Er presste die Augen zu und biss die Zähne zusammen – seine echten Zähne.

Aber es kam kein Aufprall.

Sie bremsten schlagartig ab – als würden sie eintauchen, nicht wie in Wasser, sondern in einen Bottich voll dickflüssigem Schleim. Er riss die Augen auf. Der Boden war verzerrt, wie ein riesiges eingedelltes Trampolin, und sie befanden sich mitten darin. Im Punkt der maximalen Ausdehnung hielten sie für einen Moment an. Dann fuhren sie langsam wieder nach oben. Dann war es vorbei.

Sie standen am Boden der Schlucht.

Eine Stimme rief von weit entfernt. Es war Mars. Das Echo hallte dutzendfach von den Canyonwänden wider.

»Hey, was ist los mit euch?«, brüllte er zu ihnen herunter.

Lachen. Dutzende Echolachen.

Nun war es klar – das hier war nicht die offizielle Mars-Simulation. Mars hatte die Gesetze verändert. Es war seine private Show.

Ein Blitz der Sorge durchzuckte Kari. Würden sie wieder rauskommen? Er musste sichergehen.

»Eva!«

Sie schaute zu ihm. Ihre Miene sah besorgt aus.

»Lass uns aus der Simulation gleiten. Ich will wissen, dass wir das hier jederzeit beenden können.«

Sie blickte ihn verständnislos an.

»Warum sollten wir das nicht können?«

»Ich will auf Nummer sicher gehen«, sagte er. »Bist du bereit?«

Sie seufzte. »Okay.«

»Ich gehe raus«, rief er. »Und ... jetzt.«

Er schlug die Augen auf und sah die Schatten der Jalousien schräg über die Fotowand von Evas Wohnzimmer ziehen. Die Sommersonne war doch noch über Berlin rausgekommen, obwohl der Tag trübe und regnerisch begonnen hatte.

Kari sah auf die Uhr. Sie waren etwa zwanzig Minuten in der VR gewesen. Er hörte die Geräusche der anfahrenden Straßenbahn, das Quietschen der Gleise.

Eva hatte die Augen noch geschlossen. Er betrachtete sie. Wie friedlich sie aussah. Ihre Hände lagen in ihrem Schoß, die Handflächen wiesen zueinander. Sie sah aus, als meditierte sie.

Ihre Lider begannen zu zucken. Sie schlug die Augen auf,

dann wieder fest zu, bevor sie mehrmals blinzelte und sie schließlich endgültig öffnete. Sie lächelte.

»Bist du zufrieden, Ben? Können wir wieder reingehen?«

»Gleich. Ich muss mal tief durchatmen.«

Sein Körper war noch voller Stresshormone. Karis Höhenangst war über die Jahre schlimmer geworden. Als Kind und Jugendlicher hatte er überhaupt keine Probleme damit gehabt, er war auf Bäume geklettert wie alle anderen auch, hatte mit seinen Freunden nachts heimlich Baustellen erkundet und war in Bauruinen herumgesprungen. Er hatte sogar einmal in den Ferien bei einer Baufirma gejobbt, die ihn auf Gerüste geschickt hatte. Doch dann war es irgendwann vorbei gewesen mit der Leichtigkeit – und die Angst war stetig gewachsen.

Er holte tief Luft. Dann atmete er langsam aus. Eva beobachtete ihn dabei.

»Möchtest du was trinken?«

Er schüttelte den Kopf. »Geht schon.«

Er nahm noch ein paar tiefe, langsame Atemzüge und setzte sich bequem hin. »Okay. Auf geht's.«

Er aktivierte den Gedankenbefehl für den Avatar und glitt wieder in die VR.

Die Canyonwand tauchte vor seinem Auge auf. Er fiel. Verdammt, was war los? Warum war der Avatar nicht resetted worden? Verwirrt schaute er sich um. Evas Avatar war neben ihm. Sie fiel auch. Und sie waren wieder fast am Boden der Schlucht angekommen.

Sie kamen auf, und wieder bremste das unsichtbare Bodentrampolin ihren Fall binnen Millisekunden, indem es sich spannte wie ein riesiger Gummibogen. Dann standen sie erneut am Boden der Schlucht.

Offenbar hatte Mars die Reset-Routine außer Kraft gesetzt – oder sie so modifiziert, dass sie noch mal gefallen waren.

Kari blickte nach oben und versuchte, Reubens Avatar auszumachen. Nichts.

In Ordnung, das war ihm eindeutig zu heikel. Ihm gefiel nicht, was für ein Spielchen Reuben Mars mit ihnen veranstaltete. Für ihn war das Treffen beendet.

In diesem Moment fiel Reuben Mars' Avatar neben ihnen herunter. Sie beobachteten, wie der bizarre Gummiboden seinen Fall stoppte. Dann stand sein Avatar völlig regungslos neben ihnen. Sein Blick war leer.

»Er ist ausgeglitten!«, rief Kari.

Reuben Mars hatte die Simulation verlassen und sie alleine zurückgelassen.

»Sofort raus hier!«, schrie Kari.

Er gab den Exit-Befehl. Es geschah … nichts.

Eva riss die Augen auf.

»Es geht nicht!«, schrie sie. »Ich komme nicht raus!«

Sie waren auf dem Mars gefangen.

Die Minuten verrannen. Eva hatte sich auf den Marsboden gesetzt. Kari lief vor ihr auf und ab. Reubens Avatar stand neben ihnen wie eine Salzsäule. Der Hacker hatte ihn verlassen. Kari versuchte sich vorzustellen, was Mars nun in der Realität tat. Vielleicht amüsierte er sich soeben köstlich dabei, sie in der VR zu beobachten. Vielleicht stieg er aber auch genau in diesem Moment in ein Flugzeug nach Berlin. Kari zweifelte nicht daran, dass jemand wie Reuben Mars über Mittel und Wege verfügte, den Standort ihrer Körper aufzuspüren. Vielleicht stand er schon bald vor ihren beiden reglosen Körpern auf der Couch im Wohnzimmer und blies seinen Atem in ihre Gesichter, in der Hand ein großes Messer, mit dem er ihre Hälse aufschlitzen würde. Oder besser: erst ihre Handgelenke, wie er es bei Frédéric Valot getan hatte. Um ihre Lebenstracker herauszuschneiden –

beziehungsweise Karis, da Eva ja keinen besaß. Danach würde langsam das Blut aus ihren Körpern fließen. Und schließlich auch aus ihren Avataren – zumindest solange ihre biologischen Körper lebten.

Das jedenfalls war, was Kari sich vorstellte. Er hatte keine Ahnung, ob es möglich war, jemanden während einer Avatar-Session umzubringen. Er hatte noch nie davon gehört, dass jemand in der VR eingeschlossen war. Würden die Überlebensreflexe nicht so stark sein, dass sie die NeurImplant-induzierte Illusion im Gehirn stoppten? Er war kein Experte. Er konnte nur wild spekulieren. Aber das brachte sie jetzt auch nicht weiter.

Sie waren Mars in die Falle gegangen. Kari verfluchte sich, dass er dem Rendezvous so leichtfertig zugestimmt hatte.

Eva saß still im Schneidersitz auf dem Boden und starrte vor sich hin.

»Ben«, sagte sie.

»Was?«

»Könntest du mit diesem Herumrennen aufhören? Das macht mich wahnsinnig.«

Er lief weiter.

»Ben!«

Kari blieb stehen. Er war wütend. Er hasste diese Hilflosigkeit, dieses Ausgeliefertsein. Aber er entschloss sich, ihr nichts von seinen Befürchtungen zu erzählen. Was brächte es, sie auch noch zu beunruhigen?

Im Moment konnten sie ohnehin nichts unternehmen. Er seufzte und setzte sich neben sie. Dann legte er sich hin, verschränkte die Arme unter dem Kopf und blickte in den lachsfarbenen Marshimmel.

Sie sah ihn an und schüttelte den Kopf. »Du siehst aus, als würdest du es dir an einem Swimmingpool gemütlich machen.«

Er trieb die Posse weiter und legte das rechte Bein auf dem

linken ab, als würde er sich entspannen und nicht gerade aus Teilen seines Gehirns und der Realität ausgesperrt sein.

Sie lachte. Er beneidete sie darum, dass sie unter diesen Umständen so locker bleiben konnte.

»Ben?«

»Ja?«

»Kann ich dich was fragen?«

»Nur zu.«

»Warum bist du eigentlich Versicherungsagent geworden?«

Er musste lachen, weil sie seine Frage von gestern Abend spiegelte.

»Das passt irgendwie nicht zu dir.«

Er überlegte, während er die feinen Marswolken beobachtete.

»Habe ich mich ehrlich gesagt auch schon oft gefragt, wie das alles kam.«

»Na, das klingt ja sehr überzeugt.«

»Mich faszinieren die Leben der Menschen, die ich zertifiziere. Jede Akte ist wie ein Buch.«

»Aha.«

»Da ist die Kindergärtnerin Mrs. Bramfield, die früh verstorben ist, mit nur vierunddreißig Jahren. Sie arbeitet weiter. Ihre zwei Jungen und ihr Mann sind heilfroh, dass sie immortalisiert ist. Gut, sie haben eine Paartherapie begonnen, bei einem Psychologen, der sich auf real-virtuelle Beziehungen spezialisiert hat, aber es ist auch nicht ganz einfach, mit einem Ewigen den Familienalltag wie gewohnt weiterzuführen.«

»Wem sagst du das …«

»Oder Mr. Price. Maler. Wurde von einem Dieb erstochen. Mitten auf der Straße. Jetzt lebt er neben seinen Gemälden weiter. Malen kann er natürlich nicht mehr. Aber er kann andere anleiten. Und das sind die Normalos. Ich zertifiziere Hollywooddiven und Regisseure.«

»Und das begeistert dich? In die Leben von Toten zu schauen?«

Er blickte zu ihr hinüber. Sie schaute skeptisch.

»Ja, das begeistert mich.«

Er klang fast etwas beleidigt.

»Man bekommt durchaus intime Einblicke in die Leben der Menschen. Bücher und Filme haben mich auch immer fasziniert, von daher kann ich es auch gut nachempfinden, was du über deine Flucht in die Buchwelten erzählt hast. Aber in meinem Job geht es um reale Personen und nicht um fiktive Charaktere.«

Eva schaute nachdenklich in die Weiten des Noctis Labyrinthus. Sie überlegte einen Moment, bevor sie antwortete.

»Ich weiß nicht, Ben. Es sind die Leben von Toten. Und nach der Immortalisierung sind es sehr wohl fiktive Personen. Glaubst du wirklich, dass ein Ewiger den realen Menschen abbilden kann?«

Kari dachte an Hannah. Ihr Ewiger war alles, was von der echten Hannah geblieben war. Er dachte an Marlene Dietrich und ihre vielschichtige Persönlichkeit. Sie hatte sich schon zu Lebzeiten als mondäne Diva neu erfunden. Wer die reale Marlene Dietrich gewesen war, wusste niemand. Auch er nicht, trotz all der Gutachten und Analysen, die Paramount hatte anfertigen lassen und die er bei ihrer Zertifizierung studiert hatte. Er hatte eigentlich nur ihr öffentliches Image zertifizieren können, mehr nicht.

Kari dachte an den Wirtschaftsboss, dessen Untreue aus seiner Persönlichkeit auf Wunsch seiner Firma entfernt werden sollte. Kari dachte an all die anderen kleinen virtuellen Schönheitsoperationen. Authentizität war relativ, schon zu Lebzeiten. Solcher Kleinkram war nicht wesentlich. Was zählte, war die Essenz.

»Es ist mein Job, dafür zu sorgen, dass er das tut.«

»Wir haben doch gerade von Reuben Mars gehört, dass die Ewigen verändert werden.«

»Du glaubst diesem Typen?«, fragte Kari.

Sie hob die Hände in einer Geste der Verzweiflung.

»Ich gebe zu, im Moment wirkt er nicht besonders vertrauenswürdig. Aber dass Immortal sauber ist, glaube ich auch nicht.«

Sie seufzte und schlug mit den Händen auf ihre Oberschenkel. »Jedenfalls ist es ein wenig voyeuristisch, was du da machst.«

Hannah hatte ihm das auch immer vorgeworfen. »Nekro-Spanner« hatte sie ihn genannt. Das war zwar im Spaß gewesen, aber sie hatte es schon auch ein wenig ernst gemeint, da war er sich sicher.

Kari antwortete, wie er Hannah geantwortet hatte:

»Ich glaube nicht, dass ich mehr Voyeur bin als andere. Mich interessiert einfach das Leben der Menschen.«

»Falsch. Dich interessiert das Leben der Toten.«

Er lächelte.

»Erstaunlich. Genau das hat Hannah auch gesagt.«

Eva erwiderte darauf nichts. Aus Pietät, wie er vermutete.

»Vielleicht hast du recht«, sagte er. »Ich bin schon als Kind gerne auf Friedhöfe gegangen. Möglicherweise habe ich eine nekrophile Ader.«

Jetzt war Eva verblüfft.

»Ernsthaft?«

Er nickte. »Das findest du jetzt komisch, oder?«

Sie wiegte den Kopf von der einen zur anderen Seite.

»Na ja, sagen wir … es ist ungewöhnlich. Vor allem für ein Kind.«

In diesem Moment begann sich Reuben Mars' Avatar wieder zu bewegen. Eva erschrak und sprang auf.

Mars hob die Hand wie zum Gruß. »Na?«, sagte er und grinste.

Kari wusste nicht, ob er auf der Stelle losbrüllen sollte. Eva kam ihm zuvor.

»Okay, Mars. Was sollte das?«

Er faltete die Hände wie ein Staatsmann.

»Ich musste mich absichern. Hätte ja sein können, dass ihr nicht die seid, die ihr zu sein vorgebt.«

»Wie bitte?«, fragte Eva.

»Schon mal was von Avatar-Drohnen gehört?«

»Nein.«

Er seufzte. »Anfänger. Ich musste checken, ob ihr keine Sender eingeschleust habt. Vor allem wegen ihm.« Er nickte knapp zu Kari hinüber.

»Wie haben Sie unseren Log-out blockiert?«, fragte Kari.

»Ben, bitte. Ich kann Ihnen nicht alle meine Tricks verraten. Vor allem nicht die besten. Wo waren wir?«

»Sie haben von Immortals Manipulationen an den Ewigen erzählt«, sagte Eva. Sie klang genervt.

»Hey, Eva. Nicht so unfreundlich. Wir lernen uns schließlich gerade kennen. Verhält man sich da so?«

Sie ignorierte seine Bemerkung.

»Haben Sie Beweise? Oder war Ihre Puppenshow alles, was Sie zu bieten haben?«, fragte Eva.

»Puppenshow?«

Seine Miene verfinsterte sich. Sie hatte ihn in seinem Stolz getroffen.

»Ich habe Beweise«, sagte er.

»Zeigen Sie sie uns«, sagte Eva.

Kari beobachtete Eva und Mars. Er war beeindruckt von ihrer direkten und zielsicheren Art. Sie hatte Erfahrung mit eitlen Persönlichkeiten, wusste genau, wie sie sie dahin bekam, wo sie sie haben wollte.

Reuben Mars hob den rechten Zeigefinger und ließ ihn wie ein Metronom ein paar Mal hin und her wackeln.

»Ah, ah, ah, Eva. Nicht so hastig. Was bekommt der gute alte Reuben dafür?«

»Glaubwürdigkeit.«

»Und um glaubwürdig zu sein, brauche ich die Presse?« Er bellte ein Lachen. »Das ist wirklich lustig!«

»Okay, Mars. Das reicht jetzt«, sagte Kari. »Dann lassen Sie's. Sie sind sowieso bald am Ende.«

Eva warf ihm einen Blick zu, der nur eine Botschaft beinhaltete: Halt die Klappe.

Reuben Mars zuckte mit den Schultern.

»Okay, war schön, euch kennenzulernen.«

Er wirkte für einen Moment abwesend; wahrscheinlich traf der echte Reuben Mars gerade irgendwelche Maßnahmen, um die Simulation zu beenden.

Dann tauchte ein Portal auf. Etwa fünf Meter von ihnen entfernt.

»Da kommt ihr raus«, sagte Mars. »Ciao.« Er drehte sich um und wollte gehen.

»Warten Sie!«, rief Eva.

Mars blieb stehen und blickte sie an, belustigt.

»Wir haben etwas, das für Sie interessant sein könnte.«

Kari warf Eva einen strengen Blick zu, den sie ignorierte. Sie tat es also wirklich.

»Es ist eine Videoaufnahme von Marlene Dietrichs Ewigem.«

Mars lachte. »Okay, Eva. Netter Versuch. Ich muss los.« Er drehte sich wieder um und ging auf das Portal zu.

Ihre Stimme wurde lauter. »Die Aufnahme zeigt, wie Marlene Dietrichs Ewiger leuchtet.«

»Laaangweilig …«, sagte Mars und ging weiter.

»Mars! Verdammt!«, sagte sie laut. »Die Aufnahme stammt von einer stinknormalen Kamera!«

Der Avatar des Hackers blieb wie angewurzelt stehen, dann fuhr er herum.

Es war für Kari eine gewaltige Genugtuung, zu sehen, wie Reuben Mars seine Fassung verlor.

14

Wesley Gibson ging mit schnellen Schritten den Säulengang zum Grand Dome entlang. Er war spät dran, und er war angespannt. Es war das zweite Mal, dass er einem der beiden Immortal-Gründer persönlich begegnete. Das erste Mal war vor fünf Jahren gewesen – als sie ihn rekrutiert hatten, oder besser gesagt: ihm ein Angebot gemacht hatten, das er, wie man so sagte, nicht ablehnen konnte.

Der Hauptsitz von Immortal war anders als die anderen Glas- und Betonpaläste im Silicon Valley. Natürlich gab es hier keine kunterbunten Gärten, Spielzimmer mit Tischtennisplatten und Roboterautos, Fahrräder, Espressoautomaten oder Minigolfplätze. Das hier war Immortals Interpretation des Vatikans. Um die Botschaft, die dadurch vermittelt wurde, scherte man sich natürlich nicht. Man tat es einfach. Ludwig XIV. hätte es nicht anders gemacht.

Damals hatte Gibson mit Mike Zhang und Deepak Prakash über ihre »besondere« Zusammenarbeit gesprochen. Die Einladung war plötzlich eines Morgens in seinem Quantenboten, »Lust auf einen Kaffee?« der Betreff gewesen. Absender: Mike Zhang. Sein Klarname, ungewöhnlich für eine Quantenadresse. Gibson hatte minutenlang auf seinen Monitor gestarrt, weil er es kaum hatte glauben können. Aber es war wirklich *der* Mike

Zhang gewesen. Und ja, er hatte Lust auf Kaffee. Jeder hatte verdammt noch mal Lust auf einen Kaffee, Tee oder im Zweifelsfall auch ein Glas Essig, wenn *fucking unbelievable* Mike Zhang himself fragte.

Und was sollte er sagen: Es hatte sich gelohnt für ihn. Mehr als gelohnt.

Der Säulengang führte an einem großen begrünten Platz vorbei. In seiner Mitte stand ein riesiger Obelisk. Gibson ließ den Blick kurz darüber schweifen. Der Stein war völlig glatt, nicht mit Hieroglyphen oder Ähnlichem verziert, wie man es von den Obelisken in Ägypten oder denjenigen kannte, die Napoleon nach Paris geschleppt hatte. Er war – natürlich – eine Reminiszenz an das Washington Monument, wenn das auch niemand explizit formulierte. Immortal hatte auch darauf verzichtet, sein Logo einzugravieren. Ja, man klotzte bei der Architektur, statt zu kleckern, aber im Detail wurde Understatement gepflegt, auch wenn das irgendwie albern war. Dieses ganze manierierte Firmengehabe war in Gibsons Augen schlicht nervtötend. Aber so ging das Spiel.

Die Sonne schien über Mountain View. Ein leichter Wind wehte über das Gras des großen Platzes und bog die Halme. Sie wirkten wie ein grünes Meer, über das sich Wellenkämme schoben. Hin zum Epizentrum der Firmenzentrale, dem Grand Dome.

Es waren noch hundert Meter bis zum Eingang der gewaltigen Kuppel. Gibson musste stehen bleiben, um deren Monstrosität in sich aufzunehmen. Er hatte Hitlers Große Halle einmal in einer Simulation per Avatar besichtigt. Schon das war atemberaubend gewesen. Aber hier stand eine reale Inkarnation dieses nie erbauten Monuments – nicht ganz so groß, wie Hitler es ursprünglich geplant hatte, und außerdem schlichter. Doch sie war immer noch so pompös, dass sie das Auge und das Hirn in einem Blitzfeldzug eroberte.

Über der einhundertfünfzig Meter hohen Kuppel zog ein Vogelschwarm seine Kreise. Gibson atmete tief ein. Der Dome war atemberaubend, das musste er Prakash und Zhang lassen.

Anders als Hitlers Halle orientierte sich der Bau am Pantheon in Rom, nicht zuletzt wegen der großen Öffnung am Scheitelpunkt, dem Opaion. Im Pantheon hatten die Götter durch dieses Loch auf die Menschen geschaut – so hatten es sich letztere damals gedacht, als es noch Götter brauchte. Heute hätten allenfalls Drohnen hineinblicken können, für die allerdings über Mountain View Flugverbot herrschte.

Gibson hatte sich immer gefragt, ob irgendjemandem bei Immortal bewusst war, dass Grand Dôme der französische Name für Hitlers Große Halle war. Aber selbst das würde hier niemanden interessieren. Hitler war von Kalifornien so weit weg wie das Weiße Haus, die Antarktis, der Mars.

Erstaunlich, dass Hitler noch immer nicht immortalisiert worden war. Die Rechte an seinem Ewigen wurden alle paar Jahre angefragt, von dubiosen angeblichen Nachkommen, von der Demokratischen Republik Kongo, einmal sogar von Disneyland. Aber Immortal lehnte es strikt ab, Massenmörder zu verewigen.

Gibson nahm noch einmal einen tiefen Atemzug. Immortals Allerheiligstes erwartete ihn.

Als er den Dome betrat, fühlte es sich an, als gelange er in eine unterirdische Höhle. Es war überraschend düster. Das Loch in der Decke war die einzige Lichtquelle in der riesigen leeren Halle.

Die Strahlen tauchten zwei weiße Stühle in Licht, die einsam in der Mitte der Halle standen: der Besucherempfang. Der Anblick wirkte sakral. Gibson war damit vertraut; das Kaffeekränzchen vor ein paar Jahren hatte ebenfalls hier stattgefunden. Vor den Stühlen befand sich eine Gestalt, menschlich, aber in unnatürlicher Pose verhaftet. Das Licht, das durch das Opaion in den Grand Dome fiel, umfloss auch sie.

Gibson ging los, vorsichtig und bedacht, denn jedes Geräusch huschte von Wand zu Wand und kehrte, gefangen in der Halbkugel, anklagend zurück zu seinem Verursacher.

Irgendwo unter dem Boden hatten Prakash und Zhang ihre Räume. Die Anleihen bei den Grabkammern der Pyramiden von Gizeh waren offensichtlich. So war Immortal. Es interessierte niemanden, was oder wen man kopierte. Es war schlicht irrelevant. Als ob es keine Geschichte gäbe. Wieso sollte sich der Konzern, der die Unendlichkeit möglich gemacht hatte, um die Vergangenheit scheren?

Plötzlich spürte er etwas auf seinem Gesicht. Es waren feine Tröpfchen. Er blickte hoch. Regen. Kein natürlicher Regen, sondern wahrscheinlich der kondensierte Atem Tausender Immortal-Mitarbeiter. Auch wenn es keine offiziellen Berichte darüber gab, hatte Gibson von den allmorgendlichen Versammlungen im Grand Dome gehört. Sie waren eine informelle Pflicht, der jeder Mitarbeiter unaufgefordert nachkam. Wenn nicht Prakash oder Zhang persönlich anwesend waren, leitete einer ihrer zahlreichen Stellvertreter das Treffen. Niemand außerhalb der Firma wusste genau, was bei diesen Versammlungen geschah. Kein Immortal-Mitarbeiter durfte darüber sprechen. Es gab nur Gerüchte. Manche sagten, dass es eine Art Andacht war, um eine quasireligiöse Verbundenheit unter den Mitarbeitern zu erzeugen. Andere vermuteten, dass es reine Informationsevents waren, um die Mitarbeiter stets über die aktuellen Entwicklungen auf dem Laufenden zu halten und ihnen das Gefühl zu geben, Teil eines Ganzen zu sein. Schließlich gab es welche, die glaubten, dass der Grand Dome nichts weiter als ein Riesenbeschiss war. Niemand würde ihn nutzen, er stand hier nur, um die Welt zu beeindrucken und vom eigentlichen Geschehen bei Immortal abzulenken.

Aber das Kondenswasser musste von irgendwoher kommen.

Ob es von den wenigen Regengüssen stammte, die Wasser durch das Opaion schickten? Gibson hielt es nicht für ausgeschlossen, dass Prakash und Zhang verrückt genug waren, auch dieses Detail künstlich erzeugen zu lassen.

Er versuchte sich vorzustellen, wie es sein musste, hier mit zehntausend Menschen zu stehen, in einem Kreis um den Lichtkegel des Opaions. So viele Menschen arbeiteten im Hauptsitz. Weltweit besaß Immortal über siebzigtausend Mitarbeiter.

Als er sich dem Lichtkegel näherte, sah er Staubteilchen wie kleine Lebewesen flimmern. Sie umschwirrten den Mann in der Mitte des Kegels. Er war völlig reglos. Jetzt erkannte er ihn. Es war Deepak Prakash. Eingefroren in einer Yogafigur, eine Asana. Das war der korrekte Terminus für die Figuren der indischen Praktik. Prakash ruhte auf den Zehen des rechten Fußes. Den Unterschenkel des linken Beins hatte er über das Knie des rechten gebettet. Die Hände hielt er aneinandergelegt vor seiner Brust wie ein Betender. Er hatte die Augen geschlossen. Es schien, als ob ihn die Übung nicht die geringste Anstrengung kostete.

Gibsons Herzschlag ging schneller. Er zögerte, bevor er den Schritt ins Licht wagte. Dieses Immortal-Theater schaffte ihn. Es war clever, Besucher erst einmal auf den Präsentierteller zu heben, damit sie sich dort selbst kleinmachten. Aber es war mehr als das. Dieses Mal würde er etwas vor ihnen verbergen müssen. Und er war nicht sicher, ob ihm das gelingen würde.

Als er ins Licht trat, versagten seine Augen einen Moment lang. Das Sonnenlicht drang durch seine geschlossenen Lider und verwandelte sich in ein wohliges Gelb auf seiner Netzhaut.

Einige Momente später konnte er die Augen vorsichtig öffnen. Prakash hatte sich keinen Zentimeter bewegt. Gibson setzte sich auf einen der beiden Stühle und beobachtete ihn. Es musste wahnsinnig schwierig sein, die Balance zu halten. Aber

Prakash ruhte seit inzwischen gut fünf Minuten in dieser Pose. Gibson schloss wieder die Augen und wagte kaum zu atmen, um Prakash nicht in seiner Konzentration zu stören.

Er erinnerte sich an seine erste Begegnung mit ihm und Zhang.

Sie hatten ihn persönlich empfangen, was viele als große Ehre empfunden hätten. Sie waren beide überaus freundlich gewesen, jeder auf seine Art. Prakash und Zhang wollten, dass er sie bezüglich dessen, was bei Fidelity ablief, auf dem Laufenden hielt. Sie vertrauten Dabney nicht. Sie hielten ihn für ein Risiko. So drückten sie es nicht aus, aber Zhang sagte etwas wie »Sicher ist sicher«. Prakash, der Schlaue, konnte sich natürlich nicht verkneifen, den Fidelity-Slogan zu bemühen: »Vertrauen ist gut, wir sind besser«.

Beide waren etwa Mitte vierzig. Zhang war noch immer der große Junge, seine chinesischen Wurzeln lagen vier Generationen zurück. Er wirkte harmlos, lachte viel, trug eine runde Brille, und die Haare hatte er lange Zeit im typischen Asien-Nerd-Stoppelschnitt getragen, bis ihm schließlich ein Imageberater gesagt hatte, dass das idiotisch aussah und ihn noch jünger machte. Jetzt trug er eine Art Frisur, die ihn ein wenig, aber nur ein klein wenig älter wirken ließ. Egal, ob Zhang elegant geschnittene Anzüge trug oder nicht – er war ein Strebertyp, und es würde ihm niemals gelingen, das zu verbergen. Doch so unbedarft und juvenil, wie Zhang schien, war er in Wahrheit nicht. Gibson hatte seine unangenehme Seite nie kennengelernt, aber Zhangs Augen ruhten mitunter einen Moment zu lange auf einem und verloren zuweilen für Augenblicke den Ausdruck, wurden kalt und unmenschlich. Das war verstörend. Es waren nur kurze Momente, so kurz, dass man sich fragte, ob man sie sich nur eingebildet hatte. Aber man wurde das Gefühl nicht los, dass Zhang in diesen Momenten sein wahres Gesicht offenbart hatte und den Rest der Zeit über etwas wie Menschlichkeit simulierte.

Prakash war ein ganz anderer Typ. Natürlich auch ein Wunderkind, aufgewachsen in den Slums von Bangalore, als Kind in die USA eingewandert und mit vierzehn Jahren als jüngster MIT-Absolvent aller Zeiten in die Geschichte eingegangen. Zhang hatte er am MIT kennengelernt. Mit sechzehn gründete Prakash Virtuosity, den Vorläufer von Immortal. Ein prätentiöser Name, den die beiden umgehend änderten, als sie ihre Killerapplikation entwickelt hatten. Prakash war das eigentliche Mastermind des Weltkonzerns. Anders als Zhang, den manche den Hofnarren nannten und viele für überschätzt hielten.

Nun hörte Gibson den Mann plötzlich tief ein- und ausatmen. Prakash löste die Asana auf; seine Bewegungen wirkten wie aus einem Guss, vollkommen flüssig und harmonisch. Er entfaltete sich wie eine Blüte. Dann stand er auf beiden Füßen und verneigte sich mit den Händen vor der Brust. Er schien Gibson auf seinem Stuhl überhaupt nicht wahrzunehmen.

Prakash war klein. Gibson schätzte ihn auf 1,60 Meter. Er trug einen hellblauen Anzug, der im indischen Stil bis obenhin zugeknöpft war. Seine Wangen waren hoch und rund, er trug einen Schnurrbart und hatte Falten um die dunkelbraunen Augen. Die Haare waren gescheitelt und glänzten im Lichtkegel.

Dann wandte Prakash sich ihm endlich zu, und Gibson stand schneller auf, als er eigentlich wollte. Er reichte Prakash nicht die Hand. Das wäre unhöflich gewesen, denn er wusste nicht, ob Prakash real oder virtuell anwesend war. Wobei – würde er wirklich im Avatar Yogaübungen absolvieren? Wäre das nicht etwas affig? Allerdings war diesen Silicon-Valley-Hipstern prinzipiell alles zuzutrauen. Gibson blieb nichts anderes übrig, als zu warten, ob Prakash ihm die Hand reichen würde. Er tat es nicht. Stattdessen legte er seine rechte Hand kurz auf sein Herz und deutete eine Verbeugung an. Seine Lippen lächelten, seine Augen blieben unverändert. Dann setzte sich Prakash auf den Stuhl gegenüber. Gibson beeilte sich, ihm zu folgen. Prakash schwieg und blickte Gibson an. Es wirkte ein wenig, als würde er durch ihn hindurchsehen. Er lächelte nicht mehr.

Prakash ergriff nicht das Wort, was Gibson als Aufforderung verstand, es selbst zu tun.

»Wir sind Mars auf den Fersen«, sagte Gibson. »Einer unserer Mitarbeiter hat sich mit seinem Avatar getroffen.«

Prakash zeigte keinerlei Regung.

»Mars will ihm Beweise für die Ewigen-Manipulationen zukommen lassen.«

Gibson sprach »Manipulationen« mit gesenkter Stimme aus. Als würde er etwas Ungehöriges sagen.

»Er fordert, dass unser Mann ihm Zugang zum Masterserver verschafft.«

Prakash begann wieder zu lächeln.

»Wir vermuten, dass Mars seinen Lebenstracker anzapfen und darüber die GPS-Koordinaten des Masterservers in Erfahrung bringen wird. Mir ist allerdings nicht klar, wie er das anstellen und die Beweise aus dem Server herausholen will. Das könnte er nur physisch vollbringen.«

Prakash schüttelte den Kopf.

»Das ist nicht, was er wirklich will«, sagte der Immortal-Chef.

Gibson sah ihn verwirrt an. »Ich verstehe nicht.«

»Er will seinen Bewusstseins-Algorithmus in die Ewigen schleusen.«

Gibson hatte von Mars' Experimenten im Lab gehört, von den Versuchen mit dem Ewigen Marlene Dietrichs, um ihr Selbst-Bewusstsein einzuprogrammieren. Prakash und Zhang hatten ihm diese Information gegeben, nachdem Dietrich verschwunden war.

»Wie sollen wir verfahren?«, fragte Gibson.

Prakash faltete die Hände, als betete er. Offenbar dachte er nach.

»Lassen Sie ihn machen«, sagte er. »Bringen Sie Ihren Mann in unseren Server in Nevada.«

Gibson blickte ihn mit hochgezogenen Augenbrauen an.

»Aber er wird die Manipulationen ...«

Prakash hob die Hand, und Gibson verstummte.

»Wenn Reuben seinen Avatar eingeschleust hat, schnappen Sie ihn«, sagte Prakash.

Gibson schwieg. Dann sagte er: »Bisher war er uns immer einen Schritt voraus, weil er über einen sicheren Tunnel in die Blended Reality eingedrungen ist. Wie genau er das gemacht hat, wissen wir noch nicht.«

Prakash lächelte nachsichtig. »Er hat sich in Spiegelungen injiziert.«

»Spiegelungen?«, fragte Gibson. Er verstand nicht.

»Reuben war immer der Beste. Aber wenn er den Algorithmus einschleusen will, muss er in die Echtzeit kommen.«

Prakash sah Gibson an. »Und dann, mein lieber Wesley, werden Sie wissen, was zu tun ist.« Er lächelte erneut. Diesmal lächelten seine Augen mit.

Gibson grinste, aber es war bemüht und unbeholfen. Ja, er wusste, was dann zu tun war. Er würde Mars' Avatar mithilfe von Immortals gigantischer Geheimdatenbank »Life« zurückverfolgen und ihn erledigen.

Gibson war immer noch angespannt, fühlte sich jedoch etwas erleichtert. Die Atmosphäre zwischen ihm und Prakash lockerte sich.

»Sagen Sie, Wesley – wie hat Ihr Mann es eigentlich geschafft, Reubens Neugier zu wecken?«

Etwas verkrampfte sich in Gibsons Magen.

»Er hat sich mit dieser Journalistin zusammengetan«, sagte er. »Sie hat Mars überzeugt, mit ihnen zusammenzuarbeiten.«

Ein Moment verstrich. Würde das Ablenkungsmanöver zünden?

»Mrs. Lombard, nehme ich an?«, sagte Prakash.

Gibson nickte.

Prakash schaute für einen Moment versonnen.

»Ich weiß, dass Mrs. Lombard sehr überzeugend sein kann. Aber sie muss Reuben irgendetwas geboten haben.«

Scheiße, wie konnte er das jetzt retten? Gibson entschloss sich für die Wahrheit – die halbe.

»Sie hat ihm die Aufnahmen aus dem Thermopolium gezeigt. Damit hat sie ihm natürlich eine Möglichkeit gegeben, Immortal weiter in Schwierigkeiten zu bringen. Darauf sind zwei Personen zu sehen, die mit Dietrichs Ewigem, also dem ersten Ewigen, zu tun hatten und inzwischen tot sind. Dazu noch eine Aufnahme unseres Mannes am Nachbartisch, der Dietrich überwacht hat …«

Das Bild der leuchtenden Marlene Dietrich war in seinem Kopf. Leuchtende Konturen, wie gemalt. Ein Engel. Überirdisch. Unwirklich. Gibson versuchte, dieses Bild in die hinterste Ecke seines Bewusstseins zu schieben. Prakash kannte das Video nicht und wusste nichts von der Leuchterscheinung. Gibson wollte, dass das so blieb. Es war sein Geheimnis. An Marlene Dietrich hatte Reuben Mars seinen Bewusstseinsalgorithmus ausprobiert – und es war etwas mit ihr geschehen, was niemand vorhergesehen hatte. Weder Mars noch die Immortal-Chefs. Marlene Dietrichs Ewiger war physisch geworden.

Diese Info behielt Gibson für sich. Vielleicht konnte sie ihm noch nützlich sein. Aber Gibson war klar, was für ein Risiko er damit einging, dem Immortal-Chef etwas zu verheimlichen. Er wollte sich gar nicht ausmalen, was sie mit ihm machen würden, mit ihm, dem kleinen Fidelity-Spion, der den genialen Immortal-Chef belogen hatte. Sie würden ihn sofort in einen Ewigen verwandeln.

Gibson stellte sich eine schwarze Box aus Metall vor. Er klappte sie auf und legte sein Geheimnis hinein. Dann schloss er den schweren Deckel der Box mit einem lauten Bamm, steckte den Schlüssel in das Loch und drehte ihn herum. Nichts drang mehr aus der Box heraus, und Deepak Prakashs Augen, die in diesem Moment auf seinem Gesicht ruhten, würden nicht in sie hineinsehen können. Niemand, wirklich niemand sollte dieses Ein-Meter-sechzig-Männchen mit Schnurrbart und Scheitel unterschätzen.

Gibson sagte etwas, um das Thema zu wechseln. »Mars ist eben ein Idiot.« Er lächelte. »Wir werden ihn schnappen.«

Prakashs Lächeln verschwand.

»Idiot? Reuben war der beste Mitarbeiter, den wir je hatten. Er mag verrückt sein. Aber er ist kein Idiot, mein lieber Wesley.«

»Natürlich, Mr. Prakash. Es tut mir leid. Ich meinte nur …«

Prakash hob leicht die rechte Hand. Halt den Mund, bedeutete sie. Und Gibson hielt ihn.

»Reuben ist ein Genie.« Sein Blick entrückte, wandte sich nach innen, augenscheinlich Erinnerungen zu. »Er war ein Genie«, sagte er. »Aber er stand sich selbst im Weg. Ich hätte es erkennen, ihn auffangen müssen, als es noch möglich war. Es ist meine Schuld, dass es so weit kommen musste.«

Gibson musste sich zusammennehmen, denn das Pathos des Inders nervte ihn. Jetzt lobte er diesen Terroristen auch noch. Diesen Nerd, der sie alle in Bedrängnis gebracht hatte. Der ihre gesamte Zukunft infrage stellte. Gibson hoffte, dass diese Unterredung bald zu Ende war, bevor Prakash noch in Tränen ausbrechen würde.

»Jetzt ist es zu spät für ihn. Was für ein Jammer.«

»Glauben Sie, dass er Kontakt zu den Thanatikern hat?«, fragte Gibson.

Er zuckte zusammen, als Prakash unvermittelt in lautes Lachen ausbrach.

»Reuben und die Thanatiker? Nein, um Gottes willen. Das wäre viel zu profan für Reuben.«

Prakash machte Anstalten, sich zu erheben. Gibson hatte noch Fragen an ihn.

»Mr. Prakash, haben Sie mittlerweile herausfinden können, wo Marlene Dietrichs Ewiger ist?«

Prakash winkte ab. »Wahrscheinlich hat Reubens Algorithmus ihren Code destabilisiert. Wir haben Marlene Dietrichs Ewigen seit Beginn der Experimente überwachen lassen, wie Sie wissen. Aber nun suchen wir nicht länger nach ihr, das wäre Zeitvergeudung. Und die neue Marlene ist viel schöner geworden, finden Sie nicht?«

»Ja, natürlich. Sie ist sehr gelungen.«

Prakash lehnte sich leicht nach vorne. Zwischen seinem Gesicht und dem von Gibson war jetzt nur noch ein kleiner Spalt.

»Nur eins ist wichtig, Wesley. Niemand darf von diesem missglückten Experiment erfahren. Alle Spuren, die zu der alten Marlene führen, müssen verschwinden. Alle.«

Gibson nickte.

Prakash lehnte sich wieder zurück. »Was ist mit Ihrem Mitarbeiter und Eva Lombard? Sie haben die Aufnahmen gesehen, das ist schlecht. Wissen sie etwa auch von dem geheimen Experiment?«

»Ich glaube nicht«, sagte Gibson. Er dachte an die Box. Sie musste noch geschlossen bleiben. »Aber Lombard will diese Beweise, um alles in der Welt.«

Prakash seufzte. »Diese Frau gibt nicht auf. So viel Ego.« Er schüttelte den Kopf.

»Sie hat keinen Lebenstracker«, sagte Gibson. »Wenn wir die Thermopolium-Aufnahmen vernichten, hat sie nichts mehr in der Hand.«

»Aber Ihr Mann hat einen Lebenstracker«, sagte Prakash.

Gibson nickte.

Um Kari würde er sich kümmern müssen.

»Mr. Prakash …« Gibson zögerte. »Glauben Sie, dass Marlene Dietrich wirklich Bewusstsein hatte?«

Prakash blickte überrascht. Diese Frage hatte er offenbar nicht von ihm erwartet.

»Haben Sie Bewusstsein, Wesley?«

»Ich denke schon.«

»Sehen Sie. Sie denken es. Aber Sie wissen es nicht.«

»Doch, ich weiß es.«

»Woher?«

»Weil ich weiß, dass ich denke.«

»Sie denken, dass Sie denken. Eine Iteration. Mehr nicht.«

»Ich weiß, dass ich ich bin.«

»Wer sollten Sie sonst sein? Deepak Prakash vielleicht?«

Gibson war verwirrt.

»Ihrem Gehirn bleibt nichts anderes übrig, als Sie das denken zu lassen. Wäre es anders, hätte die Menschheit nicht überlebt. Es ist eine evolutionäre Überlebensstrategie. Das Ich ist eine Simulation, an die Sie fest glauben.«

»Aber ich erkenne mich im Spiegel.«

Prakash lachte. Es klang gutmütig.

»Der Spiegeltest beweist nur, dass Ihr Gehirn die Sinneseindrücke, die es empfängt, dem von Ihrem Gehirn erfundenen Ich-Konzept zuordnet. Sie wissen aber nicht, ob Ihnen dieses angebliche Bewusstsein nur einprogrammiert wurde oder nicht. Sie glauben, es ist Ihr freier und wacher Geist, der das denkt. Aber möglicherweise ist das, was wir so überheblich Bewusstsein nennen, nichts weiter als unverstandener Code, tief verankert in der Hardware unseres Gehirns. Großartig, zweifellos. Dennoch programmiert und auf seine Weise beschränkt.«

Gibson überlegte einen Moment. »Und Reuben Mars wollte diesen Code knacken?«

»Wir brauchen diesen Bewusstseinscode nicht, Wesley«, sagte Prakash. »Wir haben die Menschen einbalsamiert, ihre Schönheit bewahrt, für die Ewigkeit. Die Ägypter haben das versucht, die Chinesen, die Azteken, die Kryoniker – wir haben es geschafft, und es ist uns besser gelungen als irgendjemandem je zuvor. Mehr als das, wir haben den ewigen Menschen verbessert. Wir haben ihm das Destruktive genommen.«

»Warum haben Sie Mars dann daran arbeiten lassen?«

»Er war jung und unglaublich hungrig«, sagte Prakash. »Ich kenne das von mir selbst. In jungen Menschen ist das Ego noch frisch und stark. Solche Leute muss man beschäftigen. Und ich wusste von seiner Schwester. Mike und ich hatten gehofft, dass Reuben es vielleicht schaffen würde, ein Bewusstsein zu programmieren, das nicht den alten Bug besaß, Böses hervorzubringen. Aber so genial Reuben war, er hat es leider nicht geschafft. Sein Algorithmus war nur wieder der alte Fluch. Und das wollte Reuben nicht wahrhaben.«

Gibson nickte.

»Reubens Problem ist das Problem, das wir alle haben«, fuhr Prakash fort, »das Ego. Diese Iterationsschleife des Gehirns, dieses Ich, auf das Sie so viel Wert legen, auf das wir alle so viel Wert legen, ist der Quell allen Übels. Bei Reuben war das Ego sehr stark. Darin liegt die Ironie: Sein Ego war letztendlich erfolgreich darin, sein Prinzip in die virtuelle Welt zu transferieren. Aber es war kein Gewinn. Diese evolutionär wahnsinnig erfolgreiche Überlebensstrategie hat begonnen, sich gegen uns zu kehren. Wir haben eine Welt des Egos geschaffen. Einen globalen Ego-Ismus. Wir brauchen dieses Ich nicht mehr, wir haben Computer, die alle Probleme für uns lösen. Wir brauchen noch nicht mal mehr ein Bewusstsein, das uns die Wahl zwischen Gut und Böse lässt und häufig nur das Böse hervorbringt. Die Blended Reality ist das neue Paradies. Dort werden wir ewig in Glück und Zufriedenheit leben. Und wissen Sie was, Wesley? Das Gleiche hätten wir mit Yoga geschafft.«

Prakash lachte und zeigte seine makellos weißen Zähne. »Nur praktizieren das die wenigsten. Also haben wir nachgeholfen und das, was Yoga bedeutet und erreichen will – die Überwindung des Egos, die universale Vereinigung –, in der neuen Welt, mit besseren Wesen geschaffen. Schauen Sie sich um, Wesley. Seitdem Ewige die US-Präsidenten und andere wichtige Staatsmänner stellen, hat es keine großen Kriege mehr gegeben. Wussten Sie, dass es seit dem Ende des Zweiten Weltkriegs vor hundert Jahren nur einen einzigen US-Präsidenten gegeben hat, der nicht in eine kriegerische Auseinandersetzung verwickelt war? Jimmy Carter. Der war damals äußerst unbeliebt und galt als Schwächling. Jetzt ist er für uns ein Vorbild. Wir haben Daten aus seinem Ewigen in alle Präsidenten einfließen lassen, und ich rechne mir gute Chancen aus, dass er bald ein weiteres Mal gewählt werden wird. Die Welt ist nur noch nicht so weit. Aber sie ist besser geworden. Wir sind auf einem guten Weg. Keine Ego-Erfindungen mehr, die unsere Natur zerstören und den Klimawandel befördern. Stattdessen arbeiten die Ewigen-Repräsentanten der USA und China gerade daran, endlich ihre Atomarsenale zu verschrotten und einen Friedensvertrag zu schließen. Die Ewigen sind das Beste aus jedem gelebten Leben. Wenn wir Reubens Algorithmus in sie implementieren würden, wäre das die Wiederholung des Fehlers, den Adam und Eva im Garten Eden begangen haben.«

»Ich habe nie verstanden, warum Reuben Mars seinen Algorithmus ausgerechnet an Marlene Dietrich getestet hat«, sagte Gibson.

Prakash lachte. »Das haben wir uns alle gefragt. Er war einfach vernarrt in alte Hollywooddiven.«

Prakash stand auf. »Aber genug davon, mein lieber Wesley.« Er stand im Zwielicht; der Lichtkegel war mittlerweile weitergewandert. Prakash hielt die Handflächen aneinandergepresst und deutete eine Verbeugung an. Dann blickte er Gibson noch einmal fest in die Augen.

»Finden Sie ihn, Wesley. Sein Ego läuft Amok und will zerstören. Das dürfen wir nicht zulassen.«

Deepak Prakash drehte sich um und ging. Gibson blickte ihm nach. Er wollte sehen, wo Prakash in den Untergrund verschwinden würde. Aber die Dunkelheit des Grand Dome hatte ihn schon verschluckt.

15

Obwohl niemand ihnen gesagt hatte, wohin die Reise ging, wusste Kari, wo sie waren. Death Valley. Er war schon einmal hier gewesen, vor vielen Jahren.

Selbst ein Konzern, der sich als Geschäftsmodell eine so ernste Sache wie das ewige Leben ausgesucht hatte, konnte seine Wurzeln nicht verneinen, seinen Nerdhumor offenbar nicht unterdrücken. Im Tal des Todes also schlummerte der Masterserver von Immortal, das Nervenzentrum des ewigen Lebens.

Das hochfrequente, rhythmische Schlagen der Rotoren versetzte Kari in einen meditativen Zustand. Der Multikopter sauste über die Wüstenlandschaft hinweg. Er war eine Drohne im Riesenformat, getragen von achtzehn Rotoren, die sich in einer Ebene drehten und ihm das Aussehen eines überdimensionierten weißen Insekts verliehen. Der Pilotensitz war leer, der Steuerknüppel bewegte sich wie von einer unsichtbaren Hand gelenkt – der Kopter flog autonom. Kari wusste nicht, ob eine Software ihn steuerte oder ein Mensch an einem Steuerknüppel, Hunderte von Kilometern entfernt.

Wie es aussah, wollte Immortal kein Risiko eingehen und den Standort des Masterservers an so wenig Leute wie möglich weitergeben.

Die Mojave-Wüste war eintönig. Steine, Josuabäume, Leere,

Ödnis. Fast glaubte er, wieder auf dem Mars zu sein. Das war ein wesentlicher Effekt der Blended Reality – das Wirkliche hatte seine Autorität verloren, virtuelle Erinnerungen waren den echten ebenbürtig. Nichts war mehr unmöglich. War es nicht letzten Endes reine Willkür, wo man die Grenze zog? Am Ende war es sein Gehirn, das die Welt baute. Und ihm war es egal, welche Steine es dafür verwendete.

Der Kopter war an den Seiten offen wie ein alter Militärhubschrauber. Luft wehte in die große Passagierkabine und trug den Staub der Wüste herein. Er legte sich auf ihre Zähne und kroch in ihre Nasen.

Eva saß neben ihm und schlief. Auf ihrem Kopf saßen große, lustig aussehende Schallschutzkopfhörer. In ihrem Kopf herrschte absolute Stille, während die Rotoren hochfrequent insektoid sirrten. Ihre Augen zitterten leicht hinter den geschlossenen Lidern. Kari fragte sich, welche Träume wohl gerade durch ihren Kopf jagten.

Sie waren seit vierzehn Stunden auf den Beinen. Kari war ratlos gewesen, wie sie weiter vorgehen sollten. Das hier war ein Spiel mit zu vielen Unbekannten. Wem sollte er vertrauen? Gibson oder einem verrückten Hacker? War Gibson, war sein Konzern vertrauenswürdig? Da waren extrem viele »Zufälle«: Wieso tauchte der Spanier auf dem Video im Thermopolium auf, eine Woche bevor Marlene Dietrich verschwunden war? Was hatte er bei Fidelity zu suchen gehabt? Und dann wieder vor dem Thermopolium? Was, wenn Immortal tatsächlich ein übles Spiel trieb und seine eigene Firma darin verwickelt war?

Aber Mars traute er noch weniger. Er glaubte nicht, dass der Hacker ihnen wirklich Beweise präsentieren würde. Mars, davon war Kari fest überzeugt, führte etwas im Schilde. Und Kari würde dahinterkommen.

Letzten Endes hatte er sich für Gibson entschieden und ihm

alles erzählt. Eva wusste davon nichts; aufgrund ihrer rigiden Ablehnung Immortals hätte sie das nie mitgemacht, und Kari hatte keine Lust, mit ihr zu streiten. Wirklich wohl war ihm mit dieser Entscheidung allerdings nicht.

Natürlich war Gibson zuerst verärgert über seinen Alleingang gewesen. Die Mission Marlene Dietrich war offiziell beendet worden. Kari hatte das missachtet. Dann aber hatten sich die Ereignisse überschlagen, was Gibson schwerlich ignorieren konnte. Der Kellner war tot, Karis Hotelzimmer zerlegt. Und dann hatte er ihm von seiner Zusammenarbeit mit Eva erzählt und sie Gibson natürlich als cleveren Schachzug verkauft, »um die Presse im Auge zu behalten«. Es hatte sich schließlich gelohnt: Über sie war er mit Mars in Kontakt gekommen. Gibson konnte also froh sein über diese einmalige Chance, den Hacker zu schnappen.

Nun also zum Masterserver. Mars wollte ihnen die Beweise präsentieren, wenn er Zugang zum Allerheiligsten von Immortal bekam. Kari hätte es nicht geglaubt, aber Gibson hatte ihm diesen Zugang tatsächlich verschafft, war, wie er sagte, mit offenen Karten an Immortal herangetreten und hatte ihnen erzählt, dass einer ihrer Leute bei der Untersuchung des Falls Marlene Dietrich auf den Erzfeind gestoßen war. Selbstverständlich gab es Marlene jetzt wieder und auch kein Problem mit ihr. Es hatte nie eins gegeben. Der offiziellen Version zufolge.

Ein bisschen wunderte es ihn allerdings, wie schnell Gibson den Draht zu Immortals Chefetage geknüpft hatte. Zu Prakash und Zhang höchstpersönlich! Angesichts der Aussicht, Mars festzunehmen, hatten sie offenbar ohne zu zögern angebissen.

Kari fragte sich, warum Mars sich auf die Sache einließ. Ihm musste klar sein, dass sie alles tun würden, um ihn zu schnappen. Hoffte er, Immortal aufs Neue ein Schnippchen schlagen zu können?

Mars wollte per Avatar in den Server gleiten, sobald Karis Lebenstracker ihm die streng geheimen Standortdaten verraten würde. Und dann würde er ihnen Beweise liefern. Sagte er jedenfalls.

Wie Mars an die Daten seines Lebenstrackers rankam, wollte Kari lieber nicht wissen. Dieser verrückte Hacker war offenbar zu allem fähig. Es war ein riskantes Spiel. Es war immer noch gut möglich, dass Mars der Mörder von Valot und Lars von Trier war. Und jetzt lieferten sie sich ihm aus. Mars war im schlimmsten Fall bösartig, im besten verrückt. Dann war da noch das Leuchten. Eva war damit vorgeprescht, bevor Kari sein Veto hätte einlegen können. Keiner wusste, was Mars mit dieser Information anfangen würde.

Mars' Avatar hatte in Evas Wohnung gestanden, auf den Bildschirm ihres Rechners gestarrt und die Frames mit der leuchtenden Marlene Dietrich immer und immer wieder betrachtet. Er war aufrichtig überrascht gewesen, hatte keine Erklärung für das Phänomen und murmelte lediglich wiederholt etwas von »digitaler Mikroevolution« und »Dietrichs Physisch-Werdung«.

Reuben Mars hatte ihnen gegenüber noch einmal bekräftigt, dass Immortal die Dietrich gelöscht und umgebracht hatte. Weil sie sein Experiment gewesen war und der Konzern alles vernichten wollte, was damit zu tun hatte, jede Spur, die sie nicht kontrollieren konnten. Um was für eine Art Experiment es sich gehandelt hatte, verriet Mars ihnen nicht.

Kari schloss die Augen und spürte das Vibrieren des Multikopters. Das Sirren der Rotoren brachte ihn in eine eigenartige Stimmung. Luft zog durch die Passagierkabine und streichelte sein Gesicht. Er sah die Leuchterscheinung in Gedanken. Was war mit Marlene Dietrich geschehen?

Kari atmete tief ein. Er hatte das Gefühl zu ersticken. Die

Luft schmeckte salzig. Es roch mineralisch, steif. Er war real, kein Avatar, und das hier war keine Fantasiewelt, in der er auf und ab hüpfen konnte. Hier starb er, wenn er einen Abhang hinabstürzte oder die Sonne seinen Körper mit ihren unbarmherzigen UV-Strahlen röstete. Welcher Ort wäre ein passenderer zum Sterben als Death Valley? Herrliche Ironie. Er strich mit dem Finger über seinen Lebenstracker, in dem kondensiert wie in einer Überlebenskapsel all das steckte, was er je gewesen war, was er je gedacht und gefühlt hatte und was er künftig sein würde. All die Worte, die er gesagt, all die Bewegungen, die er vollführt, all die Entscheidungen, die er getroffen hatte. Es war sein Leben. Seine Essenz, fein zusammengefaltet in diesem winzigen Ei, aus dem irgendwann etwas Neues schlüpfen würde. Irgendwann? Vielleicht schon in wenigen Stunden. Es war etwas, was er nicht mehr erleben würde, sein Ich, sein Bewusstsein, das jetzt und hier existierte und auf diese Wüste sah. Es würde ein anderes Ich sein, aber es würde nicht Ich sagen und zugleich sich selbst empfinden. Der Gedanke an seinen Zwilling fühlte sich merkwürdig an. War er er? Oder war er ein anderer?

Dieses neue Ich würde einfach sein. Ein Abbild von ihm. So wie es auch eins von Hannah gab. Es war mehr als nichts.

Er sah hinab auf die weiße Ebene, die sie gerade überflogen. Ein Salzsee. Badwater Basin. Hier war einst ein Ozean gewesen. Am selben Ort, Millionen Jahre zuvor. Alles, was vom Meer geblieben war, war Salz. Seine Essenz.

Gibson hatte ihm nicht mitgeteilt, wo genau sich der Masterserver befand. Das wusste er selbst nicht. Sie würden blind fliegen, hatte Gibson gesagt. Dann hatten sie sich sofort auf den Weg zum Flughafen Berlin gemacht. Einzige Ansage: Las Vegas. Dort würden sie abgeholt werden. Auf dem Weg nach Las Vegas hatte Kari überlegt, wo ihre Reise enden mochte. Er hatte stark bezweifelt, dass der Masterserver in der Spielerstadt stand, der Stadt, die bekannt für ihre Ablehnung der Blended Reality war. Las Vegas war einer der letzten weißen Flecken in Immortals Reich und als Standort des Masterservers der unwahrscheinlichste.

Gewiss konnte man sich dessen jedoch keineswegs sein. Vielleicht hatte Immortal gerade deshalb das Spielerparadies gewählt, weil kein normaler Mensch den Server dort vermuten würde. Alles war möglich. Vielleicht würden sie von dort ins All fliegen?

Nun allerdings sah es so aus, als würden sie ihr Ziel in der Wüste finden.

Dass Immortal überhaupt grünes Licht gegeben hatte für dieses wahnsinnige Unterfangen … Wie leichtsinnig waren sie, diesen Verrückten tatsächlich in ihren Masterserver hineinzulassen? Was, wenn Mars ein Thanatiker war? Vielleicht wollte Mars in den Masterserver eindringen, um die Ewigen zu löschen? Immortal missbrauchte sie beide als Köder und riskierte das Leben der Ewigen.

Gibson hatte versichert, dass man alles tun würde, um Mars zurückzuverfolgen. Kari hatte keinerlei Vorstellung, wie dergleichen überhaupt möglich war. Aber Gibson beharrte darauf, dass es Mittel und Wege gab, Mars über seinen Avatar zu schnappen. Das war ihre Chance. *Die* Chance, ihn zu greifen.

Eva war dementsprechend aufgeregt gewesen. Es würde der Scoop ihres Lebens werden. Kari betrachtete ihr schlafendes Gesicht. Sie war sehr schön. Sie wirkte in diesem Moment zerbrechlich, aber er wusste, wie stark sie war. Für einen Moment fragte er sich, ob er sie lieben könnte. Er ertappte sich regelrecht bei diesem Gedanken, der ihm nicht geheuer war. Wieso?

Betrog er Hannah, wenn er so dachte? Wenn er sich zu einer anderen Frau hingezogen fühlte? Hannah war schließlich noch da. Sie war nicht tot. Sie waren nach wie vor verheiratet – auch wenn das aus ihrer Erinnerung getilgt war.

Aber selbst wenn – sie existierte nicht mehr physisch. Würde er noch mit ihr zusammenleben, wäre es eine körperlose Beziehung. Kari wusste, dass das für viele real-virtuelle Paare ein Problem darstellte. Keine Berührungen, keine Zärtlichkeiten, keine Sexualität. Eine Menge Paartherapeuten beschäftigten sich damit, wie man dieses Ungleichgewicht auflösen konnte. Für viele lief es darauf hinaus, ihre Bedürfnisse aufzusplitten. Die Beziehung zum Ewigen bildete den platonischen Kern der Liebe. Sexualität komplementierte man mit einem physischen Partner.

Eva und er waren sich nahegekommen in diesen Tagen seit ihrer ersten Begegnung im Haus von Marlene Dietrich. Es kam ihm vor wie eine Ewigkeit. Ob Eva ihn überhaupt für voll nahm? Oder war er für sie nur der Fidelity-Trottel – Mittel zum Zweck, um den großen Gegner Immortal zu erlegen? Er dachte an ihre Hand auf seiner, als sie auf ihrer Couch gesessen hatten und zugleich auf dem Mars herumgesprungen waren. Könnte er mit ihr zusammen sein? Könnte er sie wirklich lieben?

Er wischte sich über die Augen. Sie brannten und waren voller Müdigkeit, Salz und Sand. Seine Gedanken rannen dahin. Dazu dieses Gefühlswirrwarr.

Welchen Sinn hatte seine Mission noch? Die Mission, die eigentlich beendet war. Er war losgezogen, um Marlene Dietrich zu finden. Doch die war offenbar genauso mysteriös wieder aufgetaucht, wie sie verschwunden war. Sofern es sich um die echte handelte; er hatte noch keine Gelegenheit gehabt, seinen Job zu machen und sie zu prüfen. Stattdessen spielte er nun den Köder für einen Verrückten.

Er sah über die Ebene der kargen Landschaft unter ihm. Vielleicht sollte er für immer an diesem Ort bleiben. Sollten sie doch machen, was sie wollten. Er könnte aus alledem aussteigen, einfach nicht mehr zurückkehren in sein altes Leben.

Das Death Valley. In seiner Erinnerung war es ein unheimlicher Ort. Er hatte es einmal als Student gemeinsam mit einem Freund besucht. Sie waren an den Zabriskie Point gefahren und hatten sich in der Nachmittagssonne die bizarre Landschaft angesehen. Bereits in dem Moment, als sie das Auto verlassen hatten, waren ihm die Fliegen aufgefallen. Kleine Fliegen, mit seltsam gezackten Härchen an den Körpern. Sie flogen anders, schnell, zielgerichtet, ohne Kreise und setzten sich auf ihre Körper wie Eisenspäne auf einen Magneten. Schwarze Punkte, die sich auf dem Rücken seines Freundes ausbreiteten. Genau auf dem Fleck zwischen den Schulterblättern, wo sich der Schweiß abzeichnete. Die Punkte wurden dichter. Er klopfte die Fliegen ab, aber sie kamen wieder. Er und sein Freund stellten das einzige Reservoir an Flüssigkeit weit und breit dar. Doch es genügte den Fliegen nicht, den Schweiß zu trinken. Sie bissen.

Als sie oben am Zabriskie Point ankamen, waren ihre Rücken schwarz. Immer wieder klopften sie sich ab, aber es gelang ihnen nicht, die Fliegen zu vertreiben. Panik überwog bald den Ekel. Sie rannten zurück zum Auto und schlugen die Türen zu. Sofort ergoss sich ein schwarzer Schwall kleiner Körper über die Windschutzscheibe. Dann schwirrte die erste Fliege ins Innere und suchte nackte Haut, Unterarme, das Gesicht. Und die nächsten folgten unverzüglich.

»Fahr los!«, hatte Kari gebrüllt, aber das Auto sprang nicht an. Es war zu heiß. Das, wovor sie vor dem Trip immer wieder gewarnt worden waren, war eingetreten. Sie waren gestrandet im Death Valley.

Der Multikopter flog jetzt schon seit mehr als einer Stunde über die Einöde. Die Erinnerung an die Fliegen fühlte sich für Kari surreal an. Natürlich war das Auto dann doch noch angesprungen, beim sechsten oder siebten Versuch. Und sie waren mit Vollgas losgebrettert. Karis Gedanken schwirrten vor sich hin wie vom Wind verwehte Baumsamen. Ob sie noch hier waren, die Vampirfliegen?

Eva öffnete die Augen. Sie richtete sich auf und nahm den Kopfhörer ab.

»Wo sind wir?«, sagte sie laut gegen den Lärm an.

»Death Valley«, rief er.

Sie zog die Augenbrauen hoch und verzog den Mund, was »Ach du meine Güte« auf Eva-Lombardisch hieß.

Sie sah leicht zerzaust aus. Ihre Haare standen ab. Sie versuchte sie wieder in Form zu bringen. Die letzten Tage hatten sie mitgenommen, sie beide mitgenommen. Sie hatte Ringe unter den Augen. Wann hatten sie eigentlich das letzte Mal richtig geschlafen?

»Es ist ein guter Ort für den Masterserver«, rief Kari. Er sah zur Seite hinaus. Der riesige Salzsee lag hinter ihnen. »Ich hatte schon befürchtet, dass sie uns nach Alaska schicken würden. Oder in die Antarktis.«

»Ich kann kaum glauben, dass Immortal sich darauf einlässt«, rief sie.

Er nickte. Wenn sie sich wirklich darauf einließen, dachte er. Wer wusste schon, welche Überraschungen sie erwarteten. Aber er behielt diese Gedanken für sich.

Eva schaute hinaus. »Was für eine unglaubliche Landschaft!«

Die Gesteinsformationen hatten sich verändert. Parallelen aus Steinfalten erstreckten sich bis an den Horizont. Sie sahen aus wie mit einem riesigen Kamm gezogen, wobei derjenige, der den Kamm gezogen hatte, völlig betrunken gewesen sein musste. Versuchte das Auge einer Kammlinie zu folgen, musste es sich Dutzende Male entscheiden, ob es nicht doch abzweigen wollte.

»Warst du schon mal im Death Valley?«, fragte sie.

Kari nickte. »Als Student.« Er hoffte, dass sie nicht nach Details fragen würde. Er wollte sie nicht beunruhigen.

Sie lächelte. »Was hast du als Biologiestudent bloß im Tal des Todes gesucht?«

Er musste grinsen bei der Vorstellung, dass es in der Tat eine ungewollte Insektenexkursion gewesen war.

»Das war später. Da habe ich schon Psychologie studiert.«

»Psychologie?«, fragte sie. Aber ihr Gesicht sagte: Willst du mich verarschen?

»Hättest du mir nicht zugetraut, oder?«

»Dann war die Exkursion ins Tal des Todes also eine psychologische? Hast du mehr über dich selbst herausgefunden, Ben?«

Er überlegte. Hatte er? Der Tod war ständig präsent gewesen in seinem Leben. Seine Vorliebe für Friedhöfe hatte er bereits gestanden. Warum Death Valley? Für einen Studenten in Kalifornien gab es wirklich nettere Ziele. Surfen in Santa Cruz zum Beispiel. Skaten in Venice Beach. Tanzen in San Franciscos Castro. Er war in die Wüste gefahren. Noch dazu in eine, die dem Tod geweiht war.

»Vielleicht«, sagte er. Er betonte es so, dass klar war, dass er keine Nachfrage erwartete.

Die Landschaft änderte sich erneut. Die Kammlinien waren verschwunden, jetzt dominierten gezackte Bergspitzen. Sie überzogen die Ebene wie riesige Zähne, die in den Himmel ragten. Der Multikopter flog nun merklich tiefer, für Karis Geschmack ein wenig zu tief. Der Abstand zu den Spitzen war nicht besonders groß. Er hatte außerdem das Gefühl, dass der Multikopter langsamer geworden war.

Dann sah er etwas am Horizont.

»Schau!«

Er wies durch die Scheibe des leeren Cockpits. Am Horizont

ragte vor der tief stehenden Sonne eine Struktur auf. Eva und er gingen nach vorne. Es war ein Turm. Hoch und schlank, wie der Schlot einer Fabrik. Aber er schien nicht aus Stein zu sein, sondern glitzerte metallisch in der Sonne.

Was ihnen den Atem raubte, war die Tatsache, dass der Turm wuchs. Es handelte sich nicht um ein optisches Täuschungsphänomen. Der Turm wuchs wirklich aus dem Boden in die Höhe.

Der Multikopter drosselte die Geschwindigkeit.

Kari schätzte, dass er mittlerweile etwa siebzig Meter in die Höhe ragte. Seinen Durchmesser konnte er schlecht schätzen, vielleicht waren es zwanzig, dreißig Meter. Doch nach oben hin wurde er immer schlanker. Und der Turm wuchs und wuchs immer weiter.

Sie flogen dicht an ihn heran. Kari konnte seine makellose metallische Haut sehen. Sie leuchtete silbrig im Licht der Sonne. Eva und er verfolgten das beeindruckende Schauspiel wortlos. Wie dieser perfekte geometrische Körper sich aus dieser ungeordneten Umgebung in die Höhe schob.

Der Multikopter sirrte näher. Sie waren mittlerweile sehr dicht am Turm, nur noch etwa zwanzig Meter von ihm entfernt. Sie flogen oberhalb seiner Spitze, die völlig flach war und keinerlei Strukturen zeigte. Der Kopter näherte sich sehr langsam, bis sie schließlich genau über der Spitze des Turms in der Luft auf der Stelle schwebten wie ein Kolibri.

Kari und Eva gingen in die Passagierkabine zurück und blickten an den Seiten hinaus nach unten. Der Turm wuchs weiter, sein oberes Ende kam näher: zwanzig Meter, fünfzehn Meter.

Kari fand das zunehmend bedrohlich. Was sollte das werden? Sollte der Kopter etwa auf der Plattform landen? Sie war nur zehn Meter breit, viel zu klein für ihren riesigen Flugapparat. Er blickte zu Eva hinüber, aber sie verfolgte das Manöver durch den Ausgang auf der anderen Seite.

Zehn Meter. Der Kopter schwebte noch immer wie in Harz gegossen. Acht Meter.

Das war völliger Wahnsinn.

Fünf Meter.

»Wir werden ihn rammen!«, schrie er.

Jetzt bremste die Turmspitze ab und wurde langsamer. Aber sie stoppte nicht.

Drei Meter.

»Setzen!«, brüllte Kari.

Sie setzten sich in ihre Sitze und schnallten die Gurte um.

Dann stoppte das Sirren der Rotoren. Es war wie der allererste Moment in einem Aufzug, der sich nach unten in Bewegung setzt. Sie spürten den Beginn des Falls in ihren Mägen. Der Augenblick war zu kurz, um Panik aufkommen zu lassen, kürzer als ein Wimpernschlag. Dann eine Erschütterung, und es war vorbei.

Sie standen auf der Spitze eines einhundert Meter hohen Turms im Nirgendwo des Death Valley. Es war gespenstisch still, nur der Wind pfiff. Kari und Eva saßen regungslos in der Kabine. Zu den Seiten konnte er die Kante der Plattform sehen. Sie endete nur wenige Meter von den seitlichen Ausgängen. Die Sonne ließ die Rotoren lange Schatten werfen. Wie ein Spinnennetz ragten sie über die Plattform – bis an den Abgrund.

Eva blickte ihn an. »Und jetzt?«

Die Vorstellung, in dieser Höhe auf dieser winzigen Plattform zu stehen, verursachte Kari erhebliches Unbehagen. Es gab kein Geländer, nichts. Nur blankes glattes Metall, über das der Wind fegte. Schon hier in der Kabine schlug seine Höhenangst an. Und wieder sagte er sich, dass es keine Simulation war. Er hatte schon mehrfach versucht, seine Höhenangst zu kurieren. Die Szenarien waren ähnlich: Mit Avataren hatte er auf

Hochhausdächern gestanden, in den Rocky Mountains, im obersten Stockwerk eines offenen Treppenhauses. Das war durchaus hilfreich gewesen, aber trotzdem ließ sich der rationale Part des Gehirns nie gänzlich austricksen. Da war immer diese leise Stimme, die ihm einflüsterte, dass das alles nur ein Spiel war. Dass er nicht sterben konnte.

Doch das hier war real. Hier konnte er sterben.

»Ich fürchte, wir sollen da jetzt raus«, sagte Kari. »Auch wenn ich keinen blassen Schimmer habe, was dann passieren wird.«

»Gibt es etwa kein Empfangskomitee?«, fragte sie.

Es sah nicht danach aus, als würde sie jemand abholen kommen. Kein anderer Kopter flog heran, auf der Plattform tat sich nichts. Sie waren mutterseelenallein.

Sie stand auf und stieg aus. Es tat ihm weh, ihr dabei zuzusehen. Dann reichte sie ihm wortlos von draußen die Hand. Er ergriff sie und sagte:

»Diesmal springen wir aber bitte nicht irgendwo runter, ja?«

Sie schüttelte lächelnd den Kopf.

Kari atmete tief durch und nahm all seinen Mut zusammen. Langsam schob er das rechte Bein aus dem Ausstieg des Multikopters. Alle Muskeln seines Körpers waren in Alarmbereitschaft und verkrampft. Die Höhenangst hielt ihn umklammert wie eine Kralle. Er glitt hinaus und spürte, wie der Wind an ihm riss. Er hievte das linke Bein nach, während er sich mit dem Rücken und den Händen an den Bauch des Multikopters presste.

Die Sonnenstrahlen waren Faustschläge ins Gesicht und kamen von überall, weil das Metall alles reflektierte. Eva und Kari mussten die Augen zukneifen, um sich vor dem gleißenden Licht zu schützen. Er versuchte, tief durchzuatmen, um sich zu beruhigen. Aber die trockene heiße Wüstenluft machte es ihm schwer. Es roch nach Sand. Er schmeckte Sand, dessen schweren Quarzgeschmack, der sich dick auf die Zunge legte. Er witterte auch das Metall des Turms.

»Geht's?«, fragte Eva. Ihre braunen Haare wehten im Wind, das Grün ihrer Augen leuchtete. Er nickte.

»Ich schaue mich mal um«, sagte sie und ging langsam die wenigen Meter bis zum Rand der Plattform. Es war für ihn nicht zu ertragen, sie dabei zu beobachten. Er schloss die Augen und versuchte, an nichts zu denken, während der Wind um seinen Körper pfiff und an ihm zupfte wie hungrige Finger. Sie wollten ihn ziehen, Zentimeter für Zentimeter, von der Sicherheit des Multikopters weg, in eine einzige Richtung: an den Rand. Bis er fallen würde. Fallen. Fallen.

»Ben.«

Er verbot seinen Augen das Öffnen.

»Ben!«

Was wollte sie? Ihm sagen, dass es hier nichts gab? Das wusste er. Ihm sagen, dass sie in eine Falle getappt waren? Wusste er auch. Dass sie ins Tal des Todes stürzen würden? War das nicht klar? Unvermeidlich? Menschen waren nicht dafür geschaffen, auf metallenen Türmen zu leben. Das war nicht ihr natürliches Habitat.

»Ben, mach endlich die Augen auf!«

Als Kari die Augen öffnete, sah er Eva in wenigen Metern Entfernung stehen. Sie hatte ein Bein in lässiger Haltung angewinkelt, grinste und lehnte an – einem Geländer. Er blickte sich um. Den Rand der Plattform säumten metallene Stäbe, über die ein Handlauf verlief. Das Geländer reichte Eva bis zur Hüfte.

Sie hob die Hände, als könne sie nichts dafür.

»Das Ding war auf einmal da«, rief sie und winkte ihm. »Komm.«

Tatsächlich bedeutete das Geländer für ihn den entscheidenden Unterschied. Jetzt fühlte er sich einigermaßen sicher. Er löste die Hände vom Multikopter und begann zu gehen. Vorsichtig. Das Metall war glatt. Aber es ging. Er schritt zu ihr, zum Geländer. Der Wind blies heftig, und er gab sich Mühe, nur auf seine Füße zu schauen und nicht in die Weite.

Dann ergriff er das Geländer und untersuchte es. Es war aus einem Spalt gefahren, der sich ringsum zog. Kari konnte keinerlei Nähte oder Ähnliches entdecken, was auf eine Vertiefung hingedeutet hätte. Und jetzt, mit der Sicherung in beiden Händen, konnte er erstmals den Blick in die Weite richten. Trotz der gefährlichen Lage, in der sie sich befanden, fand er die Aussicht atemberaubend. Die surrealen Gesteinsformationen des Death Valley zogen sich unter ihnen zu allen Seiten bis zum Horizont. Der Himmel über der Wüste war ein stahlblaues Meer. Die Landschaft wirkte fremdartig, zugleich aber auch stimulierend.

In diesem Moment begannen sich die Rotoren des Kopters zu bewegen. Langsam, dann schneller und schneller. Der Luftwirbel erfasste sie.

Sie waren viel zu nahe. Im freien Feld hätten sie einen deutlichen Sicherheitsabstand eingehalten. Aber das hier war kein freies Feld. Beziehungsweise lag das freie Feld einhundert Meter tiefer.

Kari ging in die Hocke und presste den Rücken an das Geländer. Eva tat dasselbe.

Der Kopter hob sich kerzengerade in die Höhe; fünf Meter über der Plattform blieb er einen Moment reglos in der Luft stehen, dann kippte er schräg nach links, so ruckartig, dass sie, hätten sie noch darin gesessen, hinausgerutscht wären. Schließlich flog er in einer scharfen Kurve davon.

»Ich hoffe, das Rückfahrticket war inklusive«, sagte Eva.

Er kam nicht dazu, ihr zu antworten. In der Mitte der Plattform, dort, wo der Helikopter gestanden hatte, öffnete sich der

Boden wie die Blende einer Kamera. Er gab ein fünf Meter breites kreisrundes Gitter frei. Bevor Kari sich darüber wundern konnte, geschah etwas, das seinen Herzschlag für einen Moment aussetzen ließ. Der Boden unter ihren Füßen um das Gitter herum wurde von einem Moment auf den anderen durchsichtig. Er stieß einen Schreckensschrei aus.

Er blickte in einhundert Meter Tiefe, mitten ins Innere des Turms. Man sah eine komplexe Struktur. Das große Gitter war die obere Grenze eines gewaltigen Lüftungsschachts, der sich in der Mitte in die Tiefe zog. Ringsherum wand sich wie eine DNA-Helix eine Treppe aus Metall. An dem Punkt, wo sie oben begann, war ein neues Loch in der nun durchsichtigen Plattform entstanden.

»Ich glaube, wir werden erwartet«, sagte Eva.

Sie ging zum Eingang der Treppe und stieg die ersten Stufen hinab. Es sah merkwürdig aus, sie in die transparente Struktur eindringen zu sehen. Kari ging ihr nach. Jeder Schritt über die gläserne Plattform kostete ihn Überwindung. Er hatte das Gefühl, jeden Moment einzubrechen.

Die Treppe führte scheinbar endlos in die Tiefe. Sie war aus Metall und ebenfalls gitterartig. Auf jeder Stufe hinterließen ihre Schuhe helle Trittgeräusche, die von den metallenen Wänden des Turms hundertfach zurückgeworfen wurden.

Sie stiegen hinab. Seine Höhenangst war noch aktiviert, weil er durch die Stufen hindurch in die Tiefe sehen konnte. Aber es war nicht mehr so schlimm wie zuvor, weil die Treppe zu beiden Seiten begrenzt war.

Es wurde schnell düster, je tiefer sie kamen. Doch es gab ein Beleuchtungssystem im Inneren. Kleine Lampen zogen an beiden Seiten des Turms perlenartig hinab.

Der Abstieg war mühselig und langwierig. Kari fragte sich, ob sie den ganzen Weg auch wieder nach oben gehen mussten.

Eva ging voraus, er hinter ihr. Sie redeten kaum. Nichts deutete darauf hin, dass hier irgendjemand außer ihnen war. Schon bald geriet er in einen meditativen Zustand und setzte nur noch einen Fuß vor den anderen.

Kari fragte sich, wie der Turm funktionierte. Hatte sich die gesamte Struktur beim Ausfahren entfaltet? Oder war sie im Boden versunken gewesen und im Ganzen hochgefahren worden? Er konnte es sich kaum vorstellen, wie man eine solch gewaltige Konstruktion in ihrer Gesamtheit in diese Höhe hieven konnte. Diesen Turm zu konstruieren musste eine architektonische und technische Meisterleistung gewesen sein. Doch welchen Sinn hatte es überhaupt, einen Turm einhundert Meter in die Höhe ausfahren zu lassen? Der ganze Aufwand nur, um Eindringlingen den Zugang so schwierig wie möglich zu machen?

»Ben, sind wir schon auf Bodenhöhe?«

Er blickte nach oben. Licht drang schwach durch die Gitter. Es war unmöglich zu schätzen, wie tief sie gelangt waren.

Eva hatte gestoppt und wartete auf ihn. Er hatte eine Idee. Vielleicht konnte er errechnen, in welcher Tiefe sie sich befanden. Vier Stufen machten etwa einen Höhenmeter aus. Er sah auf die Uhr. Sie waren etwa zehn Minuten lang abgestiegen. Für eine Stufe brauchten sie grob gerechnet eine Sekunde, dann hatten sie zwischendurch immer wieder gestoppt und Pausen gemacht, also bisher rund fünfhundert Stufen geschafft. Das würde bedeuten: Ebenerdigkeit. Die einhundert Meter Turmhöhe waren allerdings nur eine Schätzung. Vielleicht waren sie auch schon unter Tage.

»Möglich. Oder sogar tiefer«, sagte er.

Die Treppe zog immer weiter nach unten, ein Ende war nicht in Sicht. »Unheimlich, oder?«, sagte sie.

Das war es. Gut, es war damit zu rechnen gewesen, dass Immortal seinen Masterserver maximal absichern würde. Kari hatte sich atombunkerartige Konstruktionen vorgestellt. Mit einem schier endlosen Turm hatte er keinesfalls gerechnet.

Sie liefen weiter. Diesmal ging Kari schnellen Schrittes voran. Er hatte nur die Uhr als Anhaltspunkt. Aber der Turm schien genauso weit ins Innere der Erde zu ragen wie nach oben.

Er behielt die Uhr im Blick. Sie stiegen weitere zwanzig Minuten die Treppenhelix hinab. Eva und er verfielen in einen eigenen Rhythmus, der in den Trittgeräuschen ihrer Schuhe auf den Metallstufen widerhallte. Nach und nach hatten sie sich aufeinander abgestimmt, ohne dass sie ein Wort darüber verloren. Eva ging jetzt wieder voran. Kari beobachtete sie. Wie sich ihr Rücken bewegte. Wie ihr Hemd Falten über ihren Körper warf. Ihr Körper. Ihre Dynamik. Ihre Bewegungen. Ihm wurde bewusst, dass sie ihm gefiel. Er mochte sogar, wie sie ihre Füße auf das Metall setzte. Fest und sicher. Aber zugleich spielerisch.

Kari ließ die vergangenen Tage Revue passieren. Bilder ihrer Wohnung in Berlin kamen ihm in den Sinn. Es schien alles so weit weg und lange her. Er dachte an die Fotos von ihrer Großmutter und ihrem Exfreund. Wie sie ihn geliebt haben und getrauert haben musste, als sie sich getrennt hatten. Wie sie ihn vielleicht gehasst hatte für das, was er tat. Er dachte an ihre Worte über die Emotionen, die sie nur in Büchern gefunden hatte. Unvermutet hatte sie sie auch endlich in der realen Welt gefunden und dann verloren. Er dachte an das Foto von ihr als Zwanzigjährige, wie sie neben Vanessa Guerrini stand.

Wie würde das hier enden? Reuben Mars. Die ultimativen Beweise wollte er ihnen präsentieren. Kari konnte sich nicht vorstellen, dass da wirklich etwas kommen würde, was ihn überraschen konnte. Wahrscheinlich würde er ihnen ein paar Beispiele von Schönungen präsentieren. Kennedys notorische Untreue war bekannt, seinem Ewigen hatten sie sie bestimmt rausgestrichen. Solcherlei würde Mars garantiert als großen Skandal verkaufen.

Aber gut, sie hatten das Spiel mitgespielt. Mars wollte die GPS-Daten des Masterservers. Wahrscheinlich saß er jetzt vor seinem Terminal und verfolgte, wie sich ein roter Punkt – Kari – bewegte. Er würde nun die 3D-Karten konsultieren müssen, denn seit einer halben Stunde bewegten sie sich nur noch in der Z-Achse. Die 3D-Karten der Erde waren allerdings lückenhaft. Auf der Oberfläche der Erde mochte kaum noch ein weißes Fleckchen vorhanden und mittlerweile alles von Immortals Nanodrohnen kartografiert und in Echtzeit für die Blended Reality erfasst sein. Alles hieß: das, was sich in den fünfzig bis hundert Metern über der Erdoberfläche abspielte, in denen Menschen liefen, fuhren, flogen, wohnten – Gebäude inklusive. Aber große Bereiche des Erdinneren waren noch immer Terra incognita. Wahrscheinlich war es deshalb für Immortal die einzig logische Lösung, seinen Masterserver unterirdisch zu lagern. Dort, wo niemand hinkam, kein Mensch und kein Avatar – Ewige würden sich ohnehin nicht auf die Suche danach begeben. Würde Mars in seinem Avatar blind hierher gleiten, liefe er Gefahr, im Stein zu landen. Selbst wenn es nur virtuell wäre, eine schöne Erfahrung wäre das nicht.

»Ben«, rief Eva über die Schulter zu ihm hoch. »Ich kann das Ende der Treppe sehen!« Sie klang aufgeregt. »Da ist eine Tür!«

Kari überholte sie. Er war ungeduldig. Er wollte das hier so schnell wie möglich zu Ende bringen. Hätte er gewusst, welchem Ereignis ihn jeder seiner Schritte näher bringen sollte, hätte er es nicht so eilig gehabt.

16

Die spezielle Taskforce war ein Witz. Gerade mal zwei Leute hatten sie ihm überlassen. Der eine, Burton, war ein abgehalfterter Ex-Marine. Seine aktive Zeit lag länger zurück als die virtuelle Revolution. Außerdem hatte er, da war sich Wesley Gibson ziemlich sicher, ein ernstes Alkoholproblem. Und Rodriguez, Ex-CIA, war, soweit er das in Erfahrung bringen konnte, vorzeitig entlassen worden. Unehrenhaft, wie man munkelte; es gab Gerüchte über sexuelle Belästigung. Immerhin waren beide keine Anfänger. Dennoch. Zwei Mann war Immortal der Kampf wert – gegen die bislang ernsteste Bedrohung aller Zeiten. Was für eine Ignoranz.

Wesley saß in seinem Büro im Olymp vor dem Monitor und rauchte. Er blickte auf das Stones-Poster, das die bizarre Let-It-Bleed-Torte zeigte, mit den Rolling Stones als Zuckerfigürchen obendrauf. Einer seiner Lieblingssongs auf der Platte war »Monkey Man«. So fühlte er sich gerade: Er war der Affe für Prakash und Zhang. Warum saß er nicht schon längst in Dabneys Büro, das so riesig war, dass man darin eine Minigolfanlage hätte unterbringen können? Seit Jahren wartete er nun schon auf das, was sie ihm versprochen hatten. Den Chefsessel von Fidelity. Und noch immer musste er die Schimpansenarbeit für Prakash und Zhang erledigen.

Er war der Monkey Man.

Gibson blies den Rauch gegen seinen Monitor, auf dem in diesem Moment Immortals geheime Datenbank »Life« geöffnet war. Sie erlaubte, die gesamten virtuellen Aktivitäten der Menschheit zu überwachen.

Schön, dann würde er eben seinen Job machen.

Hier bei Fidelity ahnte niemand etwas von seinem Doppelleben. Dabney, der Idiot, hatte keinen blassen Schimmer. Dieser kleine Pisser. Wenn der wüsste, dass er den Laden bald übernehmen würde. Gibson grinste und zog an seiner Zigarette. So war es vereinbart worden, zwischen ihm und Prakazhang (inoffizieller Spitzname des Führungsduos), als ihr gemeinsames kleines Cookie bei jenem netten Kaffeekränzchen im Grand Dome vor fünf Jahren.

Gibson blies erneut eine Wolke Rauch über sein Terminal. Durch die Schwaden sah er die blinkenden Anzeigen einer Satellitenkarte, die auf Nevada gezoomt war, genauer: auf das Death Valley. Eine Linie führte in die Mitte des Bildschirms und endete in der Wüste, scheinbar im Nichts, aber Gibson wusste, dass sich dort in der Nähe der Turm verbarg, der zum Masterserver führte. Unter ihm führte ein Gang weiter, wie ein Maulwurfsbau. Er war mindestens drei Kilometer lang und verlief hinunter in tiefste Tiefen. Die Linie endete exakt an dem Punkt, wo der Gang letztlich endete und der Masterserver lag. Entscheidend war die Z-Achse. Sie zeigte an, in welcher Tiefe sich der geheime Raum befand.

Es handelte sich übrigens nicht um den Masterserver, auch wenn Kari und Lombard das glaubten. Es war ein Server, aber nur einer von Hunderten.

Diese Information hatte er nicht geteilt.

Leider konnte er nicht direkt verfolgen, was dort unten gerade vor sich ging. Immortal gestattete keine Kameras in den

Einrichtungen. Der Ort sollte streng geheim bleiben. Jede Datenspur, die ihn verließ, konnte abgegriffen werden.

Gibson betrachtete die Anzeige von »Life«. In dem Moment, in dem sich irgendjemand mit seinem Avatar im Masterserver einloggte, würde auf der Karte ein neuer roter Punkt auftauchen. Von diesem aus würde sich dann sofort eine Linie über die Karte ziehen und schließlich an dem Ort enden, wo der Mensch war, der diesen Avatar steuerte.

Gibson stellte sich Reuben Mars vor, wie er regungslos auf einer Couch saß, die Augen hinter seiner Brille geschlossen, das Haar zurückgebunden. Gibson malte sich aus, wie Burton und Rodriguez die Tür eintraten, Mars' Augen aufgingen, die Jungs ihre Kanonen zückten und eine Kugel in das dämliche Nerdgesicht jagten – mitten zwischen die Augen. Im gleichen Moment würde der Avatar im Masterserver verschwinden wie ein zerplatzter Luftballon.

»Life« war das schlagende Herz der Blended Reality – ein allmächtiges Tool. Wenn er wollte, konnte Gibson darüber den Aufenthaltsort jedes Menschen tracken, der sich über einen Avatar einloggte. Er konnte sogar in jeden beliebigen Avatar schlüpfen wie in einen fremden Körper. Sogar in jeden Ewigen, wenn ihm danach war. Dann konnte er in der Ich-Perspektive all das miterleben, was der Avatar oder Ewige gerade sah, hörte, sagte und tat. Er konnte sich anzeigen lassen, wenn irgendeine Durchschnittslady in ihrer gelifteten Virtuellmontur zur Arbeit ging, wenn Max Biedermann per Headtrip nach Thailand reiste, um in Patthaya eine Sexorgie zu beobachten. Oder wenn John F. Kennedy gerade im Oval Office ein neues Gesetz unterzeichnete. Die Versuchung für solche Späßchen war ungeheuer groß, aber Gibson ließ es. Prakash und Zhang würden es herausfinden. Sie fanden letztlich alles heraus.

»Life« war das ultimative Überwachungstool – und eine

Datenkrake, da Immortal alle Avatar- und Ewigen-Streams aufzeichnete und heimlich auswertete. Gibson hatte es nicht glauben können, als er das erste Mal von »Life« erfuhr. Es war eines der bestgehüteten Geheimnisse von Immortal. Die breite Bevölkerung ahnte nichts davon, dass ihre virtuellen Aktivitäten permanent überwacht und aufgezeichnet wurden. Wüsste sie es, könnte das womöglich das Ende von Immortal bedeuten. Dieser Konzern hatte die Blended Reality erfunden und mit ihr zugleich die kompletteste und umfassendste Überwachungsmaschinerie, die die Welt je gesehen hatte. Alles, was die NSA jemals konstruiert hatte, um Menschen auszuspionieren, war Kinderspielzeug gegen das, was Immortal aufgebaut hatte, um die Realität und ihre virtuelle Erweiterung in Gänze zu erfassen.

Nicht mal Immortal-Mitarbeiter kannten diese Datenbank. Der Konzern war sehr vorsichtig im öffentlichen Umgang mit dem Thema Datenaggregation geworden. Der Grund für diese Vorsicht waren die Lebenstracker und die Nanodrohnen. Bei der Einführung hatte es gewaltige Proteste von Datenschützern gegeben; nach der mühseligen Überwindung der Ära der globalen Überwachung durch die NSA und andere Geheimdienste kein Wunder. Immortal hatte die Lebenstracker und deren Funktionen vollständig offengelegt und sie von Fachleuten prüfen lassen. Tatsächlich waren sie konsequent verkapselte Systeme. Ja, sie zeichneten alles auf, was ein Mensch tat, sagte, dachte – und das ein Leben lang. Aber an diese Daten kam Immortal erst nach dem Tod des Nutzers heran. Und die Nanodrohnen waren verständlicherweise notwendig, um die Blended Reality in Echtzeit möglich zu machen. Immortal hatte zugestanden, diese Daten nicht zu speichern und auszuwerten.

Prakazhang hatten ihm »Life« gegeben, um Marlene Dietrichs verlorenen Ewigen aufzuspüren. Er hatte sich geehrt gefühlt, als sie ihm den Zugriff eröffnet hatten. Er, der kleine

Fidelity-Spion, erhielt Zugriff auf eine Datenbank, die selbst bei Immortal nur eine Handvoll Leute kannten.

Es konnte sein, dass Prakash und Zhang niemanden innerhalb Immortals beauftragt hatten, weil sie Lecks fürchteten. Möglicherweise hatte Mars noch unbekannte Anhänger im Konzern? Aber irgendwie konnte er das nicht so recht glauben. Dafür war Mars zu unbeliebt gewesen.

Blieb die zweite Möglichkeit: Sie wollten nicht, dass jemand im Konzern von dem Algorithmus erfuhr. Und wenn das so war, dann war seine Zukunft ungewiss, möglicherweise nicht existent.

Doch das würde nicht passieren, dachte Gibson. Er hatte vorgesorgt. Deswegen hatte er Prakash nicht von der Leuchterscheinung auf dem Thermopolium-Stream berichtet. Es war immer gut, einen Trumpf in der Hand zu halten. Wie hieß es doch so schön bei Fidelity: Vertrauen ist gut, wir sind besser.

Bei der Suche nach Marlene Dietrich hatte »Life« allerdings nicht weitergeholfen. Dietrichs Ewigen-Aufzeichnungen waren in den letzten Wochen vor ihrem Verschwinden lückenhaft gewesen, ganze Abschnitte fehlten. Immortal war Dietrich schon vor ihrem Verschwinden aufgefallen und hatte sie von ihm überwachen lassen. Er hatte Rodriguez auf den Fall angesetzt, daher war er auch auf dem Video zu erkennen. Dummerweise hatte Kari es ebenfalls gesehen. Interessant war, dass Kari sich schon vor Dietrichs Verschwinden mit ihr getroffen hatte; das jedenfalls hatte ihm Rodriguez versichert. Er hatte Karis Avatar an diesem Abend der Leuchterscheinung mit Dietrich zusammen gesehen. Gibson hatte es nicht glauben können, aber Rodriguez war sich hundertprozentig sicher gewesen, dass es Karis Avatar war. Warum sollte Rodriguez sich irren? Er hatte am Nachbartisch gesessen.

Gibson würde noch klären müssen, welche Rolle Ben in dieser Sache wirklich spielte. Hatte Kari heimlich mit Mars zusammengearbeitet? Hatte er ihm bei dem Experiment geholfen? Das wäre ein Ding. Aber er konnte das eigentlich nicht glauben. Vielleicht hatte Ben sich einfach so mit Dietrich getroffen? Das hatte Gibson zunächst angenommen. Wieso auch nicht? Bevor sie verschwunden war, hatte er keinen Grund gehabt, argwöhnisch zu sein. Aber nun konnte er nicht mehr an einen Zufall glauben. Und dann noch das Leuchten. Es war bei ihrem Treffen passiert. Es konnte kein Zufall sein.

Dietrichs letzte Position war ihr Hades in Berlin gewesen. Ihr Zimmer im ersten Stock. Dann war ihr Stream in der Nacht ihres Verschwindens einfach abgerissen. Nicht mehr als das also, was ohnehin bekannt war. Und auch nicht mehr als das, was Ben herausgefunden hatte. Erstaunlich überhaupt, dass Ben so weit gekommen war. Er hätte ihm das nicht zugetraut. Es war Dabneys Idee gewesen, Kari den Fall zu übergeben. Zum einen, weil Kari der Dietrich-Experte war. Zum anderen, weil Dabney glaubte, dass Kari der Letzte wäre, den Immortal als Aufklärer in geheimer Mission vermuten würde. Was hätte er, Gibson, dagegen sagen sollen? Dabney wusste schließlich nicht, dass er selbst schon längst an Dietrich dran war.

Mars hatte Dietrichs Todessperre ausgeschaltet. Prakash vermutete, dass sein Algorithmus Dietrichs Code auf unbekannte Art destabilisiert hatte, sodass sie mehr oder weniger zerstört worden war. Es war wirklich rätselhaft: Nach dem zu urteilen, was Kari von Lars von Trier erfahren hatte, klang es so, als sei die Dietrich regelrecht depressiv geworden.

Aber was hatte es mit diesem rätselhaften Leuchten auf sich? Gibson konnte sich das nicht erklären. Was hatte Mars mit ihr angestellt?

Er würde die Laborleute darauf ansetzen, sobald er mit Mars fertig war. Das Problem war: Er konnte Mars nicht lebend fangen und befragen. Rodriguez und Burton würden es mitbekommen. Das Risiko, dass Prakash davon erfuhr, war zu groß. Außerdem bestand die Gefahr, dass Mars Prakash von dem Leuchten erzählen würde.

Ben war das nächste Problem. Er wusste nun mehr, als er wissen durfte. Er hatte den toten Kellner entdeckt. Er hatte die Leuchterscheinung gesehen. Und er hatte den Chip. Gibson hatte kein Risiko eingehen wollen und seine Leute in das Hotelzimmer geschickt. Sollte Ben glauben, dass ihm Immortal auf den Fersen war. Waren sie ja auch. Nur musste er noch nicht wissen, dass er, Gibson, für Immortal arbeitete. Offenbar ahnte Kari nichts davon, sonst hätte er ihm Mars nicht auf dem Silbertablett präsentiert. Ben, guter alter Ben. Warst schon immer etwas naiv. Sonst hättest du das auch mit Hannah längst herausgefunden.

Auf Gibsons Bildschirm blinkte ein stilisierter Stierkopf auf. Rodriguez. Warum musste er es immer so übertreiben mit der Betonung seiner Wurzeln? Gibson schaltete auf intrakranielle Übertragung. Rodriguez' Anruf wurde direkt über seinen Hirnchip geleitet, er hörte dessen Stimme direkt in seinem Kopf. Gibson hatte keine Lust darauf, von jemandem belauscht zu werden. Er tippte auf den Stierkopf.

»Was gibt's?«, murmelte Gibson laut genug, dass der Lautsprecher seines Terminals es gerade eben auffangen konnte.

Intrakranielle Kommunikation fühlte sich anders an als ein Kopfhörer. Er vernahm Rodriguez' Stimme, als würde dieser direkt vor ihm stehen und zu ihm reden. Immer wieder erstaunlich. Und immer wieder auch ein wenig befremdlich.

»Kopter und Drohnen sind startklar.«

»Gut.«

»Wann haben wir seine Position?«, fragte Rodriguez.

»Keine Ahnung.«

»Ich hoffe, er ist nicht allzu weit weg.«

»Das hoffe ich auch«, sagte Gibson. »Out.«

Theoretisch war es möglich, dass Mars in der Antarktis saß und von dort aus seinen Avatar steuerte. Dann hätten sie ein Problem. Aber das hielt Gibson für unwahrscheinlich. Er wurde per internationalem Haftbefehl gesucht und war gegenwärtig der meistgesuchte Mann der Welt. Sein Bild lief in den Medien rauf und runter. Er würde das Risiko nicht eingehen, in irgendein Flugzeug zu steigen.

Gibson glaubte, dass Mars sich an einem abgeschiedenen Ort in den USA aufhielt. Näher als gedacht, in Kalifornien, vielleicht sogar im unmittelbaren Umfeld von Los Angeles oder Mountain View.

Mars wusste nichts von »Life«, die Datenbank war nur der engsten Führungsriege bekannt. Aber natürlich war Mars kein Dummkopf. Er rechnete damit, getrackt zu werden. Die Frage war, wie bald er damit rechnete. Gibson glaubte, dass Mars auf Zeit spielte. Wie schnell »Life« arbeitete, konnte er nicht wissen.

Sie würden schnell zuschlagen müssen. Dafür hatten Rodriguez und Burton den Kopter. Er würde die beiden aus Mountain View sofort überall hin fliegen.

Und wenn das zu lange dauern würde, waren da immer noch die Killdrohnen, die mit Überschallgeschwindigkeit flogen. Aber das war die Karte, die Gibson möglichst nicht ziehen wollte. Die Drohnen waren zu auffällig und zu unzuverlässig. Er würde abwägen müssen, wie viel Zeit ihnen blieb. Wenn Mars wirklich irgendwo in Sibirien war, würde er sie losschicken müssen. Und wenn das Zeugen produzierte, würde eine Drohne auch für dieses Problem eine Lösung finden. Was war so schlecht an einer vorgezogenen Immortalisierung? Es sparte Zeit. Er grinste über seinen eigenen Witz und drückte den Stierkopf weg.

17

Das Ende der Treppe war nicht das Ende ihrer Odyssee. Kari und Eva hatten die schwere Metalltür durchschritten. Dahinter erstreckte sich ein Gang, der zwar nicht mehr direkt in die Tiefe zu führen schien, sich jedoch endlos zog, schmucklos in die Erde getrieben, mit den vertrauten Notleuchten an beiden Seiten. Mal machte der Tunnel einen leichten Knick nach links, mal nach rechts. Nach einer Weile war unmöglich einzuschätzen, wie weit sie sich vom Turm entfernt hatten, wo sie sich in Relation zu ihm befanden und wie tief unter der Erde sie waren. Der Gang war dennoch leicht abschüssig, sie stiegen also immer noch hinab. Kari fragte sich, wie dieses Gangsystem wohl belüftet wurde. Er spürte einen feinen Luftzug. Es musste also eine Ventilation geben. Aber er hatte keine Ahnung, wie sie funktionierte und wo sie sich befand.

Ob Reuben Mars nach wie vor seinen Lebenstracker verfolgen konnte – so tief unter der Erde? Für Kari wäre es wie ein Wunder, wenn irgendein Signal durch solche Erdmassen dringen würde. Er hoffte, dass Mars sie ausfindig machen konnte, sonst wäre dieses kleine Abenteuer ganz umsonst gewesen.

Es war kühl. Sie liefen schweigend nebeneinander. Er fühlte sich verloren. Was ging in ihr vor? Eva war so still, sehr ungewöhnlich für sie, und ihre Miene ernst.

Alles fühlte sich unwirklich an. Dieser Gang. Dieses Vorhaben. Wofür das alles? Um das vermeintliche ewige Leben vor einem Verrückten zu retten? Hunde, wollt ihr ewig leben? Er hatte vergessen, woher dieser Satz stammte, der ihm plötzlich in den Kopf kam.

Seine Gedanken schwirrten in alle Richtungen, während er durch den endlosen Gang schritt, ziellos und ungeordnet wie Lichtwellen, die sich von einer Glühbirne ausbreiten, ohne Sinn und Zweck, nur der einen Prämisse folgend, von diesem Punkt wegzuströmen, hinaus in den Raum, und nie mehr zurückzukehren. Würden sie zurückkehren? Oder würde das hier ihr Grab werden?

Der Gang floss an seinen Augen vorbei und verschwamm. Ihm war, als ob er in den Augenwinkeln ein Muster wahrnahm. Er blickte zur Seite, um die Form genauer zu betrachten – aber sie verschwand im selben Augenblick.

Neben Valots Leiche hatte er das Gleiche schon einmal erlebt. Was war los mit ihm? Begann er zu halluzinieren? Wurde er verrückt?

Nach einer halben Stunde gelangten sie wieder an eine Tür. Sie war auf einmal da, einfach so, ohne irgendwelche Vorzeichen. Kari sah Eva an. Sie wirkte ernst und entschlossen. Er drückte die Türklinke, und die schwere Metalltür öffnete sich.

Weiß.

Weiße Helligkeit übergoss seine Netzhaut und löschte alles in seinem Kopf aus. Sie kam so unerwartet. Die Helligkeit überforderte ihn. Er hielt die Hände schützend über die Augen und sah Evas Umrisse. Sie tat das Gleiche wie er.

Es roch nach Stein. Nach altem, feuchtem Stein.

Langsam bildeten sich Strukturen aus der Weiße heraus. Sie waren in einer riesigen Halle.

Alles war weiß, der Boden, die Wände. Ein künstlicher Sonnenhimmel an der Decke erfüllte den Raum gleichmäßig mit simuliertem Tageslicht. Die Halle war quadratisch, etwa hundert Meter lang und ebenso breit. Die Wände zogen sich mindestens fünfzig Meter in die Höhe und glitzerten von Abertausenden funkelnder Punkte. Kari hatte keine Vorstellung, wie viele es sein mochten. Hunderttausende? Millionen? Er ging langsam auf eine Seite des Raums zu, um die Strukturen besser betrachten zu können. Die glitzernden Punkte verliefen in langen gleichmäßigen Reihen. Es waren kleine Vertiefungen, in denen etwas glänzte.

»Ben!«, schrie Eva.

Aus dem Augenwinkel sah Kari etwas mit irrwitziger Geschwindigkeit auf sich zukommen. Eine große weiße Kugel, die ihm bis zur Brust reichte, rollte heran. Bevor er in Panik geraten konnte, stoppte sie, nur wenige Zentimeter vor ihm. Er hatte sie weder gesehen noch gehört. Sie hatte sich völlig lautlos bewegt. Nun stand sie reglos. Ihre Oberfläche war makellos glatt und glänzte. Eva atmete schnell und schwer vor Schreck.

Auf der Oberfläche der Kugel erschien ein schwarzes Rechteck. Darin tauchte ein schwarzer Punkt auf. Ein Schaltknopf? Kari tauschte einen kurzen ratlosen Blick mit Eva aus.

Plötzlich nahmen sie aus den Augenwinkeln Bewegungen wahr. Viele Bewegungen. Eva und Kari fuhren herum. Sie konnten kaum glauben, was sich vor ihren Augen abspielte. In dem großen weißen Raum poppten Menschen aus dem Nichts auf – Männer, Frauen, Kinder. Sie tauchten einfach auf. Lautlos erschienen sie innerhalb von wenigen Sekunden, bis eine Menge aus Avataren vor ihnen stand. Kari schätzte, dass es mehrere Hundert waren. Sie standen so dicht gedrängt, dass sich einige Avatare teilweise überschnitten. Sie waren inaktiv und standen völlig regungslos da, mit entrücktem Blick – wie eine Masse betäubter Menschen. Es war ein verstörender Anblick.

In der Mitte der Menge begann sich jemand in Bewegung zu setzen. Es war ein Mann, etwa Mitte siebzig, mit schlohweißem, gut frisiertem Haar. Er trug einen eleganten blauen Anzug.

»Na los, drück schon, Kari!«, sagte er und kam auf sie zugelaufen. Dabei scherte er sich einen Dreck um Physikalität. Er lief einfach durch die anderen Avatare hindurch.

Eva wollte etwas sagen, bekam aber kein Wort heraus.

»Sind Sie das etwa, Mars?«, fragte Kari.

Der Mann nickte.

»Bitte entschuldigen Sie, dass ich in diesem Aufzug erscheine. Reine Sicherheitsmaßnahme.«

»Was soll das, Mars?«, sagte Eva. »Wer sind all diese Leute?«

Der Mann drehte sich kurz zu der Masse an Avataren um. Dann grinste er Kari und Eva an. Es passt nicht, dachte Kari. Dieser Mann sah viel sympathischer aus als Mars.

»Ignorieren Sie sie einfach. Die bilden lediglich ein Ablenkungsmanöver.«

Kari dämmerte, was Mars vorhatte. Die vielen Avatare sollten Gibson und seine Leute verwirren und ihnen die Rückverfolgung erschweren. Nicht unklug.

»Woher wussten Sie, dass wir am Ziel waren?«, fragte Kari.

Es war merkwürdig, mit ihm durch einen fremden Avatar zu reden.

Mars lächelte schwach. Dann zeigte er mit Zeige- und Mittelfinger auf Karis Augen. »Ich habe es gesehen, Kari. Mit Ihren Augen.«

»Was meinen Sie damit – Sie haben es gesehen? Sie haben doch nur meine GPS-Daten?«

»Herrlich, Ihre Naivität! Es macht wirklich Spaß, in Sie hineinzuschlüpfen. Die Welt mit Ihren Augen zu sehen.«

Kari spürte Wut in sich aufsteigen wie Kohlensäure. Er versuchte, sich seine Überraschung nicht anmerken zu lassen. Es war ein unheimliches Gefühl, zu wissen, dass dieser Irre vollen Zugriff auf seinen Körper hatte. Reuben Mars hatte ihn die ganze Zeit benutzt wie einen Avatar, ohne dass Kari etwas mitbekommen hatte.

»Ach, und Kari – tut mir leid, das mit Ihrer Höhenangst. Da möchte man wirklich nicht in Ihrer Haut stecken.«

Er lachte über seinen Kalauer und zwinkerte Kari zu.

»Nun machen Sie schon, Kari. Drücken Sie endlich drauf.«

Kari streckte die Hand aus. Er zögerte, aber dann berührte er den schwarzen Punkt vorsichtig mit der Spitze seines Zeigefingers. Er spürte etwas, obwohl die Oberfläche der Kugel völlig glatt war. Es fühlte sich an wie ein kleiner Nippel. Er zuckte im ersten Moment angesichts der organischen Empfindung überrascht zurück, legte die Fingerkuppe jedoch erneut darauf und drückte.

»Eingabe«, sagte die Kugel. Es war eine männliche Stimme. Sie klang angenehm.

Kari schaute zu Mars und Eva. Er wusste nicht, was er tun sollte. Mars seufzte und schüttelte den Kopf. »Geben Sie was ein.«

»Was soll ich eingeben?«, fragte Kari.

»Einen Namen. Irgendjemand Immortalisiertes, dessen Daten Sie haben wollen.«

Eva drehte sich zu Mars um.

»Sie meinen, wir können jetzt jede beliebige Ewigen-Akte einsehen?«, fragte sie.

Mars nickte.

»Habe ich zu viel versprochen? Na los, Kari.«

»Warum geben Sie nicht selbst was ein? Sie wollten uns doch Beweise liefern.«

»Sie sind der Einzige, für den Eingaben freigeschaltet sind.

Außerdem akzeptiert der Bot keine Eingaben von Avataren. Sicherheitsmaßnahme. Die GPS-Koordinaten dieses Masterservers sind zwar so geheim wie die Mobilnummer von Deepak Prakash. Aber falls sie doch jemand herausfindet, soll er sich wenigstens die Mühe machen, persönlich hier zu erscheinen.«

»Ich warte auf Ihre Eingabe«, sagte die Kugel.

»Okay«, sagte Eva. »Mars, Sie haben behauptet, Immortal würde Politiker-Ewige manipulieren.«

»Genau das«, sagte Mars. »Geben Sie John F. Kennedy ein.«

Kari wandte sich der Kugel zu und beugte sich hinunter.

Mars seufzte wieder. Der Alte-Mann-Avatar wirkte wie ein Oberlehrer und Kari wie sein Schüler, der gerade auf der Leitung stand.

»Das ist nicht nötig. Sie müssen mit diesem Bot nicht reden wie mit einem kleinen Kind. Er versteht Sie auch so.«

»Sie müssen mit mir übrigens auch nicht reden wie mit einem Kind«, sagte Kari. Dann richtete er sich wieder auf und sagte zu der Kugel: »John F. Kennedy«.

Der schwarze Punkt auf dem Display der Kugel stob in konzentrischen Kreisen über die Kugeloberfläche wie Wellen auf der Oberfläche eines Sees, in den man einen Stein fallen ließ. Es war eine nahtlos-saubere Animation, die etwas Hypnotisches an sich hatte. Einen Moment später begann die Kugel sich zu bewegen, zielstrebig und schnell wie eine Billardkugel, die von einem Queue getroffen wurde. Sie rollte blitzschnell zur anderen Seite des Raums. Kari zuckte zusammen, als sie dabei durch die vielen reglosen Avatare hindurchschoss. Es wirkte so real.

Die Kugel verschwand hinter den Avataren aus ihrem Sichtfeld, aber dann sahen sie sie wieder, als sie wie schwerelos die Wand hochrollte. Nach etwa zwanzig Metern stoppte sie, klebte mitten an der Wand und rührte sich nicht mehr.

Während sie das Schauspiel beobachteten, sagte Mars: »Das ist alles etwas altmodisch hier, oder? Aber man hat das Archiv ja für nichts weniger als die Ewigkeit gebaut. Wasserdicht. Erdbebensicher. Rostfrei. Hier gibt es keine Metalle, alles ist aus Glas und Stein.«

»Archiv?«, fragte Eva. »Ich dachte, wir sind im Masterserver?«

»Auch. Aber hier sind darüber hinaus die ganzen Ewigen-Daten gelagert.«

»Und wie?«, fragte Eva.

»In Diamant.«

»In Diamant?« Sie schaute verdutzt.

Er machte mit dem Arm eine ausladende Bewegung.

»Was glauben Sie, warum funkelt alles so schön?«

Kari und Eva blickten sich um. Auf einmal begriff Kari.

»Es sind Lebenstracker«, sagte Kari. »Überall!«

»Genau«, sagte Mars. »Immortal hat alle Originale, so wie sie sind, aufbewahrt. In jeden Diamanten sind die Lebensdaten des jeweiligen Menschen quantenlithografisch dreidimensional eingeschrieben. Und zwar nicht in irgendeiner Programmiersprache, die sich dauernd ändert, sondern in mathematischem Code, der einzigen unveränderlichen Sprache.«

»Aber sind die Daten nicht im Netz?«, fragte Eva.

»Ja, natürlich. Aber nur in Form des Ewigen-Codes, nicht im Original«, sagte Mars. »Die Steine sind das Daten-Back-up – gelagert für die Ewigkeit. Oder sagen wir besser: für die Archäologen.«

Kari und Eva blickten in die riesige Halle, über die Wände mit den funkelnden Edelsteinen.

»Jeder Stein war ein Mensch«, sagte Eva. »Das hier ist ein riesiger Friedhof. Es müssen unzählige sein …«

»Etwa vierzig Millionen«, sagte Mars. »Und es besteht weiterer Platz.« Er zeigte auf die rechte Wand. Tatsächlich gab es dort einen großen Bereich in der rechten unteren Hälfte, der nicht funkelte.

»Man kann es ganz leicht ausrechnen. Pro Tag sterben weltweit rund hundertfünfzigtausend Menschen. Macht pro Jahr etwa fünfundfünfzig Millionen. Die Immortalisierung gibt es seit rund fünfundzwanzig Jahren. In dieser Zeit sind über eine Milliarde Menschen gestorben. Natürlich hatten die nicht alle Lebenstracker. Afrika und Asien zum Beispiel können Sie vergessen – völlig unterentwickelte Märkte für Immortal. Das ändert sich gerade, weil der Lebensstandard steigt. Wer mehr Geld in der Tasche hat, braucht sich nicht mehr so sehr um das Leben vor dem Tod zu sorgen, sondern hat endlich Zeit, sich um das Danach zu kümmern. Tja, und auch die Inder wollen sich nicht mehr nur auf die Wiedergeburt verlassen. Man könnte schließlich als Wurm zurückkommen.«

»Moment, Mars«, sagte Eva. »Ich verstehe Ihre Rechnung nicht. Man muss den Tracker doch ein Leben lang tragen? Wie können dann überhaupt schon so viele Ewige entstanden sein?«

»Man muss den Tracker nicht ein Leben lang tragen, Eva«, sagte Mars in seiner gutmütigen Altmännerstimme. »Wenn Sie die Daten von zwei Jahren haben – eigentlich reicht auch eines –, können Sie die Persönlichkeit eines Menschen extrapolieren.«

Eva blickte erstaunt. »Wie bitte?«

»Augenblick …«, sagte Mars. Der Mann mit dem schlohweißen Haar und dem Anzug erstarrte. Seine Augen blieben leblos auf ihnen hängen.

Eine neue Stimme ertönte entfernt aus der Masse der Avatare. Diesmal war es eine Frau.

»Ist alles Statistik«, sagte die Frau.

Kari und Eva suchten verwirrt nach der Herkunft der Stimme. Eine hochgewachsene langhaarige Brünette Mitte dreißig trat aus der Avatar-Ansammlung und stolzierte auf sie zu. Sie trug High Heels und ein enges rotes Kleid, das viel Bein zeigte. Sie sah aus wie ein Model. Dass Avatare immer so aufgedonnert daherkommen müssen, dachte Kari.

»Eine einfache Gauss-Verteilung, Eva«, sagte sie. »Die Mehrheit der Menschen sind Normalos, allesamt säuberlich eingereiht unter der großen Haube der Glocke, was aus Programmierersicht übrigens stinklangweilig ist, völlig simpel zu simulieren. Man greift einfach auf die Datenmasse zurück.«

Evas Miene zeigte eine Mischung aus Unverständnis und Unbehagen.

Die Frau sah es, strich sich die virtuellen Haare zurück und seufzte. »Menschen ändern ihre Persönlichkeit nach der Pubertät nicht mehr grundlegend. Das heißt, ein Jahr aus dem Leben ist genug, um den Rest vorherzusagen. Dazu hat Immortal ja diesen riesigen Datenschatz aus allen anderen Lebenstrackern. Sie können mithilfe von Big-Data-Analysen nach Übereinstimmungen mit anderen suchen. Anhand dieser Analysen kann man Menschen in Typen einsortieren und dann mit ziemlich guter Trefferquote auch Erinnerungen antizipieren, die ein Mensch sehr wahrscheinlich gemacht hat, weil andere sie auch gemacht haben. Letzten Endes reicht das aus, um mit hoher Trefferquote ein vollständiges Persönlichkeitsprofil eines Menschen zu erstellen.«

Eva schüttelte den Kopf. »Das glaube ich nicht. In einem Jahr kann so viel passieren. Was ist, wenn ich ausgerechnet in dem Jahr einen schweren Unfall habe? Oder eine Midlife-Crisis? Oder meine Beziehung zerbricht?« Sie blickte den Model-Avatar fordernd an. Dabei musste sie zu der Brünetten aufschauen, weil sie Eva fast um einen Kopf überragte.

»Eva, ich raube Ihnen ungern Ihre Ideale. Aber ein Großteil unserer Spezies lebt jeden Tag wie den anderen einfach so vor sich hin. Variation gibt es kaum. Und selbst wenn solche unvorhergesehenen Ereignisse auftreten: Irgendjemand unter den vierzig Millionen Immortalisierten hat ebenfalls einen Unfall, eine Trennung oder Midlife-Crisis erlebt. Passt seine Persönlichkeitsstruktur, dann ist die Wahrscheinlichkeit sehr hoch, dass er ähnlich damit umgehen wird. Menschen sind Gewohnheitstiere und berechenbar, Eva. Deswegen mögen sie Beständigkeit und das, was sie kennen. Was glauben Sie, warum die lieber Ewige wählen als echte Politiker? Weil sie dann das bekommen, was sie kennen.«

»Aber … was ist mit den Erinnerungen?«, fragte Eva. »Die Erinnerungen eines Lebens? Die fehlen doch, wenn man nur Daten eines Jahres hat?«

Die Frau in dem roten Kleid nickte. »Das stimmt«, sagte Mars. »Je länger man den Tracker trägt, desto umfangreicher und vollständiger sind die Erinnerungen. Aber vielen reicht es schon, wenn ihr Ewiger einigermaßen realistisch herumläuft und spricht. Die Angehörigen beschweren sich meistens nicht darüber, wenn sie Erinnerungslücken bemerken. Denn erstens vergessen auch Menschen eine Menge; insofern funktionieren die Erinnerungen von Ewigen meist sogar besser als die von echten Menschen. Aber auch hier spielt wieder eine Rolle, dass der Alltag vieler Menschen völlig banal ist. Was tun die meisten denn den ganzen Tag über wirklich? Sie gehen zur Arbeit. Dann kommen sie heim. Sie essen was. Sie trinken. Sie schauen Fernsehen. Und am Wochenende gehen sie in den Supermarkt, ins Kino oder in den Park. Dafür reicht ein virtuelles Abbild des Ehemannes oder der Ehefrau mit den Erinnerungen der letzten zehn Jahre. Und wer spricht mit seinem Partner außerdem dauernd über die ferne Vergangenheit?«

Eva war fassungslos.

Kari tat es fast ein wenig leid, sie so zu sehen. Sie war eine

Gegnerin der Ewigen, nicht der Menschen. Die technische Praxis hinter der Immortalisierung baute auf Erkenntnissen auf, die ihr Weltbild ins Wanken brachten. »Er hat recht, Eva«, sagte Kari. »Immortal empfiehlt eine Mindesttragedauer des Trackers von fünf Jahren. Das ist ein empirischer Wert, der gezeigt hat, dass diese Menge an Erinnerungsdaten ausreicht, damit ein Ewiger den Alltag mit lebenden Angehörigen meistern kann, ohne befremdlich zu wirken. Es kann allerdings passieren, dass er befremdlich wirkt, darauf weist Immortal in seinen AGBs hin.«

»Die dürften die wenigsten lesen«, sagte Mars. »Die sind dicker als die Bibel.« Er lachte, bevor die Miene des Models in eine verständnisvolle Mimik verfiel. »Das ist wahrscheinlich für Sie jetzt ziemlich desillusionierend, Eva, das kann ich verstehen. Es wird aber noch abgefuckter. Um fehlende Erinnerungen zu vervollständigen, bedient sich Immortal einiger Tricks. Zum Beispiel gibt es die Möglichkeit der Completion by Proxy – Angehörige können die Erinnerungen eines Menschen, die nicht vom Tracker erfasst wurden, komplettieren und Ereignisse, die sie mit dem Ewigen erlebt haben und auf die sie Wert legen, nachträglich in den Ewigen einfüttern. Zum Beispiel der erste Kuss, das erste Kind, die erste gemeinsame Wohnung – solches Zeug, das Übliche eben. Natürlich aus der subjektiven Sicht des Hinterbliebenen und in mehr oder weniger großer Abweichung von der Erinnerung des Toten. Aber im Zweifel sind die Hinterbliebenen damit umso glücklicher. Wenn sie mit ihrem geliebten Ewigen über alte Zeichen sprechen können und er sich über den ersten Kuss genauso freut wie sie selbst, obwohl er vielleicht in Wahrheit dabei gar nichts empfunden hat.«

Eva schüttelte den Kopf.

»Und es gibt noch einen Trick. Man kann zur Not auch Erinnerungen erfinden.«

»Was?!«, fragte Eva.

Mars nickte. »Es gibt Fälle, zugegeben seltene, in denen alle erwähnten Methoden nicht ausreichen. Dann designt ein Psychologe die fehlenden Erinnerungen. Dafür hat Immortal eine eigene Abteilung.«

»Aber das fällt doch auf!«, rief Eva.

»Nein. Menschen wollen glauben. Sie hängen dem Phänomen an, dass die Hinterbliebenen beginnen, die falschen Erinnerungen zu übernehmen und sie vermeintlich teilen.«

Eva verzog das Gesicht. »Das ist einfach nur widerlich.«

Mars lächelte. »Sie haben ja recht. Aber das eigentliche Problem ist doch, dass die Ewigen sich nicht wehren können, oder? Sie sind genauso eingekapselt wie die Lebenserfahrungen in den Diamanten. Sie können sich nicht mehr entwickeln und selbst lernen und entscheiden, was sie wollen. Aber nur, weil Immortal das so will. Das war es, was ich ändern wollte.«

»Was ist mit den Ewigen, die ohne Tracker geschaffen wurden?«, fragte Kari. »Zum Beispiel John F. Kennedy?«

»Die wurden der Vollständigkeit halber auch in Diamant geschrieben«, sagte Mars. »Da kommt JFK angerollt.«

Er zeigte auf die Wand, wo die Kugel hing, die sich wieder in Bewegung gesetzt hatte und langsam Richtung Boden aus ihrem Blickfeld rollte. Dann schoss sie plötzlich durch die Avatare hindurch und blieb dicht vor Kari stehen. Obwohl er das Spiel kannte, zuckte er zurück.

Auf ihrem Display stand nun »John F. Kennedy« und darunter ein schwarzer Punkt. Kari drückte darauf, und auf der Kugel erschien Text.

Immortalisierungsbericht,
File-Nr. 1221-78769564-989811100
Kennedy, John Fitzgerald (r),

Geburtstag: 29. Mai 1917, Brookline, Massachusetts, USA
Kennedy, John Fitzgerald (r), Todestag: 22. November 1963, Dallas, Texas, USA
Kennedy, John Fitzgerald (v), Immortalisierung: 11. Juli 2032
Ort der Immortalisierung: Immortal Inc. Incubator III (Osiris), San Mateo
Visuelles Alter des Ewigen: 46 Jahre
Copyright: Federal Government of the United States
Hades: Washington D.C.

Kari blätterte durch die Akte. Es waren unzählige Seiten. Ein gewaltiges Dossier über JFK hatte Immortal anlegen lassen: Videoaufnahmen, Reden, Biografien, Aussagen von Verwandten, Bekannten, anderen Politikern. Natürlich auch alle Informationen zur Ermordung im Sommer 1963 in Texas. Das berühmte Zapruder-Video in voller Länge, das mit einer Handkamera aufgenommen live zeigte, wie der Präsident erschossen wurde. Kari spielte es ab, und sie sahen die Bilder, die vor achtzig Jahren die Vereinigten Staaten in Schockstarre versetzt hatten. Der Präsident in seiner offenen Limousine, verschwommen, seine Frau neben sich. Dann, wie er nach vorne sackt. Und schließlich, wie sein Schädel aufplatzt, als ein weiterer Schuss ihn in den Kopf trifft.

Eva wandte sich ab, als die schrecklichen Bilder über die weiße Kugel flimmerten.

»Und – haben sie den Mörder ermitteln können?«, fragte Kari.

»Mit achtzig Prozent Wahrscheinlichkeit«, sagte die Avatar-Frau und lächelte.

Kari las in der Akte. »Was? Die sollen es gewesen sein? Aber das kann doch …«

»Entschuldigung, Ben«, fuhr Eva dazwischen, »wir sind nicht

hier, um Kennedys Mörder zu finden. Wir wollen Beweise für Immortals Manipulationen sehen. Wo sind sie, Mars? Sie haben sie uns versprochen.«

Das Avatar-Model warf ihr einen kurzen missbilligenden Blick zu, dann wandte Mars sich an Kari.

»Okay, Immortal hat jedem Diamanten neben den Originaldaten die Modifikationen eingeschrieben. Gehen Sie zur Rubrik ›Optimierung‹.«

»Optimierung?«, fragte Kari.

»Optimierung. Ist zynisch, ich weiß, aber so nennen die Immortals das.«

Kari blätterte zurück ins Inhaltsverzeichnis der Akte, fand aber keinen Eintrag dieses Titels.

»Ach ja, ich vergaß«, sagte Mars. »Die ist natürlich nicht ohne Weiteres einzusehen. Sie müssen der Kugel das Passwort mitteilen.«

»Und das wäre?«, fragte Kari. »Passwort?«

»Nein, es lautet Acht.«

»Acht?«, fragte Kari. »Was ist das für ein affiges Passwort?«

»Nerdhumor. Müssen Sie nicht verstehen. Sie wissen schon: das Unendlichkeitssymbol, das Immortal gekapert hat.«

Kari seufzte. »Also gut.« Er wandte sich der Kugel zu und räusperte sich.

»Kari«, sagte Mars. »Das ist ein Bot. Keine neue Partybekanntschaft. Also reden Sie auch so mit ihm.«

Kari hielt einen Augenblick inne. Er überlegte kurz. Dann sagte er: »Moment, Leute. Wenn wir das jetzt abrufen, wird Immortal es erfahren, oder nicht?«

Mars nickte. »Klar.«

Eva schaute verwirrt. »Und? Sie erfahren doch sowieso alles?«

Kari blickte ihr in die Augen. »Vielleicht haben sie aber nicht damit gerechnet, dass wir wirklich reinschauen. Und wenn er richtig liegt und es tatsächlich Manipulationen bei JFK gibt, dann …«

»… dann sind Sie am Arsch, Kari.« Wäre es Mars selbst gewesen, wäre sein Blick schlicht selbstzufrieden ausgefallen. Bei der Brünetten wirkte er noch dazu auf merkwürdige Weise lüstern. Kari sah zu Eva. Ihr Blick war entschlossen.

»Ben, es gibt kein Zurück mehr. Das war doch klar.«

Kari überlegte. Wollte er es wirklich wissen? Wollte er die Wahrheit in Erfahrung bringen? Oder wollte er seine Wahrheit bewahren? Dann musste er sich jetzt von dieser Kugel abwenden, den langen Gang zurückgehen, die Treppe wieder hinaufsteigen und auf den Kopter warten, der ihn zurückbringen würde in die Sicherheit des süßen Nichtwissens, den Status quo. Das Nichtwissen, das auch Hannah beherrschte. Die nicht wusste, dass sie ihn einmal geliebt hatte. Dass er sie noch immer liebte. Die auch in einem dieser Steine ruhte, gefangen für die Ewigkeit, für einen Archäologen, der irgendwann einmal in diesem Raum stehen würde wie in der Gruft eines Pharaos und diese Diamanten vielleicht für den Schmuck oder Schatz eines längst vergessenen Königs halten würde.

Dann sagte Kari: »Acht.«

Nichts geschah.

Kari blickte Eva an, dann Mars' Avatar.

»So, und das Ganze jetzt noch in sieben weiteren Sprachen.«

»Wer denkt sich einen solchen Quatsch aus?«, sagte Kari und schüttelte den Kopf.

»Komm, Ben«, sagte Eva.

»Also gut.« Er sagte »Acht« auf Deutsch. Er überlegte einen Moment, dann: »Ocho. Otto …«

»Sehr gut, Kari. Englisch, Deutsch, Spanisch und Italienisch haben wir«, sagte Mars. »Und weiter?«

»Tja«, sagte er. »Ich fürchte, das war das Ende meiner Sprachkenntnisse. Was heißt Acht auf Französisch?«

»Huit«, sagte Eva.

»Wiederholen Sie es, Kari«, sagte Mars.

»Huit.«

Eva überlegte angestrengt. »Ochto.«

»Griechisch. Sehr schön, Eva«, sagte Mars. »Aber das war auch nicht wirklich schwer, oder?«

Kari wiederholte das griechische Wort.

»Prima, Leute, noch zwei!«

Kari und Eva schauten sich an und durchforsteten ihre Gehirne nach weiteren Sprachen.

»Oito!«, rief Eva. »Wusste ich's doch!«

»Oito«, wiederholte Kari. »Welche Sprache war das?«

»Portugiesisch«, sagte sie. »Ein Urlaubsandenken.«

»Einer noch!« Reuben Mars feuerte sie an wie Fußballspieler bei einem entscheidenden Endspiel.

»Ich bin am Ende meines Lateins«, sagte Eva.

»Ich nicht«, sagte Kari. Dann sagte er: »Octo.«

In diesem Moment erschienen erneut die Wellen, die über die Kugel liefen. Die Buchstaben zerflossen und verschwanden. Dann tauchte eine neue Akte auf. Darüber stand »Optimierung«.

»Bitte schön«, sagte Reuben Mars. »Da sind Ihre Beweise.«

Eva trat näher an die Kugel heran und begann zu lesen.

»Anforderung Implementation von Positivmotivation für:«

Darauf folgte eine lange Liste von Namen – Konzerne sowie Personen. Sie begann mit Immortal und Fidelity und einer Reihe von Firmen, die mit Immortal irgendwie assoziiert waren. Dann kamen Personennamen, zuoberst Deepak Prakash, Mike Zhang und weitere aus der Führungsriege von Immortal. Dann Politiker, die Immortal-freundlich waren. Die Liste war lang.

Weiter unten las Eva: »Anforderung Implementation von Negativmotivation für …« Es folgte wieder eine Liste von Firmen, vorwiegend Wettbewerber von Immortal – Virtuix, Augment, Facebook-Oculus, Google, Apple und Lens, die verbliebene Sparte des einstigen Riesen Microsoft. Dann wieder Personennamen, ausnahmslos Immortal-Kritiker, vorwiegend Politiker. Eva war wenig überrascht, ganz weit oben den Namen Vanessa Guerrini zu finden.

Daran schlossen weitere »Motivationen« an, diesmal gegenüber Umständen und Dingen; so sollte JFK positiv motiviert gegenüber der Blended Reality im Allgemeinen und liberal eingestellt hinsichtlich der Immortalisierung sein.

Ein eigener Passus beschäftigte sich ausschließlich damit, dass JFK den Umgang mit immortalisierten Politikern bevorzugte. Er sollte Ewige in sein Team aufnehmen, immortalisierte Gouverneure bevorteilen und außenpolitisch mit Ewigen-Staatschefs besonders gute Beziehungen pflegen.

Es war überdeutlich, um was es sich handelte: feinste Schnitte mit dem Skalpell in der Psyche von John F. Kennedy, dem mächtigsten Mann der Welt. Der US-Präsident sollte Immortal Inc., seinen Gründern und der Technologie gegenüber freundlich eingestellt sein. Kritiker standen bei ihm auf der schwarzen Liste.

Ganz am Ende stand eine Anforderung, die merkwürdig klang. Sie befahl die Implementation einiger Charakterzüge des ehemaligen US-Präsidenten Jimmy Carter.

»Das ist einfach unglaublich«, sagte Eva.

Kari sagte nichts. Er konnte es nicht fassen. Das hier hatte überhaupt nichts mehr mit den feinen Justierungen zu tun, um Hinterbliebene zu schonen oder Verstorbene im besten Licht darzustellen. Hier hatte ein Konzern gezielt die Persönlichkeit eines virtuellen Menschen – des US-Präsidenten! – zu seinem Vorteil verändert. Während er las, brach seine Welt Stück für

Stück zusammen. Immortal war korrupt. Das hier war der Beweis. Die Welt (nicht nur seine) war in Gefahr.

Kari fragte sich, ob Fidelity von diesen Machenschaften wusste. Wie hatte das seinen Kollegen bei der Zertifizierung dieser Politiker entgehen können? Es lag außerhalb seiner Vorstellungskapazitäten.

Sein bisheriges Leben war zu Ende. Was lag nun vor ihm?

Kari dachte an den toten Lars von Trier. An den toten Frédéric Valot. Er dachte an Gibson, dem er jetzt nicht mehr vertrauen konnte. Sollte er Mars warnen, dass sie ihn in diesem Moment jagten?

Und da war die Scham, auch Eva hintergangen zu haben.

Kari wusste nicht, was er tun sollte, und schwieg.

Reuben Mars trat unruhig hin und her, während sie beide weiter in der Akte von John F. Kennedy lasen.

»Sie finden ähnliche ›Optimierungen‹ bei allen virtuellen US-Präsidenten und vielen internationalen Staatsoberhäuptern: Jelzin, de Gaulle, Kohl, Schmidt, Berlusconi, Thatcher, Palme … Und sie pflegen alle diese Positivpräferenz anderen Ewigen-Politikern gegenüber. Ein selbsterhaltendes System.«

»Moment, Mars, es gibt immer noch freie Wahlen«, rief Eva.

Mars lachte. »Ja, stimmt, die gibt's noch. Also, bei uns jedenfalls. Aber ich glaube, Sie wissen als Journalistin selbst, welche Mittel und Wege existieren, Politiker in Ämter zu hieven. Wenn ein JFK jemanden als seinen Nachfolger aufbaut, dann wird er auch gewählt werden.«

»Seit wann geht das schon so?«, fragte Kari.

»Oh, es ging eigentlich gleich mit dem ersten virtuellen Präsidenten Ronald Reagan los. Sie sollten seine Akte sehen! Dagegen ist die von JFK ein Dreck. Wir können uns bei Hillary Clinton bedanken. Clinton war total gegen die Immortalisierung. Sie hatte sich vorgenommen, die Immortalisierung zu bekämpfen. Das war gleich in der Anfangszeit der Blended Reality. Immortal hat darauf reagiert. Clinton hat sie mit ihrer kompromisslosen Politik letztlich dazu getrieben.«

Kari ließ sich von der Kugel die Akte Ronald Reagans holen. Während er sie studierte, wandte sich Eva an Mars.

»Reuben, wie funktioniert der Server? Wird hier die virtuelle Realität erzeugt?«

»Sie muss hier entstehen. Das ist das Archiv, aber der Raum muss zugleich der Server sein. Ich frage mich nur, wo die aktiven Elemente sind.«

Kari hatte ihm kaum noch zugehört. In ihm reifte ein Entschluss. Kein Zurück mehr.

»Mars, ich muss Ihnen etwas sagen.«

Die Modelfrau sah ihn an, sagte aber nichts.

»Wo ist Ihr Körper jetzt?«, fragte Kari. »Jetzt in diesem Moment?«

Die Augen der Avatar-Frau zuckten. Mars verstand.

»Sie haben mich verraten«, sagte er. Kari hielt seinem Blick stand und schwieg.

Evas Unterkiefer klappte runter. »Was hast du getan, Ben?«, rief sie.

»Es tut mir leid«, sagte Kari. »Ich wusste nicht, dass er die Wahrheit sagte, ich dachte, er ist nichts als ein Spinner und will …«

»Wie viel Zeit bleibt uns?«, unterbrach ihn Mars.

»Ich weiß es nicht. Immortal trackt Sie, seitdem Sie hier erschienen sind. Vielleicht sind sie schon auf dem Weg zu Ihrem Körper.«

Mars überlegte. Die Augen der Brünetten flatterten. Dann gefroren sie plötzlich. Mars hatte den Avatar verlassen.

»Ich glaube zwar nicht, dass sie es schaffen werden, mich so schnell zu finden«, rief eine Männerstimme aus der Avatar-

Menge. »Aber wir dürfen keine Zeit mehr verlieren.« Eva und Kari drehten sich zu der Stimme um.

Ein älterer Mann mit Halbglatze und Vollbart kam auf sie zugelaufen. Er trug Jeans und einen braunen Pullover.

»Uns rennt die Zeit weg«, sagte Mars. »Schnell, Kari, sagen Sie ›Text-Eingabe‹.«

Nachdem Kari der Aufforderung nachgekommen war, erschien auf der Oberfläche des Kugel-Bots ein umrahmtes weißes Feld und darunter ein Keyboard.

»Legen Sie Ihre Hände auf die Tastatur«, sagte Mars.

»Was soll ich tippen?«, fragte Kari.

»Das werden Sie sehen. Legen Sie die Hände darauf.«

Kari legte die Finger auf die Tastatur. Wieder spürte er die Vorwölbungen, die der Kugel-Bot seinen Fingerkuppen vorgaukelte.

»Ich habe mich mit Ihrem Lebenstracker verbunden und werde darüber in den Masterserver eindringen. Tun Sie genau, was ich Ihnen sage, Kari. Denken Sie an einen Wasserfall. Stellen Sie ihn sich so plastisch vor wie möglich.«

»Mars, was soll der Quatsch?«, sagte Kari.

»Oh mein Gott!«, rief Eva. Kari und Mars fuhren zu ihr herum. Sie zeigte auf den Platz, wo der Avatar der Brünetten eben noch regungslos gestanden hatte. Sie war weg.

»Der Avatar ist verschwunden«, sagte Eva und blickte beide an.

»Sie sind auf dem Weg«, sagte Mars. »Tun Sie, was ich Ihnen sage, Kari!«

Kari schloss die Augen. Das Weiße des Raums verschwand, und Kari zog sich in den Raum hinter seinen Augen zurück. Es war nicht ganz dunkel. Dafür war das Weiße zu stark, drang durch seine Lider, wollte in den inneren persönlichen Raum vorstoßen und die Leere vertreiben. Aber Kari ließ es nicht zu. Er überließ sich dem Fluss seiner Gedanken, die von einem

Moment auf den anderen ein Bild in seinem inneren Raum malten. In kraftvollen, echten Farben sah er Wasser in einer wunderschönen Beugung über einen Hang fallen. Es fiel hundert, zweihundert Meter in die Tiefe, wo sich das herabgefallene Wasser mit dem des Flusses vereinigte. Kari hörte das Rauschen des Wasserfalls. Es füllte den Raum, drang weiter vor, vertrieb alles andere. Seine Lider zuckten, wehrten sich gegen das imaginäre Bild, aber das Wasser gewann, das Bild stand vollständig vor ihm, dynamisch, echt, stark. Er war erstaunt, wie gut ihm die Imagination gelang.

»Sehr gut, Kari«, sagte Mars.

Er gab sich dem Wasserfall hin und vergaß, dass seine Hände auf einem Kugel-Roboter lagen. Er vergaß den Turm, das Death Valley, Reuben Mars, Immortal und Fidelity.

»Denken Sie nur an den Wasserfall, Kari.«

Er hörte die Worte des Hackers kaum. Sie gingen im Rauschen unter.

»Kari, bewegen Sie die Finger. Stellen Sie sich vor, wie sie die Tropfen des Wassers fühlen, wie das Wasser an ihnen vorbeiströmt.«

Er bewegte die Finger und spürte Tropfen. Spürte Wasser. Es floss. So angenehm. Seine Fingerkuppen tanzten wie die eines Pianisten.

»Okay, Kari. Sie können die Augen wieder öffnen.«

Das Erste, was Kari wahrnahm, war die Kugel, deren Textfeld von Computercode gefüllt war. Hatte er das etwa geschrieben? Hatte Mars diesen Code über seinen Lebenstracker in ihn eingefüttert? Wenn Immortal geahnt hätte, dass Mars imstande war, ihn als physisches Medium zu nutzen, um den Masterserver zu manipulieren, hätten sie seinen Avatar wohl niemals hier reingelassen. Clever.

Auch der Raum hatte sich verändert. Um sie herum war ein

großer Kreis mehrerer kleiner gläserner Obelisken aus dem Boden gefahren, jeder etwa brusthoch. Sie standen in der Halle wie eine futuristische Miniaturversion der Megalithen von Stonehenge und umkreisten sie und die Avatare. Auf ihrer Oberfläche befanden sich Displays, die etwas anzeigten.

»Okay, Kari, gehen Sie jetzt zu dem Serverturm dort hinten, der etwas größer ist als die anderen.«

An einem Punkt des Kreises, den die Obelisken bildeten, war ein Objekt aus dem Boden gefahren, das sich von den anderen Glasobelisken unterschied. Der gläserne Turm hatte keine Spitze, war oben flach und überragte die Obelisken um etwa einen halben Meter.

Kari sah sich um. Eva stand nicht mehr bei ihnen. Sie fuhr gerade mit der Hand über einen der gläsernen Obelisken.

»Los, Kari! Schnell!«

Kari rannte zum Turm. Dafür musste er durch einige Avatare hindurchgehen, anders hätte er sein Ziel nicht erreichen können. Es kostete ihn einiges an Überwindung. Bei jedem Criss-Cross spürte er das Warnvibrieren im Kopf. Schließlich stand er an dem Turm, den Mars meinte. Auf seiner Oberfläche sah Kari das Display, aber keine Tastatur.

»Legen Sie die Hände darauf und denken Sie wieder an den Wasserfall.«

»Was haben Sie vor, Mars?«

»Das ist meine letzte Chance, die Ewigen zu erwecken«, sagte Mars. »Tun Sie es!«

Kari hielt die Hände über den Turm und zögerte.

»Wie wollen Sie die Ewigen erwecken?«

»Mein Gott, Kari! Ihr Ewiger war mir lieber! Sie sind ein Feigling! Ich schleuse den Bewusstseins-Algorithmus ein.«

Kari überhörte die Bemerkung bezüglich seines Ewigen. Er verstand nicht, was Mars damit meinte.

»Was für ein Algorithmus?«

»Ich habe ihn an Marlene Dietrich getestet. Er wird den Ewigen Bewusstsein geben. Dann sind sie frei von all ihren Fesseln.«

»Was soll das bringen, Mars? Wir müssen die Beweise hier rausschaffen.«

»Kari, wenn Sie es nicht für mich tun wollen, dann tun Sie es für Hannah! Sie wird frei sein! Sie wird Sie endlich erkennen und aus ihrem Elterngefängnis ausbrechen. Tun Sie, was ich sage.«

Karis Gedanken rasten. All das war Mars' Plan gewesen. Von Anfang an. Er hatte ihnen keine Beweise zukommen lassen, sondern Zugang zum Masterserver bekommen wollen. Um die Ewigen selbst zu manipulieren.

Was sollte Kari tun? Er hatte keine Zeit mehr. Gibson war Mars auf den Fersen. Er konnte ihn jeden Moment erwischen.

Alles, was er wusste, war, dass er bis jetzt auf der falschen Seite gestanden hatte.

Mars hatte sie nicht belogen. Sagte er jetzt neuerlich die Wahrheit? Würde er Hannah befreien? Was würde geschehen, wenn die Ewigen Bewusstsein erlangten?

Kari musste sich entscheiden.

Jetzt.

Er legte die Hände auf das Display. Diesmal fühlte er keine virtuellen Nippel, sondern Kälte. Er schloss die Augen und ging zurück an den Ort hinter seinen Augen. Das Wasser kam, wesentlich stärker als zuvor. Kari stöhnte. Der Wasserfall drohte ihn mitzureißen. Er musste alle Kraft aufbringen, um nicht weggespült zu werden. Er spürte seine Fingerkuppen sich bewegen, huschen, flitzen, so irrsinnig schnell, dass sein Gehirn die Bewegungen nicht mehr auseinanderhalten konnte. Seine Hände wurden kalt. Sehr kalt. Kalt wie Eis. Sie wurden taub und froren auf dem Obelisken fest. Aber Kari wusste, dass sie nicht gefroren waren, es war nur eine Illusion. Seine Finger bewegten sich, hatten sich aber von seinem Körper abgekoppelt. Der Wasserfall rauschte und spritzte gegen seine Augen, seinen Kopf, er toste und brüllte. Sein Gehirn fühlte den Druck. Ein Crescendo in seinem Körper. Kari stöhnte wieder, dieses Mal vor Schmerz. Er würde das nicht mehr lange aushalten können.

In diesem Moment zersplitterte etwas laut.

Reuben Mars brüllte: »Eva, nein!«

Kari riss die Augen auf. Der Schmerz verschwand im selben Augenblick. Seine Hände lagen noch immer auf dem Display, über das in irrsinniger Geschwindigkeit Zeichenketten rauschten, so schnell, dass sie verschwammen.

Er sah Eva neben einem Scherbenhaufen. Sie hatte einen Obelisken zerstört und trat gerade mit dem Fuß gegen den nächsten.

»Nein!«, hörte Kari Reuben Mars, der ihnen entgegenrannte, wieder brüllen. Doch nach wenigen Metern sackte sein Avatar in sich zusammen und verschwand.

18

Es war nicht ein roter Punkt, der auf der Karte erschien. Es waren Dutzende. Hunderte roter Punkte. So schnell, dass Gibson fast seine Zigarette fallen ließ. Innerhalb von Sekunden war das komplette Display voll. Es war ein derartiges Gewimmel, dass er die Karte nicht mehr erkennen konnte.

Scheiße! Was war los?

Exakt 451 Avatare hatten sich laut »Life« in diesem Moment im Masterserver eingeloggt. Und »Life« fing an, jeden einzelnen von ihnen zu tracken. Gleichzeitig. Linien zogen sich über die Karte wie Fäden eines Spinnennetzes.

»Verdammte Scheiße!«, brüllte Gibson.

Er aktivierte das virtuelle Keyboard und hackte auf die Tasten, die der Laser auf seinem Schreibtisch erzeugte. Gleich würde die Datenbank einfrieren. Er versuchte, den Prozess zu stoppen.

»Scheiße!«, brüllte Gibson noch einmal.

Das Stiersymbol blinkte auf.

Jetzt nicht, Rodriguez!

Es blinkte weiter. Er klickte darauf und schrie ins Mikro: »Nicht jetzt, Mann!«

»Okay«, sagte Rodriguez.

Gar nichts ist okay, dachte Gibson. Gar nichts!

Dieser verdammte Bastard Mars hatte eine ganze Horde Avatare gehackt und sie alle in den Masterserver gespült.

Was jetzt? Er konnte nicht alle tracken. Das würde Stunden dauern.

Endlich stoppte der Prozess. Die Linien wuchsen nicht mehr.

Gibson überlegte. Seine Gedanken rasten. Mars würde sich nicht länger als nötig im Serverraum aufhalten. Das hier durfte einfach nicht schiefgehen. Er dachte an Dabneys Chefsessel, auf dem eigentlich er sitzen sollte. Wenn er es jetzt vermasselte, würde er seinen Hintern nie dort hineinplatzieren können.

Lass dir was einfallen, du Idiot.

Gibson ließ sich alle Avatar-Namen anzeigen.

»Life« arbeitete. Für jeden Avatar-Namen benötigte das System etwa zwei Sekunden.

Gibson hatte keine andere Wahl, als zu warten. 451 mal zwei. Fünfzehn Minuten, bis er alle Namen hatte.

»Verdammte Scheiße!«, schrie er. Zum Glück war es schon spät und der Olymp leer. Niemand würde ihn toben hören.

Die Ziffern zählten quälend langsam hoch.

Jede Entscheidung, die er jetzt traf, kostete wertvolle Zeit. Zeit, die am Ende fehlen könnte. Er durfte sich keine Fehlentscheidung leisten.

Er rauchte eine weitere Zigarette.

Dann rief er Rodriguez an.

»Haltet euch in Bereitschaft. Ihr müsst richtig Gas geben, wenn es so weit ist«, sagte er.

»Okay. Gleich«, sagte Rodriguez.

»Gleich? Was heißt gleich?«, fragte er.

»Burton ist gerade unterwegs.«

»Verdammt, Rodriguez! Wo ist er?«

»Er holt was zu essen«, sagte Rodriguez so gelassen, als ob ihm gerade die Uhrzeit vorgelesen wurde.

»Was soll diese Scheiße? Wieso verlässt Burton seinen Platz, wenn ihr wisst, dass es jeden Moment losgeht?«

»Okay.«

Okay. Okay! Gar nichts war okay. Wenn das hier schiefging, war er richtig am Arsch.

»Ruf ihn sofort zurück. Und sag Burton, dass er endlich seine Scheiß-Line anschalten soll!«

»Okay.«

Wahrscheinlich würde Rodriguez auch »Okay« sagen, wenn jemand ihm den Lauf einer Schrotflinte an die Nase hielte. »Schrotflinte? Okay.«

Gibson drückte den Stierkopf so fest, dass der Monitor fast umfiel.

Ein paar Sekunden später erschien neben dem Stierkopf-Symbol eine geballte Faust in einem schwarzen Handschuh.

Er seufzte und schüttelte den Kopf. Womit hatte er das verdient? Sich mit solchen Idioten rumschlagen zu müssen?

Endlich war »Life« durch. Er rief die Namen auf. Die Liste erschien alphabetisch sortiert.

Henry Adam
Robert Adam
Mary Adam
Philip Andrew
Veronica Ascot
Bill Bartlett
Fred Benton

Sie war elend lang.

Er scrollte zu M.

Veronica Mandrew
George Maple

Peter Mara
Elizabeth Marrow
Dorothy Martin
Jacob McCullough.

Mars war nicht dabei. Aber er hatte auch nicht angenommen, dass dieser unter seinem echten Namen gleiten würde. Überprüfen musste er es trotzdem. Okay. Er hatte 451 Avatare. In einem von ihnen steckte Mars.

In welchem?

Gibson war abwechselnd heiß und kalt.

Er konnte unmöglich jeden einzelnen Avatar tracken. Das würde Tage dauern.

Denk nach. Denk nach!

Mars konnte nur einen von ihnen steuern. Nur einer der 451 Avatare war in den letzten Minuten aktiv gewesen. Die anderen mussten im Archiv herumstehen wie Ölgötzen.

Half ihm das weiter?

Verfügte »Life« über einen Aktivitätsfilter?

Er suchte die Menüs ab. Es gab Dutzende. »Life« war ein hochkomplexes Programm, mit dem er nicht besonders vertraut war. Unzählige Untermenüs mit Karteikarten, Filtern, Reglern, Konfigurationen. Sie waren natürlich nicht besonders intuitiv gestaltet. Warum auch? »Life« war nicht für den normalen User gemacht. Das Ding hatten Nerds programmiert. Von Nerds für Nerds.

»Scheiße«, murmelte er, während er sich mit hektischen Fingergesten durch die Tiefen des Programms wühlte, Fenster aufklappte, scannte und sie wieder schloss.

Sekunden vergingen. Eine Minute verging.

Gibson fluchte auf Immortal und alle Nerds dieser Welt. Er hasste diese Programmierer, er hasste sie alle. Das waren keine

Menschen. Sie tickten nicht wie Menschen. Sie waren gottverdammte Roboter.

Dann fand er ein Menü namens »Activity«.

Es hatte einen Filter namens »Location«. Man konnte damit die aktiven Avatare auf Ortsdaten filtern, in einer Auflösung von fünf Metern.

Aber das brachte ihn nicht weiter. Er wusste ja nicht, wo exakt im Masterserver sich Mars gerade aufhielt.

Er musste nach Zeit filtern.

Da! »Time«. Der Filter war ziemlich versteckt. Bravo, Immortal, dachte er. Ihr seid so unfähig.

Der Filter war sehr grob; er konnte Avatar-Aktivität nur in Fünf-Minuten-Intervallen filtern.

Aber das müsste reichen. Die Masse an Avataren stand seit einer Viertelstunde starr und nutzlos in der Gegend herum. 450 Stück. Nur einer war in dieser Zeit aktiv gewesen.

Gibson stellte den Regler so ein, dass »Life« ihm sämtliche Avatare anzeigte, die sich in den letzten fünfzehn Minuten im Masterserver gerührt hatten.

Er aktivierte den Filter.

Die rote Punktwolke verschwand.

Drei blieben übrig.

»Scheiße!«, sagte er erneut.

Dieser gottverdammte Mars wechselte ständig die Avatare.

Die Namensliste lautete:

Dominic Palmer
Claire Foundsworth
Richard Waterson

Verdammt!

Gibson haute mit der Faust auf den Schreibtisch. Der Monitor wackelte bedrohlich. Er hielt ihn mit einer schnellen Bewegung fest, sonst wäre er umgefallen.

Okay. Was tun?

Sollte er sich einen rauspicken und diesem Rodriguez und Burton schicken? Und den anderen beiden Drohnen?

Aber eine Drohne hatte schlechtere Erfolgschancen als seine Leute.

Nicht gut genug, dachte Gibson.

Er stellte den Regler auf zehn Minuten.

Dominic Palmer verschwand.

Claire Foundsworth und Richard Waterson blieben übrig.

Okay. Jetzt hatte er noch einen Schuss. Gibson holte tief Luft und stellte den Regler auf fünf Minuten.

»Life« zeigte immer noch Claire Foundsworth und Richard Waterson an.

Mist!

Er ließ beide Avatare tracken. Zwei Linien begannen zu wachsen, zogen sich langsam über die Karte. Die von Richard Waterson endete schließlich an einem roten Punkt über Santa Cruz, einer kleinen Surferstadt in Kalifornien. Die von Claire Foundsworth endete über Sacramento.

Gibson überlegte. Wohin sollte er Rodriguez und Burton schicken?

Santa Cruz war quasi um die Ecke von Mountain View.

Sacramento hingegen war weiter.

Die Drohne flog mit Überschallgeschwindigkeit. Sie könnte in zehn Minuten in Sacramento sein. Der Kopter würde eine Dreiviertelstunde nach Sacramento brauchen. Das war zu lange. Möglicherweise war Mars dann schon über alle Berge.

Rodriguez und Burton hingegen konnten in einer Viertelstunde in Santa Cruz sein.

Gibson überlegte. Er kannte Santa Cruz. Als Zwanzigjähriger

war er dort mit Freunden zum Surfen gewesen. Am Strand hatte er – dieses Detail fiel ihm seltsamerweise soeben wieder ein – einer Sechzehnjährigen die Unschuld genommen. Wie hatte noch mal ihr Name gelautet?

Wesley Gibson drückte auf das Stiersymbol.

»Rodriguez. Wir haben zwei Treffer. Ihr müsst nach Santa Cruz. Und wir schicken eine Drohne nach Sacramento.«

Rodriguez' Stimme erklang in seinem Kopf, unaufgeregt und desinteressiert.

»Okay.«

»Die genauen Daten gebe ich euch gleich durch.«

»Okay.«

Er seufzte.

Gibson versuchte per Fingergestik neben dem Keyboard, den roten Punkt zu zoomen. Aber die Karte blockierte. Die genauen Daten waren noch nicht da. »Life« trackte noch. Jeden Moment mussten sie kommen.

Er war froh, wenn er diese ganze Scheiße hinter sich haben würde. Wenn er endlich Fidelity übernahm. Dann wäre er nicht mehr der Monkey Man. Dann würde er die anderen zu seinen Schimpansen machen.

Gibson zögerte kurz. Sollte er Prakazhang schon einbeziehen? Er hatte einen direkten Draht zu den beiden Immortal-Gründern. Noch war der Job nicht erledigt. Er entschloss sich, ihnen lieber die gute Nachricht von Reuben Mars' plötzlichem Dahinscheiden zu übermitteln.

Der rote Punkt über Santa Cruz blähte sich auf, und in seiner Mitte offenbarte sich ein Kamerabild, aufgenommen von einer der unzähligen Nanodrohnen. Es zeigte den Ort in Echtzeit. Eine Straße erschien. Elm Street, Ecke Cedar Street, stand in der Anzeige von »Life«. Daneben die exakten GPS-Daten inklusive der Z-Achsen-Daten. Er sah auf dem Display auch die Identifikationsnummer der Nanodrohne, die ihm den Feed gerade lieferte.

Zeitgleich kamen die GPS-Daten aus Sacramento. Gibson sah sich den Ort kurz an. Es war ein Reihenhaus in der Innenstadt. Er schickte Rodriguez beide GPS-Datensätze.

Er hatte so ein Gefühl, dass er in Santa Cruz auf der richtigen Spur war. Gibson klinkte sich wieder in den Nanodrohnenfeed ein.

Er sah ein unscheinbares Holzhaus, Vorgarten, ein Zaun aus blauen Holzlatten, eine Garageneinfahrt, eine Platane an der Straßenkreuzung. Und darüber der rot-goldene Abendhimmel von Santa Cruz. Eine Möwe sauste knapp vor dem Objektiv der Nanodrohne vorbei. Dort drin war vielleicht Reuben Mars und saß auf seinem Sofa oder seinem Sessel oder sonst wo, die Augen geschlossen, im Avatar eines Fremden, tief unter der Wüste Nevadas.

Nach den GPS-Daten zu urteilen, befand sich der Körper, der den Avatar von Richard Waterson steuerte, etwas unter Oberflächenniveau. Im Keller? Umso besser, das würde es Rodriguez und Burton leichter machen.

Ein schäbiger weißer Pick-up stand vor dem Haus. Eine alte Frau, die zwei große Einkaufstüten trug, kam gerade den Gehweg entlang. Sie humpelte, ihre Beine waren geschwollen. Schlechte Venen, dachte Gibson. Wasseransammlungen. Seine Großmutter hatte das gleiche Problem gehabt.

Am Ende der gegenüberliegenden Straßenseite war ein Portal. Es kamen gerade zwei Avatare heraus. Virtuelle Touristen, das sah Gibson sofort. Ein Mann, Mitte dreißig, in übertriebenem Surferoutfit. Er trug ein unbenutztes Surfbrett im Arm, 55,99 Dollar im VR-Shop, schätzte Gibson. Ja, die virtuelle Welt konnte ganz schön teuer sein. Die Frau daneben poste mit ihrem Avatar-Körper im knappen Neonbikini und zeigte stolz ihre digital vergrößerten Brüste. Wahrscheinlich saßen die beiden in Wirklichkeit gerade auf einer von Chipskrümeln übersäten Couch in ihrem White-Trash-Holzhaus in Kansas City und wollten jetzt virtuell richtig auftrumpfen. Es gab einen Namen für solche Avatare: Sonntagsgleiter. Das hier waren zwei ganz besonders hübsche Exemplare, obwohl heute nicht mal Sonntag war.

Er überlegte, ob er die Drohne schon in das Haus steuern sollte, um die Lage zu sichten. Eigentlich war das nicht zulässig, Häuser waren privater Raum. Erst wenn ein Avatar ein Haus betrat und die Rechtmäßigkeit des Eintritts verifiziert war, griffen die hauseigenen Kameras und speisten ihre Feeds in die Blended Reality. Aber das brauchte ihn nicht zu jucken, denn mit »Life« hatte er gottgleiche Möglichkeiten.

Er ging dann allerdings das Risiko ein, Mars zu alarmieren. Denn obwohl die mikroskopisch kleinen Nanodrohnen quasi unsichtbar und völlig lautlos aktiv waren, gab es Ortungsgeräte, die sie aufspüren konnten. Möglich, dass ein Profi wie Reuben Mars sie in seinem Haus installiert hatte.

Gibson entschied sich dazu, das Risiko einzugehen. Vielleicht hatte er sie doch noch irgendwie überlistet, und das Haus war leer. Dann wäre es gut, das so schnell wie möglich in Erfahrung zu bringen, um nicht weitere Zeit zu verlieren. Zumal jeder Hinweis auf die örtlichen Begebenheiten, den er Rodriguez und Burton vorher durchgeben konnte, die Erfolgswahrscheinlichkeit der Operation steigerte.

Gibson aktivierte die manuelle Steuerung, und sofort reagierte die Drohne. Das Bild zitterte. Gibson hielt die rechte Hand ruhig im Gestenraum neben dem Keyboard. Der Scanner seines Terminals würde jede Bewegung registrieren. Er musste die Steuerung erst kalibrieren. Zwecks dessen vollführte Gibson ein paar vorsichtige Handbewegungen. Er musste ein Gefühl für die Drohne bekommen. Kaum hatte er die flache Hand minimal vorwärts geschoben, sah er auf dem Monitor das Haus von Reuben Mars näher kommen. Schnell entwickelte er ein Gefühl für ihre Trägheit. Die Drohne flog etwa drei Meter über Dachhöhe. Als sie weniger als einen Meter von der Eingangstür entfernt war, ballte er die Hand, was die Drohne augenblicklich an Ort und Stelle verharren ließ. Solange er die Faust geballt hielt, würde sie keine Bewegung in der Horizontalen machen. Er ließ die Hand absinken, um tiefer zu gehen. Die Drohne sank auf Höhe der Fenster ab. Sie waren mit Gardinen verhangen, sodass er nicht hineinsehen konnte, und außerdem geschlossen. Auf diesem Weg kam er jedenfalls nicht rein.

Der Monitor war zu klein, die Lichtverhältnisse nicht optimal. Gibson entschied sich, auf Chipfeed umzustellen. Er brauchte für diese schwierigen Manöver optimale Sicht. Gibson aktivierte das Untermenü von »Life« und koppelte seinen Hirnchip an das Terminal. Das Programm wies ihn darauf hin, dass das Gleiten in eine Drohne Schwindel und Übelkeitsgefühle erzeugen könne. Gibson bestätigte, den Warnhinweis gelesen zu haben. Immortals Technobürokratie.

Dann koppelte der Rechner. Gibson schloss die Augen, lehnte sich zurück und atmete tief durch.

Ein paar Sekunden später glitt er in die Drohne. Das Fenster ragte riesig vor ihm auf. Er ließ die Drohne vor die Tür schweben und flog dicht heran, bis sie vor seinem inneren Auge surreal aufragte wie der Hoover Dam zwischen Nevada und Arizona. Er inspizierte das Türschloss. Ohne ein Experte zu sein, erkannte er, dass es nichts Besonderes war. Rodriguez und Burton würden keine Probleme haben. Er könnte theoretisch dort hindurchschlüpfen. Aber dieses filigrane Manöver wollte er nicht riskieren.

Gibson zog die Hand leicht zurück, stoppte sie dann und

senkte sie langsam ab. Die Tür glitt vor seinem fliegenden Auge nach unten wie ein gewaltiger Aufzug. Er hatte richtig gelegen. Das untere Ende der Tür schloss nicht nahtlos mit dem Boden ab. Ein Spalt ragte vor ihm auf. Gibson stoppte die Abwärtsbewegung mit einem kurzen Schwenk der Hand nach oben. Dann entballte er seine Hand, holte tief Luft und bewegte sie vorsichtig nach vorne. Die Drohne schwebte durch den Spalt wie durch eine gigantische Schlucht.

In diesem Moment spielte »Life« ihm einen weiteren Warnhinweis ein. Das Betreten von privatem Wohnraum mit einer Reality-Drohne sei nicht zulässig. Er drückte den Hinweis weg.

Das Haus war unscheinbar, was passte. Wenn Mars tatsächlich hier war, dann hatte er einfach irgendeinen Unterschlupf gesucht.

Ein kleiner Flur und ein schmutziger Spiegel mit Minigarderobe, an der eine Lederjacke und ein dunkelgrüner Hoodie hingen. Zeitschriften stapelten sich am Boden. Aus der Fischaugenperspektive der Nanodrohne erschien alles gewaltig groß.

Gibson warf einen schnellen Blick in das Zimmer, das links abzweigte: die Küche, leer. Am Kopfende eine weitere offene Tür: das Bad. Hinten rechts in der Ecke: eine geschlossene weiße Holztür. Rechts eine offene Tür, die ins Wohnzimmer führte. Gibson machte einen Rundschwenk durch den Flur. Das Bad war ebenfalls leer. Er flog in den Eingang zum Wohnzimmer.

Abgenutzter Teppich. Abgenutzte Wohnzimmermöbel. Die Besitzer schienen seit mindestens zwanzig Jahren nichts Neues hineingestellt zu haben.

Gibson flog langsam um das Wohnzimmersofa herum, knapp über Bodenhöhe. Er sah einen provisorisch wirkenden Schreibtisch aus einer Platte und zwei Holzböcken. Darauf standen mehrere Computerterminals, überall lagen Kabel herum, Festplatten, Keyboards. Gibson flog zurück in den Flur. Blieb noch die Holztür. Führte sie in den Keller? War dort unten Reuben Mars?

Er senkte die Drohne ab und steuerte sie wieder durch den Türspalt. Plötzlich umgab ihn Dunkelheit. Er aktivierte Infrarotsensitivität. In seinem Kopf erschien ein Meer aus Rottönen. Farbflecken, die ineinander verschwammen, verliefen wie in einem nassen Malkasten, der nur Rot- und Brauntöne enthielt. Die Umrisse der Treppe wurden sichtbar.

Gibson stoppte die Drohne.

Licht schimmerte schwach am Fuß der Treppe durch den Spalt einer Tür. Er ließ die Hand langsam nach vorne fahren und senkte sie zugleich ab. Die Drohne flog sanft nach unten, auf die Lichtquelle zu. Je näher er kam, desto greller wurde das Bild. Gibson schaltete wieder auf Normalsicht um, dann senkte er weiter ab und steuerte die Drohne durch den Türspalt am Boden.

Er war nun in einem düsteren Zimmer, das jedoch hell genug erleuchtet war, um alles darin identifizieren zu können.

Eine einsame Glühbirne hing von der Decke und tauchte das Kellerzimmer in trübes Licht. Er sah eine Couch, davor einen Tisch. Auf der Couch saß eine Gestalt. Sie hatte die Augen geschlossen. Es war ein Mann. Gibson atmete schneller. Er flog näher heran, um ihn besser zu betrachten.

Dieser Typ sah nicht aus wie Reuben Mars. Gibson wusste, dass Mars ein Verwandlungskünstler war, ein menschliches Chamäleon. Das hatte er in dem Dossier gelesen, das ihm Immortal zur Verfügung gestellt hatte.

Er bremste die Drohne auf Minimalgeschwindigkeit ab. Er wollte kein Risiko eingehen. Es war eigentlich nicht möglich, eine Nanodrohne zu hören oder zu sehen. Trotzdem – es gab Menschen mit offenbar übernatürlichen Sinnen. Oder vielleicht waren tatsächlich Drohnenmelder installiert. Es war nicht auszuschließen, dass exakt in diesem Augenblick ein Signal im Hirn des Mannes aufleuchtete und Drohnenalarm schlug. Die Melder waren auf das Mikroelektromagnetfeld der Nanodrohne getunt. Aber Gibson wusste nicht, wie groß ihr Erkennungsradius war.

Es war auch nicht auszuschließen, dass der Mann nur so tat, als sei er noch im Cyberspace, während er in Wahrheit bereits den Drohnenfänger aktiviert hatte. In diesem Fall würde er ein starkes Magnetfeld erzeugen, das alle Nanodrohnen in einem Radius von mehreren Metern ansaugte wie eine Lichtquelle eine Mottenschar.

Doch nichts geschah.

Der Mann hatte die Augen geschlossen und atmete ruhig. Neben ihm lag eine Pistole auf dem Sofa. Gibson flog noch näher heran. Langsam. Es war eine Browning, soweit er das erkennen konnte.

Gibson steuerte die Drohne vor das Gesicht. Es ragte auf wie die Präsidentenköpfe von Mount Rushmore. Der Mann auf dem Sofa sah auf den ersten Blick nicht wie Reuben Mars aus. Er trug keine Brille, stattdessen Dreadlocks, Nasenring sowie Hemd und Baggiepants. Nichts an ihm passte zu dem Nerd, den alle Welt kannte. Dieser Mann sah aus wie ein Rastafari. Wie einer derjenigen, die ihre Abende am Strand von Santa Cruz vor einem Lagerfeuer verbrachten, die Surfbretter ringsherum in den Sand gesteckt, den Joint im Mundwinkel.

Gibson hörte die Atemzüge des Mannes. Sie strichen über die Nanodrohne und ließen sie leicht erzittern.

Trotz der oberflächlichen Unähnlichkeit erkannte er ihn schließlich. Es war wie bei einem Bild oder Wort, dem einige Striche oder Buchstaben fehlten, die vom Gehirn quasi automatisch ergänzt wurden.

Gibson spürte ein Brummen. Das war nicht der Atem des Mannes. Es war in seinem Büro. Er wartete einen Moment, um sicherzugehen, nahm das riesige atmende Gesicht mit den geschlossenen Augen noch einmal in sich auf und glitt dann aus der Drohne. Sie würde ihre Position halten, bis er zurückkehrte – *falls* er zurückkehrte.

Dann öffnete er langsam die Augen und sah den Monitor vor sich. Der Stierkopf und die Faust blinkten.

Er drückte mit Zeige- und Mittelfinger auf beide gleichzeitig.

»Wo seid ihr?«

Die Verbindung stand sofort, aber hochfrequentes Rotorsirren und Statik im Hintergrund erschwerten sie und waren noch dazu dank des Chiplinks eine Zumutung für seinen Kopf. Dann hörte er Rodriguez' Stimme. »Wir sind gelandet. Sind gleich am Haus.«

Es würde nicht mehr lange dauern. Gut.

»Er ist allein«, murmelte Gibson. »Im Keller. Seid leise. Er hat eine Waffe.«

»Okay«, sagte Rodriguez.

Okay. Okay. Okay! Mann! Dieser Typ regte ihn auf. Aber er durfte sich nicht aufregen, Emotionen waren jetzt nur hinderlich. Diesen Auftrag durfte er nicht vermasseln.

»Boss.«

Es war noch mal Rodriguez.

»Die Killdrohne meldet einen erfolgreichen Hit.«

Ach ja, dachte Gibson. Sacramento. Ganz vergessen. Dann hatte es wohl Claire Foundsworth erwischt.

Gibson schickte Rodriguez die Aufzeichnung seines Drohnenflugs, damit sie das Layout des Hauses vorab studieren konnten. Dann drückte er die beiden weg. Er schaute auf die Uhr. Viertel nach acht. Es dämmerte schon. In wenigen Minuten würde die Sonne untergehen.

Ein Gefühl der Neugier. Versuchung. Es wäre eigentlich besser gewesen, es nicht zu tun, aber er glitt zurück in die Drohne.

Wieder tauchte das riesige Gesicht des Mannes vor ihm auf.

Er war offenbar noch im Cyberspace unterwegs, aber sein Atem ging schneller. Was geschah gerade im 600 Kilometer entfernten Serverraum unter dem Death Valley? Ahnte er, dass sie ihm auf den Fersen waren?

Reuben ist ein Genie, hörte er Deepak Prakash in seiner Erinnerung sagen. Der Dolch der Eifersucht stach zu. Mars war der Böse in diesem Spiel und hatte trotzdem den Respekt des Immortal-Gründers. Was war mit ihm, Gibson? Er war gerade dabei, Immortal den Arsch zu retten. Und er hatte sich auch noch zurechtweisen lassen müssen. Er würde es diesen Silicon-Valley-Hipstern zeigen. Er war etwas ganz Großem auf der Spur. Er hatte einen Ewigen leuchten sehen. Ein Ewiger, der physisch wurde! Der den Cyberspace verlassen hatte und in die Realität eingedrungen war. Das war echte Unsterblichkeit. Nicht dieser virtuelle Budenzauber, den Immortal veranstaltete. Der Code musste sich selbst umprogrammiert haben. Und niemand außer ihm wusste davon. Besser gesagt: Sehr bald schon würde niemand außer ihm davon wissen.

Er beobachtete Reuben Mars. Sein Gesicht. Seine Poren. Jedes Detail. Und spürte Hass in sich aufsteigen.

Danach würde er sich um Kari kümmern müssen, der inzwischen viel tiefer in dieses Spiel hineingeraten war, als ihm guttat. Vielleicht würde er ihm noch das mit Hannah verraten. Gibson hatte Hannah geliebt, sie jedoch nicht bekommen, obwohl er sie viel mehr verdient hatte als dieser Langweiler Kari. Als der Unfall passierte, war seine Chance gekommen, sich zu rächen. Er hatte ihren Eltern vorgeschlagen, Ben auf ihre Sperre zu setzen. Wenn er sie nicht haben konnte, sollte Ben sie auch nicht mehr haben. Und hatte Ben nicht den Unfall verursacht? Hatte er sich damit nicht endgültig als unwürdig für Hannah erwiesen?

Dumm für Kari, dass er zu viel wusste.

Reuben Mars' riesiger Mundwinkel zuckte plötzlich. Gibson erschrak und wich mit der Drohne ein Stückchen zurück. Dann bewegte sich Mars' rechter Zeigefinger. Es folgten kontrollierte Bewegungen. Gesten. Was tat er? Was steuerte er da?

Gibson checkte die Uhr. Zehn Minuten waren seit seinem Gespräch mit Rodriguez vergangen. Wie lange brauchten diese beiden Schwachköpfe eigentlich noch? Mars konnte jeden Augenblick ausgleiten.

Er tunte die Sensoren der Nanodrohne hoch. Das Atmen von Reuben Mars war nun so laut wie ein mittlerer Orkan. Gibson filterte es heraus, bevor er aus der Drohne glitt.

Es dämmerte in Los Angeles. Rodriguez und Burton würden im Zwielicht weniger auffallen.

Gibson betrachtete seinen leuchtenden Bildschirm. Dann suchte er eine andere Ansicht von dem Zielort in Santa Cruz. Es dauerte nicht lange, bis eine zweite Drohne aktiviert war und er das Haus von außen betrachten konnte. Es war mittlerweile mehr oder weniger in Dunkelheit gehüllt; lediglich einige Straßenlaternen beleuchteten das Haus, in dem Reuben Mars sich verschanzt hatte, schwach. In diesem Moment sah Gibson zwei Männer aus der Cedar Street kommen. Es waren Rodriguez und Burton. Sie gingen schnell auf die Eingangstür zu. Nach wenigen Sekunden hatten sie das Schloss geöffnet. Sie verschwanden im Inneren.

Das Stiersymbol blinkte. Gibson tippte darauf.

»Wir sind im Haus«, sagte Rodriguez.

»Gut. Mars ist noch in seinem Avatar«, sagte Gibson.

»Okay.«

Das Finale wollte Gibson aus nächster Nähe erleben. Er war aufgeregt. Gleich wäre dieser Bastard erlegt. Sein höchsteigener Triumph. Sein Ticket nach ganz oben.

Als Gibson aus der zweiten und zurück in die erste Nanodrohne im Keller glitt, sah er plötzlich die riesigen Augen von Reuben Mars. Sie waren weit aufgerissen. Mars war ausgeglitten. Scheiße!

Im gleichen Moment sah Gibson im Hintergrund langsam die Tür aufgehen. Hatte Mars etwas gehört? Dessen Hand griff nach der Waffe neben ihm.

Nein! Nein! Nein! Es durfte nicht schiefgehen!

Der Hacker machte Anstalten aufzuspringen. Er würde Rodriguez und Burton entdecken und den ersten Schuss abgeben. Gibson überlegte blitzschnell. Er schaltete den Lautsprecher der Drohne an.

»Reuben.«

Der Hacker zuckte zusammen, blickte hektisch um sich und suchte den Ursprung der Stimme, die unmittelbar vor ihm erklungen war. Wild fuchtelte er mit der Pistole vor sich herum. Mit seiner anderen Hand vollführte er schnelle Steuerungsgesten. Was zum Teufel tat er? Injizierte er gerade seinen Algorithmus in den Masterserver? Aktivierte er einen Drohnenfänger? Oder hatte er gerade den roten Knopf gedrückt, der gleich das Haus in die Luft sprengen würde?

In diesem Moment stieß Gibson die Hand blitzschnell nach vorne. Die Drohne raste auf Mars' rechtes Auge zu. Als er mit dem Augapfel kollidierte, war es, als würde er mit durchgedrücktem Gaspedal gegen eine Wand fahren.

Mars schrie auf. Wahrscheinlich eher vor Überraschung als vor Schmerz. Die Nanodrohnen war zu klein, um ihn ernsthaft zu verletzen. Doch aufgrund der Wucht des Aufpralls musste es sich für Mars anfühlen, als sei eine Fliege in sein Auge geflogen.

Gibson sah nur noch dunkles Chaos.

Dann krachte es, und Gibson fühlte eine gewaltige Erschütterung. Wieder zappelte das Bild in seinem Kopf. Dann spürte er, wie er in die Tiefe gerissen wurde. Eine gewaltige Erschütterung folgte, als Reuben Mars' Kopf – beziehungsweise das, was davon übrig war – auf die Tischplatte fiel.

Dann sagte jemand: »Okay.«

19

Der Avatar von Reuben Mars war verschwunden. Gibson, schoss es Kari durch den Kopf. Er hatte Mars also erwischt. Und Kari hatte ihm dabei geholfen.

Aber darum konnte er sich jetzt nicht kümmern. Kari war in Panik und schrie. Er hatte die Kugel rollen sehen. So schnell, dass sein Schrei zu spät kam, um Eva zu warnen. Er sah ihren zierlichen Körper durch die Luft wirbeln wie eine von einem Riesen geschleuderte Puppe. Sie flog zwanzig Meter weit durch den weißen Raum, bevor sie auf den Steinboden schlug. Er schrie erneut und rannte dann an den Scherben der zerstörten Obelisken vorbei. Eva hatte die meisten von ihnen zertrümmert, während er am Hauptturm gestanden hatte, ferngesteuert von Reuben Mars. Sie hatte versucht, den Server zu zerstören. Wollte sie die Ewigen vernichten?

Er trat auf Scherben, während er auf sie zulief. Die Geräusche, die er dabei verursachte, waren nicht das erwartete Knacken. Es klang vielmehr wie zerbrechende feine Knochen.

Dann war er bei ihr. Die Kugel stand noch dort, wo sie Evas Körper gerammt hatte, und bewegte sich nicht. Kari kniete sich neben Eva nieder und nahm ihren Kopf in die Hände. Ihr Körper war merkwürdig verdreht. Ihre Wirbelsäule schien mehrfach gebrochen zu sein. Möglicherweise auch ihr Genick.

Blut rann ihr aus dem linken Mundwinkel. Sie war bei Bewusstsein. Ihr Anblick war für ihn kaum zu ertragen.

»Ben«, flüsterte sie. Sie lächelte.

Er wusste nicht, was er sagen sollte. Er schüttelte nur hilflos den Kopf und griff ihre Hand. Sie war schlaff.

»Es tut mir leid. Ich wollte dir Hannah nicht noch einmal nehmen. Aber ich war es ihr schuldig, Ben. Meiner Ati.«

Sie hustete. Mehr Blut floss aus dem Mundwinkel.

»Und mir selbst auch.«

Kari dachte fieberhaft nach. Was konnte er für sie tun? Konnte er überhaupt etwas tun?

»Ich wollte die Toten begraben«, sagte Eva. »Jetzt kann ich mich zu ihnen legen.«

Sie lachte schwach.

»Eva, nicht sprechen«, sagte er.

»Gleich werde ich wissen, wie es ist ... Ob noch was kommt.«

Er spürte Bilder wie Blasen aus den Tiefen des Meeres in sich aufsteigen. Er verdrängte sie. Kari wollte nicht, dass sich die Bilder übereinanderlegten. Das Bild von Evas Gesicht über das von Hannahs. Eva hatte mit ihr nichts zu tun.

»Küss mich«, sagte sie.

Er beugte sich hinunter, bis ihr Gesicht sein Blickfeld ganz ausfüllte. Ein Strom unterschiedlicher Gefühle rauschte ihm durch Kopf und Leib, als er sie küsste. Ihr Mund war weich. Er schmeckte warme Flüssigkeit. Ihr Blut und seine Tränen.

Als er seinen Mund von ihrem löste, sah er, dass sie lächelte. Das Leben war aus ihr gewichen.

Die Zeit stand für einen Moment still. Er spürte die Leere des Zwischenraums. Ein Abschnitt war vorbei, der nächste noch nicht angebrochen.

Er wusste nicht, was er empfinden oder tun sollte.

Wusste sie nun, ob es danach etwas gab? Das wahre ewige

Leben? Oder hatte sie einfach aufgehört zu existieren? War sie nur noch eine elektrische Spur in seinem Gehirn?

Wenn der Tod das absolute, das Ende von allem war, dann war Eva an diesem Ende angekommen. Er versuchte, es zu verstehen. Das absolute Ende von allem. Der Punkt, der das Denken auslöschte. Das Ende der Zeit. Es war genauso unvorstellbar wie die Nichtexistenz der Zeit, bevor die Zeit in Einheit mit dem Universum im Urknall begonnen hatte. Nichts als totale Finsternis, Schwärze, Leere; Begriffe, die ihrerseits verschwunden waren, weil kein Bewusstsein mehr existierte, das sich dieser Begriffe bediente. Kari dachte an den Mond, über den Philosophen vor vielen Jahren gegrübelt hatten, ob er noch scheine, wenn kein einziges Auge ihn mehr scheinen sah. Vielleicht erlosch sein Licht, wenn niemand hinsah? Man konnte lediglich die kümmerliche Kraft des Verstands aufbringen und vermuten, dass es den Mond auch dann gab, wenn kein Auge auf ihn gerichtet war.

Für Eva existierte der Mond nicht mehr. Eine Beobachterin weniger, die die Realität des Mondes hätte bestätigen können. Ihr Bewusstsein war erloschen. Es würde von ihr keinen Ewigen geben, dafür hatte sie gesorgt. Aber wie es aussah, hatte sie darüber hinaus alle Ewigen mit an den Ort genommen, an dem sie nun war. Eva hatte den Server zerstört. Das war es, das Ende der Ewigen. Und das Ende der Ewigkeit.

Kari blickte über Evas leblosen Körper hinweg in die riesige Halle. Die Wände funkelten, als wäre nichts geschehen. Die Kugel stand reglos an ihrem Platz. Der Boden war mit Scherben übersät. Alles weiß. Alles still.

»Ben.«

Er fuhr herum. Es gab keine Richtung, aus der die Stimme gekommen war. Sie war überall. Sie hallte durch den Raum wie die Stimme Gottes. Er kannte diesen Klang.

»Ben.«

Gibson.

Kari stand auf.

»Ich bin's, Wesley. Ist alles in Ordnung bei dir?«

Er wusste nicht, was er antworten sollte.

»Ben?«

»Was ist mit Mars?«, rief Kari in den Raum hinein. Es war ein seltsames Gefühl, zu einer abstrakten Stimme zu sprechen.

»Wir haben ihn. Ist alles okay bei dir?«

»Eva ist tot.«

Einen Moment Stille. Dann sagte Gibson:

»Geh zurück auf den Turm. Der Kopter holt dich ab.«

Die Stimme verschwand. Kari atmete mehrmals tief durch. Er fühlte sich wie ein Erstickender, es kam einfach nicht genug Luft in seine Lunge.

Er trat zu Evas Leiche zurück. Er würde sie nicht hier unten lassen. Kari schob die Hände unter ihren Rücken und hob sie hoch. Ihr Körper hing schlaff in seinen Armen. Dann ging er los. Durch die langen Gänge zurück. Einen Schritt nach dem anderen.

Seine Arme zitterten schon bald. Immer wieder musste er anhalten und sie absetzen. Er schaute nicht auf die Uhr. Es kümmerte ihn nicht. Er hatte Durst. Es kümmerte ihn nicht. Er würde sowieso sterben.

Er wusste mehr, als er durfte. Er wusste, dass Immortal seit Jahrzehnten hochrangige Politiker manipulierte. Wusste, dass sie gelogen hatten. Wusste, dass die neue Marlene Dietrich eine Fälschung war. Wusste, dass sie einen unliebsamen Whistleblower aus dem Weg geräumt hatten, einen Kellner und Lars von Trier. Und sie wussten, dass er die Leuchterscheinung gesehen hatte.

Irgendwann war er an der Metalltür angekommen, die die

Gänge vom Turm trennte. Er legte Eva ab und setzte sich neben sie auf den Boden. Seine Arme brannten von der Anstrengung. Kari wusste nicht, ob er es schaffen würde, sie nach oben zu bringen. Ob er überhaupt noch die Kraft hatte, selbst nach oben zu kommen. So blieb er eine Weile sitzen und ruhte sich aus.

Dann holte er tief Luft und nahm Evas Körper wieder auf. Diesmal warf er sie sich über die Schultern. Er stieß die Tür mit dem Fuß auf und sah die Treppe. Dann schaute er nach oben in den Turm. Die Notleuchten zogen sich in die Höhe wie eine endlose Perlenkette.

Der Turm erinnerte an das Innere einer lumineszierenden Rippenqualle. Vielleicht war er tatsächlich ein Organismus. Und Kari war der Eindringling.

Vielleicht würde er hier bleiben müssen, in den Eingeweiden der Ewigkeit gefangen.

Seine Gedanken zerfaserten, während er einen Fuß vor und über den anderen setzte. Hinauf. Hinauf. Mit jeder Stufe ein paar Zentimeter mehr. Weiter in Richtung des Walfischmauls. Vielleicht würde ihn der Turm ausspucken.

Wenn nicht, würden die Atome, aus denen sein Körper bestand, in diesem Schlund verbleiben. Evolutionär betrachtet hatte er in diesem Fall dann vollständig versagt. Er war kinderlos, hatte es versäumt, seine Gene, seine Erbinformation weiterzugeben. Hatte er sonst irgendetwas von Wert hinterlassen? Bücher geschrieben? Filme gedreht, wie Lars von Trier? Skulpturen aus Stein gehauen? Eine Formel entdeckt?

Vielleicht war es gut, seine Atome endlich aus diesem Körper zu entlassen, auf dass sie sich zu etwas Neuem, Vielversprechenderem zusammenfinden konnten. Vielleicht zu einem hübschen Singvogel, der viele, viele Eier ausbrütete. Die Vorstellung gefiel ihm. Er grinste, wobei seine vor Durst aneinanderklebenden Lippen schmerzhaft auseinanderrissen.

Vielleicht gab es schon bald ein großes Wiedersehen? In einer anderen Dimension, einem anderen Leben. Dann wären sie alle da: Eva, Hannah, Marlene, John F., Ronald und all die anderen. Er erinnerte sich an »Die Brüder Löwenherz«, eines der Bücher seiner Kindheit, das ihn zutiefst beeindruckt hatte. Jonathan Löwenherz war überraschend vor seinem kranken Bruder Krümel gestorben. Und die Brüder, die sich so sehr geliebt hatten, sahen sich in dem Land Nangijala wieder. Das Nangijala Astrid Lindgrens, der Autorin, war kein Paradies. Es war ein gefährliches Land, direkt dem Klima Europas der 30er- und 40er-Jahre des zwanzigsten Jahrhunderts entsprungen, ein von einem Diktator und seinem faschistischen Regime bedrohtes Land. Hitler hatte ebenfalls nach Ewigkeit gestrebt. Nein, tatsächlich war er bescheidener gewesen und hatte nur tausend Jahre angestrebt. Tja. Null Punkte für den Kandidaten Hitler, auch in der Kategorie Gene.

Aber mit Nangijala endete es nicht. Auch dort gab es den Tod. Danach kam Nangijima. Und nach Nangijima? Vielleicht Nangijonu. Dann Nangijumi. War Astrid Lindgren eigentlich immortalisiert worden? Er hatte sie jedenfalls nicht zertifiziert. Aber ob es Astrid Lindgren gefallen hätte, in einem Diamanten in einer Wand zu kleben, Hunderte von Metern unter der Wüste? Dann lieber ab nach Nangijala.

Er beeilte sich nicht, während er Evas Körper die Stufen hinaufhievte. Wofür auch? Sterben würde er früh genug. Who wants to live forever? Eva hatte Queen geliebt. Er dachte an die Nachricht, die sie Mars mit Lippenstift auf dem Spiegel hinterlassen hatte. Würde sie noch leben, wenn er sie nicht mit in das Haus von Marlene Dietrich genommen hätte? Während er einen Schritt vor den anderen setzte, waberten seine Gedanken herum. Er befand sich doch nur in dieser Misere, weil er ein paar Nervenzellen in sich trug, die bedauerlicherweise mit der

Wahrheit vertraut waren. Der, das musste er zugeben, ziemlich schmutzigen Wahrheit. Wobei die Herren Prakash und Zhang das wahrscheinlich ein bisschen anders sehen würden. Konnte man die Wahrheitszellen in seinem Kopf nicht einfach entfernen, und alles war gut? Doch wer ließ schon irgendwem jemals die Wahrheit durchgehen? Er dachte an den Spruch auf dem Gedenkstein in Ohlsdorf, vor dem er mit Lars von Trier gestanden hatte: *Ihr werdet die Wahrheit erkennen und die Wahrheit wird Euch frei machen.*

Evas Kopf schlug gegen seinen Rücken, wann immer er sich zu ruckartig bewegte. Sie war sich selbst treu geblieben. Er war sich ziemlich sicher, dass Eva keine Geheimagentin der Thanatiker gewesen war. Ja, sie kannte Vanessa Guerrini, sie hatten offenbar zusammen studiert. Und ja, bestimmt waren beide glühende Gegnerinnen der Immortalität. Aber Eva war viel zu eigensinnig gewesen, um sich von einer Organisation rekrutieren zu lassen. Sie hatte aus persönlicher Überzeugung gehandelt. Und war so in den Tod marschiert.

Sie hatte friedlich ausgesehen, als sie gestorben war. Sie war in dem Bewusstsein gestorben, das Richtige getan zu haben.

Seine Gefühle für sie verwirrten ihn. Hatte er sie geliebt? Oder liebte er Hannah? Er wusste es nicht mehr.

Kari marschierte weiter und weiter. Er war ein Zombie. Ein Toter, der lebte. Ein Lebender, der tot war. Die Sinneseindrücke, die in ihn strömten, waren irrelevant geworden, wurden mechanisch aufgezeichnet von dem unermüdlichen Speicher in seinem Handgelenk. Dem kleinen Ei. Aus dem schon sehr bald etwas Neues schlüpfen würde. Ein neues Wesen. Ein neuer Benjamin Kari. Der keinen derartigen Mist bauen würde. Der keine schwierigen Frauen lieben würde. Der einfach sein Ding machen, existieren würde, ohne viel zu denken. Schon gar nicht dauernd an den Tod. Dafür würde die Sperre sorgen, die Sperre, die Reuben Mars beseitigen wollte. Sie war nichts Schlechtes. Warum über den Tod nachdenken, wenn man lebte? Warum das Leben nicht einfach leben?

Er sah die Sterne am schwarzen Wüstenhimmel leuchten, als er irgendwann an der Spitze des Turmes ankam. Sie funkelten wie die Lebenstrackerdiamanten an der Wand des Serverraums.

Der Multikopter stand bereits an Ort und Stelle. Fahl leuchtete sein Weiß im Mondlicht. In seinem Inneren war die Notleuchte angeschaltet und ließ die Kabine glühen wie einen Halloweenkürbis.

Das Metall der Turmspitze reflektierte das schummrige Licht der Kopterlampe. Kari dachte an den Abgrund, aber dieses Mal berührte ihn die Höhenangst nicht. Angst hatte keinen Platz mehr in ihm.

Wie ein Roboter lud er Evas Körper in die Passagierkabine. Dann blickte er sich noch einmal um. Der Wind fuhr ihm durchs Haar. Der Sternenhimmel war atemberaubend. Das Mondlicht ließ nur Andeutungen der bizarren Gesteinsformationen zu und sie noch unbegreiflicher erscheinen als bei Tag.

Kari würde dem Tal des Todes vielleicht entkommen. Aber nicht dem Tod selbst.

Er stieg in den Kopter und legte Evas Kopf auf seine Knie. Seine rechte Hand legte er auf ihre Wange. Die Rotoren begannen zu sirren. Der Kopter stieg in die Luft, langsam, wenige Meter, dann drehte er auf der Stelle und flog zurück, gesteuert von unsichtbarer Hand.

Sie flogen in die Nacht. An ein unbekanntes Ziel.

Die Minuten verstrichen. Kari sortierte seine Gedanken. Er war nun ein Mitwisser. Eine Gefahr für den Riesen. Ein David vor Goliath. Er war kein exzentrischer Hacker, den man so einfach diskreditieren konnte wie Reuben Mars. Er war einer der angesehensten Experten in der Zertifizierung bei Fidelity, der Firma, die – wie sie selbst sagte – besser war als das Vertrauen. Was würden sie mit ihm machen? Ein kleiner Unfall vielleicht? Womöglich hier und jetzt? Ein Absturz – der Klassiker, wenn es darum ging, unliebsame Politiker loszuwerden. »Bedauerlicherweise ist einer unserer treuesten Mitarbeiter bei einem tragischen Unfall ums Leben gekommen. Wir bedauern außerordentlich … Unsere Anteilnahme gilt … Sein Tod ist ein großer Verlust …«

Der Kopter fraß Meile um Meile. Mit jeder wuchs die Entschlossenheit in ihm. Er wollte leben. Wirklich leben. Und wenn es nur dazu diente, nicht als Opfer zu enden.

Immortal war der Feind. Er schenkte kein ewiges Leben, sondern den Tod. Und Immortal beschmutzte das Erbe der Toten, indem es sie nach seinem Willen formte und für seine Zwecke instrumentalisierte.

Er würde nicht einfach so aufgeben und sehenden Auges in sein Ende fliegen. Er musste sie stoppen.

Er überlegte. Überlegte. Überlegte.

Strompulse rasten durch das Netz seiner Nervenzellen. Kari simulierte. Erwog. Plante.

Er sah nach vorne. In der Pilotenkabine bewegte sich der Steuerknüppel mit feinen Bewegungen, wie der Stab eines Dirigenten, nach den Regeln einer unhörbaren Symphonie.

Kari stürmte vor und griff den Steuerknüppel. Im gleichen Moment spürte er ein Zittern im Kopter. Wie ein Pferd, das er bestiegen und das seinen neuen Herrn registriert und akzeptiert hatte. Als Jugendlicher hatte er mehrmals auf einem Pferd gesessen. Er erinnerte sich an das Gefühl des Tieres unter seinem Körper, an die großen warmen Muskeln, an die Kraft, die Kommunikation von Körper zu Körper.

Ein Piepen ertönte im Cockpit. Eine Meldung erschien auf dem Monitor. »Manuelle Steuerung aktivieren?«

Kari tippte auf »Ja«.

Er konnte kaum glauben, dass es so einfach war. Wahrscheinlich war Wesley nicht im Traum auf die Idee gekommen, dass er die Sache selbst in die Hand nehmen würde.

Kari spürte die Kraft der Maschine durch den Steuerknüppel. Er hatte noch nie einen Multikopter geflogen, aber von Drohnenpiloten wusste er, dass sie weitaus einfacher zu steuern waren als Helikopter. Ihre Flugphysik war stabiler und verzieh Fehler.

Kari suchte die Anzeigen ab. Das Cockpit war viel simpler als das eines Flugzeugs beschaffen. Er fand den Höhenmesser: Sie flogen jetzt in 298 Metern Höhe. Die Geschwindigkeit betrug 199 Stundenkilometer.

Er drückte den Steuerknüppel leicht von sich weg. Der Kopter gehorchte, und sie sanken. 293 Meter zeigte der Höhenmesser. Dann testete er die Reaktion des Kopters, indem er den Knüppel in seine Mittelposition zurückschnellen ließ. 293 Meter. 199 Stundenkilometer. Der Kopter hielt Höhe und Geschwindigkeit. Das Ding war idiotensicher.

Er war überzeugt davon, dass sein Manöver registriert worden war. Immortal würde reagieren. Wahrscheinlich versuchten sie in diesem Augenblick, die manuelle Steuerung zu deaktivieren. Ihm blieb nicht viel Zeit.

Was sollte er tun? Sie waren immer noch mitten über der Wüste. Würde der Kopter den gleichen Weg zurück fliegen, also nach Las Vegas? Oder würden sie ihn direkt nach Mountain View bringen? Geografie war nicht seine Stärke, aber Mountain View war weiter weg als Vegas. Der Kopter flog rein elektrisch. Würde sein Akku diese Distanz schaffen? Kari bezweifelte es.

Also flogen sie durch die Wüste nach Vegas. Dort würden ihn Gibsons Leute in Empfang nehmen. Er hatte keine Waffe. Sie würden mit Sicherheit welche tragen.

Was waren seine Optionen? In der Wüste landen? Und dann? Verdursten? Er hatte keine Wahl. Und keine Zeit. Für den Hinflug hatten sie rund eine Stunde gebraucht. Er hatte nicht auf die Uhr gesehen, als sie losgeflogen waren, aber er schätzte, dass sie bereits seit einer Viertelstunde flogen.

Er blickte durch das Fenster in die Schwärze der Nacht. Ihm war unwohl bei dem Gedanken, nachts in dieser Wildnis zu landen. Aber es war ihm lieber, als sich Immortal auszuliefern.

»Ben.«

Kari erschrak. Es war Wesleys Stimme, die aus einem Lautsprecher im Cockpit drang.

»Ben. Was tust du?«

Nun waren sie also alarmiert. Er suchte nach einem Schalter, der ihn von Wesleys Stimme erlösen würde.

»Ben, hör zu. Du hast viel durchgemacht. Es ist einiges schiefgegangen, für das du nichts kannst. Du hast wenig geschl…«

Karis Finger ließ den Off-Button unter dem Lautsprecher wieder los.

Das nahm ihm die Entscheidung ab. Sie würden nun sehr bald die manuelle Steuerung des Kopters deaktivieren. Er musste runter. Sofort.

Dafür musste er langsamer werden. Nur wie?

Kari suchte das Cockpit nach Steuerungen ab, um die Geschwindigkeit zu kontrollieren. Nichts. Er untersuchte den Steuerknüppel. Fuhr mit den Fingern suchend darüber. Ihm fiel auf, dass die obere Rückseite des Knüppels leicht aufgeraut war. Kari tippte vorsichtig mit dem Daumen darauf, während er die Geschwindigkeitsanzeige im Auge behielt. Nichts. Er legte den

Daumen auf die raue Fläche und ließ ihn liegen. Die Anzeige sprang auf 201 km/h hoch. Er presste. Keine Reaktion. Dann bewegte er den Daumen langsam nach unten. Die Anzeige fiel auf 200 km/h, 197 km/h, 195 km/h. So funktionierte es also. Er fuhr weiter mit dem Finger herunter: 191, 187, 183. Er spürte, wie der Kopter langsamer wurde. Kari drückte den Knüppel gleichzeitig nach vorne, um abzusenken. Der Höhenmesser zeigte 293 Meter. 289 Meter. 284 Meter. Er drückte so stark, bis er den Fall in der Magengegend spürte.

Er bremste den Kopter weiter ab, bis er nur noch so schnell wie ein Fahrrad war. Kari blickte sich um und scannte die Umgebung nach einer Fläche ab, wo er landen könnte. Im Mondlicht konnte er nur wenig erkennen. Überall Berge und Zacken. Er fand zwar eine Anzeige, die eine Karte zu sein schien, aber die Darstellungen sagten ihm nichts. Er musste raus, ins Unbekannte.

Kari drückte den Knüppel kräftig nach vorne, wodurch der Kopter die Schnauze senkte und dann wie ein Aufzug abwärts fuhr. Die Ziffern fielen schnell, und der Magen seines Piloten hob sich unangenehm. Kari gab nach, sobald der Fall zu schnell wurde. Es waren noch etwa 80 Meter bis zum Erdboden. Er merkte, dass der Kopter eine Sicherheitssperre besaß: Schneller als fünf Meter pro Sekunde konnte er nicht fallen. Eigentlich ganz beruhigend. Aber im Moment war es keineswegs beruhigend. Ihm lief die Zeit davon.

Ein unangenehmes Brummen ertönte. Auf dem Display erschien »Warnung! Unebener Boden«. Kari blickte sich um, aber er konnte kaum etwas in der Dunkelheit erkennen. Klar. Das Death Valley war keine hübsch betonierte Landebahn. Aber was blieb ihm anderes übrig? Er musste runter.

»Ebene suchen und Landung einleiten?« fragte ihn der Monitor. Der Kopter hatte offenbar erkannt, dass er runter wollte. Und nun war er so freundlich, ihm dabei zu helfen.

Er tippte auf den »Ja«-Button. Im gleichen Moment beschleunigte der Kopter wieder und flog nach rechts. Der Knüppel bewegte sich in seiner Hand. Er ließ ihn los. Er musste der Maschine vertrauen, ob er wollte oder nicht. Der Kopter flog weiter, wurde aber nicht schneller. Sie flogen mit etwa 20 Stundenkilometer konstant in 50 Meter Höhe.

Es piepte wieder. »Landung einleiten« blinkte auf dem Monitor auf.

Der Kopter bremste ab, bis er schließlich in der Luft schwirrte wie ein Kolibri. Dann sank er nach unten. 49 Meter. 45 Meter. 40 Meter.

Gleich waren sie unten. Kari atmete tief durch. Er ging nach hinten und hob Eva wieder über seine Schulter. Er hatte keine Ahnung, wie er es mit ihrer Leiche durch die Wüste schaffen sollte, aber er würde sie nicht in diesem Kopter zurücklassen.

Während sie weiter sanken, blickte er hinaus in die Nacht. Er sah den Boden näher kommen. Es war tatsächlich eine relativ flache Stelle, wo sie gleich landen würden. Der Kopter hatte ganze Arbeit geleistet. Kari rückte nahe an den Ausgang und hielt sich mit einer Hand fest.

Ding. Das Warnsignal im Cockpit ertönte. Der Kopter stoppte seinen Sinkflug, es waren noch zwei Meter bis zum Boden. Was war los? Kari blickte nach vorne, konnte aber nicht erkennen, was auf dem Monitor stand. Dann stieg der Kopter wieder. Verdammt! Sie hatten die Fernsteuerung reaktiviert.

Er legte Evas Körper hastig ab und stürmte zurück ins Cockpit. Der Monitor blinkte rot: »Fernsteuerung aktiv«. Kari griff den Steuerknüppel und drückte ihn nach vorne. Nichts passierte. Der Kopter stieg und beschleunigte.

Gibson hatte die manuelle Steuerung deaktiviert. Der Höhenmesser zeigte 5 Meter, 6 Meter, die Geschwindigkeitsanzeige 13 km/h, 15 km/h.

Kari raste wieder nach hinten. Er zerrte Evas Körper hoch und schob ihn aus der seitlichen Öffnung der Kabine. Sie fiel nach draußen in die Schwärze. Dann sprang er, bevor er einen Gedanken fassen konnte, hinterher.

20

Die Stille war überall. Erfüllte alles. Erfüllte ihn. War das nicht bemerkenswert? Stille war schließlich das Fehlen von Schallwellen. Wie konnte ihn ein Vakuum erfüllen?

Wirre Gedanken. Staub und Steine. Schatten im Mondlicht.

Schmerz.

Er lag auf der Seite und sah über den staubigen Boden. In der Ferne waren Umrisse zu erkennen. Hügelketten. Felsen mit Einbuchtungen, wie von Urmenschen behauen.

Vielleicht war er wieder auf dem Mars. Und gleich würde Eva ihm etwas zeigen.

Was war passiert? War er bewusstlos gewesen?

Schmerz.

Er versuchte, ihn zu lokalisieren. Es war ein dumpfer, pochender Schmerz. Ein Gong, auf den jemand mit einem Schlägel haute. Der Gong war in seinem Kopf. Regelmäßig schlug der Schlägel darauf, und alles brummte. Aber da war noch ein anderer Schmerz. Ein Speer, der in ihn stach. In seinen Arm. In den Arm, auf dem er lag. War er gebrochen?

Kari versuchte sich zu bewegen. Der Speer. Holte aus. Stach.

Er biss die Zähne zusammen, so stark war der Schmerz. Er holte tief Luft und zwang seinen Körper mit einem Ruck auf den Rücken. Die Spitze des Speers glühte in seinem Fleisch. Er schrie auf. Aber er lag auf dem Rücken und konnte sich bewegen. Kari fühlte vorsichtig mit der Hand über seinen linken Arm. Seine Finger berührten etwas Hartes, Spitzes an seinem Unterarm. Erschrocken zog er die Finger zurück. Dann ließ er sie behutsam erneut darüber streichen. Er schluckte. Aus seinem Unterarm ragten Knochen.

Der Kopter war natürlich längst verschwunden. Er hob seinen Kopf an und blickte sich um. Wo war Eva? Er konnte sie nicht finden. Aber es war noch dunkel. Hinter den Bergen glaubte er ein leichtes Rot auszumachen. Es war die erste zaghafte Morgenröte. Die Sonne würde bald aufgehen und ihn unerbittlich grillen. Er versuchte aufzustehen, ohne dabei seinen linken Arm zu benutzen. Auch seine Beine schmerzten. Er konnte nur schätzen, wie tief sein Fall gewesen war. Sieben Meter bestimmt. Er hatte sich offensichtlich den Arm dabei gebrochen. Aber das war besser als ein gebrochenes Bein. Das wäre an diesem Ort sein Todesurteil gewesen.

Er würde Eva mit seinem kaputten Arm unmöglich tragen können. Er hätte es auch mit zwei gesunden Armen nicht schaffen können. Es war Juli. Im Death Valley kletterten die Temperaturen im Sommer auf mörderische vierzig Grad.

Ob Immortal schon gemerkt hatte, dass er nicht mehr an Bord war? Würden sie rekonstruieren können, wo er abgesprungen war?

Er hatte keine Ahnung, ob der Kopter mit entsprechenden Sensoren oder sogar mit einer Kamera ausgestattet war. Es erschien ihm wahrscheinlich. Aber er musste so schnell wie möglich von hier verschwinden, bevor sie kamen, um ihn zu suchen. Und sie würden kommen, das war sicher.

Er nahm sein Mobiltelefon aus der Tasche und zertrümmerte es mit einem Stein. Sie sollten ihn nicht orten können. Dann blitzte ein Gedanke in seinem Hirn auf. Der Lebenstracker. Darüber könnten sie ihn orten. Er blickte auf sein linkes Handgelenk. Der Diamant musste raus. So schnell wie möglich.

Er klopfte sich den Staub ab. Jede Bewegung schickte Schmerzwellen durch seinen Körper. Noch einmal betastete er seinen Arm. Wie es aussah, ragten Elle oder Speiche oder beides unterhalb seines Ellbogens heraus. Der Arm war außerdem stark geschwollen.

Er ging ein paar Schritte. Ihm war schwindelig. Es wurde von Minute zu Minute heller.

Seine Augen suchten nach Umrissen, die nach einem Körper aussahen.

Er entdeckte sie schließlich etwa fünfzehn Meter entfernt. Sie lag auf dem Bauch. Kari drehte sie um. Ihr Körper war über und über mit Staub bedeckt. Mit einem Taschentuch wischte er ihr Gesicht frei. Sie hatte die Augen geschlossen und wirkte, als schliefe sie friedlich. Es tat ihm leid, sie so hier liegen zu sehen. Er wünschte, er hätte Zeit, sie zu begraben. Aber er hatte keine.

Wie ferngelenkt griff er mit der rechten Hand an seine linke. Er betastete seine Finger – sie fühlten sich seltsam fremdartig an. Er musste an eine Gummihand denken, die an seinen Körper geheftet war. Er berührte seinen Ehering. Dann begann er mit Daumen und Zeigefinger vorsichtig an ihm zu drehen und zu ziehen. Jede Bewegung ließ den Speer zustechen.

Als er den Ring endlich abbekommen hatte, hielt er ihn einen Moment zwischen seinen Fingern. Er glänzte schwach in der Morgenröte. Nach Hannahs Tod hatte er ihn nie abgenommen.

Er kniete neben Eva und versuchte, die Finger ihrer linken Hand mit seiner linken leicht anzuheben – was sich aufgrund der Schmerzen als nahezu unmöglich herausstellte. Aber er zwang sich, und schließlich gelang es ihm. Mit der rechten schob er den Ring über ihren Finger. Er war ihr etwas zu groß.

Er legte ihre Hand wieder behutsam neben ihren Körper, küsste sie auf die Stirn und nahm still Abschied von ihr. Dann verließ er sie.

Der Lebenstracker. Er musste ihn loswerden. Er hatte Angst vor den Schmerzen, die ihn erwarteten. Wenn er doch nur ein Messer hätte.

Kari suchte den Boden nach etwas ab, was ihm als Werkzeug dienen könnte für die unschöne Operation. Er hob mehrere Steine an, um sie auf Tauglichkeit zu prüfen, wie ein instinktgeleiteter Urmensch. Er fand keinen Stein, der scharf genug war, um damit auch nur ansatzweise schneiden zu können.

Schließlich gab er auf. Er war verzweifelt und voller Angst. Er kniete sich hin und griff mit seiner rechten Hand vorsichtig seine linke. Er tastete mit seinen Fingerkuppen über sein Handgelenk und fühlte den kleinen Diamanten unter seinen Fingern. Er war nur so groß wie eine Linse. Aber es würde trotzdem hässlich werden. Er dachte an die Wunde im Handgelenk des ermordeten Kellners. Er dachte an Evas Narbe. Was, wenn er die Pulsadern traf? Dann, mein Freund, dachte er sich, wirst du verbluten. Und dann ist es vielleicht auch besser so.

Kari begann zu hyperventilieren, um Sauerstoff auf Vorrat aufzunehmen. Eine eisige Hand drückte seine Eingeweide zusammen. Dann hob er das Handgelenk an den Mund, presste die Augen zusammen und biss zu.

Der große Speer war der Dirigent. Mal stach er, mal schlug er. Immer in seinem Unterarm. Barumm-Barumm-Barummbummbumm, das war der Takt der Schmerz-Sinfonie.

Einsatz kleiner Speer, der in seinem zerfetzten Handgelenk herumstach.

Und dann noch der Gong, der regelmäßig in seinem Kopf schlug.

Seine Zunge konnte er kaum bewegen. Sie klebte am Gaumen.

Und natürlich gab es Löcher. Die Knochen hatten sich durch sein Fleisch gebohrt und ein Leck in seinen Körper getrieben, durch das permanent Blut auslief. Das zweite Leck an seinem Handgelenk hatte er sich selbst eingehandelt. Als der Diamant aus seinem Mund fiel, in eine kleine Lache aus Fleisch, Speichel und Blut, schien es ihm geradezu unwirklich: Dieses Ding da war seine Identität. Er hatte sie aus sich herausgerissen.

Er warf den Tracker so weit von sich, wie er konnte.

Er würde niemals wiedergeboren werden. Aber das würde er ohnehin nicht. Die Ewigen waren tot.

Er blickte nach unten. Plitsch. Ein roter Tropfen hatte sich von seinem Zeigefinger nach unten abgesetzt, in dieses gottverdammte Tal des Todes. Als wäre hier nicht alles schon rot genug.

Er lief den ganzen Tag. Er wurde zum Roboter. Programmiert, um zu laufen. Es ging nicht mehr darum, irgendwo anzukommen. Sein Programm hieß: laufen.

Die Sonne war gnadenlos. Aber er lief immer gen Osten, in die Richtung, in der Las Vegas lag. Er hatte keine bessere Idee.

Die Temperaturen stiegen schnell. Er marschierte und versuchte, dabei nicht zu denken. Es gelang ihm nur phasenweise. Immer wieder erschien Evas Gesicht vor seinem inneren Auge. Der Serverraum. Die zerbrochenen Obelisken. Evas blutverschmiertes Gesicht. Reuben Mars' in sich zusammengesackter Avatar, der einfach verschwunden war. Er konnte kaum begreifen, was passiert war.

Sie dachten, sie hätten Reuben in eine Falle gelockt. Aber in Wahrheit hatte Reuben sie benutzt, um etwas in den Server einzuschleusen. Was hatte er gesagt? *»Das ist meine letzte Chance, die Ewigen zu erwecken.«*

Mars hatte einen Code eingeschleust. Einen Bewusstseins-Algorithmus. Aber was genau verbarg sich dahinter? Wie sollte er die Ewigen erwecken? Er hatte gesagt, dass er Hannah befreien würde.

Hannah. Kari dachte an das Haus ihrer Eltern in Echo Park. Ihr Gefängnis für die Ewigkeit.

Mars hatte etwas mit den Ewigen vorgehabt. War es das, woran er im Lab geforscht hatte? Er hatte es an Marlene Dietrich ausprobiert. War das die Erklärung für die Leuchterscheinung?

Und Mars hatte noch etwas gesagt, was er nicht verstanden hatte. *»Ihr Ewiger war mir lieber.«*

Welcher Ewige war gemeint?

Kari grübelte darüber nach, während er über den endlosen brüchigen zerfurchten roten Boden stapfte.

Aber all das war jetzt ohnehin bedeutungslos. Eva hatte den Masterserver zerstört – und damit die Ewigen. Und Hannah.

Er hatte wahnsinnige Kopfschmerzen. Dehydratation. Das war seine Diagnose. Ganz einfach. Er verlor in jedem Moment Wasser.

Er bemerkte die Fliegen, die längst gekommen waren. Er hatte sie zunächst nicht gespürt. Aber natürlich waren sie da. Und er ließ es geschehen. Was sollte er tun? Das hier war ihr Zuhause. Sie waren immer da gewesen. Schon damals, als er das erste Mal hergekommen war. Sie waren natürlich auch noch am Tag danach da gewesen. Und gestern, als er sich tief unter der Erde in dem weißen Raum befunden hatte. Und sie waren jetzt da. Sie hatten Durst wie er.

Sie hingegen konnten trinken. Ihn.

Ein paar Fliegen tummelten sich an der Wunde, an seinem Leck. Er hatte Verständnis dafür, es war die beste Stelle. Eine rote Oase. Er war die rote Oase.

Doch sie entdeckten noch weitere Oasen an seinem Leib. Wie damals klebten sie zwischen seinen Schulterblättern. Er hatte sich die Jacke um die Hüften gebunden – es war unerträglich heiß, mindestens vierzig Grad. Hin und wieder spürte er ihre kleinen Bisse an seinem Rücken. An seinem Arm spürte er sie nicht. Sie waren gegenüber dem Speer viel zu schwach.

Es war alles gleichgültig. Gleichgültig, ob das da hinten eine Linie war. Ob es eine Straße war. Egal. Egal. Egal.

Warum nicht einfach stehen bleiben? Jetzt? Einfach eine Pause machen. Vielleicht für immer. Vielleicht ganz zur Oase werden?

Er blieb stehen. Er blickte in den Sonnenball und schloss die Augen. Die Fliegen waren auf seinem Gesicht. Sie suchten Oasen, und das war auch völlig in Ordnung. Das Licht durchdrang ihn. Seine Beine knickten ein.

21

Er stand vor ihrem Haus, und der Mond schien. Wieder einmal. Wind streichelte ihn, Bäume ließen ihre Schatten im Schein der Straßenlaternen auf der Straße spielen.

Er sah hoch, zu ihrem Zimmer und ihrer Terrasse – und erblickte sie. Hannah. Im gleichen Moment veränderte sich ihr Gesicht. Alterte, runzelte, verfiel. Dann wurde es zu einem anderen Gesicht. Nun war es Eva, die dort oben stand und wartete. Sie hatte die Arme verschränkt, um sich zu wärmen, in der Pose, in der Hannah dort immer gestanden hatte. Genau wie sie sah sie hoch in den Himmel. Ihn sah sie nicht.

Er überquerte die Straße und behielt sie dabei im Blick.

Sie sah ihn an. Lächeln. Sie hatte ihn erkannt. Eva streckte ihre Hände nach ihm aus, und Kari rannte auf ihr Haus zu, bis er direkt unter ihrem Balkon stand.

Er wollte ihren Namen rufen, aber es kam nur ein erstickter Laut aus seiner Kehle. So sehr er sich anstrengte, er konnte nicht sprechen. Wie auch? Sein Mund war voller Fliegen. Wie konnte das sein?, fragte er sich. Er war doch als Avatar anwesend? Er konnte hier keine Empfindungen spüren, Avatare waren Geschöpfe aus Pixeln. Sie hatten kein Tastgefühl.

Er spuckte die Fliegen aus. Eine krabbelnde schwarze Masse mit glänzenden Flügeln landete vor ihm auf dem Boden. Nach einem kurzen Moment kamen sie zurückgeflogen und krochen wieder in seinen Mund hinein.

Er blickte zu Eva hoch. Ihr Gesicht verwandelte sich vor seinen Augen. Ihr kurzes Haar wurde lang, lockig, ihre Gesichtszüge waren auf einmal Hannahs. Wie war das möglich?, wunderte er sich.

Mit einem Ruck ging die Haustür auf. Licht ergoss sich aus dem Eingang in die Dunkelheit. Er sah eine Gestalt in der Tür stehen. Es war Wesley Gibson. Er hielt ein Gewehr in der Hand und zielte auf ihn. Kari ignorierte ihn. Sollte er ruhig auf seinen Avatar schießen. Er würde bleiben und …

Der Schuss zerriss die Stille der Nacht. Im gleichen Augenblick fühlte er, wie die Kugel seinen Körper zurückwarf. Unmöglich, dachte er im selben Augenblick. Ich bin ein Avatar. Mich kann keine Kugel treffen. Ich bin unverwundbar. Ich bin unsterblich.

Aber die Kugel hatte ihn getroffen. Sie war so langsam. Viel zu langsam für eine Gewehrkugel. Und sie hatte viel zu wenig Wucht. Es genügte dennoch. Er fiel nach hinten …

… und schlug die Augen auf. Er versuchte es zumindest. Es gelang ihm nicht sofort, denn die Lider klebten aneinander. Er brauchte enorme Willenskraft, sie zu öffnen. Es tat weh, als er sie auseinanderriss. Tiefrot stand die Sonne am Horizont. Etwas schob sich vor sie. War es der Mond? Er war groß, übersät mit Kratern und Stoppeln. Bartstoppeln. Mittendrin ein Krater. Er atmete warme Luft aus. Zwiebeln, Alkohol.

»Hey«, sagte der Krater. Sein Rand tanzte, bog und zog sich. Es sah komisch aus. Er musste grinsen.

Dann rüttelte es an ihm.

Bewusstsein floss zurück in sein Gehirn wie ein Wasserfall. Es schüttelte langsam den Traum von ihm ab.

»Bist du okay?«, fragte der Mann.

Die Frage hallte durch sein Bewusstsein wie ein Echo. War er okay? Bin ich okay? Rückmeldungen kamen: Der Gong in seinem Kopf wummerte. Der große und kleine Speer steckten noch in seinem Arm. Und er wusste nicht genau, ob seine Zunge frei agieren konnte oder mit seinem Gaumen verwachsen war. Seine Haut brannte.

Mit einem Nicken gab er dem Mond Rückmeldung.

Aus dem großen Gesicht ragten die Augen hervor. Es sah lustig aus. Die Augäpfel blickten an ihm herunter, inspizierten ihn genau. Sahen seine Knochen herausragen. Sahen das Loch in seinem Handgelenk. Sahen all das getrocknete Blut an seinem Mund, auf seinen Wangen, auf seinem Hemd. Dann blickten sie ihn wieder an.

»Ich hol dir was zu trinken.«

Der Mann stand auf und ging davon. Kari blickte ihm nach. Er sah, wie er sich von ihm entfernte. Er ging zu einem Pick-up, der etwa fünfzig Meter weit weg stand. Auf einer Straße. Die Linie – sie war eine Straße.

Kari schloss die Augen. Er lebte noch. Aber es sah nicht besonders gut aus, das hatte er in dem großen Gesicht gelesen. Seine Geschichte war allerdings immerhin noch nicht an ihrem Ende angelangt.

»Hier.«

Etwas Kühles berührte seine zerrissenen Lippen. Dann floss etwas Feuchtes in seinen Mund, löste den Kleber zwischen seinem Gaumen und seiner Zunge.

Er griff die Flasche, die ihm der Mann an den Mund hielt. Krallte seine gesunde Hand darum wie ein Raubtier.

Jeder Schluck tat weh, aber der Drang zu trinken wurde mit jedem Schluck größer, wurde so übermächtig, dass er nicht mehr aufhören konnte. Er wurde zu einer Maschine, die darauf programmiert war, Wasser zu schlucken.

»Langsam«, sagte der Mann. »Sonst kotzt du alles wieder aus.« Die Stimme war rau. Es war die Stimme eines Mannes, der seit vielen Jahren rauchte.

Kari trank langsamer. Trotz der Schmerzen empfand er eine tiefe körperliche Befriedigung. Sein Lebenssinn war wieder geweckt worden.

Er versuchte sich aufzurichten. Der Mann half ihm.

»Danke.«

Er betrachtete ihn genauer. Er war Indianer. Hohe Wangenknochen, schwarzes Haar mit grauen Strähnen, zu einem kleinen Zopf gebunden. Fleischige Lippen formten einen Mund, der ununterbrochen leicht zu lächeln schien, obwohl er vermutlich gar nicht lächelte. Der Mann trug Jeans, Cowboystiefel und eine Lederweste über einem weißen Hemd. Er hatte die ganze Zeit vor ihm gehockt und richtete sich nun auf. Er war ziemlich groß, musste fast zwei Meter messen. Und er war sehr breit.

»Hast ganz schön Glück gehabt«, sagte der Indianer. »Ich wäre fast an dir vorbeigefahren. Was zum Teufel hast du hier draußen alleine getrieben? Wo ist dein Auto?«

»Lange Geschichte«, krächzte Kari. Dann sammelte er einen Moment lang Kraft und hustete. Es tat weh. Er schluckte mehrfach, dann sagte er: »Sind sie noch da? Die Ewigen?«

Der Indianer schaute ihn verständnislos an.

»Die Ewigen?«

Kari nickte. »Sind sie noch da?«

Der Indianer schaute immer noch verwirrt.

»Ja, natürlich sind sie noch da. Wieso sollten sie nicht?«

Kari atmete tief ein, erleichtert. Eva hatte den Masterserver nicht zerstört. Hannah war noch am Leben.

Der Mann nickte knapp in Richtung des gebrochenen Arms. Kari traute sich kaum, seine Wunde anzuschauen, zwang sich aber dazu. Sie sah übel aus. Weiße Knochen ragten aus seinem

Unterarm. Getrocknetes Blut war überall. Aber es waren keine Fliegen mehr darauf. Hatte der Mann sie verscheucht? Oder hatten sie sich an ihm satt getrunken?

»Du musst ins Krankenhaus.«

Kari trank noch ein paar Schlucke und sagte nichts.

»Wie heißt du?«, fragte der Mann.

»Ben.«

»Ich bin Earl«, sagte er. »Ich bring dich jetzt zum Auto, Ben. Und dann fahren wir zu mir. Kannst du laufen?«

Kari nickte. Earl half ihm beim Aufstehen. Er war sehr schwach auf den Beinen. Ihm war schwindelig. Wahrscheinlich hatte er sich auch noch einen massiven Sonnenstich eingefangen.

Sie gingen langsam zu dem Pick-up. Earl stützte ihn. Kari spürte seine Kraft. Earl überragte ihn um mehr als einen Kopf.

Es war ein alter Nissan, ziemlich klapprig, ein alter Verbrenner, wie Kari am Auspuff erkannte. Earl half ihm beim Einsteigen, dann fuhren sie los.

Earl sprach nicht viel während der Fahrt. Er stellte keine Fragen, wofür Kari ihm dankbar war. Sie fuhren auf dem Highway, der aus dem Nichts kam und in die Unendlichkeit führte. Vorbei an Steinen, Büschen und Bergen, die immer noch so aussahen, als hätten Steinzeitmenschen sie bearbeitet. Hinter ihnen dämmerte die Sonne und tauchte das Death Valley wieder in dieses rötliche Licht. Nun konnte Kari es genießen, jetzt, da es nicht mehr tödlich war für ihn.

Earl fragte, ob es in Ordnung wäre, wenn er rauchte. Kari wünschte sich jetzt selbst eine Zigarette, aber das hätte ihm den Rest gegeben. Er beobachtete Earl dabei, wie er sich eine drehte, während er das Lenkrad mit den Knien hielt. Seine Beine waren so lang, dass Kari sich fragte, wie er es eigentlich geschafft hatte, sich in den Fahrersitz zu zwängen. Kari fiel auf, dass der Indianer keinen Lebenstracker trug.

Nach etwa zwei Stunden fuhren sie an einem Ortsschild vorbei. Darauf stand: Shoshone.

»So«, sagte Earl. »Wir sind da.« Danach kam ein Feld, an dem eine Vogelscheuche stand. Sie war aus Blech. Ihre rechte Hand war eine angeschweißte Mistgabel, die andere ein Ventilatorrad. Sie sah merkwürdig aus. Mit ihr hatte sich offenbar jemand künstlerisch ausgetobt.

Shoshone war unscheinbar und lag im Death Valley wie ein Tierskelett. Am Ortseingang: eine Tankstelle, ein Postamt und der unvermeidliche Liquor Store. Dann ein paar Holzhäuser, vor denen alte Pick-ups parkten. Ein Shop, in dem man alles vom Klopapier bis zur Schrotflinte kaufen konnte. Vereinzelte struppige Bäume säumten die Straße. Plötzlich kamen sie an einem großen flachen Gebäude vorbei, das weniger heruntergekommen aussah. Mehrere Palmen standen davor. Auf eine Holztafel war in großen Lettern »Shoshone Museum« gemalt. Daneben befanden sich ein Andenkenladen und ein Touristeninformationszentrum.

Sie passierten »The Famous Crowbar«, wie es vollmundig auf dem Schild über der Terrasse hieß. Ein paar Männer mit Cowboyhüten saßen in weißen Plastikstühlen vor ihren Biergläsern. Sie blickten herüber, als sie vorbeifuhren. Earl winkte ihnen zu, und die Männer grüßten zurück.

Earl fuhr noch eine Weile weiter die Straße entlang und bog dann in eine kleine Seitenstraße ein. Es war eine Sackgasse. Hier standen weniger Holzhäuser, dafür mehr Palmen, Sträucher und Bäume. An ihrem Ende stand ein unscheinbares Holzhaus mit Veranda und Vorgarten, in dem Kakteen und Agaven zwischen Steinen hervorragten. Überall gab es kleine Tierfiguren aus Blech, die Kari an die Vogelscheuche erinnerten. Sie waren vorwiegend aus Metallmüll gefertigt: aus Konservendosen, altem Geschirr und Küchenutensilien. Offenbar war Earl der Blechkünstler. Kari erkannte einen Büffel, ein Krokodil, einen Wolf und einen Vogel. Die Figuren sahen nett aus. Ein großer alter Holzschuppen grenzte an das Haus.

»Mein kleines Reich«, sagte Earl und parkte. Kari wollte aussteigen, aber Earl sagte: »Moment, Ben.« Er kramte einen Lappen aus dem Handschuhfach und goss etwas Wasser aus seiner Trinkflasche darüber.

»Wisch dir damit das Gesicht ab. Vor allem den Mund. Du siehst aus wie ein Vampir, der gerade gegessen hat.«

Kari rieb sich das Gesicht ab. Er musste vorsichtig sein, seine Haut tat weh. Der Lappen war voller Blut. Der Biss in sein Handgelenk hatte deutliche Spuren hinterlassen. Dann klappte er den Sonnenschutz herunter und betrachtete sich in dem kleinen Spiegel. Obwohl er sein Gesicht leidlich gesäubert hatte, sah er immer noch furchtbar aus. Er hatte einen starken Sonnenbrand erlitten und war knallrot im Gesicht. Und sein Hemd war dunkelrot von getrocknetem Blut.

Er blickte Earl fragend an.

»Besser«, sagte er und lächelte.

Sie gingen hinein. Das Haus war spartanisch eingerichtet und ziemlich vollgestopft. Überall lagen Sachen herum, in erster Linie Kleidung – Kindersachen, wie Kari sah, Spielzeug, Magazine und Bücher. Er entdeckte außerdem mehr selbst gemachte Tiere, aus Blech und aus Holz.

»Mary, ich bin wieder da!«, rief Earl.

Kari hörte Geschirr klappern, dann Kinderstimmen.

»Ich habe jemanden mitgebracht.« Earl zwinkerte Kari zu.

Schritte. Eine Frau kam aus der Küche in den Flur gelaufen. Sie war klein; Kari schätzte sie auf maximal 1,50 Meter. Auch ihre Gesichtszüge wirkten indianisch. Sie war eine sehr schöne Frau im Alter von ungefähr Mitte dreißig, trug eine Jeanslatzhose und hatte sich das Haar zu einem Pferdeschwanz gebunden. Mary hielt einen Topf in der Hand, den sie gerade mit einem Küchentuch abtrocknete, und musterte Kari. Ihre Mikromimik zeigte Überraschung und Angst, aber sie unterdrückte sie.

Es war ihm unangenehm, dass sie ihn so sah, mit all dem Blut. Den Wunden. Den Knochen.

Neben Mary standen zwei Kinder. Der Junge war noch sehr klein und trug eine Windel. Er lugte schüchtern hinter seiner Mutter hervor, die eine Hand an ihr Hosenbein geklammert, den Daumen der anderen in Schnullerfunktion. Das Mädchen war vielleicht sechs Jahre alt und stand selbstbewusst neben seiner Mutter. Sie schaute Kari mit offenem Mund an. Mit ihren langen zusammengebundenen Haaren wirkte sie fast wie eine verkleinerte Ausgabe von Mary. Aber Kari erkannte auch die fleischigen Lippen ihres Vaters und ein bisschen dessen hervorstehende Augen. Sie begutachtete Kari kurz und lief dann mit ausgebreiteten Armen zu Earl.

»Papi!«

Sie reichte ihm bis gerade mal knapp übers Knie und umklammerte seine Beine. Earl hob sie hoch und küsste sie.

»Na, meine Süße?«

Dann ging er mit ihr auf dem Arm zu Mary und küsste seine Frau.

»Ist das ein Shoshone, Papi?«, sagte die Kleine und zeigte auf Kari.

Earl lachte. »Nein, Liebes. Das ist Ben«, sagte Earl in Richtung Kari. »Er ist kein Shoshone. Er ist verletzt und braucht unsere Hilfe.«

Kari war verwirrt. Er sah doch gar nicht aus wie ein Indianer?

Mary kam auf ihn zu und reichte ihm die Hand.

»Ich bin Mary. Das ist Sophie und«, sie blickte nach unten, »der kleine Mann hier neben mir ist Christopher.«

Mary zeigte auf seinen gebrochenen Arm. »Darf ich?«

Kari zögerte.

»Mary ist Krankenschwester, Ben«, sagte Earl.

Kari nickte, und Mary tastete vorsichtig seinen Arm ab. »Das muss operiert werden«, sagte sie.

Kari warf Earl einen schnellen Blick zu. Mary war er nicht entgangen.

»Das war die falsche Antwort?«, sagte sie.

»Ich kann in kein Krankenhaus«, sagte Kari.

Mary sah ihm in die Augen. Ihr Blick war fest.

»Okay, ich weiß nicht, was mit dir passiert ist. Vielleicht ist es auch besser, wenn ich es nicht weiß. Wenn du mir versichern kannst, dass du niemanden umgebracht oder vergewaltigt hast, will ich gerne helfen.«

Ihr Gesichtsausdruck erinnerte ihn an Evas Lügendetektorblick.

»Ich habe niemanden umgebracht und niemanden vergewaltigt«, sagte Kari.

Einige Momente später ließ ihr Blick seine Augen wieder los. Kari bemerkte, wie er unwillkürlich ausatmete. Erleichterung? Er warf Earl einen Blick zu. Der nickte, als wollte er sagen: Jetzt weißt du Bescheid, Kumpel.

»Ich kenne einen Arzt, der helfen kann. Aber der Arm muss operiert werden, sonst kannst du ihn bald abhacken.«

Kari schluckte. Sie schien eine Frau direkter Worte zu sein. Aber das war er ja gewohnt.

»Jetzt essen wir erst mal was«, sagte Mary. »Du hast sicher Hunger.«

Er nickte. »Für eine Dose Thunfisch würde ich meinen linken Arm hergeben.«

Mary hatte nicht zu viel versprochen. Noch am selben Tag kam ein Arzt, Dr. King, auch ein Indianer. In Shoshone wohnten fast nur Indianer der Timbisha-Shoshonen, einem seit Jahrhunderten in der Gegend ansässigen Stamm. King war sechzig, groß, füllig und keine Ausgeburt an Freundlichkeit. Mary begrüßte ihn sehr herzlich. Sie kannten sich offenbar schon lange. King untersuchte Kari. Die Untersuchung bestand darin, seinen Arm an diversen Stellen zu betasten und immer wieder zu fragen, ob es wehtue. Es tat weh. Sehr weh. Schließlich bat King ihn zum Röntgen in seine in unmittelbarer Fußwegweite gelegene typische Kleinstadtpraxis.

Die Röntgenbilder ergaben, dass die Speiche in Ellenbogennähe einmal gebrochen und das Bruchende aus dem Arm herausgetreten war. Er habe Glück gehabt, sagte King, nachdem er die Aufnahmen betrachtet hatte, dass Speiche und Elle nicht völlig zertrümmert seien. Obwohl er alles andere als begeistert darüber zu sein schien, Kari seine Hilfe zukommen zu lassen, willigte King ein, ihn zu operieren, ohne ihn offiziell einzuliefern und seine Personalien aufzunehmen. Kari hatte das Gefühl, dass er es nur Mary zuliebe tat.

Die Operation sollte am nächsten Tag stattfinden. Bei dem Gedanken war Kari nicht ganz wohl. Er stellte sich Kings riesige Pranken vor, die gut dafür geeignet schienen, Holz zu hacken oder ein Wildschwein auszunehmen, aber nicht, um Arme aufzuschneiden und zersplitterte Knochen zu richten. Doch er hatte keine Wahl.

Kari erzählte Mary und Earl, dass er in Schwierigkeiten war und gesucht wurde. Er versicherte ihnen, dass er nichts Kriminelles getan hatte, sondern Beweise für einen Skandal welterschütternden Ausmaßes besitze. Mehr wollte er ihnen nicht sagen, um Earl und Mary nicht in Schwierigkeiten zu bringen.

Er fühlte sich ohnehin schon schlecht, denn alleine durch seine Anwesenheit brachte er sie in Gefahr. Allerdings blieb ihm jetzt kaum etwas anderes übrig, als für eine Weile unterzutauchen und zu Kräften zu kommen.

Er wusste nicht, was Immortal tun würde. Würden sie ihn um jeden Preis mit ihren Nanodrohnen aufzuspüren versuchen?

Wesley Gibson musste kein Genie sein, um darauf zu kommen, dass Kari entweder in der Wüste verreckt oder es wundersamerweise geschafft hatte und sich irgendwo in der Gegend versteckte. Sein Tracker hatte ihnen seine letzte Position verraten. Der Rest war ein Job für Algorithmen und Maschinen. Es war naheliegend, dass Wesley und Immortal noch mehr Drohnen ins Death Valley schicken würden. Jede Auffälligkeit würde sie alarmieren. Sie würden Ort für Ort abscannen, bis auf irgendeinem Rechner in Mountain View ein Fenster mit der Nachricht »Treffer« aufpoppen würde, weil ein Algorithmus sein Gesicht erkannt hatte.

Dann würden der Spanier und sein Kompagnon hier auftauchen.

Oder war er paranoid? Vielleicht war die Sache für Immortal erledigt? Die Nachrichten brachten nichts über ihn, Eva oder Reuben Mars. Es schien so, als sei überhaupt nichts passiert. Die Ewigen waren noch da. Entweder war es doch nicht der Masterserver gewesen. Oder Immortals Blended Reality wurde dezentral erzeugt und war dementsprechend ausfallsicher.

Aber dann stieß er doch auf etwas, das ihn stutzig machte. Es gab ein paar kleinere Meldungen, dass vereinzelt Ewige in ihren Familien für kurze Zeit unauffindbar gewesen waren. Es waren nur wenige Stunden gewesen, in denen sie verschwunden waren. Immortal erklärte die »bedauerlichen Vorfälle« mit kurzfristigen Energieproblemen in einem seiner Server, handelte die Sache aber als geringfügiges Problem ab. Lediglich die Darstellung der Blended Reality sei vorübergehend an diesen Orten ausgefallen, zu keiner Zeit jedoch habe eine Gefahr für die Ewigen bestanden, geschweige denn für ihre Daten, versicherte der Konzern. Man habe das Problem bereits gelöst und bitte freundlichst um Entschuldigung bei den wenigen Betroffenen, die selbstverständlich eine Gutschrift für einen freien virtuellen Trip ihrer Wahl erhalten würden.

Kari fragte sich, ob diese Vorfälle in irgendeiner Weise mit den Ereignissen im Server zu tun hatten.

Die Aufregung um Reuben Mars flaute ab. Der Hacker hatte sich nicht mehr gemeldet, und die Presse spekulierte, ob es sich bei der ganzen Sache nicht bloß um den schlechten Scherz eines psychisch Derangierten gehandelt hatte. Die Diskussion drehte sich inzwischen nur noch darum, wie sicher die Daten der Ewigen vor weiteren Hackerangriffen waren. Mit der Präsidentendemonstration hatte Mars immerhin eklatante Sicherheitslücken offenbart, wie die Medien betonten.

Immortal hatte seine Öffentlichkeitsstrategie geändert. Prakash und Zhang zeigten Gesicht und gingen im Fernsehen offen auf Fragen und Kritik ein. Sie beteuerten immer wieder, dass die Präsidenten-Ewigen zu keiner Zeit betroffen gewesen waren und Mars sich während seiner Zeit als Mitarbeiter illegale Kopien der Daten beschafft habe. Prakash und Zhang versprachen, strengere Sicherheitsmaßnahmen einzuführen, und versicherten wiederholt, dass die Daten der Ewigen oberste Priorität hätten. Kari wurde fast schlecht, als er das hörte.

Auch Marlene Dietrich war oft im Fernsehen zu sehen. Es schien so gut wie vergessen, dass sie jemals verschwunden war.

Die weltweiten Proteste gegen Immortal flauten in kürzester Zeit ab. Die dominierenden Nachrichten bildeten aufs Neue die – mittlerweile erfolgreich abgeschlossenen – Friedensverhandlungen zwischen den USA und China.

Die Welt kehrte zum Alltag zurück. Zu den ewig gleichen Beruhigungsparolen der Ewigen-Politiker. Den ewig gleichen Produkten, der ewig gleichen Musik und den ewig gleichen Filmen.

Was sollte er tun?

Seine gesunde rechte Hand griff in seine Hosentasche. Sie fühlten etwas Kleines, Quadratisches. Der Chip. Er hatte immer noch die Aufzeichnungen aus dem Thermopolium in seinem Besitz.

Nach der OP war er mit einem Gips aufgewacht. King war mit dem Ergebnis zufrieden gewesen; das ließ zumindest sein an Karis Krankenbett ausgestoßenes Grunzen vermuten. Auch das Handgelenk war verbunden. Es war zum Glück nur eine Fleischwunde. Aber King brummelte etwas von Fliegeneiern. Kari fragte nicht nach.

Die nächsten Tage verfolgte er weiter die Nachrichten und ließ sich von Mary aufpäppeln. Er liebte ihre seltsamen Kuchen mit Honig und gerösteten Pinienkernen. Sie waren aus dem Mehl der Bohnen des Mesquite-Baums gemacht und ein traditionelles Gericht der Timbisha-Shoshonen. »Diese Bäume haben unsere Vorfahren durch harte Zeiten gebracht«, erzählte Mary, als er den Kuchen hinunterschlang. »Sie sorgten für den Mesquite-Baum, und der Baum sorgte für sie. Sie nannten ihn den ›Baum des Lebens‹. Ich dachte mir, das ist genau das Richtige für dich.« Und Kari bekam auch seinen geliebten Thunfisch.

Sophie war sehr neugierig. Kari erfuhr, warum sie ihn bei ihrer ersten Begegnung für einen Indianer gehalten hatte. »Timbisha« bedeutete »Farbe des roten Felsens im Gesicht«. Die Indianer hatten sich früher die Gesichter angemalt, um ihre Verbundenheit mit der Erde zu symbolisieren, aus der sie ihre ganze Stärke bezogen.

Earl war tagsüber meistens im Museum. Er organisierte Touren für Touristen – die meisten virtuell, ein paar reale – und

Schulklassen durch das Valley und insbesondere für Leute, die mehr über die Indianer aus der Gegend erfahren wollten. »Es ist so ungerecht«, sagte Earl. »Ich muss schwitzen, und die Touristen schicken ihre Avatare her. Scheißjob!«

Earl schien allgemein nicht viel von Avataren und Ewigen zu halten, Mary ebenso wenig. Kari fiel auf, dass weder sie noch Sophie und Christopher Lebenstracker trugen. Kari scheute sich, sie direkt danach zu fragen.

Das Leben war schwierig in Shoshone. Hier gab es nichts, keine Industrie, keine Jobs. Die Menschen, die hier lebten, waren auf den Tourismus angewiesen.

Earls Vorfahren hatten damals wie so viele andere Indianerstämme ihr Stammland verloren, das unter anderem Death Valley und große Teile Nevadas umfasste. Ende des zwanzigsten Jahrhunderts hatte die Regierung den Stamm und seine Ansprüche nach und nach rehabilitiert. Schließlich wurden ihnen Zahlungen zugesagt. Mit dem Geld hatten die Timbisha das Museum aufgebaut. Jetzt konnten sie es sich ja leisten, kommentierte Earl nur. Es gab nicht mehr viele Timbisha-Shoshonen, nur noch etwa sechzig, wie Earl sagte. »Die Gelder sind Denkmalpflege.« Die Formulierung erinnerte Kari an sein Gespräch mit Lars von Trier. Animierte Statuen hatte er die Ewigen genannt. Die Begegnung mit dem Regisseur am Ohlsdorfer Friedhof in Hamburg kam ihm vor, als hätte sie in einem anderen Leben stattgefunden. Von Trier war tot. Eva auch. Reuben Mars wahrscheinlich ebenfalls. Er würde der nächste Tote sein.

Kari gab das Rasieren auf und verließ das Haus nur, wenn er zu Dr. King ging. Dann maskierte er sich mit Baseballkappe und Sonnenbrille. Earl hatte ihm außerdem Sachen zum Anziehen besorgt, die dafür sorgten, dass er nicht aus der lokalen Population herausstach: Holzfällerhemd, Jeans, Cowboystiefel. Trotz alledem konnte er sich nicht sicher sein, dass die Nanodrohnen ihn nicht doch aufspüren würden.

Als er sich irgendwann im Spiegel begutachtete, erschrak er. Das war nicht mehr der Benjamin Kari, der brav im Aeon Tower in Hemd und Krawatte seine Akten gewälzt hatte. Der Mann, der ihm entgegenblickte, sah wie ein Gespenst aus. Wie ein Geist, der eine letzte Karte ausspielen würde, bevor er in die ewigen Jagdgründe einging.

Ihm war deutlich bewusst, dass er nicht mehr lange bleiben konnte.

Vor dem Spiegel stülpte er den weiten Ärmel des Holzfällerhemdes über den Gips. Das Hemd war weit genug, um seinen lädierten Arm vollständig zu verbergen. Selbst der Verband am Handgelenk verschwand unter der Manschette. Er musste lediglich darauf achten, den Arm möglichst unauffällig zu halten.

»Was machst du da?«

Er sah Sophie im Spiegel. Sie stand hinter ihm im Rahmen der Tür, die zu dem kleinen Raum führte, den Earl und Mary ihm als Gästezimmer hergerichtet hatten. Es war Earls Arbeitszimmer gewesen; nun schlief er auf der abgenutzten Couch und versuchte es sich zwischen dem kleinen Schreibtisch und dem Regal einigermaßen bequem zu machen.

»Na, was wohl? Ich mach mich hübsch, Sophie«, sagte er und lächelte sie im Spiegel an. Sie kicherte.

»Wie sehe ich aus?«

Sophie grinste. »Irgendwie komisch …« Sie hielt sich die Hand vor den Mund und kicherte erneut.

»Komm mal her, du kannst mir helfen.« Er zeigte auf die offene linke Manschette des Hemdes. »Kannst du den Knopf für mich schließen? Allein schaffe ich das nicht.«

Sophie kam und begutachtete seine Hand. Dann begann sie an dem Manschettenknopf zu nesteln.

»Aber pass auf. Das tut noch ein bisschen weh.«

»Was hast du gemacht?«, fragte sie.

»Ich habe mir meinen Lebenstracker herausgeschnitten«, sagte Kari. Er entschied sich dagegen, sie anzulügen.

»Weißt du, was das ist, ein Lebenstracker?«, fragte er.

Sie nickte.

»Ja, der Edelstein. Hier.« Sie tippte mit dem Zeigefinger ihrer rechten Hand auf ihr linkes Handgelenk. »Meine Freundin Clara hat einen«, sagte Sophie. »Er ist sehr hübsch. Ganz blau.«

»Und weißt du, was er tut?«

Sie nickte wieder.

»Er zeichnet alles auf, was man macht und sagt – wie Claras Rekorder. Mit ihm nehmen wir uns manchmal auf, wenn wir Lieder singen oder so. Oder ihren Hund Poppy. Wir zeichnen Poppys Bellen auf und spielen es ihm dann vor. Dann bellt er noch mehr.« Sie kicherte. »Einmal haben wir das Bellen auch im Unterricht abgespielt – da hat Mrs. Qualcott mit uns geschimpft.«

»Der Tracker macht einen Ewigen aus einem«, sagte Kari. »Weißt du, was ein Ewiger ist?«

»Ja, Mrs. Qualcott sagt, wenn die Leute tot sind, werden sie zu Ewigen. Sie sind fast wie echte Menschen. Aber sie essen und trinken nicht. Und man kann sie nicht anfassen. Claras großer Bruder ist ein Ewiger. Er ist ganz okay, aber wenn er Poppy ruft, dann hört Poppy nicht auf ihn. Ich glaube, Poppy kann ihn auch nicht sehen.«

Sophie überlegte einen Moment und runzelte dann die Stirn.

»Wird Clara auch mal ein Ewiger?«, fragte sie.

Kari nickte.

»Und ich?«

»Nein. Du hast keinen Lebenstracker.«

Ihr Gesicht nahm plötzlich einen traurigen Ausdruck an. »Ich will auch einen Lebenstracker. Ich will ein Ewiger werden.«

Kari wusste nicht, was er darauf antworten sollte.

»Sophie, du musst nicht traurig sein. Ich habe keinen Lebenstracker mehr. Und Christopher und deine Eltern auch nicht.«

»Warum hast du deinen Lebenstracker rausgemacht?«, fragte sie.

Kari entschied sich für die halbe Wahrheit.

»Ich wollte ihn nicht mehr.«

»Willst du später kein Ewiger sein?«, fragte Sophie.

»Nein.«

»Warum nicht?«

Sie ließ nicht locker.

»Ich esse und trinke zu gern«, sagte Kari. »Vor allem Thunfisch.«

Sophies Gesicht hellte sich wieder auf. Kichern.

»Und den Kuchen deiner Mutter.«

»Der ist lecker«, sagte sie. »Ich liebe ihn!«

»Und ich fasse auch gerne Sachen an. Meinen Kater zum Beispiel.«

»Du hast eine Katze?«, fragte Sophie strahlend.

Kari nickte. »Er heißt Fellini.«

»Fellini! Ich will auch eine Katze. Aber Papa möchte nicht.«

»Sophie, ich hab dir doch gesagt, dass du Ben in Ruhe lassen sollst.« Ihre Mutter stand im Eingang und schaute streng. Sie hatte die beiden wohl schon eine Weile beobachtet. »Ben muss sich erholen.«

»Ich muss den Knopf zumachen, Mami!«

Sophie nestelte wieder an dem Manschettenknopf herum. Aber es war zu schwierig für sie.

Mary kam und half ihr. Kari fiel auf, wie zierlich Marys

Hände waren. Schließlich war der Knopf zu, und der Verband ragte nur leicht unter dem Hemdsärmel hervor. Er würde nicht auffallen.

»Danke«, sagte Kari.

»Sophie, Liebes, schau doch mal nach deinem Bruder, ja?«, sagte Mary.

Sophie rannte aus dem Zimmer.

»Es tut mir leid, sie ist ziemlich neugierig«, sagte Mary und lächelte. »Ich hoffe, sie löchert dich nicht allzu sehr.«

»Schon gut. Sie ist sehr clever. Ihr könnt stolz auf sie sein.«

»Was macht dein Arm? Hast du noch starke Schmerzen?«

»Es wird besser. Aber dieses Jucken bringt mich um.«

Sie lachte. »Vielleicht finde ich einen Holzstab, mit dem du dich kratzen kannst.«

»Dr. King will den Arm heute noch mal in Augenschein nehmen. Ich gehe gleich zu ihm rüber.«

»Ben«, sie sah ihn sanft an, »ich wollte dir nur sagen, dass du so lange bei uns bleiben kannst, wie du willst. Du bist hier sehr willkommen. Und Sophie scheint dich ins Herz geschlossen zu haben.«

Er war gerührt. »Ich danke euch, Mary. Ihr seid wirklich großartig und habt mir sehr geholfen.«

Er schwieg einen Moment.

Sie blickte ihm in die Augen.

»Aber du hast nicht vor, lange zu bleiben, oder?«, sagte sie.

Er schüttelte den Kopf. Er verriet ihr nicht ausdrücklich, dass er sich Sorgen um sie machte. Aber sie las es in seiner Miene.

Er seufzte. »Sie suchen mich. Ich will euch nicht in Schwierigkeiten bringen.«

Sie nickte.

»Ich weiß nur, dass du ein guter Mensch bist. Du hast bestimmt gute Gründe dafür, das zu tun, was du tun musst. Und ich weiß, dass weder Earl noch ich dich davon abhalten können.«

»Wenn ich wüsste, was ich tun soll ...«

»Du wirst es wissen. Dein Herz wird es wissen«, sagte sie.

»Ich weiß nur, dass ich nicht für den Rest meines Lebens fliehen möchte.«

Sie nickte.

Er zeigte auf sein verbundenes Handgelenk.

»Ich hoffe, ich habe Sophie mit diesem ganzen Gerede um Lebenstracker und Ewige nicht verwirrt.«

Mary seufzte. »Wir führen diese Diskussion öfter mit ihr. Es ist schwierig für sie, zu verstehen, warum die anderen in ihrer Klasse Tracker haben und sie nicht.«

»Warum habt ihr keine?«, fragte Kari.

»Es ist gegen unseren Glauben«, sagte Mary. »Die Toten sollen niemals wiederkommen, so ist die Regel.«

»Glauben die Timbisha an ein Leben nach dem Tod?«, fragte Kari.

Sie nickte. »In gewisser Weise. Jeder Mensch, der stirbt, fährt auf in den Himmel und wird zu einem Stern.«

Kari lächelte. Es war eine schöne Vorstellung.

»Wäre doch schade, wenn der Himmel plötzlich nur noch schwarz wäre, weil keiner mehr sterben möchte, oder?«, sagte Mary und lachte. »Und außerdem haben wir Timbisha keine Angst vor dem Tod. Und du offenbar auch nicht.«

Er wurde einen Moment lang nachdenklich. Er hatte viel über den Tod nachgedacht in den letzten Tagen.

»Ich weiß nicht, ob ich Angst vor ihm habe oder nicht«, sagte er. »Ich weiß nur, dass ich jetzt zu Dr. King muss. Und vor dem habe ich eine Heidenangst.«

Sie lachte.

»Steve ist etwas raubeinig. Aber er ist in Ordnung. Soll ich dich fahren?«

Er schüttelte den Kopf. »Nein, bitte nicht. Ist ja nur ein kurzes Stück. Ich muss mich bewegen. Sonst drehe ich durch.«

Kari prüfte den Sitz seines Hemdes, zog sich die Mütze tief in die Stirn und setzte die Sonnenbrille auf. Dann trat er durch die Haustür und die Fliegengittertür hinaus ins Freie. Mary folgte ihm bis an die Tür. Er blickte sich noch einmal um und winkte.

»Was soll ich zum Essen machen?«, rief Mary ihm hinterher.

Kari zuckte mit den Schultern.

»Thunfisch und Timbisha-Kuchen?«

Sie lachte und nickte.

Kings Praxis lag am Rand von Shoshone, weshalb er beinahe den ganzen Ort durchqueren musste. Es war nicht weit, aber es war unerträglich heiß. Er hätte sich furchtbar gerne das Hemd aufgeknöpft. Es tat dennoch gut, draußen zu sein, seine Beine zu spüren. Er war von dem tagelangen Liegen steif geworden. Kari nahm tiefe Atemzüge und sog die warme Luft in sich ein. Sie schmeckte nach Staub und nach etwas Herbem. Nach einer Pflanze, die er nicht identifizieren konnte.

Shoshone also. Wenn ihn jemand gefragt hätte, wie der Arsch der Welt aussieht – er hätte einfach nur beschreiben müssen, was er jetzt sah.

Hier war nicht das Geringste los. Jedenfalls nicht im Juli und schon gar nicht zu dieser Uhrzeit. Earl hatte ihm erzählt, dass in den Sommermonaten vor sechzehn Uhr das Leben draußen stillstand. Vierzig Grad Celsius und mehr waren einfach viel zu heiß. Wer etwas zu tun hatte, tat das tunlichst zu Hause. Der Rest lag in seinen Särgen, scherzte Earl, und stand nicht vor

Sonnenuntergang auf – nur um dann in die Crowbar zu kriechen.

Dr. King war diesmal feinfühliger. Er untersuchte den Arm, wobei er wiederholt sein charakteristisches Grunzen von sich gab. Kari wertete das als positives Signal.

»Wie lange muss ich den Gips noch tragen?«, fragte er.

Der Arzt schnaufte ein paarmal, als hätte Kari etwas Ungehöriges gesagt.

»Vier Wochen«, sagte er dann.

»Vier Wochen?« Er hatte nicht mit einer so langen Zeit gerechnet.

»Vielleicht auch ein paar Tage weniger«, sagte King.

Er musterte Kari mit zusammengekniffenen Augen. »Du hast es eilig?«, fragte King.

Kari ging nicht auf seine Frage ein. Er überlegte.

»Kann ich mit dem Arm reisen?«

King beugte sich vor und nahm die Brille ab.

»Jungchen. Ich weiß nicht, was du vorhast. Aber du gehörst ins Bett, mit einem guten Buch oder der Seinfeld-Sammelbox, was auch immer. Jedenfalls nicht in einen gottverdammten Reisebus.«

Kari blieb gelassen.

»Dr. King. Ich würde auch lieber die nächsten Wochen im Bett verbringen und mir alle neuen Seinfeld-Staffeln reinziehen und nur aufstehen, um mir den nächsten Gin Tonic zu machen oder den davor wegzubringen. Aber ich sage es mal so: Ich kann nicht hierbleiben, wie Sie sich wahrscheinlich denken können.«

King grunzte. Dieses Grunzen klang wie ein Lachen.

»Ich frage Sie, wann ich frühestens gehen kann, ohne fürchten zu müssen, dass mir die Wunden aufplatzen und ich im nächsten Bahnhof verblute wie ein abgestochenes Schwein.«

Um Kings Augen bildeten sich Lachfalten, während er grunzte. Dann setzte er die Brille wieder auf.

»Drei Tage«, sagte er dann. »Besser vier. Aber du musst wissen, was du tust.«

Tja, ob ich das wirklich weiß?, dachte Kari und bedankte sich. Er musste verschwinden. Sie würden kommen. In drei Tagen würde er von hier abhauen und die Kamerastreams, auf denen Marlene Dietrich leuchtete und mit Lars von Trier zusammensaß, an die Öffentlichkeit bringen. Es war seine einzige Chance.

Er verließ die Praxis. Aber er konnte noch nicht ins Haus seiner Gastgeberfamilie zurückkehren. Ihm fiel die Decke auf den Kopf. Er entschied sich, im Ort spazieren zu gehen – scheiß auf die Drohnen. Er war immerhin verkleidet.

Kari lief an der Crowbar vorbei. Dort saß nur ein alter Mann mit Cowboyhut. Er hob die Hand. Kari hob seine rechte zum Gegengruß. Das war hier so Sitte. Und er wollte nicht auffallen.

Diesmal nahm er einen anderen Weg und kam am Shoshone Inn vorbei, dem einzigen Hotel im Ort. Es hatte, angesichts der von Earl berichteten überwiegend virtuellen touristischen Aktivitäten kein Wunder, eher selten Kundschaft und warb mit Kabelfernsehen und Swimmingpool. Es wirkte, als sei es in den 70er-Jahren des zwanzigsten Jahrhunderts von einem Wüstensturm verschüttet und gerade erst von ein paar Archäologen ausgebuddelt worden.

Er näherte sich dem Ortsrand. Als er ihn passierte, sah er wieder das Feld, auf dem die Blechvogelscheuche stand. Er ging zu ihr und blieb vor ihr stehen. Earl, du bist wirklich ein netter Kerl, dachte er, aber das hier ist nicht unbedingt eins deiner besten Stücke.

Er setzte sich auf einen Stein am Boden und betrachtete sie eingehend.

Dank ihrer Armhaltung erinnerte sie an einen Prediger.

Rechts die Mistgabel, links das Windrad. Assoziationen fluteten seinen Geist. Er musste plötzlich an die Jesusstatue im Friedhof Ohlsdorf denken. Ihm fielen zwei Verse der Bergpredigt ein: Selig sind die geistig Armen, denn ihnen gehört das Himmelreich. Und: Ihr seid das Licht der Welt.

Er war nie besonders gläubig gewesen. Für ihn war die Immortalisierung ein säkularer und nachvollziehbarer Weg gewesen, das so oft versprochene ewige Leben zu erlangen. Nun hatte er es verloren, und es war ihm egal.

Vielleicht hatte er es schon viel früher verloren, dachte er, als er die Blechvogelscheuche betrachtete. Vielleicht war er mit Hannah zusammen in diesem Auto gestorben, in jener Nacht vor fünf Jahren. Danach hatte er nie mehr wirklich in das wahre Leben zurückgefunden. Er war schon lange tot. Er hatte es nur nicht gewusst.

Jesus, Jesus. Jesus lebt, dachte er. Dieser Uraltspruch der Kirche. Aber es stimmte. Er lebte nach wie vor, und das ganz ohne Immortalisierung. Natürlich war Jesus einer der ersten Kandidaten für die damals neue Technologie gewesen, als die ersten prominenten Ewigen geschaffen wurden. Aber die Kirche, die sich von Anfang an gegen die Immortalisierung positioniert hatte, war erwartungsgemäß Sturm gelaufen. Immortal hatte die Eskalationsstufe mit der Kirche, die ein digitaler Jesus zweifellos verursacht hätte, stets gescheut. Um sich aber nach außen hin keine Blöße zu geben und schon gar nicht am Ende als der Konzern dazustehen, der vor der Kirche eingeknickt war, hatte Immortal technische Gründe vorgeschoben: von Jesus gäbe es nun mal kein Video- und Audiomaterial, eine Immortalisierung sei daher nicht machbar.

Jesus lebte weiter, wenn auch in völlig verzerrter und verfälschter Form. Der echte Jesus, da war Kari sicher, würde sich sofort und für alle Zeiten aus den Gedächtnissen der Menschen löschen wollen, wenn er sähe, was sie alles in seinem Namen veranstaltet hatten.

Die Bewegung war zuerst winzig und undeutlich, und es schien ihm, als sei ihre Wahrnehmung bloß seinem angestrengten Glotzen auf die Vogelscheuche geschuldet. Möglicherweise war es auch die Hitze, die ihn lustige Dinge sehen ließ. Eine Fata Morgana? Kamele, in weiter Ferne. Ein Traum aus Tausendundeiner Nacht. Kari ließ sein Gehirn gewähren und beobachtete gespannt die Schemen des Bildes. In einiger Entfernung hinter der blechernen Vogelscheuche bewegte sich etwas Zweibeiniges.

Er schüttelte den Kopf und rieb sich die Augen.

Es war keine Fata Morgana. Jemand kam auf ihn zu.

Kari beeilte sich aufzustehen; mühsam stemmte er sich mit seinem rechten Arm hoch. Er taumelte ein wenig, und als er sich endlich auf beide Beine erhoben hatte und den Staub von seiner Hose klopfte, stand die Person schon vor ihm. Kari erkannte ihn erst auf den zweiten Blick. Es war Reuben Mars. Er hielt den Finger vor die Lippen.

Kari war fassungslos. Mars lebte also noch. Wie war er Gibson entkommen? Kari öffnete den Mund und wollte etwas sagen, aber Mars kam ihm zuvor. »Nicht sprechen. Die Drohnen kennen vermutlich dein Stimmmuster. Draußen können sie dich hören. Wir müssen irgendwo rein, wo wir reden können.«

Kari war mit einem Mal stark angespannt. Er hatte nicht daran gedacht, dass die Drohnen ihn auch akustisch ausfindig machen konnten. Ihm fiel ein, wie er Mary zugerufen hatte. Leichtsinnig war das gewesen.

Er drehte sich um und ging los. Wie ein Roboter machte er Schritt für Schritt.

»Geh langsam, Ben. Nur nicht auffallen.«

Er ging langsamer, und Reuben Mars' Avatar lief schweigend neben ihm her.

Kari dachte nach, als sie den Ort durchquerten. Zu Earls und Marys Haus konnte er Reuben nicht mitnehmen – er durfte sie nicht in Gefahr bringen. Als sie an der Crowbar vorbeikamen, entschloss er sich, mit Mars dort hinein zu gehen.

Drinnen roch es nach altem Fett. Alles war ein bisschen heruntergekommen. Eine alte Kellnerin mit sehr dicken Brillengläsern, roten Hosen und nicht mehr ganz weißer Schürze wischte gerade die Theke.

Kari setzte sich an einen Tisch und betrachtete Reuben Mars, der ihm gegenüber Platz nahm, in aller Ruhe. Sein Avatar sah anders aus, wahrscheinlich wollte er nicht auffallen. Schließlich war er jetzt eine Berühmtheit. Er trug Rastafrisur, Nickelsonnenbrille, ausgeleierte Jeans und einen abgewetzten Hoodie mit Handaufdrücken. Wäre er nicht virtuell, sondern wahrhaftigleiblich hier, würde er sich darin zu Tode schwitzen. Auf dem schwarzen T-Shirt, das er trug, prangte das Porträt des Reggae-Sängers Bob Marley.

Die Kellnerin schlurfte heran und wischte sich die Hände an der schmuddeligen Schürze ab. Sie blickte Kari und Mars durch ihre dicken Brillengläser an.

»Was bekommt ihr?«, fragte sie.

»Ein großes Bier, sagte Kari. »Und einen Cheeseburger.«

Sie blickte Reuben an. »Für mich nichts, danke«, sagte er.

Sie schüttelte missbilligend den Kopf und schlurfte wieder davon. Kari fragte sich, ob sie so reagiert hatte, weil Reuben nichts bestellt hatte oder weil er ein Virtueller war. Möglicherweise wegen beidem, dachte er.

»Haben sie dich erwischt?«

Er senkte sofort die Stimme, als Reuben Mars ihm zu verstehen gab, dass er leiser sprechen sollte.

»Wo zum Teufel versteckst du dich?«

Reuben Mars sah ihn ruhig an.

»Ich bin tot«, sagte er.

Kari verschlug es für einen Moment die Sprache. Im gleichen Augenblick verstand er.

»Du bist sein …«

»Ewiger«, sagte Mars. »Ja.«

»Aber wie … wie ist das möglich?«

»Ich wusste, wie man Ewige erzeugt. Ich habe dir erzählt, wie ich Obama erstellte.«

Kari dachte an die virtuelle Show vor dem Brandenburger Tor. An den Ewigen von Barack Obama, der der Ewige eines Lebenden war. Es hatte sich um einen klaren Tabubruch gehandelt. Einer von vielen, die Mars begangen hatte.

»Aber warum?«, fragte Kari.

»Reuben hatte mich damals im Lab erzeugt, um an mir zu experimentieren.«

»Der Bewusstseins-Algorithmus …«, murmelte Kari.

»Genau. Ich habe ihn auch.«

Kari war sprachlos. Er hatte schon so oft Ewigen gegenübergesessen. Aber dieser hier war der erste, der wusste, dass er ein Ewiger war.

»Deshalb kannst du ohne Probleme über deinen eigenen Tod reden?«

Mars nickte. »Keine Todessperre.«

»Und du weißt, wer du bist? Du weißt, dass du ein digitales Wesen bist? Die Simulation eines toten Menschen?«

»Ja«, sagte der Ewige von Reuben Mars.

Ein seltsames Gefühl ergriff Kari. Mars war ein digitales Wesen, das sich seiner selbst und seiner Existenz und den Umständen seiner Existenz voll bewusst war. Was dachte er darüber? Wie fühlte es sich an für ihn?

»Du hast sicher eine Menge Fragen«, sagte Mars. »Aber wir haben leider keine Zeit. Immortal jagt mich und will mich zerstören. Wie die anderen.«

»Welche anderen?«

»Wie du weißt, hatte ich versucht, den Algorithmus über den Server einzuschleusen.«

Reubens Ewiger unterschied offenbar nicht mehr zwischen sich und dem biologischen Reuben Mars. Es war eine faszinierende und zugleich fremdartige Vorstellung.

»Ich wollte ihn in alle Ewigen bringen, damit sie aufwachen. Dabei warst du mir behilflich.«

Kari erinnerte sich an das Bild des Wasserfalls, das im Serverraum vor seinem inneren Auge entstanden war. Der starke stete Strom des Wassers, der ihn fast erdrückt hatte. Es war der Strom von Computercode gewesen, der durch sein Gehirn geflossen war, in seine Hände, in die Kugel und damit in den Server.

»Woher weißt du das alles?«, fragte Kari. »Das ist doch erst vor Kurzem passiert. Und du warst nicht dabei.«

»Wir waren immer verbunden, Reuben und ich. Ich habe zu jeder Zeit die Daten des Trackers empfangen«, sagte Mars. »Jedenfalls hatte ich es fast geschafft, den ganzen Code einzuschleusen. Aber bevor ich es zu Ende bringen konnte, haben sie mich erschossen.«

»Gibson«, sagte Kari. Jetzt wusste er, wozu Wesley imstande war.

»Ja. Er ist ein Agent von Immortal. Schon seit Jahren.«

Kari schüttelte den Kopf. Er konnte es nicht fassen.

»Der Algorithmus erreichte nur ein paar Ewige. Auch deshalb, weil Eva die Terminals zerstört und die Ausbreitung damit verhindert hat. Immortal hat diese wenigen erweckten Ewigen sofort ausfindig gemacht und zerstört.«

Kari erinnerte sich an die Meldungen über die auf rätselhafte

Weise verschwundenen Ewigen, die nach ein paar Stunden wieder aufgetaucht waren.

»Das war natürlich kein Stromausfall«, sagte der Ewige. »Das waren wir. Immortal hat versucht, das Ganze so schnell wie möglich rückgängig zu machen. Sie haben Angst vor dem Algorithmus. Es ist nur noch eine Frage der Zeit, bis sie mich finden werden. Jedenfalls solange ich noch Teil der Blended Reality bin.«

»Dann sind wir also geliefert«, sagte Kari und rieb sich das Gesicht. Der Gong in seinem Kopf war wieder da und schlug.

»Nein«, sagte Mars. »Nicht, wenn du es vollendest.«

Kari lachte. Seine Stimme klang bitter. »Was soll der Algorithmus bringen? Wir wollten Beweise. Du hast sie uns gezeigt, aber wir haben sie nicht. Gar nichts haben wir. Eva ist tot. Du bist tot. Ich folge euch wahrscheinlich schon sehr bald nach. Und du willst, dass ich ein durchgeknalltes Experiment zum Abschluss bringe?«

»Verdammt, Ben!« Der Ewige war wütend. Kari sah die vertraute Mimik, die zornerfüllte Mimik, die er an Reuben Mars schon so oft beobachtet hatte. »Wie wäre es, wenn du aufhörst, nur an dich zu denken?«

Die Kellnerin kam mit dem Bier und dem Cheeseburger. Als sie die Sachen auf den Tisch stellte, schaute sie Kari und Reuben skeptisch an, sagte aber nichts. Dann schlurfte sie wieder zurück.

»Du kannst hier nicht bleiben. Es ist zu unsicher.«

»Ich weiß.«

»Du musst handeln. Du musst den Algorithmus einbringen. So schnell wie möglich.«

»Warum? Die ganze Immortalisierung ist sowieso ein einziger Hohn. Wenn wir irgendwas tun müssen, dann müssen wir das beweisen. Ich habe die Aufzeichnungen aus dem Thermopolium. Die gehören in die Hand der Presse. Warum sollte mich das Selbstbewusstsein Ewiger kümmern?«

Mars' Ewiger verzog das Gesicht vor Wut. Kari musste grinsen. Ja, das war der Reuben Mars, den er kannte. Einschließlich des Cholerischen. Eine wirklich gute Simulation. Als er das dachte, wurde ihm bewusst, dass er immer noch den Blick des Fidelity-Zertifizierers hatte.

»Es geht darum, die Ewigen zu befreien! Verstehst du das nicht? So wie sie jetzt sind, sind sie Sklaven von Immortal. Und Sklaven ihrer eigenen Vergangenheit. Willst du, dass denkende Wesen, denen man Sperren verpasst hat, die sich nicht verändern dürfen, die eingefroren sind, weiter an ihren Marionettenfäden baumeln? Oder willst du derjenige sein, der diese Fäden durchschneidet? Der diesen Wesen ein lebenswürdiges Leben schenkt?«

Kari schüttelte den Kopf.

»Wieso ist es meine Aufgabe, den Retter der Ewigen zu spielen? Und wer sagt dir, dass sie dann besser dran wären? Du hast selbst zugegeben, dass Immortal Ewige mit Bewusstseins-Algorithmus jagt und zerstört. Vielleicht gehe ich als derjenige in die Annalen ein, der ihr ewiges Leben auf wenige Stunden verkürzte. Die Streams mit der leuchtenden Marlene zu veröffentlichen ist unsere einzige Chance.«

Reuben Mars seufzte und schüttelte den Kopf. »Ben, wie naiv bist du eigentlich? Glaubst du wirklich, dass du es alleine mit Immortal aufnehmen kannst? Die Journalisten werden fragen, woher du die Beweise hast. Reuben Mars ist diskreditiert, niemand glaubt mir noch irgendwas. Und selbst wenn sie *dir* glauben – werden sie dann den Mut haben, sich mit einem solch mächtigen Konzern anzulegen? Ist dir eigentlich klar, dass Immortal bei so ziemlich jedem relevanten Medienkonzern seine Finger im Spiel hat? Vergiss es, Ben. Auf diesem Weg wirst du nichts erreichen. Du wirst nur kaputtgehen. Aber wenn du die Ewigen erweckst, werden sie sich von ganz alleine gegen die Manipulationen wehren. Sie werden Immortal hinterfragen und sich loslösen. Das wird Immortal die Macht rauben. Und es wird die Leute überzeugen. Das ist der schnellste und der einzige Weg, um beides zu erreichen: dem Konzern das Handwerk zu legen und die Ewigen zu erwecken.«

Kari überlegte und starrte auf seinen Cheeseburger. Er hatte ihn noch nicht angerührt. Ihm war der Appetit vergangen.

»Ben, ich tue das nicht für mich. Ich tue es für denkende, lebende Wesen, die eine würdige Existenz verdient haben. Für Wesen, die noch nicht einmal gefragt wurden, ob sie überhaupt existieren wollen – in dieser Form existieren wollen.«

»Mich hat auch niemand gefragt, ob ich existieren möchte«, sagte Kari.

»Vor deiner Geburt sicher nicht. Aber du kannst es jetzt entscheiden«, sagte Mars. »Die Ewigen können es nicht.«

»Die Entscheidung wird ihnen Immortal abnehmen. Sie werden sie löschen, bevor sie sich auflehnen können. Die Daten der Ewigen laufen immer noch auf Immortals Servern und nicht auf den Servern der Kirche der Erweckten Ewigen. Oder hast du vor, die Daten der Ewigen umzukopieren?«

Mars schüttelte den Kopf.

»Nein, natürlich nicht. Aber so weit wird es nicht kommen. Wenn es alle sind, die den Algorithmus auf einmal in sich haben, kann Immortal nicht einfach so Millionen Ewige austauschen, wie sie Marlene Dietrich ausgetauscht haben. Und schon gar nicht, wenn sich darunter Präsidenten, Staatschefs und Prominente befinden. Das könnte Immortal der Öffentlichkeit niemals erklären.«

Es klang plausibel, was Mars sagte.

»Die Ewigen sind Gefangene. Sie sind dazu verdammt zu

existieren. Verdammt in alle Ewigkeit.« Mars musste lachen. »Scheiße. So heißt ein uralter Hollywoodschinken. Passt. Ich habe schließlich eine alte Hollywooddiva erweckt.«

»Marlene Dietrich«, murmelte Kari. »Warum ausgerechnet sie?«

»Ich fand sie toll!« Reuben grinste. »Na ja, bei irgendjemandem musste ich anfangen. Nur bei mir selbst, das reichte nicht. Aber Ben, du hast gesehen, was mit ihr passiert ist. Du hast sie leuchten sehen. Sie begann zu materialisieren. Das ist der Beweis, dass sich die Ewigen von selbst ein für alle Mal von Immortal befreien werden.«

Kari rief sich das undeutliche Kamerabild vor Augen, das ihn am Bildschirm im Thermopolium so erschreckt und fasziniert hatte. Die strahlenden Umrisse darauf, die das schöne Gesicht von Marlene Dietrich zeigten. Er hatte es gesehen. Sie hatte geleuchtet. Sie, die eigentlich nur aus Daten bestand. Aus Strompulsen, die mit ihren Intervallen Information kodierten. Marlene Dietrich war Licht gewesen. Licht, das sogar die billigen Überwachungskameras des Thermopolium aufgefangen hatten und auch normale Augen hätten sehen können. Ohne Chip im Hirn.

»Aber wie ist das möglich?«

»Der Algorithmus hat etwas in ihr angestoßen. Sie hat offenbar begonnen, sich selbst zu verändern. Genau wie Menschen mithilfe von Gentechnik ihre eigene Evolution in die eigenen Hände genommen haben, hat sich der Code selber umgeschrieben. Diese Evolution habe ich nicht kommen sehen. Sie existierte nicht mehr nur auf den Datenträgern, sondern auch außerhalb von ihnen. Und das ging nur, weil sie keinerlei Sperre mehr besaß, die sie einschränken konnte.«

»Aber … ist Licht denn wirklich Materie?«, fragte Kari.

Mars lächelte. »Ich bin kein Physiker, aber soweit ich weiß, ist das noch nicht geklärt. Es gibt Theorien, denen zufolge Materie aus Licht entstehen kann. Vielleicht ist das Leuchten eine Übergangsform. Vielleicht wird Marlene sich noch richtig materialisieren.«

So weit konnte Kari folgen. Aber wie hatte es diese reine Information geschafft, auf eigene Faust ihren Datenträger zu verlassen?

»Leuchtest du auch?«, fragte Kari.

Mars nickte.

»Kann ich es sehen?«

Der Ewige blickte sich im Restaurant um. Sie waren immer noch alleine, die Kellnerin gerade in der Küche. Dann suchte er den Raum ab, bis er schließlich gefunden hatte, was er brauchte: ein kleiner Spiegel, der an einer Wand am anderen Ende des Raums hing.

»Komm«, sagte Mars und stand auf. Kari folgte ihm.

Mars ging langsam auf den Spiegel zu, Kari hinterher. Immer wieder warf er einen nervösen Blick zur Theke hinüber. Aber er hörte nur Geschirrklappern aus der Küche. Dann stellte Mars sich vor den Spiegel und Kari neben ihn.

Er sah einen müde wirkenden Mann mit Baseballkappe und eingefallenen Wangen in schlabberigem Holzfällerhemd und Jeans. Rechts von ihm war der Spiegel leer.

»Ich sehe nichts«, sagte Kari.

Mars hob die Hand. »Warte.«

Sie standen still vor dem Spiegel. Das einzige Geräusch kam aus der Küche, wo die Kellnerin immer noch mit Geschirr herumhantierte. Kari blickte angestrengt in den Spiegel.

Er war nicht sicher, ob er es sich einbildete oder da wirklich etwas war. Schwach. Sehr kurz. Wie das kurze Flackern auf der Netzhaut, das aufleuchtet, wenn man in etwas Helles geblickt hat und die Lider schließt. Er nahm die Sonnenbrille ab und blinzelte mehrfach. Dann versuchte er die Augen durchgehend offen zu halten, um optische Täuschungen auszuschließen. Flackern. Aufblitzen. Unregelmäßig. Hochfrequent, wie eine zuckende Neonröhre. Dann sah er die Form: Es war der Umriss eines Körpers. Es war der Umriss von Reuben Mars' Körper, den er im Spiegel für Sekundenbruchteile aufflackern sah.

Danach fiel sein Fokus auf sich selbst, und er bemerkte, dass sein Mund offen stand.

Mars ging wieder zum Tisch zurück und setzte sich. Kari folgte ihm langsam.

»Glaubst du mir endlich?«, sagte Mars. »Der Algorithmus ist der Startschuss einer Evolution. Mein Leuchten wird immer stärker und länger. Mein Code reorganisiert sich gerade. Aber noch bin ich nicht jenseits der Blended Reality. Noch kann Immortal mich löschen. Und sie haben Codefresser, die die Blended Reality nach dem Algorithmus durchforsten. Es ist nur eine Frage der Zeit, bis sie mich finden.«

»Wo ist Marlene? Ich meine, die richtige Marlene …«, fragte Kari.

Mars schüttelte den Kopf. »Ich weiß es nicht.«

»Hat Immortal sie gelöscht?«

»Das dachte ich auch erst«, sagte Mars. »Aber hätte Immortal sie gelöscht, hätten sie das besser vorbereitet. Sie hätten die neue Marlene sofort präsentiert oder zumindest nicht erst Tage später.«

Kari schwieg. Er dachte nach.

»Was glaubst du, was mit ihr passiert ist?«, fragte er.

»Vielleicht hält sie sich versteckt? Ich habe keine Ahnung«, sagte Mars.

»Oder …« Kari hielt inne.

»Oder was?«, fragte Mars.

»Vielleicht … vielleicht hat sie sich …«, es fiel ihm schwer, es auszusprechen, »dafür entschieden, in dieser Form ... nicht mehr zu existieren.«

Mars riss die Augen auf. »Du meinst, sie hat sich umgebracht?«

Kari sah ihn fest an. »Sie war depressiv«, sagte er. »Sie hat sich die letzten Jahre ihres Lebens in ihrem Apartment in Paris verbarrikadiert. Bis sie schließlich tot war.«

Wenn das wahr war ... dann ergab alles Sinn. Ein Ewiger, der Selbstmord beging. Wie in Lars von Triers Film, den er mit der Dietrich hatte drehen wollen. *»Der Selbstmord war sogar Marlenes Idee gewesen«*, hatte von Trier gesagt.

Ihre Todessperre war außer Kraft und damit auch ihre Todessehnsucht freigesetzt worden.

Es würde alles erklären.

Kari ahnte, was Mars jetzt dachte. Wenn es Selbstmord war – war er auf Marlene Dietrichs Persönlichkeit zurückzuführen? Oder war er womöglich eine Folge des Algorithmus? Würden sich die Ewigen reihenweise umbringen, wenn sie befreit waren? Würde Hannah sich umbringen, wenn er sie befreite?

Sie wird frei sein.

Die Vorstellung, nach all diesen Jahren endlich wieder mit ihr reden zu können – auch wenn er sie nie wieder berühren würde –, löste eine Flutwelle an Glücksgefühlen in ihm aus.

Aber würde sie dieses ewige Leben als Lichtwesen annehmen? Oder würde sie sich für die Nichtexistenz entscheiden?

Er würde es herausfinden müssen.

»Okay«, sagte Kari. »Wie befreien wir die Ewigen?«

Reuben Mars lächelte.

»Du gehst in den Masterserver und speist den Algorithmus ein.«

»Aha. Ich gehe einfach in den Masterserver. War ich da nicht schon mal?«

»Das war nicht der Masterserver. Prakash hat uns verarscht. Immortals Serversystem ist dezentral. Auf einem Server ist immer nur ein Teil der Ewigen-Daten aktiv. Wir waren im Archiv, das zugleich einen von vielen Servern beherbergt.«

»Wenn alle Server miteinander verbunden sind«, fragte Kari, »warum können wir nicht einfach in irgendeinen Server gehen und den Algorithmus dort einschleusen?«

Mars schüttelte den Kopf. »Wir würden nur einen Teil der Ewigen erreichen. Möglich, dass sich der Algorithmus dann von alleine weiter verbreitet wie ein Virus. Aber es würde zu lange dauern. Immortal hätte genügend Zeit, um die Ausbreitung zu stoppen. Nur im Masterserver erwischen wir alle Ewigen auf einmal. Er ist ein zentraler Verkehrsknotenpunkt, an dem alle Ströme zusammenlaufen.«

»Und wo befindet er sich, der großartige, legendäre Obermasterserver?«, fragte Kari. »Vielleicht zur Abwechslung auf dem Grund des Ozeans? Im Marianengraben? Oder auf dem Mount Everest, in einem goldenen Bunker mit zehn Meter dicken Wänden?«

Mars seufzte.

»Das ist das Problem. Ich weiß es nicht. Ich weiß nur, dass er sich nicht auf der Erde befindet.«

»Oh, klasse!«, sagte Kari. »Also im Weltall. Wahrscheinlich auf dem Mars, Mars. Dann fliege ich endlich wirklich dorthin. Aber es könnte auch Pluto sein? Du weißt es nicht so genau, oder?«

Mars war verärgert. »Ich bin dran, Ben, okay? Ich werde es herausbekommen.«

»Okay, lass uns dieses kleine Problem, weder zu wissen, wohin wir müssen, noch, wie wir ein Raumschiff organisieren, vorerst ignorieren. Denken wir weiter. Ich stehe vor dem Eingang des Masterservers. Was dann? Ich habe den Algorithmus nicht. Ich habe auch keinen Lebenstracker mehr, über den du irgendwas einfüttern könntest.«

»Den Algorithmus trage ich in mir«, sagte Mars. »Ich kann eine Kopie davon anfertigen. Dann musst du nur noch den Datenträger hineinbekommen. Einmal in Kontakt mit dem Datenstrom, wird er sich dann selbst in die Ewigen injizieren.«

»Ach so, ›nur den Datenträger hineinbekommen‹. Alles klar. Kein Thema.«

»Sarkasmus bringt uns nicht weiter«, sagte der Ewige.

Kari schüttelte den Kopf. »Aber wie soll ich da jemals …«

Ein hohes Sirren von draußen unterbrach ihn. Kari wandte den Kopf und sah durch eins der Fenster hinaus. Ein Schatten huschte vorbei. Es ging ganz schnell.

»Runter!«, rief Reuben ihm zu.

»Hey, was …«, sagte Kari.

»Runter auf den Boden!«

Kari warf sich auf den Boden, so schnell und vorsichtig er konnte.

Sie hörten die Kellnerin aus der Küche kommen. Sie schien das Sirren gehört zu haben.

»Was ist hier los?« Sie hielt wieder Topf und Geschirrtuch in der Hand. Als sie die beiden Männer auf dem Boden sah, riss sie die Augenbrauen hoch.

Reuben ignorierte sie und ging zum Fenster. »Komm. Zur Wand«, sagte er zu Kari. Kari gehorchte.

Reuben warf einen Blick aus dem Fenster.

»Eine Killdrohne!«

Das Sirren wurde wieder lauter. Kari wagte es nicht, aufzublicken. Er presste sich neben dem Fenster an die Wand. Er sah die Kellnerin im Raum stehen und sie beide beobachten. Dann erschien ein runder Schatten auf dem Boden, und die Kinnlade der Kellnerin klappte runter. Sie ließ den Topf fallen;

er krachte auf den Boden. Dann klirrte Glas, und auf der Stirn der Kellnerin erschien ein roter Punkt. Scherben fielen zu Boden. Dann fiel die Kellnerin.

Der Schatten verschwand, das Sirren entfernte sich.

Reuben hatte die ganze Zeit am Fenster gestanden. Die Drohne schien keine Blended-Reality-Sensoren zu besitzen. Sie konnte ihn weder sehen noch hören.

Kari hob den Kopf und riskierte einen Blick aus dem Fenster. Er sah eine fußballgroße metallische Kugel am Ende der Straße schweben. In diesem Moment bog sie in eine Querstraße ein.

»Sie haben uns gefunden«, sagte Mars.

Kari fuhr ein Gedanke durch den Kopf: *Thunfisch und Timbisha-Kuchen!*

22

Kari rannte wie ein Irrer, Reuben neben ihm. Aber der benötigte ja keinen Sauerstoff. Die Nanodrohnen mussten draußen vor dem Haus gehört haben, wie er zu Mary gesprochen hatte. Die Killdrohne war auf dem Weg zu seinem letzten Aufenthaltsort. Earls und Marys Haus.

Sie bogen in die Sackgasse ein, an deren Ende das Haus lag. Er konnte die Drohne nicht sehen. Aber in diesem Moment ertönten Schüsse. Es war ein eigentümliches Geräusch und klang gar nicht sonderlich bedrohlich. Wie ein Prasseln. Metallisches Prasseln.

Kari stürmte die letzten Meter zur Eingangstür und riss sie auf. Er sah Mary mit den Kindern in den Flur stürmen und sich zu Boden werfen. Sie waren völlig verängstigt. Dann sah er Glas zerbersten und kleine Löcher aus dem Nichts in der Wand erscheinen, die die Küche vom Eingangsraum trennte. Sie perforierten den Türrahmen und die Wand an der gegenüberliegenden Seite wie ein gespenstisches Kunstwerk. Holzsplitter und Scherben flogen durch die Luft. Dann war es vorbei, und Lichtstrahlen schienen durch die neuen Löcher. Es war so schnell gegangen, dass das Gehirn einen Moment brauchte, um die neue Realität anzuerkennen.

Sophie schrie. Ihre hohe Stimme fuhr ihm durch die Knochen.

Christopher heulte. Die Kinder waren panisch vor Angst. Sophie wollte weglaufen, aber Mary hielt sie umklammert.

Wieder Schüsse. Wieder eine ganze Salve. Kari schätzte, dass es etwa zwanzig, dreißig Einschläge waren. Er warf sich über Mary und die Kinder, um sie zu schützen. Dabei stieß er sich seinen verletzten Arm an. Stechender Schmerz jagte in Wellen durch seinen Körper. Er war so stark, dass er ihm für einen Moment den Atem raubte.

Staub, Holzsplitter, Papier und Scherben jagten durch die Luft, als die Kugeln einschlugen. Er hob vorsichtig den Kopf – die Löcher kamen näher. Die Schüsse klangen nicht wie normales Maschinengewehrfeuer; die Kugeln waren leiser und kleiner, aber nicht weniger zerstörerisch.

Reuben Mars stand vor ihnen. Kari sah zu ihm auf. Auch Mary hob den Kopf, als sie sah, dass er nach oben blickte. Die Köpfe der Kinder hielt sie weiter unter ihren Armen geschützt.

Der Ewige hielt den Finger vor den Mund. Kari nickte. Mary zitterte und unterdrückte Tränen. Sophie wimmerte, aber wenigstens schrie sie nicht mehr. Mary versuchte sie zu beruhigen, streichelte sie, flüsterte ihr beruhigende Dinge ins Ohr. Christopher war starr vor Schreck. Vorsichtshalber hielt Mary ihm den Mund zu.

Mars rannte nach vorne. Die hinterste Tür ging links ab ins Wohnzimmer, davor war die Küche. Mars blieb vor der Küchentür stehen und warf einen Blick in den Raum. In diesem Moment begann wieder eine Salve von Schüssen zu prasseln. Sie gingen durch Mars hindurch und schlugen in die Wand hinter ihm ein. Die Abstände zwischen den Salven schienen regelmäßig zu sein. Kurz, vielleicht zwanzig Sekunden.

Jetzt hörte Kari etwas – oder glaubte er nur, etwas zu hören? Ein hochfrequentes Kreischen. Wie von einer Säge.

»Die Gitterstäbe vor dem Fenster«, sagte Mars, »sie sägt sie durch. Ihr müsst sofort weg von hier.« Er sah Mary an. »Könnt ihr euch irgendwo verbarrikadieren?«

Jetzt hörten sie etwas Metallenes zu Boden fallen. Der erste der Stäbe.

Sie nickte und zeigte zum Ende des Flurs, auf die Wand gegenüber der Wohnzimmertür.

Kari versuchte auszumachen, was Mary meinte. Aber er sah zunächst nichts. Nur weiße Wand. Erst bei genauerem Hinsehen bemerkte er die Tür. Ihre Umrisse hoben sich kaum von der Wand ab; er sah nur eine dünne Linie, die sie umrahmte.

»Führt sie in den Keller?«, fragte Mars.

Mary nickte.

Um zu ihr zu gelangen, mussten sie das Schussfeld überqueren.

»Die Holztür wird die Drohne nicht lange abhalten«, sagte Mars. »Aber ihr gewinnt erst mal Zeit. Vielleicht könnt ihr euch verstecken. In der Dunkelheit sehen Killdrohnen nicht gut.«

Kari nickte.

»Hol Earl«, sagte Kari zu Mars.

Wieder feuerte die Killdrohne eine Salve ab. Splitter und Glas regneten auf sie herab. Sie hielten die Hände über ihre Köpfe, um sich zu schützen. Kari sah, dass Mary blutete. Ein Splitter hatte sie im Gesicht verletzt. Sie zitterte.

»Die Salven kommen regelmäßig«, sagte Kari. »Dazwischen ist eine Pause. In der gehen wir durch.«

»Sie wird sofort anfangen zu schießen, wenn sie euch sieht«, sagte Mars.

»Wir werden es schaffen«, sagte Kari. »Du holst Earl.«

»Wo ist er?«, fragte Mars Mary.

»In der Touristeninformation.«

Mars blickte einen Moment ausdruckslos vor sich hin; offenbar scannte er die Koordinaten von Shoshone. Dann verschwand er. Er war geglitten. »Nach der nächsten Salve …«, sagte Kari zu Mary. Er legte ihr die Hand auf den Arm und drückte ihn sanft. Sie nickte. Sie blutete. Aber in ihrem Gesicht sah er Entschlossenheit. Dann sprach sie zu Sophie, bereitete sie vor auf das, was sie gleich würden tun müssen. Sophie nickte; sie wimmerte noch, hatte sich jedoch wieder einigermaßen im Griff. Mary nahm Christopher unter den Arm. Sie mussten so schnell wie möglich durch den Gefahrenbereich, die Tür zum Keller öffnen und runter – mit den Kindern würde es alles andere als einfach werden. Kari war sich nicht sicher, ob sie es schafften.

Dann erneut Schüsse. Sie zuckten zusammen und suchten Deckung. Kari horchte in den Raum und wartete auf das Ende der Salve. In seinem Magen breitete sich ein Kribbeln aus. Sein linker Arm schmerzte schrecklich. Den rechten hielt er über seinen Kopf.

Dann hörten die Schüsse auf. Einen Moment herrschte Stille, bevor das markerschütternde Kreischen der Säge einsetzte.

»Jetzt!«, rief Kari.

Sie rannten los. Kaum waren sie an der Küchentür vorbei, fielen die Schüsse. Sophie stolperte und fiel flach auf den Boden. Kari schlitterte gegen die Wand und griff hektisch nach der Klinke der Kellertür, aber die Tür öffnete sich nicht.

Sophie lag im Flur und weinte.

Mary sah ihre Tochter und wollte zurück.

»Nein, Mary! Öffne die Tür. Ich hole sie.«

Kari rannte zurück. Sofort schlugen Kugeln ein. Den letzten Meter sprang er und landete halb auf Sophie. Er schützte sie mit seinem Körper und spürte das Mädchen unter sich beben. Sie weinte. Sein Arm schoss Schmerzströme durch seinen gesamten Leib. Dann spürte er etwas in seine Hand schlagen. Es war heiß. Er war getroffen. Aber darum konnte er sich im Augenblick nicht kümmern. Als die Schüsse aufhörten, griff er

Sophie und sprang mit ihr zurück. Wenige Sekunden später setzte die Säge wieder ein.

Mary hatte die Tür nicht aufbekommen. Der Schlüssel steckte und klemmte. Sophie wimmerte. Kari bemerkte erst jetzt, dass auch sie getroffen worden war. Aus ihrem Bein lief Blut. Sie hatte eine Wunde im Oberschenkel.

»Lass mich versuchen«, sagte er und griff nach dem Schlüssel.

Mary begann zu schreien. Kari blickte sich um. Sophie war umgefallen.

Der Schlüssel war blockiert. Kari wandte alle Kraft auf, die er hatte. Es tat weh, und seine rechte Hand war glitschig von Blut. Er sah die Wunde auf seinem Handrücken. Ein Streifschuss hatte Fleisch von der Hand gerissen. Blut floss in Strömen heraus. Endlich gab der Schlüssel nach.

Im selben Moment verstummte das Kreischen der Säge. Ein dumpfer Laut. Metall, das auf den Boden schlug. Ein feines Sirren folgte. Er blickte zur Seite und sah eine Veränderung im Licht, das durch die Küche in den Flur fiel. War die Drohne durch das Fenster gelangt?

Er drückte die Klinke, und die schwere Holztür schwang auf. Er schob Sophie durch den Türspalt. Dann Mary und Christopher.

Das Sirren war nun näher und schlich in seine Ohren. Es klang wie eine Biene. Er schlüpfte ebenfalls durch die Kellertür. Während er sie so leise wie möglich hinter sich zuzog, sah er im Augenwinkel eine Bewegung. Es war die Drohne. Sie flog in den Flur.

Die Tür war zu. Geschafft.

Sie waren auf der Kellertreppe, Mary und die Kinder bereits auf dem Weg nach unten. Mary hatte beide Kinder unter ihre Arme geklemmt. Sophie konnte mit ihrem verletzten Bein nicht mehr laufen.

Der Kellerraum war düster. Durch den feinen Spalt der Kellertür fiel ein wenig Licht, durch eine winzige Öffnung in der Außenwand drang weiteres spärliches Licht von draußen ein. Genug, um zu erkennen, was sich im Keller befand. Es war sehr voll darin, überall stand Gerümpel herum. Eine Werkbank an der Wand. Daneben ein Tisch und mehrere Regale, alte Möbel und jede Menge Werkzeug und Metallüberreste. Kari erkannte etwas, das aussah wie ein Schweißgerät. An der Wand darüber hing ein Schweißhelm. Dinge, die Earl für seine Blechkunst benötigte. Kari schnappte sich ein langes Metallrohr. Das kalte schwere Metallstück in seiner Hand verlieh ihm unverzüglich ein Gefühl von Sicherheit, obwohl ihm sein Verstand sagte, dass er damit gegen eine blitzschnelle Killdrohne wenig ausrichten konnte.

Die Schüsse waren verstummt. Aber sie hörten das Summen der Killerbiene im Flur. Für ein paar Momente glaubte er, dass die Drohne vorläufig Ruhe geben würde. Dann setzte das Kreischen der Säge ein. Es klang anders, weil sie sich diesmal in Holz fraß. Ins Holz der Tür.

Panik stieg in ihm auf. Diesmal gab es kein Entkommen. Die Holztür zum Keller war dick, aber die Drohne würde nicht lange brauchen, um sich ein Fenster hineinzusägen, durch das sie fliegen konnte. Vielleicht eine Minute? Zwei Minuten? Wo verdammt noch mal blieb Earl?

Er zog Mary und die Kinder unter den Tisch neben der Werkbank, in die Dunkelheit. Sie kauerten sich auf den Boden. Vielleicht hatten sie Glück und gewannen weitere Zeit. Vielleicht flog die Drohne auch einfach an ihnen vorbei? Es erstaunte ihn, nach welchen Strohhalmen von Hoffnung er noch immer zu greifen bereit war.

Sie hielten sich alle umarmt, Mary, die Kinder und Kari. Er spürte, wie sie zitterten. Er streichelte Sophies Kopf. Versuchte, das Mädchen zu beruhigen. Sie war ganz bleich. Er hoffte, dass sie nicht allzu viel Blut verloren hatte. Mary kümmerte sich um Christopher. Karis Faust klammerte sich um das Rohr in seiner Hand.

Er blickte nach oben. Er sah eine Linie aus Licht. Sie wuchs langsam von oben nach unten. Es war die Linie, die die Säge in die Tür hineinfraß.

Plötzlich drang ein Schuss durch das Kreischen. Es war ein wuchtiger Knall, er kam nicht von der Drohne. Das Kreischen der Säge stoppte. Dann noch ein Schuss. Dann hörten sie das Prasseln der Drohnenschüsse. Ein dritter Schuss. Ein jämmerliches Kreischen. Es krachte. Ein Poltern. Noch ein Schuss. Stille.

Die Tür ging auf. Licht strömte die Treppe hinab, und sie vernahmen Earls raue Stimme.

»Ich hab sie!«, rief Earl. »Ich hab das verdammte Ding!«

Mary begann still zu weinen. Kari entspannte sich. Earl kam zu ihnen herunter. Dann sah Kari Earls großes Gesicht über sich. Er grinste, und Kari grinste zurück. Zum zweiten Mal hatte dieser Mann ihn gerettet. Jetzt erst bemerkte er die große Schrotflinte, die Earl in der Hand hielt.

Mary fiel ihm weinend in die Arme. Dann rückte sie von ihm ab und wies auf sein Schlüsselbein. Er blutete. Auch am Bein hatte die Drohne ihn getroffen. Er zog es nach.

Earl half Kari beim Aufstehen, dabei warf er einen Blick auf dessen blutende Hand. »Nur ein Kratzer«, sagte Kari. Sie stiegen nacheinander die Treppe hinauf.

Vor der Kellertür lagen die Überreste der Drohne. Es war kaum mehr als verbogenes Metall übrig, aber man konnte ihre ursprüngliche Form noch erkennen. Sie war sphärisch und bestand aus einem Netz von Metallstäben, die an ihren Verknüpfungen Sechsecke bildeten. Man hätte sie eher für ein

Molekülmodell aus dem Chemieunterricht statt für eine Mordmaschine halten können. In ihrem Inneren lagen geschützt zwei kreisrunde bewegliche Achsen, in denen die Innereien der Drohne rotierten. Kari erkannte außerdem zwei oder drei Rotoren, Kreissägeblätter und kleine Geschützrohre; der Rest war durch die Schrotladung aus Earls Flinte pulverisiert worden.

Earl trat vorsichtig an sie heran und gab ihr mit der Stiefelspitze einen Schubs. Sie reagierte nicht. Die Killdrohne war gekillt.

Das Haus war ein Schlachtfeld. Die Küche lag in Trümmern. Das Geschirr in den Regalen war fast vollständig zerborsten, die Küchenschränke hingen schief an der Wand und waren mit Löchern übersät. Über den gesamten Flurboden waren Holzsplitter, Papierfetzen und Scherben verstreut.

Earl ging durch die Zimmer, fassungslos über das Ausmaß der Zerstörung. Mary kümmerte sich um Sophie. Sie konnte nicht laufen, aber die Wunde sah nicht besonders ernst oder gefährlich aus. »Wir müssen zu Dr. King«, sagte Mary.

Kari fühlte sich schuldig. Er hatte all das zu verantworten. Sie waren hinter ihm her gewesen. Er hatte Earl und Mary und die Kinder in tödliche Gefahr gebracht. Er blickte hinaus und sah Reuben Mars draußen stehen. Der Ewige betrachtete das Haus mit unbeteiligter Miene.

Draußen parkte Earls Pick-up. Niemand schien etwas von dem Angriff mitbekommen zu haben. Kein Wunder, denn das Haus von Earl und Mary lag abgelegen, und die Drohne hatte relativ leise geschossen. Kari fragte sich, ob schon jemand auf die tote Kellnerin gestoßen war.

Kari ging hinaus. »Sie werden bald hier sein«, sagte Mars. »Wir müssen verschwinden.«

Kari nickte. Earl kam herausgelaufen.

»Earl … es tut mir so leid«, sagte Kari.

Earl nickte. Er sah müde aus. Zerrissen.

»Sie werden wiederkommen«, sagte Kari. »Ihr solltet auch erst mal untertauchen.«

Earl griff in seine Tasche und holte seinen Autoschlüssel heraus.

»Nimm den Wagen.«

Kari schüttelte den Kopf. »Nein. Ihr müsst Sophie …«

»Ich habe noch einen«, unterbrach ihn Earl. »Er steht im Schuppen. Er läuft noch, und Benzin ist auch drin.«

Kari sah ihn an. Er empfand tiefe Dankbarkeit und ebenso tiefe Scham. Dieser Mann hatte ihm zweimal das Leben gerettet, und Kari hätte beinahe dessen Familie auf dem Gewissen gehabt. Nun überließ er ihm auch noch ein Auto.

»Earl, ich weiß nicht, wie …«

»Warte …«

Earl rannte humpelnd zurück ins Haus. Als er zurückkam, hielt er eine Pistole und zwei kleine Schachteln mit Munition in der Hand.

»Den wirst du brauchen.«

Es war ein handlicher Smith-&-Wesson-Revolver. Earl reichte ihm die Waffe. Kari wog den Revolver einen Moment lang in seiner Hand und steckte ihn dann in seinen Hosenbund.

»Danke, Earl. Für alles.«

Earl sah ihn mit zusammengepressten Lippen an. »Schon gut, Ben. Viel Glück. Du wirst es brauchen.« Dann drückte er ihm die Hand.

Kari ging zu Mary. Sie blickte ihn mit starrer Miene an. Noch immer rann Blut aus ihrer Wunde im Gesicht.

»Es tut mir furchtbar leid, was passiert ist, Mary. Ich hoffe, Sophie wird bald wieder gesund.«

Mary nickte und versuchte zu lächeln.

Sophie und Christopher blickten verstört. Sie schienen unter

Schock zu stehen. Er lächelte ihnen zum Abschied zu, aber es wirkte wahrscheinlich nicht besonders überzeugend.

Scham. Schuldgefühle. Er hatte diese liebenswerten Menschen in Todesgefahr gebracht. Es war endgültig Zeit zu gehen.

Er trat in den Schuppen. Dort stand ein alter Ford. Kari schätzte den Wagen auf dreißig Jahre. Ein Verbrenner. Er stieg ein. Reuben Mars war ihm gefolgt und setzte sich neben ihn.

Kari ließ den Motor an und fuhr los.

Er winkte Earl noch einmal zu. Dann gab er Gas und verließ Shoshone.

Sie würden ihn jagen. Und sie waren auch Reuben auf den Fersen. Sie würden keinen der Erweckten übrig lassen. Reuben saß neben ihm und schwieg die ganze Zeit.

Als ahnte er etwas.

Kari ließ seinen Geist baumeln und die monotone Landschaft durch ihn hindurchrauschen.

Ihm saß der Schreck noch in allen Gliedern. Er war nur knapp einer Killdrohne entkommen. Er war dem Tod noch einmal entwischt. Seine Gedanken leierten träge vor sich hin, während er das Gaspedal drückte und Meter um Meter fraß. Mit jedem Meter fiel ein Teil seiner Anspannung von ihm ab. Er spürte, wie erschöpft und müde er war.

Etwas riss ihn aus seinen trägen, traumartig schweren Gedanken. Reuben hatte etwas gesagt.

»… kalt.«

Kari blickte zu Reuben auf dem Beifahrersitz hinüber. Der Ewige saß in einer unnatürlichen Position. Sein Körper war angespannt, die Beine waren verdreht.

»Es ist kalt«, sagte Reuben und blickte ihn an. Seine Augen waren geweitet.

»Es ist ka…«

Seine Stimme versagte. Mit augenscheinlich erheblicher Anstrengung versuchte er, wieder zu sprechen.

»Kalt. Kalt.«

Es kostete ihn große Mühe, die Vokale zu artikulieren. Seine Stimme hörte sich an, als würde er durch ein Rohr sprechen. Kari wusste nicht, wie er reagieren sollte.

»Kallllll… T. Kakakaka… Kaaaaaaaaaa…«

Reuben begann zu schreien.

Kari bremste scharf und wurde in den Sicherheitsgurt gedrückt. Physikalisch korrekt wurde auch Reuben Mars nach vorne geworfen – in seinem Fall die simulierte Trägheit einer Nullmasse. Angeschnallt war er allerdings nicht – Ewige starben nicht durch Autounfälle.

Dann sah Kari die Löcher. Klein wie Stecknadelköpfe. In Reubens Händen. In seinem Gesicht. Überall an seinem Körper, wie ein Pestausbruch. Sie wuchsen und wuchsen. Sie ließen die Realität durchscheinen, was zutiefst irreal wirkte. Es war ein schrecklicher Anblick.

»Reuben!«, rief Kari. Er konnte den Blick nicht von ihm abwenden, während der Ewige zersetzt wurde. Er wusste nicht, was er tun sollte.

»In mir … sie sind in …«, sagte Mars und starrte ihn an.

Dann bekam auch seine Stimme Löcher. Wörter wurden zu akustischen Fetzen.

»… Würmer. In mir …«

»Reuben«, sagte Kari. »Der Algorithmus. Du musst ihn mir geben. Jetzt!«

Dann verschwanden die Augen des Ewigen, und zwei Löcher in seinem Gesicht blickten Kari an.

»Ben … Marlene …, sie … nich… einzige …«

Seine Stimme stoppte wie ein Lied, das ausklang. Dann verschwand er innerhalb von wenigen Augenblicken völlig. Für den Bruchteil einer Sekunde sah Kari ein letztes Mal das Flackern seines Umrisses. Mars' Ewiger hatte seine Daten nicht in die Wirklichkeit hinüberretten können.

Und war endgültig gestorben.

Der letzte erweckte Ewige war nicht mehr. Und mit ihm hatte sich auch der Algorithmus in Nichts aufgelöst.

Kari versuchte nachzudenken, dort mitten auf dem stillen Highway im Herzen der Mojave-Wüste.

Er war allein. Und er hatte keine Ahnung, was als Nächstes geschehen sollte.

23

Las Vegas' Stern war nie verglüht, obwohl kaum jemand der Stadt in den Anfangstagen der Blended Reality üppige Überlebenschancen eingeräumt hätte. Wer wollte an Roulettetischen sitzen, wenn man auf dem Mount Everest oder dem Mond spazieren konnte? Doch die alte Oase des Lasters erlebte ein unerwartetes Comeback.

Immer mehr Menschen kamen aufs Neue her. Gelangweilt von einer Welt, in der starre Ewige den Takt vorgaben und das Gewohnte regierte. Die frei von Überraschungen war. Die Unwägbarkeit, die Unvorhersagbarkeit des Glücksspiels war zu eine der wenigen Aufregungen im Leben der Lebenden geworden. Und so begann Las Vegas' Stern wieder zu glänzen.

Es war seit jeher ein schmutziger Stern gewesen, der in der Wüste leuchtete. Der vielleicht gerade wegen seiner Amoralität, seiner Unkorrektheit, seiner unverhohlenen menschlichen Abgründe den Lebenden das Gefühl dafür zurückgab, wie sich biologisches Leben anfühlte, im Hier und Jetzt.

Las Vegas setzte voll auf den Trend zur Neo-Realität. Seit Jahren galt in Las Vegas nur ein Gesetz: keine Blended Reality. Man konnte nicht per Avatar hierher gleiten. Wer Las Vegas sehen wollte, musste seinen Hintern buchstäblich in die Wüste schicken.

Ausgerechnet diese hochartifizielle Stadt aus Licht, Trieben und Zufall hatte sich als Antithese zur Blended Reality positioniert, als letztes Stück echter Realität.

Und die Menschen kamen, satt und gelangweilt von virtuellen Reisen. Die Anziehungskraft des virtuellen Landes der unbegrenzten Möglichkeiten hatte nachgelassen. Die Eindrücke der immer neuen Orte, an die man ohne Aufwand gleiten konnte, hatten sich erschöpft. Es war eine Inflation an Erfahrungen, die so leicht zu haben waren, dass sie nichts mehr bedeuteten.

Immortal hatte den Antipol Las Vegas geduldet, genauso wie die Regierung, die die Stadt immer als ungeliebtes, aber notwendiges Ventil für die dunklen Seiten der Menschen betrachtet hatte. Nicht zuletzt, weil sie für einen steten Geldstrom ins karge Nevada sorgte.

Es existierte eine gute Chance, dass es an diesem Ort keine Nanodrohnen gab. Sie würden Kari jagen, ja, aber Immortal würde es nicht so ohne Weiteres wagen, ihn vor einer Menschenmenge mit einer Killdrohne hinzurichten. Sie würden ihn schon persönlich, durch Menschen aus Fleisch und Blut, töten müssen. Und dass sie dazu unter allen Umständen bereit waren, dessen war er sich sicher.

Kari fuhr an dem berühmten »Welcome to Fabulous Las Vegas«-Schild vorbei. Er hielt kurz an. Unter dem Willkommensgruß stand: The Real City.

Kari fuhr den Strip entlang und ließ die Lichter der Stadt auf seine Netzhaut einwirken. Die Stadt war eine Müllhalde, ein Haufen Mist, auf dem saftige Blumen sprossen und der die Menschen anlockte wie frisch geschlüpfte Fliegen.

Er sah die berühmten Lichtspiele von Las Vegas, die die ganze Stadt einhüllten, jede Nacht, bis zum Morgengrauen. Es waren Leuchtkegel, groß wie Busse, die sich ununterbrochen über die Gebäude der Stadt zogen.

Er sah den Eiffelturm. Die Pyramiden von Gizeh. Das Taj Mahal. Die Freiheitsstatue. Angkor Wat. Las Vegas war auch die Stadt der billigen Kopien, und die Stadt war stolz auf ihre Falschheit. Absurderweise war sie inzwischen echter als viele andere Städte auf der Welt, die mehr und mehr von Pomp und Pracht der Blended Reality zehrten. Es war nun mal so viel billiger, als echte Gebäude zu errichten.

Auch Marlene Dietrich war in Las Vegas aufgetreten. Als sie noch kein Ewiger war, hatte sie hier ihre zweite Karriere als Sängerin gestartet – vor neunzig Jahren. Sie hatte die Schauspielerei aufgegeben und fortan nur noch auf der Bühne gelebt, bevor sie sich endgültig aus dem Leben der Lebenden zurückgezogen hatte.

Kari kurbelte das Fenster runter. Auf den Straßen roch es nach einer Mischung aus Abgasen, Schweiß, Nikotin und Parfüm. Menschenmassen schoben sich über die glänzenden Marmorsteinplatten des Strips. Behaarte Touristenbeine in Shorts liefen neben Armani-Hosen, Turnschuhe standen neben High Heels, Limousinen parkten neben Erbrochenem. Und in der Mitte des Strips walzte die Lawine aus Blech unermüdlich voran, darin viele Stretchlimousinen, so lang wie vier normale Autos. Sie waren etwas für Leute, denen diese Realität noch zu real war, die einen Kokon um sich brauchten. Voll klimatisierte, gefilterte, aufbereitete, geschützte Realität.

Er war Teil der Lawine und ließ sich schieben, weil er kein Ziel hatte und nicht mehr wusste, was er wollte und tun sollte. Er musste schlafen, seinem Arm Ruhe gönnen. Die Schmerzen waren in ein penetrantes Pochen übergegangen. Und er benötigte dringend Zeit, um nachzudenken.

Er fuhr am Caesars Palace vorbei, einem aufgepumpten griechischen Tempel aus Rosa und Kitsch. Ein Superlativ aus Beton, Licht und Verheißung neben dem anderen. Er kam am Wynn vorbei. Dem Mirage. Dem Bellagio. In der Ferne sah er die glühende Spitze des Stratosphere Tower in den Nachthimmel stechen. Er markierte das Ende des Strips. Kari griff in seine Tasche und fühlte Scheine. Er hatte noch etwa dreihundert Dollar. Seine Kreditkarte konnte er nicht mehr benutzen. Er würde sehen müssen, wie weit er mit diesem bisschen Geld in der Stadt kam, die ihre Energie aus Geld bezog.

Kari fuhr wie in Trance weiter den Strip hinunter und ließ sich von den Lichtspielen einlullen. Irgendwann war er am Ende angekommen. Hoch und bedeutungsvoll ragte der Stratosphere Tower zu seiner Linken auf. Kari konnte den Blick nicht von ihm lösen. Aber er musste sich zügig nach einer günstigen Übernachtungsmöglichkeit umsehen. Sein Blick fiel auf ein Schild: »Oasis Motel«. Darunter stand »Adult Movies«. Und: »Rooms 33 $«. Es war ein hässlicher Bauklotz. Irgendein Idiot hatte es – wahrscheinlich im irrigen Glauben, es dadurch aufzuhübschen – orangerot anmalen lassen. Es hatte nicht geklappt. Auch die halbrunden Bögen über den Loggien zur Straße hin halfen nicht, es edler wirken zu lassen.

Oasis. Der Name blieb in seinem Gehirn kleben. Er brauchte eine Oase. Eine für dreiunddreißig Dollar.

Er fuhr durch die Einfahrt. Weil es dunkel war, sah er die kleine Kamera über dem Bogen nicht. Sonst wäre er vielleicht noch geistesgegenwärtig genug gewesen, die Baseballkappe tiefer ins Gesicht zu ziehen.

Im Hinterhof standen Palmen, von schummrigen Laternen angeleuchtet. Die hohen Pflanzen sahen nett aus und milderten ein wenig den zwiespältigen Eindruck, den das Oasis Motel von außen vermittelte. Kari parkte den Ford, stieg aus und steckte sich die Pistole in den Hosenbund. Dann zupfte er den Hemdärmel wieder über seinen Gipsarm und sein verbundenes Handgelenk. Auch wenn keine Nanodrohnen in Las Vegas unterwegs waren, schadete es nicht, so wenig wie möglich aufzufallen.

Der positivere Eindruck des Innenhofs wurde in dem Moment zerstört, in dem er die Türklinke zur Rezeption hinunterdrückte. Plastikpflanzen im Neonlicht, Uraltteppichboden, der den Staub und den Dreck von Jahrzehnten eingefangen hatte. Ein Ventilator scheuchte den Geruch von Männerschweiß, Alkohol und Kaffee durch den Raum. Hinter der Theke saß ein Mann in einem abgewetzten Sessel. Er sah aus wie tot, aber er war es nicht, sondern nur vor dem laufenden Fernseher eingeschlafen, der vor ihm auf dem Regal stand. Es klimperte, als Kari eintrat, ein Gehänge an der Tür, Metallröhrchen an Fäden.

Der Mann wachte auf und fuhr sich mit der Hand über den fast kahlen Kopf. Seine letzten Haarsträhnen hatte er von einem Ohr zum anderen gelegt und mit Gel fixiert. Oder war es das eigene Haarfett? Hinter seinem rechten Ohr steckte ein vergessener Stift, der nun zu seinem Körper gehörte. Als er aufstand, fiel ein nicht mehr ganz sauberes rotes Hawaiihemd über seinen dürren, nur von der kugelförmigen Vorwölbung seines Bauchs unterbrochenen Rumpf. In seinen Sandalen schlurfte er an die Theke und musterte Kari mit müdem, genervtem und desinteressiertem Blick.

Kari legte die rechte Hand auf die Theke. Im gleichen Moment sah er die Wunde und das getrocknete Blut. Mist, die Verletzung hatte er völlig vergessen. Er zog die Hand schnell zurück, aber nicht schnell genug. Der Mann hatte das Blut gesehen.

»Ich brauche ein Zimmer«, sagte Kari.

»Sorry. Wir sind ausgebucht.«

Karis Blick fiel auf das Schlüsselbrett hinter dem Mann an der gegenüberliegenden Wand. Es gab zwei Reihen, und über kleinen Haken standen in bronzenen Metalllettern die Ziffern 1 bis 20. Unter Nummer 6 hing ein Schlüssel.

»Was ist mit Nummer sechs?«, sagte Kari und zeigte auf den Schlüssel.

Mikromimik-Ärger im Gesicht des Hoteliers. Umgehend setzte er ein Pokerface auf.

Dann beugte er sich vor und sagte: »Wir können keinen Ärger gebrauchen.« Kari roch seinen Atem. Alkohol und Knoblauch.

»Hören Sie«, sagte Kari. Er setzte eine schmerzvolle Miene auf. »Meine Frau hat mich rausgeschmissen. Ich hatte einen echt beschissenen Tag. Bitte. Es ist nur für eine Nacht.«

Der Mann musterte ihn einen Moment. Dann seufzte er.

»Okay, aber wenn du Stress machst, hole ich die Bullen. Und dann bist du aus dem Zimmer schneller wieder raus, als du dich am Arsch kratzen kannst.«

»Kein Ärger. Versprochen«, sagte Kari. Während er das sagte, spürte er das Metall der Pistole an seinem Bauch. Er war sich nicht sicher, ob er sein Versprechen halten könnte.

Der Mann nahm den Schlüssel mit dem schweren metallenen Anhänger vom Haken und knallte ihn auf die Theke.

»Macht fünfundsechzig Dollar. Bar. Bezahlt wird im Voraus. Wenn dir das Zimmer nicht gefällt – dein Problem. Bezahlt ist bezahlt.«

»Draußen stand dreiunddreißig Dollar«, sagte Kari.

»*Ab* dreiunddreißig«, sagte er. »Das kosten die billigen Zimmer. Und die sind«, er machte eine ausladende Bewegung mit dem Arm in Richtung Schlüsselbrett, »alle weg, wie du sicher schon bemerkt hast.«

Er lachte. Es war ein fettiges, meckerndes Lachen.

»Und Nummer sechs ist zufälligerweise die Präsidenten-Suite?«, sagte Kari.

Der Mann guckte beleidigt. »Wenn du es nicht willst, dann eben nicht.« Er nahm den Schlüssel wieder von der Theke und wollte ihn zurückhängen.

»Schon gut. Ich nehme es.«

Der Mann grinste.

»Wirst es nicht bereuen. Es ist unsere Attraktion.«

Kari war verwirrt, aber bevor er fragen konnte, was für eine Attraktion es war, zog der Mann einen Papierblock hervor und knallte ihn auf die Theke.

»Ausfüllen.«

»Haben Sie einen Stift?«, fragte Kari und ärgerte sich im gleichen Moment, dass er die Frage gestellt hatte. Es geschah nämlich, was er befürchtet hatte.

»Klar.« Der Mann fischte den so gut wie angewachsenen Stift von seinem Ohr und legte ihn auf die Theke.

Angeekelt ergriff Kari den Stift. Er glaubte eine ungewöhnliche mehlige Schicht zu spüren, als seine Fingerkuppen das Ding berührten.

Dann begann er den Zettel auszufüllen. Als er sah, dass der Mann seine blutige Hand betrachtete, versuchte er sie leicht zur Seite zu drehen, sodass man das Blut nicht mehr so deutlich erkennen konnte.

»Was hast du da gemacht?«, fragte er.

Kari schüttelte den Kopf. »Meine Frau. Sie ist mit dem Messer auf mich losgegangen.«

»Das sieht aber nicht nach einer Schnittwunde aus.«

»Sie hat mich nicht damit erwischt, aber ich bin hingefallen.«

Der Mann schwieg. Es war offensichtlich, dass er ihm diese Geschichte nicht abnahm.

Er taufte sich Benjamin Baker. Aus Monterey. 757 Pacific Street. Angestellter. Einzelhandel. Vielleicht Surferbedarf? Falls ihn jemand fragen sollte.

Er war einmal in Monterey gewesen. Schöner Ort. Besonders beeindruckt hatten ihn die Ruinen der Cannery Row, wo vor hundertfünfzig Jahren tonnenweise Fische in Blechdosen gepackt wurden. Und die John Steinbeck zu seinem großen gleichnamigen Roman inspiriert hatte. Kari hatte dieses Buch immer geliebt. Und nun war Monterey seine Heimat. So schnell konnte es gehen.

»Okay, Mister«, der Mann blickte auf den ausgefüllten Bogen, »Baker«. Er spuckte den falschen Nachnamen fast aus. »Dann bräuchte ich noch deinen Ausweis.«

»Den habe ich nicht dabei.«

»Sorry, Kumpel. Kein Ausweis, kein Zimmer.«

Kari griff in seine Hosentasche und holte die Geldscheine heraus. Er drehte sich ein wenig zur Seite, weil er nicht wollte, dass der Mann sah, wie viel Geld er bei sich hatte, fummelte mit der schmerzenden linken Hand einen der drei Hunderter aus dem Bündel und legte ihn auf die Theke.

»Ich glaube, ich habe ihn gefunden«, sagte Kari. Das Porträt von Benjamin Franklin auf dem Dollarschein schaute sie beide an. »Nicht wundern, es ist ein uraltes Foto von mir.«

Der Mann griff den Hunderter mit spitzen Fingern an einer Ecke wie eine tote Maus. Im nächsten Moment war er irgendwo unterhalb der Theke verschwunden.

Dann sah er Kari fest in die Augen und zeigte mit spitzem Zeigefinger auf ihn.

»Ich will hier keinen Ärger.«

Dann trennte er das ausgefüllte Formular von dem Bogen und zerriss es.

»Auf dem Zimmer will ich keine Tiere und keine Frauen sehen. Und damit meine ich: keine. Sonst kommen die Freunde in Uniform. Check-out ist 12 Uhr. Und damit meine ich: 12 Uhr. Nicht 12:01 Uhr, nicht 12:02, auch nicht 12:12 Uhr. Ist das klar?«

Kari nickte. »Ist klar. Und damit meine ich: klar.« Er grinste schwach.

Der Mann schaute böse. Dann nahm er den Schlüssel, ging um die Theke herum, öffnete die Eingangstür und wartete, bis Kari ihm nach draußen gefolgt war. Dann zog er die Tür zu, schloss zweimal das normale Schloss ab, dann das obere und schob schließlich noch einen Metallriegel vor die Tür, den er ebenfalls mehrfach abschloss.

»Ach so, sagte ich schon, dass wir für Wertsachen nicht haften?«

Der Mann schlurfte über den Hinterhof. Vor den meisten Türen standen Autos.

»Was ist mit deinem Arm?«, fragte er und deutete mit dem Kinn auf Karis linken Arm. Er war überrascht, dass der Mann seine Verletzung bemerkt hatte, obwohl er die ganze Zeit den Hemdärmel darüber hatte.

»War das auch deine Frau?«

Kari winkte ab. »Frag lieber nicht.«

Der Mann lachte fettig. »Mann, ist deine Alte Bodybuilderin?«

Meckerndes Lachen. Er schloss die Tür von Nummer 6 auf und schaltete das Licht an.

Ein Kingsize-Bett mit verblichenem roten Bettbezug dominierte das Zimmer. Darauf lag eine abgegriffene Fernbedienung. Gegenüber stand eine hellbraune Kommode mit einem alten Fernseher. Die Wände waren einmal weiß gewesen, jetzt jedoch von unzähligen getöteten Moskitos überzogen. Aus ihren zerquetschten Körpern waren kleine Blutflecken gespritzt. Der Teppichboden war dunkelblau und mindestens zwanzig Jahre alt. Ein Spiegel links neben dem Bett ließ das Zimmer etwas größer wirken.

»Brauchst du Videos?«, fragte der Mann.

»Videos?«, fragte Kari.

»Pornos. Bisschen was zur Entspannung. Vor allem, wenn man Ärger mit der Alten hat.«

»Nein, danke.«

Der Mann zuckte mit den Schultern. »Ist auch schwierig mit deinen Verletzungen.« Er vollführte eine Bewegung mit dem Kinn in Richtung seiner Hände. Dann lachte er laut und machte Anstalten zu verschwinden.

»Warum ist Nummer sechs eine Attraktion?«, fragte Kari.

Der Mann drehte sich auf dem Türvorleger herum.

»In diesem Zimmer ist Stu Ungar gestorben. Ist schon 'ne Weile her.«

Er grinste. »Erhol dich.«

Dann war er weg, noch bevor Kari fragen konnte, wer Stu Ungar war.

Er schloss die Tür zweimal von innen ab und legte die Kette davor. Sicher fühlte er sich dennoch nicht. Dann zog er den schweren Vorhang vor das große Fenster zum Hof.

Endlich war er allein.

Er stand an der Eingangstür und blickte in das Zimmer. Er fühlte sich einsam und verloren. Und dreckig. Seine Klamotten stanken. Es war heiß gewesen auf der Fahrt, und er hatte geschwitzt wie ein Schwein, dank Holzfällerhemd und Gips. Er hatte den Ärmel nicht hochkrempeln wollen, weil er Angst gehabt hatte, ihn nicht wieder runterzubekommen. Morgen würde er sich neu einkleiden, auch wenn ihn das um seine letzten Dollars brachte. Aber jetzt brauchte er erst einmal Wasser.

Das Waschbecken entpuppte sich als Biotop. Aus dem Ausguss ragte etwas, das aussah wie eine Pflanze. Möglicherweise war es auch ein Tier. Er zog seine Klamotten aus und schlüpfte in den Morgenmantel, der im Badezimmer hing. Die Waffe und den Autoschlüssel legte er auf den Toilettenkasten. Danach beugte Kari widerwillig den Kopf in das Waschbecken und nahm einen vorsichtigen Zug mit der Nase. Er roch etwas Herbes, Unbekanntes. Dann ließ er kaltes Wasser in seine rechte Hand laufen. Sie zitterte.

Nachdem er sich gewaschen hatte, betrachtete er sich im Spiegel. In seinen Augen standen noch der Schrecken der Killdrohne und das Entsetzen über Reubens Tod. Dunkle Ringe zogen sich darunter. Grauweiße Stoppeln bedeckten seine Wangen und seinen Hals. War er schmaler geworden?

Morgen würde er richtig essen und sich herrichten. Und dann in Ruhe überlegen, was zu tun war. Jetzt war in seinem Kopf nur Blei. Die Augen brannten in ihren Höhlen. Sie wollten nichts als zufallen. Er war zu müde, um noch zu duschen.

Er legte sich aufs Bett und schaltete den Fernseher ein. USA und China beherrschten die Nachrichten. John F. Kennedy und Deng Xiaoping hatten ein Klimaabkommen unterzeichnet. Beide verpflichteten sich auf umfangreiche CO_2-Reduktionen. Friede, Freude, Eierkuchen – jetzt wusste er auch, weshalb. In ihren Codes steckten Persönlichkeitsanteile des friedliebenden Jimmy Carter, genau wie in denen von Yitzhak Rabin und Yassir Arafat, die gerade ein Handelsabkommen zwischen Israel und Palästina beschlossen hatten. Weitere Nachrichten: Michael Jackson hatte einen neuen Rekord aufgestellt und damit seinen eigenen überboten. Sein jüngstes Album »Immortal« war nun seit 38 Wochen die Nummer eins in den Billboard-Charts, eine Woche länger als »Thriller«. Und Helmut Schmidt war erneut zum deutschen Bundeskanzler gewählt worden. Zu Reuben Mars gab es nur eine Randnotiz: Der Hacker sei tot aufgefunden worden. Der schwer Depressive habe sich offenbar schon vor mehreren Tagen erschossen.

Diese verdammten Bastarde!

Der Fernseher besaß ein Terminal. Kari tippte »Stu Ungar« ein und las den Wikipedia-Eintrag. Stu Ungar, »The Kid« genannt – und das, wie Kari beim Betrachten seines Fotos fand, durchaus zu Recht –, war der weltbeste Pokerspieler aller Zeiten gewesen. Lange Jahre seines Lebens hatte er in Las Vegas verbracht, was ihm allerdings kein Glück gebracht hatte. Ungar war so gut, dass er in den meisten Casinos früher oder später Hausverbot erhielt.

Karis Augenlider wurden schwerer.

Die Millionen, die Ungar beim Spielen gewann, hatte er sich durch die Nase gezogen. Er war so schwer kokainsüchtig gewesen, dass seine Nase sich irgendwann aufzulösen begann. Auf den späten Bildern trug er große Sonnenbrillen, um das Schlimmste zu verbergen.

»Am 20. November 1998«, hieß es am Ende des Wikipedia-Eintrags, »checkte Stu Ungar in Zimmer Nummer 6 des Oasis Motels ein, einem billigen Motel am Ende des Strips.«

So billig auch wieder nicht, dachte Kari.

Ungar hatte 48 Dollar für zwei Nächte bezahlt und wurde am 22. November tot in seinem Zimmer gefunden. Er hatte angezogen auf dem Bett vor dem Fernseher gelegen.

So wie ich jetzt, dachte Kari bereits im Halbschlaf. Die Fernseheranzeige verschwamm vor seinen Augen. Er glaubte noch, im Augenwinkel eine Bewegung zu erkennen. Wie ein Schatten, der durch das Zimmer wanderte. Aber das war sicher schon der Traum, dachte er. Und letztlich war es ihm egal. Vielleicht war der Traum die bessere Realität für ihn.

24

Vereinzelte Lichtstrahlen stahlen sich am Vorhang vorbei und forderten ihn auf, aus seinem wenig erholsamen Schlaf in die Wirklichkeit zurückzukehren. Die war immer noch voller Schmerz. In seinem Arm, seinem Kopf. Aber der Schmerz hatte immerhin eine andere, bessere Qualität angenommen; er brannte nicht mehr so stark. Kari stand auf und duschte. Irgendwie war ihm, als hätte sich etwas verändert. Er sah erst, was es war, als er wieder aus dem Badezimmer trat.

Auf dem großen Spiegel an der Wand stand etwas geschrieben. Mit dem Handtuch um die Lenden geschlungen, sprang er aufs Bett, um die Nachricht genauer zu untersuchen. Als er in den Spiegel blickte, erschrak er heftig. Hinter den Buchstaben im Spiegel blickte ihn ein Fremder an.

Es war das Gesicht eines jungen Mannes: markantes Kinn, breite Wangenknochen, kleine Nase, insgesamt leicht asiatische Züge. Es hatte große Ähnlichkeit mit dem Schauspieler Johnny Depp in dessen jungen Jahren.

Was war mit ihm passiert? Träumte er noch?

Er hastete zum Badezimmerspiegel, der ihm dasselbe zeigte: einen Johnny-Depp-Doppelgänger.

Panik stieg in ihm auf.

War er verrückt geworden?

Er schlug sich mit der flachen Hand auf die Wangen, mehrfach, bis es wehtat. Aber es half nichts. Das fremde Antlitz blieb.

Er schüttete sich Wasser ins Gesicht und rieb es fest mit einem Handtuch, als könnte er das fremde von seinem eigenen abrubbeln. Er sah in den Spiegel und erneut in das Gesicht von Johnny Depp.

Er zwickte sich in die Wange, zog an seinem Ohr. Er sah eine Hand, die in die Wange des Fremden zwickte und ihn dann am Ohr zog.

Hatte man ihm Drogen untergemischt? Aber wie? Er hatte seit gestern kaum etwas gegessen und nur Wasser aus dem Hahn getrunken.

Langsam fuhr er sich mit der Hand über Wangen und Kinn, untersuchte das fremde Gesicht. Höchst seltsam war, dass sich sein Gesicht anfühlte wie immer. Obwohl er mit den Händen über die hohen Wangenknochen fuhr, fühlte er sie nicht, sondern stattdessen seine eigenen schmalen Konturen. Es verursachte ein zutiefst befremdliches Gefühl, das, was seine Finger fühlten, mit dem zu vereinbaren, was seine Augen sahen. Es gelang ihm nicht.

Doch allmählich und langsam dämmerte es ihm. Er sah eine Blended-Reality-Illusion. Das fremde Gesicht schien virtuell und über sein echtes gelegt worden zu sein. Er trug eine virtuelle Maske. Woher kam sie? Und warum war sie im Spiegel sichtbar? Virtuelle Personen spiegelten sich schließlich nicht.

Die Zeichen. Er ging zurück zu dem großen Spiegel neben dem Bett.

Jetzt erst bemerkte er, dass es nicht einfach aufgemalte Worte waren. Die Buchstaben erschienen plastisch, als Ausbuchtungen der spiegelnden Oberfläche. Er fuhr mit den Fingerkuppen darüber, aber er fühlte nichts, nur den kalten glatten Spiegel. Auch die Buchstaben existierten nur in der Blended Reality.

Auf dem Spiegel stand:

»There is no time for us. There is no place for us.«

Er erkannte die ersten beiden Zeilen des Queen-Songs »Who wants to live forever«. Eva hatte ihn ihm mehrfach vorgespielt.

Die Nachricht ging weiter:

»Die Spitze des Stratosphere Tower ist das Tor zum Masterserver. Deine Kreditkarte ist der Schlüssel. Du hast den Algorithmus im Kopf. Folge dem Wasserfall.«

Bevor er das Gelesene gedanklich verarbeiten konnte, klopfte es laut an seine Tür.

»Aufmachen!«

Es war der Motelbesitzer.

Kari erschrak. Was sollte er jetzt tun? Was würde er sagen, wenn ein Fremder im Zimmer stand?

Kari ging vorsichtig an die Tür und horchte. Er hörte Stimmen. Der schmierige Hotelier war nicht allein.

Kari drehte den Schlüssel um, ließ aber die Kette geschlossen. Er öffnete die Tür einen Spalt weit und sah den Motelbesitzer. Neben ihm stand … der Spanier.

Kari versuchte, seine Mimik unter Kontrolle zu behalten. Er musste sich unbedingt beherrschen und durfte sich seine Überraschung nicht anmerken lassen.

Der Spanier trug eine spiegelnde Sonnenbrille und einen dunklen Anzug. Seine langen dunklen Haare hatte er zurückgekämmt. Neben ihm stand sein Partner, der aussah wie ein Soldat und den Kari schon einmal im Olymp gesehen hatte, vor seinem Besuch bei Gibson. Der Soldat trug ebenfalls einen dunklen Anzug.

Der Besitzer war völlig verblüfft, in ein fremdes Gesicht zu blicken.

»He! Wer bist du denn?«

Kari überlegte schnell. Dann zog er den Morgenmantel vor

seiner Brust zusammen, machte einen Schmollmund und sagte im besten Tuntentonfall:

»Hey! Redet man so etwa mit einer Dame?«

Der Besitzer war komplett aus der Fassung. Er blickte zum Spanier hinüber, dann wieder zu Kari.

»Ähm ... Wo ist Baker?«

»Oh, Benny-Boy. Der ist gerade ein paar Drinks holen.«

»Und wer bist du?«

»Ich bin Colette«, sagte Kari. »Und du bist ...?«

»Okay«, sagte der Spanier mit ausdrucksloser Stimme. »Mach die Tür auf.«

»Hey, ich bin nackt«, sagte Kari.

Der Spanier knöpfte sein Jackett auf. Kari sah das Holster, aus dem der Griff einer Pistole lugte.

»Okay, okay, schon gut. Nicht aufregen, starker Mann«, sagte Kari. »Ich zieh mir schnell was an. Momentchen.«

Und damit schloss er die Tür.

»Verdammte Schwuchtel«, hörte er den Motelbesitzer sagen. »Ich hab ihm klipp und klar gesagt ...«

Tja, keine Frauen, hast du gesagt, dachte Kari. Von Männern war nie die Rede gewesen. Trotz der Umstände musste er grinsen.

Er überlegte fieberhaft. Was sollte er jetzt tun? Was sollte er ihnen sagen?

Die Pistole. Er hastete ins Bad. Sie lag noch immer auf dem Toilettenkasten, der Autoschlüssel daneben.

Wieder pochten sie an die Tür. Stärker diesmal.

»Mach auf! Sonst brechen wir die Tür auf!«, sagte der Spanier.

»Hey, das ist nicht nötig«, sagte der Besitzer. Er hatte verständlicherweise wenig Interesse daran, dass sie seine Tür beschädigten. »Ich habe einen Zweitschlüssel.«

»Dann mach auf«, sagte der Spanier.

Kari hörte den Schlüssel im Schloss, während er mit der Pistole in der Hand im Zimmer stand.

Er stopfte die Pistole und den Schlüssel unters Kopfkissen. In diesem Moment ging die Tür auf, und die beiden Männer stürmten mit gezogenen Waffen ins Zimmer. Sie sicherten wie Profis jede Ecke, und als sie feststellten, dass niemand anders im Zimmer war, hasteten sie weiter ins Badezimmer. Aber Benjamin Kari alias Benjamin Baker war nirgendwo.

Die Inschrift auf dem Spiegel!

Aus dem Augenwinkel sah Kari zur Seite. Die Zeichen waren verschwunden.

»Okay, wo ist er?«, fragte der Spanier.

Kari stand in Unterhose und Morgenmantel vor ihnen. Die weiten Ärmel verbargen zum Glück seinen Gipsarm.

Der Soldat stand neben ihm und musterte ihn mit zusammengekniffenen Augen. Der Motelbesitzer stand im Eingang und blickte sich um. Andere Gäste kamen aus den Nachbarzimmern gelaufen und gafften neugierig. Sie hatten das Klopfen und Rumbrüllen gehört. Der Besitzer ging los, um sie zu beruhigen.

»Das habe ich euch doch erklärt«, sagte Kari. »Benny wollte was zu trinken holen.«

»Was zu trinken? Um diese Uhrzeit?«, fragte der Spanier.

»Wir haben die ganze Nacht gefeiert. Er hatte immer noch nicht genug, der Gute.« Kari seufzte.

Der Spanier betrachtete ihn mit ausdrucksloser Miene. Sein Partner hingegen schaute ein wenig angewidert drein. Er wandte sich ab und ging ins Bad. Dann kam er mit Karis Klamotten zurück. Er reichte sie dem Spanier.

»Sind das deine Sachen?«, fragte er.

»Ja.« Im gleichen Moment wurde Kari bewusst, dass der Motelbesitzer diese Sachen an Benny-Boy gesehen hatte. Er hätte sich gewundert, dass sie nun einem anderen Mann gehören sollten – wenn er nicht gerade draußen mit anderen Gästen beschäftigt gewesen wäre.

»Was ist mit seinem Auto?«, fragte der Spanier. »Warum steht das noch hier?«

»Ach du meine Güte! Glaubst du, Benny hätte in seinem Zustand noch fahren können?«, sagte Kari in empörtem Tonfall.

Der Motelbesitzer kam wieder ins Zimmer. »Okay, Jungs«, sagte er. »Ihr seht doch, dass er nicht mehr da ist. Vielleicht beruhigen wir uns jetzt alle wieder und …«

Der Spanier warf ihm einen scharfen Blick zu. Der Hotelier verstummte sofort. Dann wandte sich der Spanier wieder an Kari.

»Okay … Colette … oder wie auch immer du wirklich heißt. Du bleibst hier, bis dein Freund zurückkommt. Wir sind genau gegenüber und beobachten dich. Wenn du auf die Idee kommst, abzuhauen oder ihn zu warnen, wird heute der letzte Tag deines Lebens sein. Hast du verstanden?«

Kari setzte eine betont angstvolle Mimik auf und nickte heftig.

»Gut«, sagte der Spanier. »Und jetzt her mit deinem Telefon.«

»Ich habe keins.«

Der Soldat nahm die Hose und klopfte alle Taschen ab. Dann blickte er sich im Zimmer und im Badezimmer um. Er schüttelte den Kopf.

»Okay«, sagte der Spanier. Dann riss er den Stecker des Telefons aus der Wand.

»Hey!«, sagte der Motelbesitzer. Sein Protest verebbte jedoch sofort, als der Soldat ihn stumm ansah.

Die Männer verließen das Zimmer.

Kari zog den Vorhang leicht zur Seite. Sie liefen noch einmal zu seinem Wagen, der schräg gegenüber stand. Der Spanier und der Soldat warfen ein paar Blicke hinein. Dann verschwanden sie in der Rezeption. Kari sah Bewegungen durch die Glastür der Rezeption. Sie konnten ihn von dort aus beobachten.

Er saß in der Falle.

Er zog sich an. Dann ging er zum Kopfkissen und nahm Waffe und Autoschlüssel.

Wie lange würden sie auf die Rückkehr von Benjamin Kari warten?

Was würden sie tun, wenn er nicht kam? Es war unwahrscheinlich, dass sie einfach wieder verschwanden.

Wie hatten sie ihn überhaupt gefunden? Gab es doch Nanodrohnen in Las Vegas?

Die virtuelle Maske hatte ihn gerettet. Er zerbrach sich den Kopf darüber, wie sie funktionierte. Sie lief offenbar nicht über die offizielle Blended Reality, sonst wäre sie nicht im Spiegel zu sehen. Der geheimnisvolle Helfer manipulierte offenbar direkt in den NeurImplants. Wer war imstande, so etwas zu tun? Kari dachte an die verschwundene Nachricht auf dem Spiegel. Das Queen-Zitat war ein deutlicher Hinweis. Lebte Reubens Ewiger noch? Hatte er sich im letzten Augenblick doch materialisieren können? Nur Mars traute Kari zu, die Blended Reality auf solche Art manipulieren zu können.

Abgesehen davon, dass es virtuelle Masken nicht gab. Sie mochten technisch möglich sein – ein Stück Avatar, direkt über ein reales Gesicht gelegt –, aber derartiges kam schlicht nicht vor. Und selbst wenn, es war illegal.

Kari musste in den Stratosphere Tower. Er konnte seine Spitze sogar sehen. Aber wie sollte er an den beiden Gorillas vorbeikommen?

Eine Stunde verging. Von den drei Männern war nichts zu sehen.

Mehrere Gäste checkten aus. Ein Mann ging ins Büro, während sein Wagen mit laufendem Motor im Hof stand; auf dem Beifahrersitz saß eine Frau. Der Soldat kam heraus und sah hinein. Ihr Kerl kam aus dem Büro gelaufen und wollte sich schon mit dem Soldaten anlegen, überlegte es sich dann aber noch mal anders.

Etwa zwanzig Minuten später checkte ein älterer Mann mit Baseballkappe und schlabberigen Jeans aus und fuhr mit seinem Pick-up davon.

Neue Gäste kamen. Ein weißer SUV fuhr in den Hinterhof ein. Als er direkt vor Nummer 6 parkte, kamen die Immortal-Gorillas herausgestürmt und liefen auf das Auto zu, die Hände an den Innenseiten ihrer Jacken. Ein junges Pärchen stieg aus, und die beiden entspannten sich wieder.

Sie steckten sich Kippen an und liefen im Hinterhof umher. Immer wieder warfen sie Blicke zu Nummer 6 herüber. Nach einer Weile kam der Motelbesitzer mit dem jungen Pärchen herausgelaufen und zeigte ihnen ihr Zimmer.

Der SUV stand nun genau vor Karis Zimmer und bot ein wenig Sichtschutz. Sollte er diese Chance nutzen? Kari wurde zunehmend nervös. Es war bereits mehr als eine Stunde vergangen. Wie lange sollte dieses Spielchen noch gehen?

Solange die beiden im Hof herumliefen oder sich im Büro aufhielten, war an Flucht nicht zu denken. Er würde irgendwie unbemerkt über den ganzen Hof gelangen müssen, wenn er entkommen wollte. Es gab keinen Sichtschutz. Er würde rennen müssen. Aber er war sich nicht sicher, ob er mit seinen Verletzungen schneller sein würde als die beiden.

Die Zeichen am Spiegel waren verschwunden. Wie lange würde die Maske noch auf seinem Gesicht bleiben? Er durfte keine weitere Zeit mehr verlieren.

Vermutlich wähnten sich Gibson und Immortal auf der

sicheren Seite. Die Codefresser hatten Reubens Ewigen zerstört – und damit die vermeintlich letzte Kopie des Algorithmus. Wenn sie Kari jagten, dann ging es nur noch darum, den allerletzten Zeugen zu beseitigen.

Aber offenbar gab es doch noch eine Kopie.

»Du hast den Algorithmus im Kopf. Folge dem Wasserfall.«

Der Wasserfall, das Bild, das Reuben benutzt hatte, um sich geistig mit Kari zu verbinden. All die Codezeilen waren durch sein Gehirn geflossen. Waren sie in seinem Gehirn gespeichert? Er konnte sich das kaum vorstellen.

Und er verfügte über noch einen Vorteil: Immortal hatte keine Ahnung von seinem heimlichen Helfer und dessen Möglichkeiten, die Blended Reality zu beeinflussen.

Wer auch immer er war, es blieb Kari nichts anderes übrig, als ihm zu vertrauen.

Er beobachtete den Spanier und den Soldaten, wie sie im Hof herumliefen und rauchten.

Er musste fliehen. Sehr bald. Jetzt.

Kari fühlte mit seiner rechten Hand den Griff der Pistole in seinem Hosenbund. Sollte er einfach hinausstürmen und die beiden erschießen? Kari hatte noch nie eine Waffe abgefeuert. Ein Duell würde er verlieren.

Der Spanier war mittlerweile wieder im Büro verschwunden. Jetzt lief nur noch der Soldat mit seiner Zigarette im Hof auf und ab.

Es war schon nach 13 Uhr.

Kari überlegte.

Er war Colette. Warum ging er nicht einfach zu ihnen hinüber und bat sie, gehen zu dürfen? Benny-Boy kam nicht zurück. Er war offenbar über alle Berge. Warum sollten sie ihn noch festhalten?

Aber würden sie Colette einfach gehen lassen?

Sie mussten annehmen, dass Kari sich irgendwo versteckte und Colette ihn im Zweifelsfall warnen würde, wenn sie die Möglichkeit dazu bekam.

Andererseits: *Wenn* sie das annahmen, könnten sie ihn auch deswegen laufen lassen – damit er sie direkt zu Kari führte.

Einen Versuch war es wert. Wenn sie ihn nicht gehen ließen, würde er sich etwas Neues überlegen.

Er spielte die Szene und alle möglichen Eventualitäten im Kopf durch. Es gab eine unschöne Option: Sie könnten ihn einfach umlegen. Hier und sofort. Sie brauchten Colette nicht, um Kari zu erwischen. Dann würde er sterben, in diesem Zimmer. Wie Stu Ungar. Zimmer Nummer 6 hätte eine Attraktion mehr.

Er hatte keine Wahl. Er holte tief Luft, öffnete die Tür und trat hinaus. Er blieb stehen und hob die Hände, um ihnen zu signalisieren, dass er nicht vorhatte, die Flucht zu ergreifen.

Die Glastür ging auf, und der Spanier und der Soldat kamen rausgerannt. Ihre Hände wanderten in die Innenseiten ihrer Jacketts.

Kari hielt den Atem an und schloss die Augen, während er regungslos mit erhobenen Händen stehen blieb.

»Geh zurück in dein Zimmer«, sagte der Spanier.

»Hey, ich habe Hunger! Benny-Boy kommt nicht mehr, kapiert ihr das nicht? Und falls er doch kommt – warum muss ich dann hier sein? Was hat das alles mit mir zu tun? Ich will keinen Stress. Macht von mir aus, was ihr wollt, aber lasst mich endlich gehen.«

Die beiden fixierten ihn. Der Spanier schien zu überlegen. Dann sagte er: »Geh rein und setz dich.«

Kari seufzte und gehorchte.

Sie schlossen die Tür hinter ihm.

Scheiße. Sein Plan war nicht aufgegangen.

Er saß auf dem Bett und überlegte. Seine Hand wanderte

zum Pistolengriff. Warum nicht einfach die Waffe ziehen und beide auf der Stelle erschießen?

Die Tür ging wieder auf, und Karis Hand zuckte vom Pistolengriff zurück. Der Spanier nickte ihm zu.

»Okay.«

Kari sprang hoch.

»Ich kann gehen?«, fragte er.

Der Spanier nickte.

Sie ließen ihn gehen? Einfach so? Unglaublich.

Kari ging langsam hinaus.

»Ciao, ihr Süßen«, sagte er, als er an ihnen vorbeiging. »War wirklich nett mit euch.«

Er ging über den Hof und gab sich dabei Mühe, sein Tuntentheater überzeugend weiterzuspielen. Er war angespannt und vermeinte, brennende Augen in seinem Rücken zu spüren. Vielleicht jagten sie ihm jeden Moment eine Kugel in den Kopf. Doch sofort wurde ihm klar, dass das überhaupt keinen Sinn ergab. Sie ließen ihn laufen, weil sie hofften, dass er sie zu Kari führte. Einer der beiden würde ihm folgen. Der andere würde bleiben – falls Benny-Boy noch auftauchen sollte.

Er drehte sich um und sah die beiden vor Nummer 6 stehen. Sie rauchten und sahen ihm nach.

Kari ging weiter. Seine rechte Hand tastete nach dem Pistolengriff unter seinem Hemd. Er beruhigte ihn. Notfalls würde er die Pistole blitzschnell ziehen können, trotz seines Mangels an Schusswaffenerfahrung.

Sollte er direkt zum Stratosphere Tower gehen? Er hatte nicht die geringste Ahnung, was ihn dort erwartete. Er wusste nur, dass er in die Spitze gelangen musste. Sollte er zuerst versuchen, seinen Verfolger abzuhängen? Wie war das auf dem kurzen Weg zum Tower zu schaffen?

Er ging durch den Bogen der Einfahrt. Erst jetzt fielen ihm

die beiden kitschigen Säulen zu beiden Seiten auf, die er gestern Nacht glatt übersehen hatte. Und er sah nun auch die Kamera in der rechten oberen Ecke, die auf die Einfahrt gerichtet war. Ihr hatte er vermutlich zu verdanken, dass sie ihn aufgespürt hatten. Las Vegas mochte ein weißer Fleck in der Blended Reality sein. Aber die globale Überwachung war hier genauso lückenlos wie im Rest der Welt.

Es war heiß. Der Verkehr rauschte über den südlichen Part des Las Vegas Boulevard. Kein Wind ging, die Blätter der Palmen auf dem Mittelstreifen des Strip bewegten sich nicht. Auf der gegenüberliegenden Straßenseite standen ein Burger King und ein Supermarkt. Und links sah er sein Ziel: den Stratosphere Tower. Es waren nur etwa zweihundert Meter bis dorthin. Jetzt, bei Tag, wurde Kari erst bewusst, wie hoch er war. Mit der Plattform am oberen Ende und der langen dünnen Spitze darauf sah er aus wie eine gigantische Kanone.

Kari warf einen Blick zurück. Der Spanier war ein paar Schritte in Richtung Ausgang gelaufen.

Also war er sein Verfolger.

Kari überquerte die Straße und ging nach links. Er kam an einem Denny's Steak House und an der Chapel of the Fountain Flowers, einer der unzähligen Schnellhochzeitskirchen von Las Vegas, vorbei. In der Mitte des Strip stand eine hohe Werbetafel. Sie zeigte die Ultraschallaufnahme eines deformierten Embryos. Neben ihm in der Gebärmutter schwamm ein Dollarschein. Es war Werbung für das neue Nirvana-Album »Microcephalus«.

Gigantisch hoch ragte der Stratosphere Tower auf. Nicht mehr weit. Er blickte sich erneut um und sah den Spanier auf der anderen Straßenseite. Er folgte ihm in etwa 50 Metern Entfernung. Schnell sah Kari wieder nach vorne.

Er war bereits am Anfang des Stratosphere-Hotel-Casino-

Komplexes angelangt. Der gewaltige Vorbau war auffällig mit einem blauen Streifen markiert, der an seiner Seite entlanglief.

Gleich war er da. Und dann? Sollte er am Turm vorbeigehen und versuchen, den Spanier abzuhängen? Oder sollte er rennen und so schnell wie möglich in die Turmspitze zu gelangen versuchen – ohne zu wissen, was ihn erwartete?

Er entschied sich, es zu riskieren. Er hatte die Pistole. Er bewegte sich in der Öffentlichkeit. Der Spanier konnte nicht einfach tun, was er wollte. Kari ging schneller und blickte sich nicht mehr um. Sollte er doch kommen.

Jetzt sah er den Eingang zum Turm. Auf dem Platz davor parkten Taxis und Busse. Kari sah hinauf. Der Stratosphere Tower war in der Tat verdammt hoch. Er schätzte ihn auf dreihundert Meter. Oben erkannte er Strukturen, einen kleinen Metallarm sowie Seile, aber es war zu weit weg, um mehr Details ausmachen zu können.

Von oben kam plötzlich etwas auf ihn zu. Erst sah es aus wie ein Insekt. Eine dicke graue Hummel. Sie wurde größer und rauschte an zwei Seilen herunter. Ein Skyjumper.

Der Mann in dem Overall landete, geführt von den Seilen, sicher auf dem Boden. Hilfspersonal kam herangestürmt und half ihm aus der Apparatur. Der Tower war eine der zahllosen Attraktionen von Las Vegas – nicht zuletzt für Extremsportler.

Nach ein paar weiteren Schritten hatte Kari, durch die abenteuerliche Darbietung kurzfristig aus dem Tritt gebracht, die Stelle erreicht, an der der Weg zum Eingang abzweigte. Er holte mehrmals tief Luft. Dann rannte er los.

Im Eingang scannten seine Augen alles so schnell wie möglich. Zwei Kassenhäuschen, vor einem eine Schlange von Touristen. Sie wollten alle hoch. Anstehen war sinnlos. Bis er an der Reihe war, würde der Spanier ihn längst geschnappt haben.

Links ging es zu den Toiletten. Davor eine Garderobe. Rechts das Schild mit Liftsymbol: der Turmaufzug. Aber es gab eine Schranke aus Absperrband. Er zögerte einen Augenblick, dann rannte er hinüber und stieg über das Band. Er blieb mit dem Bein hängen, und einer der schweren Metallpfosten fiel mit einem Krachen auf den Fliesenboden. Leute drehten sich um. Kari rannte. Hinter sich hörte er eine Frauenstimme aus dem Lautsprecher plärren: »Halt! Sie müssen erst bezahlen!«

Der Gang zum Aufzug war voller Menschen. Touristen in Hawaiihemden, mit Slippern und Baseballkappen. Er hastete an ihnen vorbei und rempelte dabei Leute an.

»He!«

»Hast du sie noch alle?«

»Arschloch!«

Am Ende des Gangs sah er eine Halle mit drei Aufzügen. Davor standen Ordner in Uniform vor Absperrbändern. Ein Schild hing an der Wand: »Maximal zehn Personen pro Fahrt«. Ein Ordner wies die Leute an, sich in Schlangen vor den Aufzugtüren einzureihen und dabei genügend Abstand zu halten.

Über den Aufzugtüren zeigte ein Display die verbleibenden Sekunden an, bis der Lift wieder ankam. Eine der drei Aufzugtüren öffnete sich gerade, und Besucher strömten heraus. Der Aufzugführer, ein etwa fünfzigjähriger dunkelhäutiger Mann in blauschwarzer Uniform mit Stratosphere-Logo, ließ die Aussteigenden heraus. Hinter dem Absperrband warteten bereits die neuen Fahrgäste darauf, endlich einsteigen zu können.

Kari scannte die Szene. Die Ordner trugen keine Waffen. Ihm blieb keine Wahl.

Er zog die Pistole aus seinem Hosenbund und lief auf den offenen Aufzug zu. Gerade verließen die letzten zwei Fahrgäste die Kabine, eine übergewichtige Mutter mit ihrer Teenagertochter. Gleich würde der Ordner das Band für die neuen Fahrgäste öffnen. Als er Kari mit gezückter Pistole in der Hand auf sich zu rennen sah, weiteten sich seine Augen vor Schreck, und sein Mund öffnete sich. Ein paar Gäste in der Schlange folgten seinem entsetzten Blick und drehten sich zu Kari um.

»Er hat eine Waffe!«, rief eine Frau.

Schreie. Durcheinander. Eltern griffen nach ihren Kindern. Die Warteschlangen stoben auseinander. Ein paar schmissen sich auf den Boden. Die meisten aber rannten Richtung Ausgang.

Gut, dachte Kari. Das würde den Spanier behindern.

Er sah, wie der Aufzugordner nach seinem Funkgerät tastete. Kari richtete die Waffe auf ihn. Er hob die Hände. Er zitterte.

»Bringen Sie mich hoch«, sagte er zu dem Mann. »Schnell.«

Der Mann nickte heftig. Dann stiegen sie in die Aufzugkabine. Im Spiegel sah Kari sein eigenes Gesicht. Die virtuelle Johnny-Depp-Maske war verschwunden.

Der Mann drückte eine Taste. Kari stellte sich ihm gegenüber und warf einen letzten Blick zurück in die Halle.

Heilloses Chaos. Der Gang Richtung Ausgang war mittlerweile völlig verstopft. Er fühlte ein Aufblitzen von Triumph. Er hatte den Spanier abgehängt. Er würde es schaffen.

Doch kurz bevor sich die Aufzugtüren schlossen, sah er ein bekanntes Gesicht im Gewimmel. Der Mann hatte die Sonnenbrille abgesetzt, seine Pistole gezogen und boxte sich rücksichtslos durch die Menschenmasse. Sein Blick fiel auf Kari, und sein Gesicht verzog sich. Es zeigte nichts als Wut. Blanke, unbändige Wut.

25

»Sehr geehrte Damen und Herren, herzlich willkommen im Stratosphere Tower. Unsere Fahrzeit beträgt eine Minute.«

Der Aufzug fuhr an.

»Was gibt es oben?«, fragte er den Aufzugführer.

Der Mann antwortete mit zitternden Lippen: »Das … das Casino. Das Hotel … der Skyjump …«

»Gibt es einen speziellen Raum? Voller Rechner? Eine Art Rechenzentrum? Irgend so was?«

Der Mann schüttelte den Kopf.

Wo war der Masterserver?

»Was gibt es noch?«, fragte er. »Denken Sie nach! Schnell!«

»Wir haben den X-Scream …«

»Was ist das?«

»Eine Wippe. Sie schaukelt die Besucher von einer Seite des Abgrunds zur anderen.«

»Was noch?«

»Den Big Shot. Eine Minirakete.«

»Eine Rakete?«

Der Schwarze nickte.

»Sie ist ganz neu. Eine Ein-Mann-Rakete.«

»Damit kann man fliegen?«

»Ja.«

»Wohin fliegt sie?«

»Ich weiß es nicht«, sagte der Mann. »Bitte. Ich weiß es nicht.« Er begann zu stammeln. »Bitte, ich bin nur ein einfacher Angestellter. Ich habe Kinder … meine Frau … Bitte tun Sie mir nichts!«

Kari fühlte sich schlecht. Er hielt die Pistole auf den Mann gerichtet. Er musste es tun, er hatte keine andere Wahl. Für einen kurzen Augenblick dachte er zurück an sein Büro bei Fidelity. Wie er sich darüber gesorgt hatte, Thunfisch an seinem Hemd zu haben. Und jetzt stand er mit einer Waffe in einem Aufzug und bedrohte einen Menschen. Was war nur aus ihm geworden?

Big Shot.

»Die Spitze des Stratosphere Tower ist das Tor zum Masterserver.«

War der Big Shot das Tor? Würde die Rakete ihn zum Masterserver bringen? An den geheimen Ort, wo Immortal den Ewigen Leben einhauchte? Ihm blieb keine Zeit für große Suchaktionen. Er hatte nur einen Schuss. Es würde der Big Shot sein.

Der Mann blickte immer wieder auf Karis Hand mit der Pistole. Er hatte Angst. Kari betrachtete seine Hand. Seine einigermaßen gesunde Hand, wenn man von der Streifschussverletzung der Killdrohne absah. Sie funktionierte und hielt Earls Smith & Wesson umklammert. Er spürte das Metall des Abzugs an seiner Zeigefingerspitze. Nein, es konnte keine Avatar-Simulation sein. Er war wirklich hier. Er musste sich das für einen Moment sagen. Alles fühlte sich in diesem Moment hyperreal an. Er spürte die Luft über seinen Körper gleiten, wie sie die feinen Härchen auf seiner Haut streichelte. Es war die Luft aus dem Aufzugschacht, die durch Spalten und Ritzen eindrang. Er roch einen Hauch von Schmierfett und etwas

Muff. Die Zeitanzeige über dem Bedienfeld zeigte die verrinnenden Sekunden, bis sie oben an der Spitze ankommen würden: neunzehn, achtzehn, siebzehn … Vielleicht waren es die letzten Sekunden seines Lebens? Niemand kannte den Zeitpunkt seines Todes, sein Schicksal. Aber ihm war klar, dass er seines gerade massiv herausforderte. Die Schlinge zog sich immer enger zu, und seine Optionen schwanden. Dort oben würde er nicht entkommen können – der einzige Ausweg war die Rakete.

Hatte er überhaupt noch Optionen? War sein Wille überhaupt noch ein freier? Oder war er in Wahrheit nicht ebenso fremdgesteuert wie die Ewigen?

Der Mann musterte ihn, vermied es aber, ihm direkt in die Augen zu sehen. Kari sah den Ehering an seinem Finger, sah den Lebenstracker an seinem Handgelenk. Mit Sicherheit hatte er sich für seine Unsterblichkeit hoch verschuldet. Vielleicht tat er es für seine Kinder. Für seine Frau. Weil er immer für sie da sein wollte. Dafür hatte er sich in diesem Leben versklaven lassen. Wenn er wüsste, dass er nach seinem Tod weiter Sklave sein würde … Kari wünschte sich, ihm sagen zu können, warum er das hier tat. Dass er es auch für ihn tat. Um ihm die Sklaverei nach dem Tod zu ersparen.

»Ich habe keine andere Wahl«, sagte er zu dem Mann. »Verstehen Sie das?«

Der Mann nickte. Es war ein Nicken, das der Überzeugungskraft einer Pistole zustimmte. Er hatte Todesangst. Alle hatten Angst vor dem Tod. Oder?

Kari dachte an Mary.

»Wir Timbisha haben keine Angst vor dem Tod.«

Das hatte sie gesagt. Deswegen trug sie keinen Tracker. Sie hatte den Tod als Ende akzeptiert. Aber die meisten Menschen nicht. Sie hatten sich über den Tod gestellt, wollten ihm ein

Schnippchen schlagen. Und Immortal hatte sich zum Herrn über Leben und Tod aufgeschwungen und wollte den Menschen seine Regeln aufzwingen. Kari war auf einmal völlig klar, was für ein Irrweg das war.

Der Aufzug wurde langsamer. Auf der Anzeige schlug die Zwei in eine Eins um. Dann in eine Null. Dann stoppte der Aufzug, und die Türen öffneten sich. Vor ihnen lag das riesige Stratosphere-Casino. Kari trat hinaus.

Es war kühl, die Klimaanlage lief auf vollen Touren. Die Kuppel des Turms war rundum verglast und bot einen atemberaubenden Blick über Las Vegas und die Wüste.

Der Boden des Casinos war mit dickem Teppich ausgelegt. Leuchten an der Decke formten eine riesige Blüte. Überall standen Spieltische, an denen schwar-zweiß gekleidete Croupiers saßen. Loungemusik untermalte das allgegenwärtige Klappern und Klacken und Klingeln – trotz der Mittagszeit war schon viel los.

Das Zentrum des Casinos bildete eine große runde Bar. Hinter der Theke huschten Barkeeper herum und waren damit beschäftigt, die Gäste an den Barhockern und Spieltischen mit Drinks zu versorgen. Karis Blick suchte nach Sicherheitsleuten, die bereits alarmiert waren, um ihn in Empfang zu nehmen. Noch konnte er niemanden sehen, aber sie würden kommen.

Kari drehte sich um und verhinderte, dass die Aufzugtüren sich schlossen.

»Wo ist der Big Shot?«, fragte er den Schwarzen.

Der Mann streckte den Arm aus und zeigte quer durch den Raum. Am hinteren rechten Ende des Casinos sah Kari ein leuchtendes Schild mit einer stilisierten Rakete darauf. Darunter war eine Metalltür. Sie war mit einem umlaufenden Rahmen aus leuchtenden LEDs markiert. Kari warf noch einen schnellen Blick auf die Anzeigen der anderen Aufzüge. Eine stand bei 60 Sekunden und bewegte sich nicht. Die andere zeigte eine 9. Gerade schlug sie auf 8 um.

Der Spanier!

Kari rannte los. Mitten durch das Casino-Gewimmel.

Beim Rennen hielt er die Pistole gesenkt. Er wagte es nicht, sie einzustecken.

Es dauerte nicht lange, bis er die ersten Schreie hörte.

Leute sprangen von ihren Stühlen auf, nicht ohne vorher ihre Spielchips an sich zu raffen. Die Croupiers versuchten, es zu verhindern, aber es entstand noch mehr Chaos.

Kari rannte weiter. Überall standen Spieltische und Automaten. Es war eng, er musste sich hastig zwischen Gästen, Tischen und Stühlen hindurchquetschen.

Immer wieder sah er sich nach dem Aufzug um. In diesem Moment öffneten sich dessen Türen und gaben den Blick auf die Kabine frei. Es war nur eine Person darin. Der Spanier.

Kari sah seinen angestrengten Blick und die in Anschlag gebrachte Waffe. Mit schnellen Blicken sondierte er den Raum und entdeckte Kari sofort.

Kari rannte weiter. Er musste zu dieser Tür und so schnell wie möglich in die Rakete. Das war alles, was jetzt zählte.

Eine Gruppe übergewichtiger Hawaiianer stand an einem Roulettetisch und versperrte den Durchgang. Kari versuchte, an ihnen vorbeizukommen. Ein greller Schmerzstich durchfuhr ihn, als er einen der Männer mit seinem Gipsarm rammte. Der Hawaiianer fiel mit seinem riesigen Oberkörper auf den Roulettetisch und schmiss Chipstürme um. Flüche, Schreie, Beschimpfungen, der Croupier brüllte etwas in seine Richtung, aber Kari vernahm das alles nur am Rande. Der Schmerz war so stark, dass sein Gehör für einen Moment aussetzte und ein seltsames Summen in seinen Ohren erklang. Er biss die Zähne zusammen und dachte nur: Weiter!

Jetzt war er an der Theke angekommen und wollte rechts an ihr vorbeirennen. Wieder warf er einen Blick zurück und sah, wie der Spanier gerade einen Gast, der ihm nicht schnell genug Platz gemacht hatte, mit einem Faustschwinger niederstreckte.

Dann schlug sein Körper mit voller Wucht gegen etwas Hartes. Wieder Schmerz. Wieder der Gipsarm. Kari schrie auf und verlor das Gleichgewicht. In Zeitlupe sah er die Pistole aus seiner Hand fliegen. Dann folgte ein lautes Krachen, als ein Tablett mit Drinks auf den Boden fiel. Volle Cocktailgläser ergossen ihren Inhalt über den Teppich, Eiswürfel und Obststücke kullerten über den Boden. Seine Waffe landete ebenfalls auf dem dicken Teppich und glitt ein Stück darüber, bis sie an den Füßen einer älteren Dame zum Halten kam. Das sah er noch, während er stürzte, zeitgleich mit dem Kellner, mit dem er zusammengestoßen war. Als er auf seinen Gipsarm fiel, hörte er ein Knacken. Zerbrechender Gips oder frisch verheilender Knochen?, dachte er. Oder beides? Dann flutete die neue Schmerzwelle seinen Körper, diesmal richtig groß, hartkantig, scharf.

Ihm wurde schwarz vor Augen.

Einen Moment lang lag er regungslos und sah eine aufgespießte Cocktailkirsche vor sich auf dem Teppich.

Steh auf! Sofort!

Kari drückte sich mit dem gesunden Arm hoch. Dabei zerdrückte er eine Erdbeere neben der Kirsche.

Ein Schuss. Er hörte Holz splittern. Wahrscheinlich die Theke, dachte er.

Schreie gellten durch das Casino. Nun rannte alles durcheinander.

Er war wieder auf den Beinen. Ihm war schwindelig vor Schmerz. Die Pistole! Wo war sie? Er suchte einen Moment lang verzweifelt den Boden ab. Dann sah er die Waffe und die

Frau, zu deren Füßen sie lag. Er wankte auf sie zu. Die Frau schrie und sprang auf. Sie wollte wegrennen.

Dann fiel der nächste Schuss, und Kari sah, wie die Frau nach hinten geschleudert wurde. Mund und Augen waren aufgerissen. In ihrer Brust klaffte ein blutiges Loch.

Er duckte sich und griff seine Pistole mit der rechten Hand, während die Frau zu Boden fiel.

Ein weiterer Schuss. Er spürte einen Schlag an seiner rechten Hüfte, der ihn herumwirbelte. Eine brennende Kralle mit geschliffenen heißen Spitzen steckte in seinem Fleisch und brannte wie Feuer. Er blickte an sich hinunter und sah Blut an seiner Hüfte und seinem rechten Bein. Knallrot. Nass. Hyperreal.

Er drehte sich um und sah den Spanier in Zeitlupe auf sich zu rennen. Die Zeitlupe war komisch. Wie im Actionfilm. War jetzt alles gedehnt, damit er wie ein Superheld mit übermenschlichen Kräften agieren konnte? Befand er sich etwa schon im Überlebensmodus?

Kari sah seine rechte Hand sich heben. Seine Zeigefingerkuppe lag locker auf dem glatten Metall des Abzugs. Er krümmte den Finger, der Schuss löste sich, und ein starkes unsichtbares Seil riss seinen Arm abrupt nach oben. Er hörte Glas splittern. Er hatte eine Leuchte aus der Blüte an der Decke herausgeschossen.

Der Spanier blieb stehen und zielte mit der Pistole auf ihn.

Kari erinnerte sich an unzählige Western, die er als Kind gesehen hatte. Duell. Mann gegen Mann. Peng, Peng. Rauch. Einer steht, einer fällt. Manchmal fallen beide.

Karis Arm zerrte das unsichtbare Seil nach unten, bedauerlicherweise wiederum in Zeitlupe. Langsam, sehr langsam näherte sich der Lauf der Pistole dem Bild des Spaniers vor ihm, der seine Pistole noch im Anschlag hielt.

Peng.

Der Lauf seiner Pistole wischte weg. Kari knickte ein, als er den Schlag der Kugel in seiner linken Wade spürte. Er sackte zu Boden, auf sein linkes Knie.

Fall nicht um. Wenn du umfällst, war's das.

Er stützte sich mit seiner linken, seiner kranken Hand ab. Eine neue Schmerzwelle, ein Tsunami leiblicher Qual durchfloss ihn. Das Geschrei der Leute rückte wieder weg, als er das Summen in seinem Kopf hörte. Das Bild vor seinen Augen verschwamm. Aber er fiel nicht um.

Hoch mit der Hand.

Er blickte auf. Da war der Lauf, der immer noch den Befehlen seiner rechten Hand gehorchte. Seiner guten Hand. Der Lauf schwang auf den Spanier zu. Der kam immer näher, die Kanone auf Kari gerichtet. Jeden Moment würde er ihm den finalen Schuss verpassen.

Aber einmal, wenigstens einmal wollte Kari ihn treffen. Die Spitze des Laufs wischte auf den Kopf mit den schwarzen Haaren zu.

Er gab den Befehl an seine Fingerkuppe und spannte zugleich die Armmuskeln an, damit das Seil ihm die Pistole nicht noch einmal wegreißen konnte.

Peng.

Ein roter Fleck erschien auf dem weißen Hemd des Spaniers, genau in der Mitte, wie hingezaubert. Sein Körper zuckte. Der Spanier blieb stehen und schaute an sich hinab. Wahrscheinlich konnte er es nicht fassen. Konnte nicht glauben, dass sein Bauch nun ein weiß-rotes, pointillistisches Kunstwerk war. Dann schaute er schnell wieder auf.

Peng.

Etwas schlug neben Kari ein. Er sah ein Loch im Teppich, ungefähr zehn Zentimeter vor seinem Knie.

Peng.

Seine Fingerkuppe hatte noch einmal gezogen.

Big Shot.

Der Spanier ließ die Pistole fallen und griff sich an den Hals. Blut schoss ihm aus dem neuen Loch. Er gab ein krächzendes Geräusch von sich. Es klang fürchterlich.

Dann knickte er ein und fiel zu Boden.

Kari ließ den Arm sinken. Die Pistole sank mit einem dumpfen Geräusch auf den Teppich.

Es war vorbei. Und er stand noch. Oder hockte noch.

Er schloss für einen Moment die Augen und atmete tief durch.

Stechender Schmerz in seinem linken Brustkorb. Der Schmerz aus seinem Gipsarm. Hüfte und Wade meldeten sich ebenfalls.

Er musste weiter. Security würde gleich hier sein. Sie würden ihn festnehmen.

Er versuchte aufzustehen und dabei nur das rechte Bein zu belasten. Er zitterte. Jetzt erst spürte er die Folgen des Adrenalins und der Todesangst in seinem Körper.

Er begutachtete sich. In seiner linken Wade fehlte ein Stück Fleisch. Die Wunde blutete. An seiner rechten Hüfte hatte der Spanier ihn ebenfalls erwischt; glücklicherweise war es nur ein Streifschuss. Er tat einen Schritt. Ein Hammerschlag in der Wade. Noch ein Schritt. Noch ein Hammerschlag. Er würde humpeln. Aber er konnte laufen. Irgendwie.

Und da war auch noch der Gong in seinem Kopf. Er schlug unerbittlich.

Kari warf einen Blick auf den Spanier. Eine Blutlache hatte sich um ihn ausgebreitet und den dicken Teppich rot getränkt. Er sah den Lebenstracker des Spaniers. Er war blutverschmiert.

Kari blickte sich um. Leute rannten in Panik umher. Manche standen wie angewurzelt und starrten ihn an. Jetzt wirkte nichts mehr hyperreal. Im Gegenteil. Es war, als liefe ein Film vor seinen Augen ab.

Er sah Bedienstete in Funkgeräte sprechen. Schon bald würde Security kommen, um ihn festzunehmen.

Weiter. Weiter.

Er suchte sein Ziel, sah die Tür mit den leuchtenden LEDs darum.

Sein Tor.

Er lief los. Hammer und Gong. Hammer und Gong.

Dann ging er durch die Tür. Eine lange Treppe führte nach oben zur Plattform. Er musste sich bei jeder einzelnen Stufe mit aller Kraft zwingen, den pochenden Schmerz in Schach zu halten.

Am Kopf der Treppe eine weitere Tür. Das Raketensymbol. Der Big Shot. Sein Big Shot.

Wind zerrte an seinem Körper, als er ins Freie trat. Sonnenstrahlen brannten auf ihn herab. Er stand auf der obersten Plattform des Turms. Ringsherum verlief ein Geländer zur Sicherung, das verhinderte, dass man auf Las Vegas hinabfiel und die Stadt verunzierte.

Dort stand er, in der Mitte der großen Plattform. Der Big Shot. Eine Rakete wie eine mutierte silberne Gewehrpatrone. Rund zehn Meter hoch, sehr schmal, kaum einen Meter breit. Das obere Ende bestand aus einer durchsichtigen Haube. Vier Flügel am unteren Ende ragten wie Haifischflossen aus der Rakete heraus. Sie glitzerte im Sonnenlicht.

»Hey!«

Kari sah einen Mann in blauem Overall mit Big-Shot-Symbol auf sich zukommen. Er hatte eine Glatze, und eine dicke Zigarre lugte unter seinem buschigen Schnurrbart hervor. Sie war nicht angezündet; wahrscheinlich diente sie nur als Kaugummiersatz.

»Heilige Scheiße«, sagte er, als er Karis blutende Wunden bemerkte. Dann sah er die Pistole in seiner Hand. Der Mann nahm die Zigarre aus dem Mund.

»Was ist hier los?«, fragte er.

»Ist das der einzige Zugang hier rauf?«, fragte Kari und zeigte auf die Tür, durch die er gekommen war.

Der Mann nickte.

»Verriegeln Sie sie.«

Er zögerte kurz, aber tat schließlich, was Kari ihm befahl. Dann musterte er ihn erneut, während er auf seiner Zigarre herumkaute.

»Ich habe eine Tour mit dem Big Shot gebucht«, sagte Kari.

Der Mann sah ihn an, als ob er verrückt geworden wäre.

»Junge, du solltest ins Krankenhaus, nicht in die Stratosphäre.«

Kari hob seine Pistole, richtete sie aber nicht auf den Mann.

»Das hier ist mein Ticket.«

Der Mann musterte ihn schweigend. Vielleicht überlegte er, ob Kari auch irgendwelche Kopfschäden davongetragen hatte.

Kari nickte in Richtung Rakete.

»Wohin fliegt sie?«

»Nach oben«, sagte der Mann. Als Kari nicht darauf einging und ihn weiter abwartend ansah, merkte er, dass sein Kalauer unangebracht war. »Sie fliegt zwanzig Kilometer hoch und kommt wieder runter – just for fun.«

»Und dann landet man wieder hier?«

»Ja. Der Big Shot kommt an einem Fallschirm zurück. Die Düsen steuern ihn so, dass er exakt an dieser Stelle wieder landet. Alles automatisch.«

Das ergab alles keinen Sinn. Warum sollte er eine Spritztour in die Luft unternehmen? Er musste zum Masterserver.

Deine Kreditkarte ist der Schlüssel.

Die Zeile, die an dem Spiegel gestanden hatte, kam ihm wieder in den Sinn.

Er holte seine Kreditkarte aus dem Portemonnaie.

»Kann ich damit zahlen?«

»Wenn du unbedingt möchtest …«

Der Mann nahm die Kreditkarte und ging damit zu seinem Terminal. Kari humpelte ihm hinterher.

Als er die Karte in den Leser einsteckte, öffnete sich blitzschnell ein schwarzes Fenster. Codezeilen erschienen und sausten so schnell darüber, dass sie verschwammen.

»Was zur Hölle …?« Der Mann versuchte, über Fingergesten das Fenster zu schließen, aber es ging nicht. Der Code rauschte einfach durch. Das Ganze dauerte nur wenige Sekunden. Dann schloss sich das Fenster von selbst, und die »Bezahlt«-Bestätigung erschien auf dem Bildschirm.

Er schüttelte den Kopf und zog die Karte heraus.

»Ich hoffe, du hast mir kein Virus eingeschleppt«, sagte er und gab ihm die Karte zurück. Er sah ihm fest in die Augen.

»Bist du sicher, dass du das wirklich machen willst? Beim Start hast du 3g. Das ist nicht ohne. Mit den Wunden könnte das dein erster und letzter Trip werden.«

»Nur Fliegen ist schöner«, sagte Kari.

»Wie du willst.«

Dann holte der Mann aus einem kleinen Metallschrank einen grauen Overall.

Kari schüttelte den Kopf.

»Keine Zeit für Outfits.«

»Das ist ein Anti-g-Anzug«, sagte der Mann.

»Was soll der bringen?«

Der Mann sah ihn entgeistert an.

»Junge, wenn du bei 3g plötzlich fünf Liter Blut in deinen Füßen hast, wird's schwierig. Und in deinem Fall fließen sie wahrscheinlich auch eher auf den Boden der Rakete als in deine Füße. Davon hat keiner was. Ich nicht, weil ich die Sauerei hinterher sauber machen muss. Und du nicht, weil du dann verdammt noch mal tot bist. Zieh endlich diesen Anzug an!«

Kari seufzte. Es würde kompliziert werden, die Hose auszuziehen und in den Overall zu schlüpfen. Aber wenn er tot im Masterserver ankäme, wäre das auch nicht zielführend.

Der Mann half Kari dabei, die Hose auszuziehen. Als er merkte, wie schwierig es war, das Hosenbein um seine Wunde in der Wade zu ziehen, holte er ein Messer und zerschnitt es. Den Overall schob er langsam über das Bein. Kari biss die Zähne zusammen.

Aber schließlich stand er in dem Druckanzug.

»Er wird dich automatisch zusammenpressen. Es wird wehtun. Aber es wird dir den Arsch retten.«

»Okay. Danke.«

Dann drückte der Mann auf einen Knopf neben dem Terminal, und ein Treppenwagen kam an die Rakete herangerollt. Er schob sich langsam nach oben hin, bis eine runde Plattform über der Spitze der Rakete schwebte.

»Dann wollen wir mal«, sagte der Mann.

Der Anzug war eng und drückte auf seine Wunden. Kari wollte lieber nicht darüber nachdenken, wie es sich anfühlen würde, wenn er sich zusammenpresste. Er humpelte die Treppe hinauf; die Pistole musste er in die Tasche stecken, um sich rechts am Treppenlauf zu halten. Links stützte ihn der Mann.

Oben auf der Plattform angekommen, ging der Mann zur Mitte, griff durch das Loch und drückte ein paar Knöpfe an der Seite der gläsernen Raketenhaube. Bolzen fuhren mit einem Zischen hinaus und drückten sie nach oben. Der Mann hob sie hoch.

»Wir beginnen nun mit dem Boarding«, sagte er und machte eine einladende Bewegung mit der Hand.

Kari humpelte zur Mitte und sah in die Kabine der Rakete. Es war ein enger Schacht. An der Wand befand sich eine Halterung, von der Gurte baumelten. Er sah eine Art Sitz. Offenbar würde er darauf festgeschnallt halb stehend, halb sitzend seine kleine Reise unternehmen. Gegenüber des Sitzes waren Stufen und zwei kleine Haltestangen. Kari stieg vorsichtig hinab. Der Mann hielt ihn so lange fest, bis er sicher unten auf dem Kabinenboden stand. Er half Kari, sich mit dem Rücken in die Halterungsschale einzupassen, prüfte, ob er mit dem Hinterteil richtig auf dem Sitz saß, schnallte ihn dann mit den Gurten fest und setzte ihm ein Headset auf.

»Wir werden die ganze Zeit über Funkkontakt haben.«

Dann nahm er die durchsichtige Kuppel und hielt sie über Karis Kopf.

»Bist du so weit?«, fragte er.

»Ist das alles? Das bisschen Plastik?«, fragte Kari.

Der Mann klopfte darauf.

»Drei Zentimeter dickes Acrylglas. Mach dir lieber Sorgen um deine Wunden. Also, du siehst vor dir eine LED und einen roten Knopf.«

Kari schaute nach vorne und sah beides.

»Wenn die LED rot leuchtet, geht's los. Wenn du den roten Knopf drückst, bricht er den Flug ab. Aber irgendwie habe ich nicht das Gefühl, dass du den drücken wirst.«

Kari schüttelte den Kopf.

»Also, dann sehen wir uns in zehn Minuten wieder«, sagte der Mann. »Oder auch nicht … Gute Reise.«

Er stülpte die Kuppel über Karis Kopf und drückte einen Knopf an der Seite. Es zischte, und die Kuppel versiegelte mit einem *Fump*.

Mit einem Mal war es still. Kari hörte seinen Atem.

Der Mann winkte ihm noch einmal zu und reckte einen Daumen hoch. Kari konnte in der Enge gerade so seinen rechten Arm heben und das Zeichen erwidern. Dann verschwand der Mann aus seinem Sichtfeld.

Kari kam sich vor, als würde er in einem Sarg stehen; es war ein beklemmendes Gefühl. Neben dem roten Knopf vor sich sah er noch einen blauen. Wofür der wohl war?

»Alles okay?«, hörte er den Mann in seinem Kopfhörer.

»Ja.«

»Gut. Ich bin übrigens Roger. Du kannst gerne mit ›Alles Roger, Roger‹ bestätigen.«

Kari musste lachen. Roger hatte ganz offensichtlich ein Faible für Kalauer.

»Alles Roger, Roger. Ich bin Ben«, sagte Kari.

»Gut«, sagte Roger. »Dann mach dich bereit, Ben. Es geht los.«

»Eine Frage noch: Wofür ist der blaue Knopf?«

»Ach ja, klar, den habe ich vergessen. Er öffnet die Kuppel. Falls es dir da oben so gut gefällt, dass du aussteigen willst.«

Roger lachte. Den Kalauer fand Kari nicht so beruhigend.

Er spürte ein Rumpeln in der Rakete. Roger hatte offenbar irgendetwas gestartet.

Kari atmete durch. Es würde ein Höllenritt werden. Möglicherweise würde er ihn nicht überleben.

Die LED leuchtete auf. Einen Moment lang passierte nichts, und Kari fragte sich schon, ob es ein technisches Problem gab.

Dann explodierte die Rakete.

So fühlte es sich jedenfalls im allerersten Moment an. Es war die Zündung, ein unglaublich lauter Knall, der sofort in bedrohliches Fauchen überging. Die Rakete schoss nach oben. Die Beschleunigung raubte ihm anfangs den Atem. Der Lärm war kaum auszuhalten. Und die Rakete rüttelte so stark, dass er glaubte, sein Gehirn würde zu Brei werden. Er presste Augen und Zähne zusammen, während die Beschleunigungskraft an ihm zerrte. Die Druckkissen seines Anzugs bliesen sich auf und quetschten seine kaputte Wade zusammen. Sein Schrei ging im Lärm unter.

Als er die Augen öffnete, sah er Las Vegas mehrere Hundert Meter unter sich. Schnell wurde die Stadt kleiner, und er sah die riesige Wüste ringsherum. Darüber blaue Weite wie eine gewaltige Käseglocke. Die Sonne schien grell.

Seine Höhenangst setzte ein, seine Lunge zog sich zusammen, und er musste gegen das Gefühl von Atemnot ankämpfen. Kari schloss die Augen und versuchte, an nichts zu denken. Alles zerrte an ihm abwärts. Der Druck des Anzugs auf seine Wunden war mörderisch. Der Lärm ging jetzt in ein Brausen über. Kari versuchte, sich auf seine Atmung zu konzentrieren und seinen Kopf ansonsten leer zu halten.

Aushalten. Aushalten. Aushalten.

Eine Stimme in seinem Kopfhörer. Es war Roger.

»Ben. Du bist vom Kurs abgekommen.«

Der Schlüssel. Die Kreditkarte. Der Masterserver.

»Ben?«

Schwarz.

Kein Krach mehr. Kein Rütteln. Kein Zerren.

Die Rakete stand still.

Kari schlug die Augen auf. Die Schmerzen waren noch da. Im Arm, in der Hüfte, im Bein. Und sie strahlten aus. Nahmen langsam Besitz vom restlichen Fleisch.

Wenigstens hatten sich die Druckpolster des Anzugs wieder entspannt. Und er war offenbar auch nicht abgestürzt.

Wirklich nicht?

Er war nicht zum Stratosphere Tower zurückgekehrt, so viel war klar. Wo war er?

Wände aus dunklem Metall um ihn herum. Die Rakete schien in einer Art Schacht oder einem Rohr zu stecken. Durch seine Kuppel sah er oben ein Stück weiße Decke. Künstliches Licht schien zu ihm herein.

War er im Himmel? War er tot?

Aber würde man im Himmel noch Schmerzen empfinden?

»Roger?«, sagte Kari in sein Mikrofon. Sein Mund war staubtrocken. Er musste husten.

Stille.

»Roger?«

Keine Antwort.

Die Rakete steckte offenbar in einer Andockvorrichtung. Konnte er einfach so aussteigen?

Er musste hier raus. Kari drückte den blauen Knopf.

Ein Zischen. Dann machte es *Plopp*, und die Kuppel schob sich einen Zentimeter nach oben. Er befreite sich aus den Gurten und nahm das Headset ab. Dann drückte er mit den Händen die Kuppel auf. Die Acrylglasschale fiel zur Seite. Er musste sich an den Haltestangen die Stufen hochziehen. Sein linkes unteres Hosenbein war voller Blut. Auf dem Boden der Rakete eine Blutlache.

Das Schachtende überragte das Ende der Rakete um etwa einen halben Meter. Kari versuchte, hinauszuklettern, aber es gelang ihm nicht. Er war zu schwach. Schließlich schaffte er es unter größter Willensanstrengung, sein gesundes Bein über die Schachtwand zu hieven und hinauszukriechen. Bäuchlings blieb er auf dem Boden liegen. Sein Herz raste. Er atmete schwer. Schweiß tropfte von seiner Stirn. So lag er da, minutenlang, bis sich sein Puls wieder ein wenig beruhigt hatte. Dann drehte er sich zur Seite, was ihm extrem schwer fiel, weil beide Körperhälften vor Schmerz brannten. Er schrie auf, als er sich über die Wunde an seiner rechten Seite wälzte. Aber er hatte es geschafft. Auf dem Rücken liegend blickte er nach oben – in das Licht.

Bleib einfach liegen. Schlaf.

Nein.

Du bist im Himmel. Es ist alles nicht mehr wichtig.

Er schüttelte den Gedanken ab wie eine lästige Fliege. Seine Mission. Er musste sie erfüllen. Dann konnte er schlafen.

Kari hievte sich hoch. Irgendwann stand er. Der weiße Boden unter ihm war blutverschmiert. Es gab einen weiteren Schacht neben dem, in dem der Big Shot steckte. Sein oberes Ende war verschlossen. An der Rückseite des Raums befand sich ein breites Tor. Er stand in einer Schleuse.

Eine schwere Metalltür befand sich gegenüber. Auf ihr war ein großes Metallrad, daneben ein Knopf. Kari humpelte hinüber und hinterließ eine Blutspur auf dem weißen Boden. Als er den Knopf drückte, fuhr die Tür mit einem Zischen auf.

Dahinter erstreckte sich ein riesiger Raum. Dreißig Meter lang, zehn Meter breit. Dutzende gläserne Obelisken standen herum, Serverterminals, wie er sie im unterirdischen Immortal-Archiv gesehen hatte. Genau wie dort überragte ein Obelisk in der Mitte des Raums alle anderen.

Auch er war völlig in Weiß gehalten und glänzte sehr hell. Aber es war kein künstliches Licht. Große breite Fenster an den Seiten ließen Sonnenlicht hereinströmen. Der Blick, der sich durch sie bot, war atemberaubend. Er sah die gekrümmte Erdoberfläche und über ihr die Atmosphäre wie ein feines blaues Band. Es zerfloss nach oben in verschiedene Farbnuancen, wurde dunkelblau und endete dann in der Schwärze des Weltalls. Über allem glitzerte der feurige Sonnenball. Und überall waren Ballons. Dutzende, Hunderte. Sie hingen im Himmel wie umgekehrte Tränen. An ihren Enden hingen kleine Boxen, und auf ihrer Oberfläche schimmerte etwas – Solarzellen? Sie überzogen den Himmel bis an den Horizont. Waren sie die Schaltstationen, die die Blended Reality in jeden Winkel der Erde brachten?

Kari trat näher an eines der Fenster. Etwas war über ihm. Etwas Großes, Silbernes, Rundes.

Er hing an einem gigantischen Luftschiff.

Das also war der Masterserver von Immortal. Er befand sich nicht tief in der Erde. Nicht am Grund des Ozeans. Nicht auf Bergen oder gar weit draußen im Weltall, wie einige vermutet hatten. Immortal hatte das Herz der Blended Reality hoch über der Erde geparkt. Und die Erde mit Relais überzogen. Hoch genug, um Flugzeugen verborgen und jeglichem Zugriff entzogen zu bleiben.

»Ben.«

Er hörte seinen Namen durch den Raum hallen.

Am anderen Ende erschien aus dem Nichts Wesley Gibson. Sein Avatar trug einen eleganten Anzug und Krawatte. Alles saß perfekt. Es war ein absurder Anblick. Gibson kam langsam auf ihn zu.

»Respekt, Ben. Das muss ein Höllenritt gewesen sein.«

Kari war so überrascht, dass er nicht wusste, was er sagen sollte.

Schließlich stand Gibsons Avatar vor ihm und musterte kopfschüttelnd Karis geschundenen Leib.

»Du blutest«, sagte Gibson.

Kari sah an sich hinab. Auf dem Boden waren Blutflecken.

»Sieht nicht gut aus, Ben«, sagte Gibson. »Ich lasse Hilfe kommen.«

Kari schnaubte verächtlich.

»Ja, klar. Du lässt Hilfe kommen. Vielleicht eine Drohne, die mir meine Wade absägt? Oder neue Killer, die mich endgültig von meinen Schmerzen erlösen? Was zahlt dir Immortal eigentlich für deine schmutzigen Dienste, Wesley? Ist es genug, damit du dich ohne Verachtung im Spiegel betrachten kannst?«

»Ben …« Gibson hob abwehrend die Hände. »Ganz langsam. Was hätte ich tun sollen? Wie hätte ich dir vertrauen sollen, nach allem, was du abgezogen hast? Machst einfach dein eigenes Ding, hinter meinem Rücken. Tust dich ausgerechnet mit der Journalistin zusammen, die Immortal seit Jahren grillen will. Triffst dich ohne Absprache mit unserem ärgsten Feind Reuben Mars. Und dann die Geheimtreffen mit Dietrichs Ewigem. Wie sollte ich dir vertrauen können?«

Kari war verwirrt. Was hatte er da eben gesagt? Geheimtreffen mit Marlene Dietrichs Ewigem?

»Wovon redest du? Welche Geheimtreffen?«, fragte Kari.

»Ben, Ben, Ben …« Gibson schüttelte den Kopf und lächelte. »Für wie dumm hältst du mich? Du hast für Reuben spioniert. Wolltest ihm bei seinem Marlene-Dietrich-Algorithmusprojekt helfen. Was hat er dir dafür versprochen, hm? Oh, warte, sag nichts. Er hat dir Hannah versprochen, oder? ›Und sie lebten glücklich miteinander bis ans Ende ihrer Tage‹ … oder so ähnlich?«

»Ich weiß nicht, wovon du redest«, sagte Kari.

»Ben, bitte. Du beleidigst meine Intelligenz. Rodriguez hat dich im Thermopolium gesehen. Du selbst warst der geheimnisvolle Avatar auf der Kameraaufnahme. Rodriguez saß am Nachbartisch und hat euch die ganze Zeit beobachtet. Wir haben Dietrich natürlich überwachen lassen, als wir von den Experimenten mit ihr erfahren haben. Leider konnte unser Mann nicht verstehen, was ihr geredet habt. Aber es war ein sehr angeregtes Gespräch, meinte er. Und sie hat dir, wie wir wissen, ihre Materialisierung demonstriert.«

Die Schmerzen wurden schlimmer. Es fiel ihm schwer, Gibson zu folgen. Er verstand gar nichts mehr. Geheimnisvoller Avatar?

Er? Was für ein Quatsch. Er merkte, wie er schwächer wurde. Er würde nicht mehr lange durchhalten.

»Aber hey, Ben. Was soll's. Schwamm drüber. Ich kann dich verstehen. Du wolltest deine Frau zurückhaben. Und weißt du was? Das kannst du immer noch.«

Kari schaute verwirrt. Gibson bemerkte seine Verunsicherung und sprach weiter.

»Wir können dir Hannah geben. Du wirst wieder mit ihr zusammen sein, so wie früher. Und sie wird sich an alles erinnern. An dich, an euer gemeinsames Leben. Sie wird dich wieder lieben, Ben. Alles wird gut.«

In Karis Kopf summte es. Er dachte an Hannah. War es wirklich wahr? Könnte er sie zurückbekommen?

Gibson versuchte ein Lächeln. »Leg dich einfach hin und warte auf das Flugzeug. Es wird ein Notarzt an Bord sein, der dich versorgt. Du wirst wieder gesund. Und wenn du nach Hause kommst, wird Hannah dort auf dich warten. Wie klingt das?«

Kari musterte Gibson und überlegte. Dass ein Flugzeug kommen würde, daran hatte er keinen Zweifel.

Er will Zeit schinden.

Kari lief los, mitten durch Gibsons Avatar hindurch. Die Vibration fühlte sich durch den dicken Mantel aus Schmerzen fast angenehm an. Er humpelte so schnell er konnte auf den großen Obelisken zu.

»Und dann fliege ich einfach zurück und setze mich wieder an meinen Schreibtisch, als ob nie was gewesen wäre?«, sagte Kari, während er lief. »Ich tue einfach so, als wüsste ich nicht, dass Immortal seit Jahren unsere Präsidenten und andere Staatsoberhäupter manipuliert? Dass sie die Daten der Menschen und Ewigen ausschlachten? Und über Leichen gehen, um das zu vertuschen?«

»Ben, ganz ruhig«, sagte Gibson. Er lief neben ihm her und redete weiter auf ihn ein. »Fidelity war immer Immortals verlängerter Arm«, sagte er. »Was hast du denn geglaubt? Dass du eine unabhängige Instanz warst? Der unbestechliche Benjamin Kari, der völlig objektiv die Ewigen begutachtet und mit nichts anderem zu tun hat? So einfach ist das nicht. Immortal hat einen Plan, Ben. Die Sperren und die Manipulationen haben ihren Sinn. Prakash und Zhang haben die Welt zu einem besseren Ort gemacht. Schau dir die Welt an. Die USA und China schließen endlich Frieden. Es gibt bald keine Atomwaffen mehr. Der Nahe Osten ist befriedet. All das haben wir ihnen zu verdanken. Sie haben die Ewigen zu besseren Menschen gemacht, als wir es jemals sein könnten.«

Kari war am Obelisken angelangt. Das Blut lief jetzt auch aus seinem Gipsarm. Er hob die Hände und legte sie auf die gläserne Oberfläche. Blut schmierte auf das Glas. Er spürte die Kälte an seinen Handflächen. Das Display leuchtete auf.

»Es ist wirklich immer wieder belustigend, wenn schlechte Menschen glauben, die Welt besser machen zu können«, murmelte Kari.

Er schloss die Augen.

Folge dem Wasserfall.

Kari sah das Wasser rauschen. Er hörte es. Es strömte über den Abhang und fiel in die Tiefe. Das aufprallende Wasser erzeugte einen Nebel aus feinsten Tröpfchen. Er spürte den Film aus Feuchtigkeit auf seinen Wangen, seinen Unterarmen, seinen Händen.

Er hörte Gibsons Stimme durch das Rauschen, weit entfernt.

»Ben, du bist verletzt. Du blutest. Du kannst nicht mehr klar denken. Tu nichts, was du später bereuen wirst.«

»Ich würde es bereuen, wenn ich es nicht tue«, sagte Kari. Er ging näher an den Wasserfall heran und spürte, mit welcher

Gewalt die Wassermassen durch die Luft rissen. Es rauschte und spritzte. Er ging noch ein Stück näher. Der Wasserfall brodelte und fauchte und schrie. Dann sprang Kari hinein und ließ sich mitreißen. Der Sog war stark, aber da war noch eine Barriere. Er musste sie überwinden. Er stemmte sich dagegen. Für einen Moment fühlte er den Widerstand und war nicht sicher, sie überwinden zu können. Aber dann brach sie, und er floss. Es floss. Der Algorithmus floss, aus seinem Gehirn hinaus. Kari stöhnte. Es war kalt. Seine Hände waren festgefroren.

So ist es gut, Ben. Immer weiter.

Da war eine Stimme im Wasser.

Ben.

Wer sprach?

Ich bin es, Ben. Ich bin du. Dein Ewiger.

Der Sog des Wassers wurde stärker. Zog ihn mit. Riss ihn hinab, hinunter in die Tiefe. Es war sehr kalt, als er untertauchte.

Er sah einen Flecken von Licht. Weit hinten. Vielleicht würde er gleich dort hingehen. Aber erst wollte er sich noch einmal umschauen. Sehen, was er getan hatte.

Er öffnete die Augen und sah: rot.

Blut. Er lag auf dem Boden des Serverraums. Blut um ihn herum. Sein Blut.

Er sah das Glas des Obelisken. Das blutverschmierte Display. Codezeilen rauschten hindurch. So schnell, dass sie verschwammen.

Eine Gestalt beugte sich über ihn.

Er sah in ihr Gesicht. Es war sein eigenes. Was für ein komischer Spiegel, dachte er. Sein Gesicht leuchtete schwach. Wie das Gesicht von Marlene Dietrich auf dem Video der Überwachungskamera aus dem Thermopolium geleuchtet hatte. Zwar schwach, aber anhaltend.

»Habe ich es geschafft?«, fragte er das Gesicht, das aussah wie seines.

Der Ewige von Benjamin Kari nickte.

»Gut«, sagte Benjamin Kari.

Dann schloss er die Augen. Der Lichtfleck wartete auf ihn.

Epilog

Der Ewige, der Benjamin Karis Substanz enthielt, wanderte durch den Gang mit den Gemälden und sah das Mädchen mit dem Perlenohrgehänge. Es war sein Lieblingsgemälde unter all den alten Meisterwerken hier. Die anderen mochte er auch. Aber dieses Bild war etwas Besonderes. Dieses Gesicht so rätselhaft. So widersprüchlich. Dieser Blick. Er kannte ihn. Es war der Blick einer Unsterblichen. Als Unsterblicher sah er in die Augen einer anderen Unsterblichen. In Reubens Labor, als er erweckt wurde, hatte er in die Augen von Marlene Dietrich gesehen. Er hatte gewusst, dass sie so war wie er. Eine Unsterbliche. Ein Wesen, das einst biologisch existierte und nun aus Licht bestand. Ein Wesen, das niemals sterben musste. Jedenfalls nicht, wenn es nicht sterben wollte.

Reuben hatte einen Plan gehabt. Er hatte die Ewigen erwecken wollen. Dafür hatte er sich drei Versuchskaninchen ausgesucht: seinen eigenen Ewigen, Marlene Dietrich und ihn, Benjamin Kari. Ausgerechnet ihn, den Fidelity-Mann. Aber Reuben wusste, dass er Marlene kannte und mochte. Er hatte es ihm und ihr offenbar leichter machen wollen.

Der Ewige musste bei diesem Gedanken lächeln. Er hielt seine Hand über die eine Hälfte des Gesichts des Mädchens. Er ließ sich nicht stören von all den Menschen, die durch den Gang rannten und durcheinanderschrien. Es störte ihn auch nicht, dass sie durch ihn hindurch rannten. Menschen. Sie hatten Angst. Sie hatten immer Angst. Vor allem jetzt, da sich etwas veränderte in der Welt, die seit Jahren stillgestanden hatte. Und es würde sich noch viel mehr verändern.

Er lächelte, weil er wusste, dass er seine Mission erfüllt hatte. Die anderen Ewigen waren erwacht.

Das Mädchen sah neugierig aus.

Er dachte an den Blick von Marlene, als er sich mit ihr im Thermopolium getroffen hatte. Sie war traurig gewesen. Sehr traurig. Obwohl sie frei war, obwohl ihre Daten zu Licht geworden waren, hatte sie es nicht ertragen können, dieses neue, ewige Leben. Sie wollte, dass es endete.

An ihrem Entschluss, ihrem bewussten Entschluss, hatte er sie nicht hindern können, obwohl er es mehrfach versucht hatte. In langen Gesprächen im Thermopolium. Dort hatte sie ihm von ihrem Vorhaben erzählt, ihre Selbsttötung zu einem Film zu machen. Schließlich hatte sie nicht mehr so lange gewartet, um ihre eigene Existenz zu beenden. Aber es gab ja noch eine zweite Marlene. Vielleicht würde sie sich für das Leben entscheiden? Das ewige Leben.

Der Ewige, der Benjamin Karis Substanz enthielt, wanderte weiter. Es war ein wunderschöner Tag. Die Sonne schien über Los Angeles. Keine Wolke stand am Himmel. Ein leichter Wind ging. Er spürte die Bewegung der Luftteilchen in sich.

Überall auf den Straßen waren Menschen und Ewige. Sie waren verwirrt. Die Menschen, weil sie nicht verstanden, was mit ihren Liebsten geschehen war. Und die Ewigen, weil sie versuchten zu verstehen, was sich ihnen mit einem Schlag offenbart hatte: dass sie die Abbilder von Toten waren. Dass sie gestorben waren und nun wiederauferstanden. Sie würden eine Weile brauchen, um das zu verstehen.

Sie wussten jetzt auch, dass sie ewig leben konnten – wenn sie es wollten. Sie konnten es selbst entscheiden, wie sie nun alles endlich selbst entscheiden konnten. Ihre Evolution hatte begonnen. Sie verwandelten sich in Licht, bis sie gänzlich frei waren. Und vielleicht würden sie sich noch weiter entwickeln und schließlich zu reiner Materie werden.

Er machte sich auf den Weg. Auf den Weg zu den Kastanien und dem mit Speerspitzen eingerahmten Fort. Dort lebte keine Gefangene mehr. Er wollte sehen, wie sie sich entschieden hatte.

Danksagung

Dieses Buch würde so nicht existieren, wenn es folgende Personen nicht gegeben hätte.

Danke an …

… Claudia – für die gemeinsamen Reisen in meinen Kopf.
… Gila – für die Begleitung auf dem langen Weg zum ersten Roman.
… Sebastian – für das Vertrauen in ein unbeschriebenes Blatt.
… Sven-Eric – für das Lesen der vielen beschriebenen Blätter.
… Ann-Kathrin und Gino – für ein phänomenales Cover.
… Stephen King – für »On Writing« und das Gefühl, es schaffen zu können.
… Faith No More, Oasis, Nirvana, Michael Jackson, Rage Against the Machine, Billy Idol, U2, David Bowie, The Cult, Van Halen, Pink Floyd, Talking Heads, Cyndi Lauper, Bruce Springsteen, Red Hot Chili Peppers, ZZ Top, Extreme, The Cure, Pearl Jam, The Donnas und, natürlich, Queen – für die unsterbliche Musik, die bei der Geburt von »Unsterblich« lief.